SCHITTERENDE STERREN

W0388217

NORA ROBERTS

Schitterende sterren

Vertaling Elco Bos en Sofia Engelsman

HarperCollins

FSC
www.fsc.org
MIX
Papier | Ondersteunt verantwoord bosbeheer
FSC® C083411

Voor het papieren boek is papier gebruikt dat onafhankelijk is gecertificeerd door FSC®
om verantwoord bosbeheer te waarborgen.
Kijk voor meer informatie op www.harpercollins.co.uk/green.

HarperCollins is een imprint van Uitgeverij HarperCollins Holland, Amsterdam.

Copyright © 1997 Nora Roberts
Oorspronkelijke titel: *Hidden Star*
Copyright Nederlandse vertaling: © 1999 HarperCollins Holland
Vertaling: Elco Bos
Copyright © 1997 Nora Roberts
Oorspronkelijke titel: *Captive Star*
Copyright Nederlandse vertaling: © 1999 HarperCollins Holland
Vertaling: Sofia Engelsman
Omslagontwerp: HarperCollins Holland
Omslagbeeld: © Getty Images; Adobe Express
Zetwerk: Mat-Zet B.V., Huizen
Druk: CPI Books GmbH, Germany, met gebruik van 100% groene stroom

ISBN 978 94 027 1378 7
ISBN 978 94 027 6959 3 (e-book)
NUR 302
Eerste druk in deze editie oktober 2023

Originele uitgave verschenen bij Silhouette Books, New York, U.S.A.
Deze uitgave is uitgegeven in samenwerking met Harlequin Books S.A.
HarperCollins Holland is een divisie van Harlequin Enterprises ULC.
® en ™ zijn handelsmerken die eigendom zijn van en gebruikt worden door de eigenaar van het handelsmerk en/of de licentienemer. Handelsmerken met ® zijn geregistreerd bij het United States Patent & Trademark Office en/of in andere landen.
Alle rechten voorbehouden inclusief het recht op gehele of gedeeltelijke reproductie in welke vorm dan ook.

www.harpercollins.nl

Niets uit deze uitgave mag openbaar worden gemaakt door middel van druk, fotokopie, internet of op welke andere wijze dan ook zonder voorafgaande schriftelijke toestemming van de uitgever.
Het e-book is beveiligd met zichtbare en onzichtbare watermerken en mag niet worden gekopieerd en/of verspreid.

Alle in dit verhaal voorkomende personen zijn ontleend aan de fantasie van de schrijver.
Elke gelijkenis met bestaande personen berust op toeval.

Jonkvrouw in nood

Hoofdstuk 1

Cade Parris had zijn dag niet, toen de vrouw van zijn dromen zijn kantoor betrad. Op zich was het nog niet zo'n ramp dat zijn secretaresse de dag tevoren ontslag had genomen, daar de dame in kwestie zich meestal drukker maakte om haar manicure dan om haar werk. Dat nam niet weg dat hij iemand nodig had voor zijn administratie en het beantwoorden van telefoontjes. Met de salarisverhoging die hij haar uit pure wanhoop had geboden, had hij haar evenwel niet kunnen vermurwen om ten minste te blijven tot hij een vervangster had. Ze moest en zou opeens haar geluk gaan beproeven als countryzangeres en was – zonder zich te bekommeren om de puinhoop waarin ze hem achterliet – in haar oude pick-up richting Nashville vertrokken.

Cade kon weinig anders dan haar het heilige kruis nageven. Zeker nadat hij een beschimmeld broodje uit de dossierkast had gevist, realiseerde hij zich dat hij blij mocht zijn met ere van haar af te zijn. Hij weigerde zich er verder over op te winden en nam niet de moeite de in de receptie vrijwel onophoudelijk rinkelende telefoon op te nemen. De rapporten die hij moest uittypen waren belangrijker, en aangezien typen hem slecht afging, had hij daar al zijn aandacht bij nodig.

Parris Investigations was niet bepaald een florerende firma, maar Cade was er tevreden mee, net als met zijn huisvesting – een rommelig tweekamerkantoor op de bovenste verdieping van een haveloos gebouw in noordwest Washington DC. Hij had geen behoefte aan de uiterlijke schijn van luxe. Daarmee was hij opgegroeid, en van de bijbehorende pretenties had hij sinds zijn twintigste schoon genoeg. Nu op zijn dertigste, met een slecht huwelijk achter de rug en een familie die nog altijd verbijsterd was over het leven dat hij voor zichzelf had gekozen, kon hij rustig stellen dat hij zijn draai had gevonden. Hij had zijn detectivevergunning, de reputatie dat hij degelijk werk leverde en voldoende inkomen om het hoofd boven water te houden.

Alleen met de firma draaide het niet geweldig door een dip in opdrachten. Hij moest het voor het moment doen met verzekeringszaakjes, die zelden veel om het lijf hadden en nooit de opwinding boden waarvoor hij eigenlijk in het vak was gegaan. Hij had net twee simpele fraudekwesties afgehandeld zonder zich te hoeven inspannen.

Nee, hij was toe aan een wat grotere uitdaging, temeer daar zijn inhalige huisbaas de huur weer eens had verhoogd. En dan had hij het nog niet eens over zijn auto, die nodig een opknapbeurt moest hebben, de airconditioning die kuren vertoonde en het dak dat bij de aanhoudende regen opnieuw was gaan lekken. Aan het laatste had hij iets kunnen doen door de grote kamerplant die zijn secretaresse had achtergelaten, onder de gestaag vallende druppels te plaatsen. Dat scheelde hem een plas op de vloer en water geven. Praktisch en slim.

Cade zat net weer achter de computer, toen eindelijk iemand een boodschap op zijn antwoordapparaat insprak. Zodra hij de stem hoorde, slaakte hij een diepe zucht. Kwam een vent dan nooit van zijn moeder af?

'Cade, lieve jongen, even een belletje om je aan het Ambassadebal te herinneren. Je weet toch dat je met Pamela Lovett gaat? Ik heb toevallig net met haar tante geluncht. Volgens haar ziet Pamela er na haar vakantie in Monaco fantastisch uit...'

'Vast wel,' mompelde hij met een vuile blik op de computer. Zijn relatie met elektronische apparatuur liet veel te wensen over.

'Heb je je smoking trouwens al laten stomen? En vergeet alsjeblieft niet even naar de kapper te gaan. Ik vond je er laatst met dat lange haar nogal sjofel uitzien.'

Het ontbrak er nog maar aan dat ze iets zei over schoon ondergoed en oren wassen, dacht hij grimmig voor hij doelbewust niet langer luisterde. Zijn moeder zou zich er nooit bij neerleggen dat de Parris-levensstijl niet de zijne was en dat hij er niets voor voelde zijn tijd te verdoen met lunchen op de club en het vergezellen van verveelde oud-debutantes bij hun eindeloze gewinkel in de chique zaken van Washington.

Hij gaf de voorkeur aan een avontuurlijker bestaan, en hoewel het uittypen van een rapport over de geveinsde whiplash waarmee een arme sloeber de verzekering trachtte op te lichten, nu niet direct opwindend was, hoorde het er wel bij.

Met wat hij deed, verveelde hij zich in elk geval niet. Zijn werk was niet van maatschappelijke nut gespeend en schonk hem nog voldoening ook. Zelfs de verkeersherrie stoorde hem nauwelijks, ook al was het geen pretje om met deze regen het raam open te moeten hebben omdat het anders vanwege de drukkende warmte zonder airconditioning niet uit te houden was. Het inregenen nam hij voor lief. Moest die vrekkige huisbaas maar eens wat aan de voorzieningen doen.

Het kwam Cades humeur niet ten goede dat hij slechts in T-shirt en jeans nog transpireerde. Dat kwam van dat stomme getyp, waarbij hij door zijn houding steeds zijn haar uit zijn gezicht moest strijken. Het was uitermate ergerlijk om toe te moeten geven dat zijn moeder gelijk had en dat hij nodig naar de kapper moest. In het besef dat hij er alleen zichzelf mee had, zette hij alle ergernissen van zich af en richtte zich volledig op het typen met één vinger zonder zich ervan bewust te zijn dat hij in opperste concentratie wel erg lelijk keek.

Met zijn aantrekkelijke voorkomen was hij een echte Parris. Hij had alle karakteristieke trekken. De intelligente groene ogen, die afhankelijk van zijn stemming zowel fel konden glinsteren als zacht glanzen. Het donkerbruine haar met de lichte slag, behalve als het – zoals nu – te lang was, waardoor het in zijn nek en over zijn oren irritant krulde. De rechte neus en ferme mond met expressieve lippen, die zich – alweer afhankelijk van zijn bui – even gemakkelijk in een lach plooiden als in een smalle streep. Persoonlijk had hij altijd een hekel gehad aan de zogenaamd charmante kuiltjes in zijn wangen wanneer hij glimlachte. Hij hoopte dat die naarmate hij ouder werd, zouden veranderen in naar zijn mondhoeken doortrekkende lijnen, waarmee hij wat mannelijker zou ogen.

Ook voor zijn beroep zou een wat stoerder uiterlijk niet slecht zijn. Zeker beter dan het nog altijd vrij gladde, aantrekkelijke voorkomen van het fotomodel, dat hij – onder protest – als jongeman van halverwege de twintig onder druk van de familie enige tijd was geweest.

Verstoord keek Cade op, toen de telefoon weer overging. Ditmaal bleek het zijn zus te zijn, die hem op verwijtende toon te verstaan gaf dat hij een cocktailparty ter ere van een door haar gesteunde, dikbuikige senator was vergeten. Hij kwam in de verleiding de stekker eruit te rukken en het apparaat uit het raam te smijten.

Uitgerekend op dat moment kreeg hij de eerste druppels van een nieuwe lekkageplek op zijn hoofd, viel de computer zonder aanwijsbare reden compleet uit en begon de koffiepot, die hij op een laag pitje had gezet, vervaarlijk te sissen.

Hij sprong op om te redden wat er te redden viel, brandde zijn hand gemeen aan de gloeiend hete pot en liet die onder luid gevloek aan diggelen vallen, waardoor de koffie in alle richtingen spatte. Op zoek naar tissues en servetten trok hij een bureaula open. Tot overmaat van ramp haalde hij zijn duim open aan de door zijn vermaledijde secretaresse vergeten nagelvijl.

Toen de vrouw binnenkwam, keek hij in eerste instantie niet eens op. Hij had het te druk met zijn bloedende duim en een serie verwensingen vanwege zijn struikelpartij over de plant. Geen wonder dat ze doorweekt van de regen en lijkbleek als ze was verbouwereerd bleef staan.

‘Neem me niet kwalijk,’ begon ze bedremmeld. ‘Ik ben zeker verkeerd.’ Ze stapte achteruit en richtte haar opvallend grote bruine ogen op de naamplaat aan de deur voor ze hem onzeker aankeek. ‘Mr. Parris?’

Cade wist niet wat hem overkwam. Hij scheen alleen maar sprakeloos te kunnen staren. Zijn hart sloeg een slag over, en alle kracht leek uit zijn benen te vloeien. Hij had maar één gedachte: 'Ben je daar eindelijk… Waarom heb je me zolang laten wachten?

Het kostte hem de nodige moeite zich te herstellen en het stalen, enigszins cynische gezicht van de professionele detective te trekken. 'Ja,' mompelde hij met een vaag knikje, terwijl hij zijn zakdoek tevoorschijn haalde en die om zijn duim wond. 'Een ongelukje.'

'O… juist.' Ze bleef hem aanstaren. 'Ik kom kennelijk ongelegen. Ik heb ook geen afspraak. Ik dacht dat ik misschien wel –'

'Ja, hoor. Ik heb op het moment niets om handen,' verklaarde hij haastig. Hij wilde niets liever dan dat ze helemaal binnenkwam. Zijn absurde reactie op haar verschijning ten spijt, begreep hij dat ze wellicht een cliënte was – en wat voor een cliënte… Nooit eerder was zijn heiligdom door zo'n schone dame betreden. Blond, mooi en zichtbaar verward.

Haar kletsnatte haar hing steil tot over haar schouders. Ze had sprekende roestbruine ogen en het verfijnde, hartvormige gezicht van een sprookjesfee.

Zowel haar blauwzijden rok en jasje als haar schoenen hadden te lijden gehad van de regen, maar kwaliteit en stijl waren onmiskenbaar. Hij herkende beschaafde exclusiviteit van de duurdere boetieks, al viel de stevige canvas tas, die ze omklemde, nogal uit de toon. Een jonkvrouw in nood, concludeerde hij met een flauwe glimlach. Net wat de dokter had voorgeschreven. 'Waarom komt u niet verder, *miss*…'

Met wild bonzend hart verstevigde ze haar greep om de tas. 'U bent detective?'

'Zo staat het op de deur, nietwaar?' Met zijn innemendste glimlach toonde hij haar de kuiltjes in zijn wangen. Hij zag dat ze bedachtzaam op haar onderlip kauwde. Dat zou hij wat graag van haar overnemen, overwoog hij. Zo kende hij zichzelf weer. Anders dan met zijn eerdere schok wist hij wel raad met lustgevoelens. Die waren te begrijpen. 'Zullen we even naar mijn kamer gaan?' opperde hij met een blik op de ravage in de receptieruimte. 'Ik ben hier wel klaar.'

'Goed.' Ze haalde diep adem, stapte naar voren en sloot de deur achter zich voor ze hem, de scherven, koffieplasjes en modderplekken ontwijkend, naar zijn kantoor volgde, waar het spaarzame interieur bestond uit een bureau en een paar goedkope stoelen. In het besef dat ze in haar positie moeilijk kieskeurig kon zijn, wachtte ze tot de man achter zijn bureau had plaatsgenomen en haar achteroverleunend nogmaals een ongetwijfeld als vertrouwenwekkend bedoelde glimlach schonk. 'Hebt u... Mag ik misschien...' Ze kneep haar ogen een moment stijf dicht en concentreerde zich. 'Kunt u me uw papieren tonen?'

Cade overhandigde haar meteen zijn vergunning. Meer dan een beetje gefascineerd, constateerde hij dat ze twee mooie ringen droeg. Aan de ene hand een bijna rechthoekige kwartssteen in antieke setting, aan de andere eentje met drie gekleurde steentjes. Op het moment dat ze een haarlok achter haar oor streek, zag hij dat haar oorbellen bij die tweede ring pasten. 'Kunt u me vertellen wat het probleem is, *miss*...'

'Ik denk...' Ze gaf hem het geplastificeerde kaartje terug en greep haar tas weer met beide handen vast. 'Ik denk dat ik u wil inhuren.' Ze keek hem onderzoekend aan. 'Vooropgesteld dat u zich ook met vermiste personen bezighoudt.'

Wie zou deze schoonheid kwijt zijn, vroeg hij zich af. Zowel voor haar als voor zijn heimelijke fantasietje hoopte hij dat het niet haar eventuele echtgenoot was. 'Ja zeker.'

'Wat, eh... rekent u daarvoor?'

'Tweehonderd vijftig dollar per dag, exclusief onkosten.' Nadat ze had geknikt, pakte hij zijn notitieblok en een pen. 'Wie moet ik voor u opsporen?'

Ze haalde opnieuw diep adem. 'Mij,' verzuchtte ze licht huiverend. 'U moet mij opsporen.'

Cade keek haar strak aan. 'Wel, zo te zien, heb ik u al gevonden. Wilt u een rekening, of betaalt u liever contant?'

'Nee...' Ze voelde dat ze op instorten stond nu haar laatste strohalm het dreigde te begeven. 'Ik... Ik kan me niets herinneren,' stamelde ze. 'Ik weet niet...' Haar stem brak, en ze sloeg haar handen voor haar gezicht. 'Ik weet niet wie ik ben...' De tranen waren niet te stuiten. 'Ik weet niet wie ik ben...'

Cade raakte niet in paniek. Hij was opgegroeid met vrouwen die te pas en te onpas in snikken uitbarstten om hun ellende over allerlei aangelegenheden – van gebroken nagels tot en met stukgelopen relaties – te tonen. Gewapend met een doos tissues stond hij op, liep om zijn bureau en hurkte voor de onbekende dame. 'Stil maar, schatje,' prevelde hij sussend. 'Geen zorg. Het komt allemaal goed.' Met veel vertoon van zachtaardigheid veegde hij haar wangen droog, klopte haar op haar hand en streelde haar haren, terwijl hij haar wonderbaarlijke, tranende ogen nader bestudeerde.

'Sorry, ik schijn niet te kunnen stoppen –'

'Huil nou maar lekker uit,' adviseerde hij. 'Dat lucht op.' Hij verhief zich en ging in de aangrenzende toiletruimte een bekertje water voor haar halen.

Ze kwam pas een beetje tot bedaren, toen haar schoot vol lag met vochtige proppen en drie verfrommelde, papieren bekertjes. Met een schokkerige zucht vermande ze zich. 'Neem me niet kwalijk... Bedankt... Het lucht inderdaad op.' Met wat kleur op haar wangen van verlegenheid verzamelde ze de tissues en bekertjes.

Cade wierp ze voor haar in de prullenmand. Met zijn heup tegen de hoek van zijn bureau keek hij haar vervolgens vragend aan. 'Kun je me nu wat meer vertellen?'

'Wel, ik, eh... er valt niet veel te vertellen,' hernam ze onzeker. 'Ik bedoel, ik herinner me gewoon helemaal niets. Niet wie ik ben, wat ik doe, waar ik vandaan kom, van vrienden en familie. Niets...' Haar adem stokte even. 'Niets.'

Een droomwens werd vervuld, dacht hij. Een vanuit de regen opduikende wonderbaarlijke schoonheid zonder verleden, wat wilde hij nog meer? 'Goed, wat is het eerste wat je je wel herinnert?' vroeg hij met een blik op de canvas tas.

'Dat ik vanochtend vroeg wakker werd in een kamer... van een hotelletje op Sixteenth Street.' Ze sloot haar ogen. 'Maar zelfs dat is niet erg helder,' verzuchtte ze. 'Ik lag op bed en hoorde dat het regende. Ik was erg versuft, maar mijn hart ging vreselijk tekeer, alsof ik uit een nachtmerrie ontwaakte. Ik had mijn kleren en schoenen nog aan en... en het was benauwd in de kamer. De ramen waren dicht, en er stond een stoel scheef onder de deurknop geklemd. Om helder te worden heb ik in de badkamer koud water in mijn gezicht geplensd.' Ze opende haar ogen en keek hem aan. 'Het gezicht dat ik in de spiegel zag, zei me niets,' vervolgde ze, terwijl ze haar kin en wangen betastte. 'Ik wist de naam niet die erbij hoorde en niets van wat er voorheen in dat hoofd was omgegaan. Geen idee wat ik in die kamer deed en hoe ik daar was terechtgekomen. De kast en de lades waren leeg. Geen kleren te vinden... Niets. Ik wilde er niet blijven, maar ik wist ook niet waar ik heen kon.'

'Die tas was het enige wat je bij je had?'

'Ja.' Ze legde haar handen erop. 'Geen handtas, geen portemonnee, geen papieren, geen sleutels. Alleen...' Ze tastte in de zak van haar jasje en overhandigde hem een verkreukt papiertje. 'Dit.'

Cade streek het glad en las de korte boodschap. 'Bailey, zaterdag 7 uur, goed? MJ.'

'Geen idee wat het betekent. Ik heb op een krant gezien dat het vandaag vrijdag is.'

'Mmm.' Hij pakte pen en papier. 'Schrijf dit eens op.'

'Wat?'

'Schrijf eens op wat er op het papiertje staat.'

'O...' Weer op haar onderlip kauwend, gehoorzaamde ze.

Cade zag direct dat hij de briefjes eigenlijk niet hoefde te vergelijken. 'Nou, aangezien jij M.J. niet bent, zou ik zeggen dat je Bailey moet zijn.'

Ze slikte moeizaam. 'Wat?'

'Aan het handschrift te zien is M.J. – hij of zij – linkshandig. Jij schrijft rechts en een stuk netter. M.J. heeft een hanenpoot. Daar het briefje in jouw zak zat, lijkt het me waarschijnlijk dat jij Bailey bent.'

'Bailey,' herhaalde ze langzaam. 'Ook dat zegt me niets.'

'Nou ja, we hebben je naam en misschien een klein houvast.' Hij glimlachte geruststellend. 'Vertel eens wat je daarna hebt gedaan.'

Verdwaasd knipperde ze met haar ogen. 'O ja... Wel, er lag een telefoonboek. Daar heb ik detectivebureaus in opgezocht.'

'Waarom heb je de mijne eruit gepikt?'

'Vanwege de naam. Die klonk krachtig.' Ze glimlachte voor het eerst, zij het flauwtjes. 'Ik had kunnen bellen, maar om geloofwaardiger over te komen leek het me beter persoonlijk langs te komen. Ik ben tot negen uur op de kamer blijven wachten. Daarna heb ik een eindje gelopen en ten slotte een taxi genomen.'

'Waarom ben je niet eerst naar een ziekenhuis gegaan? Je had ook een dokter kunnen bellen.'

'Ik heb er wel aan gedacht, maar het niet gedaan.'

Het viel hem op dat ze zijn blik ontweek. Daaruit leidde hij af dat ze waarschijnlijk het nodige verzweeg. Na even nagedacht te hebben, haalde hij een chocoladereep uit de la van zijn bureau. 'Je zegt niets over ontbijten.' Hij zag haar eerst verbaasd en vervolgens geamuseerd naar de reep kijken. 'Dit vult even tot we iets beters kunnen regelen.'

'Bedankt.' Ze pakte de reep netjes uit. Het rare gevoel in haar maag was misschien deels aan trek te wijten. 'Mr. Parris, het is mogelijk dat er mensen ongerust over me zijn. Familie, vrienden... Wie weet, heb ik zelfs een kind...' Ze staarde naar een punt ergens boven zijn schouder. 'Nee, dat kan haast niet,' mompelde ze. 'Ik kan me niet voorstellen dat iemand haar kind vergeet. Maar goed, misschien zijn er wel mensen die zich afvragen waarom ik vannacht niet thuis ben gekomen.'

'Je had ook meteen naar de politie kunnen gaan.'

'Ik wilde niet naar de politie,' reageerde ze heel beslist. 'Niet totdat... Nee, die wil ik erbuiten houden.' Ze veegde haar vingers af aan een schone tissue, die ze daarna in reepjes begon te scheuren. 'Wie weet, is er iemand naar me op zoek die me niet vriendelijk gezind is. Ik begrijp niet hoe ik daarbij kom, maar ik weet wel dat ik bang ben. Er is meer aan de hand dan dat ik mijn geheugen kwijt ben. Ook dat kan ik niet verklaren voor ik weet wie ik ben.'

Of het aan de manier lag waarop ze met haar grote, glanzende ogen naar hem keek, of aan haar nerveus gespannen houding van een jonkvrouw in nood, hij kon het niet laten haar enigszins stoer zijn deskundigheid te tonen. 'Wel, ik kan je al een paar dingen vertellen. Je bent een aanvallige dame van ongeveer halverwege de twintig. Je hebt gevoel voor stijl en kleur en kennelijk genoeg geld om je Italiaanse schoenen en zijden pakjes te kunnen permitteren. Verder ben je netjes en ordelijk. Je geeft de voorkeur aan bescheiden boven opzichtig. Daar je niet goed kunt ontwijken, zou ik zeggen dat je moeite hebt met jokken. Je hebt een goed stel hersens en denkt na voor je iets doet. Volgens mij raak je ook niet gauw in paniek, en je houdt van chocola.'

Ze verfrommelde het wikkel van de reep. 'Hoe komt u bij dat alles?'

'Ondanks je angst formuleer je goed, en je spreekt beschaafd. Je hebt je situatie ingeschat en vervolgens bepaald wat je te doen stond. Daar heb je stap voor stap naar gehandeld. Je kleedt je met oog voor kwaliteit en stijl en hebt keurig verzorgde nagels zonder opzichtige nagellak. Je sieraden zijn uniek, mooi en bescheiden. Je hebt me nog lang niet alles verteld omdat je nog niet weet in hoeverre je me kunt vertrouwen.'

'In hoeverre kan ik u vertrouwen?'

'Je bent naar mij gekomen.'

Ze begreep zijn reactie en bevestigde dat met een hoofdknikje, terwijl ze opstond en zich naar het raam begaf. Het geruis van de nog altijd gestaag vallende regen leek de vage hoofdpijn achter haar ogen te accentueren. 'Ik weet dat dit Washington is, maar ik herken de stad niet, hoewel ik het gevoel heb dat ik hier bekend zou moeten zijn,' merkte ze zachtjes op. 'Ik weet hoe Het Witte Huis eruitziet. Ik ken de grote monumenten... maar misschien is dat van televisie, of van foto's.' Met haar handen steunend op de natgeregende, aangenaam koele vensterbank schudde ze haar hoofd. 'Het is echt alsof ik vanuit het niets in die naargeestige hotelkamer ben beland. Ik kan lezen, schrijven, praten en lopen. De taxichauffeur had de radio aan, en ik herkende de muziek. Ik kon de bomen benoemen die ik onderweg zag. Het verwonderde me niet dat de regen nat was, en ik wist meteen dat ik verbrande koffie rook, toen ik hier binnen kwam. Verder weet ik dat uw ogen groen zijn en dat de hemel blauw wordt als het weer opknapt...'

Ze slaakte een diepe zucht. 'Al met al kan ik niet zomaar vanuit het niets opgedoken zijn. Er zijn genoeg dingen waarvan ik zeker ben. Alleen zegt mijn eigen gezicht me niets, en ik heb er geen idee van wie en wat ik ben. Misschien heb ik wel iets ergs op mijn geweten, of heb ik iemand pijn gedaan... ben ik een berekenend kreng, dat haar echtgenoot bedriegt en ruzie maakt met de buren...'

Ze draaide zich met een strak gezicht langzaam naar Cade om. 'Geen idee of de persoon – als u erachter komt wie ik ben – me wel aanstaat, Mr. Parris, maar ik moet het te weten komen.' Ze zette de canvas tas op zijn bureau en opende die na een korte aarzeling. 'Ik denk dat ik wel genoeg heb om u te betalen.'

Hoewel Cade van rijke komaf was – het vermogen van zijn familie was van generatie op generatie alleen maar gegroeid – had hij nooit zoveel geld bij elkaar gezien als in de met stapeltjes honderd dollarbiljetten volgepropte tas. Vreemd gefascineerd nam hij er een van de keurige stapeltjes uit en liet de bankbiljetten door zijn vingers glijden. Stuk voor stuk honderdjes met de vertrouwde beeltenis van Benjamin Franklin, stelde hij vast. 'Ik schat de inhoud op één miljoen.'

'Eén miljoen tweehonderdduizend, om precies te zijn.' Ze wierp huiverend een blik in de tas. 'Ik heb de stapeltjes geteld. Het is me een raadsel hoe ik eraan kom. Misschien heb ik het wel gestolen.' Er welden nieuwe tranen op, en ze wendde zich af. 'Het zou losgeld kunnen zijn als... als ik op de een of andere manier bij een kidnapping betrokken ben. Ik moet er niet aan denken dat er ergens een kind wordt vastgehouden en dat ik het losgeld heb aangenomen. Ik –'

'Een levendige fantasie kan ik nog aan je lijst van kwaliteiten toevoegen.'

Door zijn bijna terloopse reactie draaide ze zich met een ruk naar hem om. 'Het gaat om een fortuin.'

Cade stak het stapeltje bankbiljetten schouderophalend terug in de tas. 'Eén punt twee miljoen mag tegenwoordig als fortuin geen naam hebben. Sorry, Bailey, maar ik zie je niet als een kil berekenend kidnapperstype.'

'Kunt u geen navraag doen, Mr. Parrish? Ik bedoel, u kunt vast wel discreet uitzoeken of er een ontvoering heeft plaatsgevonden.'

'Als de politie is ingeschakeld, kan ik daar wel achter komen. Trouwens, zeg maar Cade.'

'Goed, eh... Cade.' Zichzelf tot kalmte dwingend, rommelde ze even in de tas en toverde een pistool tevoorschijn. 'Wat als er een moord is gepleegd.'

Voorzichtig als altijd duwde Cade de loop omlaag voor hij het wapen van haar overnam. Hij herkende het als een .38 Smith en Wesson, en met een snelle controle stelde hij vast dat het magazijn vol was. 'Hoe voelt hij in je hand?'

Ze begreep hem niet. 'Pardon?'

'Voelt hij vertrouwd aan? Het gewicht... de vorm?'

Ze dacht even na. 'Minder zwaar dan ik verwachtte. Zo'n gevaarlijk wapen zou voor mijn gevoel zwaarder moeten zijn, eh... Ja, het voelde vreemd in mijn hand.'

'Die pen daarnet niet.'

Ze haalde haar handen door haar nog natte haar. 'Waar heb je het over? Ik toon je een pistool en meer dan een miljoen in contanten, en jij begint over een pen?'

'Toen ik je vroeg die boodschap op te schrijven, nam je mijn pen gewoon ter hand en deed je het zonder erbij na te denken.' Flauwtjes glimlachend stak hij het pistool in zijn zak. 'Conclusie, je bent meer gewend aan het vasthouden van een pen dan aan het vasthouden van een pistool, kaliber 38.'

Die simpele logica luchtte haar maar een beetje op. 'Mogelijk, maar het betekent niet dat ik dat ding niet heb gebruikt.'

'Klopt. Het enige wat ik kan doen, is kijken of het geregistreerd staat, en zo ja op wiens naam.'

Hoopvol keek ze hem aan. 'Hij zou van mij kunnen zijn.' In een opwelling greep ze zijn hand en gaf er een kneepje in. 'Maar dan hebben we hoe dan ook een naam. Jeetje, nooit gedacht dat het zo eenvoudig zou zijn.'

'Misschien is het wel heel eenvoudig.'

'Wie zal het zeggen...' Ze liet zijn hand los en begon ongedurig heen en weer te drentelen. 'Ik wil misschien te veel tegelijk, maar het is al zo fijn dat ik erover kan praten tegen iemand, die goed is in het oplossen van raadsels. Hoe dan ook, Cade, je bent de enige die ik ken. Verder reikt mijn herinnering niet. Je weet niet half hoe vreemd dat is... en hoe geruststellend.'

'Goed, wat zou je zeggen van een eerste herinnering aan een ontbijt met mij? Op zo'n reep kun je niet lang teren, en je ziet eruit alsof je niet veel fut meer hebt, Bailey.'

Ze vond het raar om hem die naam te horen gebruiken, terwijl hij naar haar keek. 'Ik ben inderdaad behoorlijk moe,' bekende ze. 'Het voelt alsof ik niet veel heb geslapen. Ik zou niet weten wanneer ik voor het laatst iets heb gegeten.'

'Hou je van roerei?'

Ze glimlachte vaag. 'Geen idee.'

'Laten we dat dan om te beginnen gaan uitzoeken.' Hij maakte aanstalten om de canvas tas van het bureau te tillen, maar ze weerhield hem door haar hand over de zijne te leggen.

'Er is nog iets.' Ze keek hem onderzoekend aan voor ze bedacht dat ze geen keus had. 'Voor ik het je laat zien, moet je me iets beloven.'

'Je hebt me ingehuurd, dus ik werk voor je, Bailey.'

'Ik weet niet of wat ik je ga vragen ethisch wel kan, maar ik heb je belofte nodig...' Ze haalde diep adem. 'Mocht je ontdekken dat ik een misdrijf heb gepleegd, dan wil ik je woord dat je eerst alle omstandigheden en feiten onderzoekt voor je me aangeeft.'

'Je gaat ervan uit dat ik je aangeef?' informeerde hij met zijn hoofd een beetje scheef.

'Als ik iets heb misdaan, verwacht ik niet anders. Alleen wil ik eerst weten hoe het zo gekomen is. Het is belangrijk voor me het hoe en waarom te begrijpen. Kun je me dat beloven?'

'Ja, hoor.' Hij nam haar slanke hand in de zijne, waarbij het hem trof hoe teer en tegelijkertijd stevig die aanvoelde. Wie ze ook was, met de verrassende combinatie van uiterlijke kwetsbaarheid en innerlijke kracht vond hij haar een buitengewoon intrigerende vrouw. 'Geen politie voor we alles weten. Je kunt me vertrouwen, Bailey.'

'Je probeert me vertrouwd te maken met die naam.' Zonder erbij na te denken, kuste ze hem op zijn wang. 'Je bent erg aardig.' Beslist aardig genoeg om haar even vast te willen houden als ze hem daar om vroeg, besefte ze. Ondanks haar sterke behoefte aan die vorm van troost, steun en geruststelling was er iets wat haar ervan weerhield eraan toe te geven. Ze begreep dat ze sterk moest zijn en hoopte van harte dat ze het soort vrouw zou blijken te zijn dat haar eigen boontjes kon doppen. 'Nog één ding,' hernam ze, en ze begon weer in de tas te graven. 'Ik heb zo'n idee dat dit het belangrijkste is.'

Cade keek toe terwijl ze een fluwelen zakje bijna eerbiedig opende en de inhoud in haar handpalm liet vallen. Het geld had hem verrast, het pistool baarde hem zorgen, maar wat ze hem op dat moment toonde, deed zijn adem stokken. De enorme edelsteen die hem tegemoet glinsterde, kende zijn weerga niet. 'Allemachtig, ik heb nog nooit zo'n gigantische saffier gezien,' prevelde hij.

'Geen saffier.' Op het moment dat ze hem de steen overhandigde, zou ze durven zweren dat ze een vreemde uitwisseling van warmte voelde. 'Maar een blauwe diamant van om en nabij honderd karaat. Als briljant geslepen, waarschijnlijk ergens in het Midden-Oosten. Met het blote oog zijn er geen onregelmatigheden in waarneembaar. Zowel de kleur als het formaat is uiterst zeldzaam. Ik schat dat de marktwaarde minimaal driemaal de inhoud van de tas bedraagt.' Ze schudde haar hoofd, toen ze zag dat hij haar vragend aankeek. 'Vraag me niet hoe ik dat weet. Ik weet het gewoon, net zoals ik op de een of andere manier weet dat het... niet compleet is.'

'Hoe bedoel je?'

'Wist ik het maar,' verzuchtte ze. 'Het gevoel is zo sterk. Een soort... herkenning. Ik weet met aan zekerheid grenzende waarschijnlijkheid dat deze steen een deel van een geheel is. Hij kan onmogelijk van mij zijn... Het is geen steen, die iemand toebehoort.' Ze maakte een hulpeloos gebaar. 'Het kan haast niet anders dan dat ik hem heb gestolen...' Met een grimas rechtte ze haar rug. 'Misschien heb ik er zelfs iemand voor vermoord.'

Hoofdstuk 2

Het leek Cade het beste Bailey mee naar huis te nemen. Daar zou ze met haar tas in zijn kluis veilig tot rust kunnen komen.

Te moe om te protesteren liet ze zich naar buiten leiden. Ze kon het niet eens opbrengen iets van zijn glanzende Jaguar te zeggen, waarop hij ook voor zijn werk was aangewezen zolang zijn onopvallende, gedeukte sedan in de garage was voor de broodnodige opknapbeurt. Ze bleef zwijgen, ook toen ze de fraaie, rustige villawijk bereikten. Ze had geen oog voor de prachtige tuinen en de met statige bomen omzoomde lanen en keek ternauwernood op, toen hij zijn sportwagen op de oprijlaan van zijn karakteristieke huis tot stilstand bracht.

Cade had zich er al op voorbereid haar uit te leggen dat de riante villa zijn erfdeel was van een oudtante, die een zwak voor hem had gehad, en dat hij er was gaan wonen omdat de rust en de bereikbaarheid van de buurt in het hart van Washington hem bijzonder goed beviel. Ze vroeg er niet naar, en hij begreep dat ze het laatste restje energie dat ze nog had, toen ze bij hem was verschenen, had besteed aan het vertellen van haar verhaal. Ze was niet alleen doodop, ze oogde ook zo kwetsbaar, dat hij zich moest beheersen haar niet uit de auto te tillen en naar binnen te dragen. Hij zag zich al als de koene ridder, die zijn schone jonkvrouw in zijn kasteel bescherming bood tegen de draken, die het op haar hadden gemunt...

Nee, dergelijke romantische fantasieën gaven geen pas, overwoog hij. Dus volstond hij ermee haar tas uit de auto te tillen voor hij haar bij de hand nam en mee naar binnen nam. Via de stijlvolle hal en brede gang liep hij meteen door naar de keuken.

'Roerei,' zei hij, terwijl hij haar liet plaatsnemen aan het tafeltje in de hoek bij het raam.

'Graag,' prevelde ze zwakjes. Ze was hem dankbaar voor het feit dat hij haar niet met vragen bestookte en haar ook tijdens de rit met rust had gelaten, alsof hij aanvoelde dat ze tijd nodig had om tot zichzelf te komen. Terwijl hij geroutineerd met eieren bakken en brood roosteren aan de gang ging, overwoog ze dat ze beleefdheidshalve zou moeten vragen of ze iets kon doen. Ze miste echter de fut en vond het wel zo prettig om stil te blijven zitten en hem in de grote keuken bezig te zien.

Na enkele minuten sloot ze haar ogen en vroeg zich af of zij er de vrouw naar was zich door een man te laten vertroetelen. Hoe aangenaam het nu misschien ook was, ze kon zich niet voorstellen dat het haar gewoonte was zich als een zwak, hulpeloos type voor te doen. Alleen al de gedachte hinderde haar net zo erg als de mogelijkheid dat ze een dievegge of moordenares was.

Onhoorbaar zuchtend bestudeerde ze haar handen. Ze had korte, goedverzorgde nagels met kleurloze lak. Dat zou erop kunnen wijzen dat ze praktisch was, maar de handen zelf waren zacht zonder het geringste spoor van eeltvorming, waaruit ze afleidde dat het niet waarschijnlijk was dat ze geregeld handenarbeid verrichtte. En dan haar ringen... Mooi, verfijnd, zeker niet opzichtig, misschien wel uniek. Ze kende de fraaie stenen bij naam, maar het was haar een raadsel hoe ze die wist, terwijl haar eigen naam haar niets zei en ze zich zelfs de naam van haar beste vriendin niet voor de geest kon halen.

Had ze trouwens wel vrienden en vriendinnen? Was ze prettig in de omgang, of zou ze te zelfingenomen en te kritisch zijn om vriendschappelijke contacten te leggen? Lachte ze gemakkelijk? Huilde ze wel eens om trieste films? Was er een man in haar leven van wie ze hield? Had ze dat fortuin gestolen en dat afschuwelijke wapen gebruikt?

Bailey veerde geschrokken op, toen Cade een bord voor haar op tafel zette. Haastig herstelde ze zich op het moment dat ze zijn grote hand geruststellend op haar schouder voelde.

'Je moet wat eten,' merkte hij zachtjes op, terwijl hij terugliep naar het langgerekte zwarte aanrecht om de bekers te pakken. 'Thee lijkt me voor het moment beter dan koffie.'

'Ja, dank je.' Ze greep haar vork en nam een hapje van het roerei. 'Lekker,' verklaarde ze met een flauwe glimlach. 'Dat is in elk geval iets.'

Hij was weg van haar glimlachje. 'In de beschaafde wereld sta ik bekend om mijn roereieren,' zei hij, terwijl hij met zijn beker koffie tegenover haar ging zitten.

'Terecht, zou ik zeggen. Die toevoeging van dille en paprika doet het wel.'

'Wacht maar tot je mijn Spaanse omelet hebt geproefd.'

'Mmm, de meester van het ei.' Genietend van de gemoedelijke sfeer, liet ze het zich goed smaken. 'Kook je vaak?' informeerde ze. De even ruime als knusse keuken leek van alle gemakken voorzien. Anders dan op zijn kantoor was het hier wel schoon en netjes. 'Ben je eigenlijk getrouwd?'

'Geweest. Ik ben gescheiden en kook als ik genoeg heb van buitenshuis eten.'

'Ik vraag me af wat ik doe – zelf koken of buitenhuis eten.'

'Wel, je herkende de dille en paprika.' Achteroverleunend nam hij een slok koffie, terwijl hij haar op zijn gemak bekeek. 'Je bent mooi.' Hij glimlachte om haar verbaasde blik en constateerde dat ze direct op haar hoede leek. 'Gewoon een observatie, Bailey,' zei hij sussend. 'We moeten het doen met wat we weten. Je bent mooi – een natuurlijke schoonheid, bescheiden en zonder opsmuk. Blijkbaar hou je niet van opvallen en weet je niet goed raad met complimentjes over je uiterlijk. Sterker nog, ik maak je er nerveus mee.'

Ze omvatte haar beker thee met beide handen. 'Ben je daarop uit?'

'Nee, maar het is wel intrigerend en lief, zoals je bloost en tegelijkertijd argwanend kijkt. Ontspan nu maar, want het is geen versierpoging.' In alle eerlijkheid moest hij erkennen dat het hem wel fascinerend en opwindend leek. 'Volgens mij ben je niet bepaald een doetje,' vervolgde hij zo rustig als hij kon. 'Ik betwijfel of een man ver bij je komt door je te vertellen dat je mooie bruine ogen hebt en dat het contrast tussen de warmte daar en je koele, beschaafde stem onweerstaanbaar sexy is.'

Het kostte haar moeite hem gewoon te blijven aankijken. 'Dat klinkt wel degelijk als een versierpoging.'

'Zie je wel, geen doetje,' reageerde hij grinnikend, 'wel uiterst goedgemanierd en beleefd. Ik beluister New England in je stem, Bailey.'

Of ze wilde of niet, ze staarde naar de akelige charmante kuiltjes in zijn wangen. 'New England?' herhaalde ze, terwijl ze haar beker liet zakken.

'Ja... Connecticut of Massachusetts, ik weet het niet precies, maar de societyklank is onmiskenbaar, zeker als je koel probeert over te komen.'

'New England,' verzuchtte ze peinzend. 'Nee, het zegt me niets.'

'Voor mij is het nog een aanwijzing om verder mee te kunnen. Je stem, je houding en je uiterlijk stralen klasse uit. Aangeboren, of aangeleerd, je kunt er niet omheen.' Hij stond op en pakte haar lege bord. 'Net zomin als om je vermoeidheid. Je moet nodig een tijd slapen, Bailey.'

'Ja.' Bij de gedachte aan de naargeestige hotelkamer moest ze een huivering onderdrukken. 'Zal ik je bellen voor een volgende afspraak? Ik heb het nummer van het hotel en mijn kamer genoteerd, zodat je mij kunt bellen als je iets te weten bent gekomen.'

'Je gaat niet terug naar dat hotel.' Cade nam haar bij de hand en trok haar overeind. 'Je kunt hier logeren. Plaats genoeg.'

'Hier?'

Hij leidde haar door de gang naar de hal. 'Ja, dat lijkt me wel zo verstandig. Hier kan ik je ten minste in de gaten houden – althans voorlopig.' Hij ging haar voor de trap op. 'Het is hier een rustige, veilige buurt, en tot we erachter zijn hoe je aan die één komma twee miljoen en gigantische diamant komt, hou ik je liever van de straat.'

'Maar... Maar je kent me helemaal niet.'

'Jij mij en jezelf ook niet, maar daar gaan we verandering in brengen.' Boven opende hij een deur en gebaarde haar hem voor te gaan.

De zijden gordijnen waren dicht, maar ook in de schemering zag ze de glanzende eiken vloer, de fraaie tapijten, de zithoek met fauteuil en kleine sofa bij de open haard en het met een prachtige, gebroken witte quilt overdekte, riante hemelbed.

'Ga lekker slapen,' adviseerde Cade. 'Achter die deur daar is de badkamer.'

Ze voelde tranen opwellen en slikte moeizaam. 'Vraag je al je cliënten te logeren?'

'Nee.' Hij tikte haar zachtjes op haar wang en liet vervolgens zijn hand haastig zakken om de verleiding te weerstaan haar helemaal in zijn armen te nemen. 'Alleen degenen die het nodig hebben. Als er iets is, ik ben beneden aan het werk.'

'Cade...' Ze pakte zijn hand en hield die even vast. 'Dank je. Volgens mij heb ik de goede naam uit het telefoonboek gepikt.'

'Ga lekker slapen,' zei hij nogmaals, waarna hij aanstalten maakte haar alleen te laten. 'Laat je zorgen voorlopig maar aan mij over.'

'Goed.' Ze glimlachte wazig. 'Laat je de deur op een kier?' vroeg ze voor hij hem had dicht gedaan.

Vanuit de gang keek hij nog even naar haar. Zoals ze daar bij het bed stond, oogde ze heel breekbaar en verloren. 'Als je me nodig hebt... ik ben beneden.'

Ze liet zich pas op de rand van het bed zakken toen ze hem de trap had horen af dalen. Misschien was het dwaasheid van haar om haar leven in zijn handen te leggen, maar ze had in feite geen andere keus. Hoe dan ook, op de een of andere manier wist ze dat ze hem kon vertrouwen. Al was het door wanhoop ingegeven blind vertrouwen, ze kon niet meer terug nu ze hem had ingeschakeld om haar te helpen bij het achterhalen van haar identiteit en het ontrafelen van de mysteries die haar omhulden. Ja, ze was er zeker van dat ze op Cade Parris kon bouwen. Ondanks haar vreemde relaas nam hij haar serieus; anders zou hij haar nooit zo opgevangen hebben.

Met die gerustellende gedachte trok ze haar schoenen en jasje uit en strekte zich uit op de quilt. Ze had haar ogen nog niet gesloten, of ze sliep...

Beneden begon Cade met Baileys vingerafdrukken van de beker te nemen. Hij had de connecties om die snel en discreet te laten checken. Als ze een strafblad had, of als ze voor de overheid werkte, zou het achterhalen van haar identiteit een fluitje van een cent zijn.

Het was even gemakkelijk om navraag te doen naar vermiste personen en te controleren of er iemand bij was die aan haar signalement voldeed.

Het geld en de diamant boden een andere mogelijkheid. Als er aangifte van diefstal was gedaan, zou hij dat binnen de kortste keren te weten kunnen komen. Verder kon hij met het serienummer van het pistool aan de gang. Het was zo uit te zoeken of er recentelijk een moord was gepleegd met een wapen van dat kaliber.

Uit ervaring wist hij dat hij meer kans op resultaat had als hij er persoonlijk achteraan ging, maar hij wilde Bailey in dit stadium niet alleen laten. De kans bestond dat ze er dan in paniek vandoor zou gaan, en hij moest er niet aan denken haar kwijt te raken. Voor hetzelfde geld herinnerde ze zich bij het ontwaken opeens weer alles. In dat geval zou ze wellicht de draad van haar leven willen oppakken en hem verlaten. Ook daar moest hij niet aan denken, want hij wilde hoe dan ook degene zijn die haar redde.

Terwijl hij de canvas tas in de kluis in zijn werkkamer opborg, zijn computer opstartte en aantekeningen maakte, hield hij zich voor dat ze een echtgenoot, zes kinderen, tien jaloerse minnaars en een strafblad van hier tot ginder kon hebben. Vreemd genoeg kon dat alles hem niet schelen. Ze was zijn jonkvrouw in nood, en hij zou alles doen wat in zijn vermogen lag om haar te houden.

Hij pleegde diverse telefoontjes en regelde een koerier om de vingerafdrukken bij zijn vriend op het politiebureau af te leveren. De gunst zou hem een fles whisky kosten, maar die had hij er graag voor over. 'Is er trouwens iets bekend over een juwelenroof, Mick?' informeerde hij langs zijn neus weg. Hij zag al voor zich hoe de roodharige, altijd nors kijkende rechercheur Mick Marshall opveerde.

'Heb jij iets gehoord, Parris?'

'Niet meer dan een gerucht,' reageerde Cade, die de vraag had verwacht, luchtig. 'Als er inderdaad iets spectaculairs is gebeurd, zou ik me graag bij de verzekeringsmaatschappij willen melden. Ik moet ten slotte de huur kunnen betalen.'

'Hou toch op, man. Jij bent rijk genoeg om dat hele gebouw te kopen en naar believen neer te halen om er iets goeds voor in de plaats te zetten.'

'Je bent een excentriekeling of je bent het niet,' zei Cade plagend. 'Zo noemen ze rijke kerels die met armoedzaaiers zoals jij omgaan. Vertel nou maar of je er iets bekend is.'

'Sorry, excentriekeling. Helemaal niets.'

'Goed. Ik heb hier een Smith en Wesson, kaliber 38.' Cade las het serienummer op. 'Kun jij voor me kijken of het geregistreerd staat?'

'Dat worden twee flessen whisky, Parris.'

'Ja, hoor, je zou voor een goede vriend eens iets voor niets doen. Hoe is het met Doreen?'

'Nog altijd even brutaal. Sinds jij die keer met tulpen voor haar aan kwam zetten, heb ik geen leven meer. Alsof ik het niet veel te druk heb om dagelijks een bosje bloemen voor haar te plukken. Je wordt bedankt. Ik zou er eigenlijk drie flessen whisky van moeten maken.'

'Als je iets ontdekt over een gestolen grote edelsteen, krijg je een hele krat van me, Mick. Ik spreek je nog.' Cade legde de hoorn op de haak en keek met een donkere blik naar zijn computer. Voor het volgende deel van zijn onderzoek moest hij met dat apparaat aan de gang. Het installeren van de cd-rom kostte hem moeite, maar na wat gehannes kon hij aan de slag met de medische encyclopedie om iets te weten te komen over geheugenverlies.

Onder het genot van een tweede beker koffie leerde hij in korte tijd meer over het menselijk brein dan hem lief was. In eerste instantie vreesde hij namelijk dat Bailey een tumor had. Bij het lezen van de gevolgen die dat kon hebben, was hij eens temeer blij dat hij nooit medicijnen was gaan studeren, zoals zijn ouders graag hadden gewild. Wat hem betrof, was het menselijk lichaam een tijdbom. Hij werd liever geconfronteerd met een geladen vuurwapen dan met allerlei enge ziektes waarop hij geen greep had.

Na verloop van tijd concludeerde hij met enige opluchting dat het zeer onwaarschijnlijk was dat Bailey een tumor had. Alle symptomen wezen op een vorm van geheugenverlies – een beschermingsmechanisme van de hersenen in geval van een traumatische ervaring – die meestal vanzelf overging. Wat daarbij kon helpen, was het vinden van de oorzaak en daar iets mee doen.

Goed, dat was zijn taak, overwoog hij. Als detective was hij uitstekend gekwalificeerd om Bailey te genezen door haar te helpen met het oplossen van het raadsel van wat er met haar was gebeurd. Met een tevreden gevoel maakte hij snel wat notities van zijn bevindingen, schakelde zijn computer uit en begaf zich naar boven om vast wat kleren voor haar te zoeken.

Bailey wist niet of het een droom was of de realiteit, maar het kwam haar allemaal erg bekend voor...

De donkere kamer, de schelle lichtbundel van de bureaulamp en... de olifant. Vreemd genoeg leek het beest met zijn hoog geheven slurf naar haar te grijnzen. Ze meende zelfs zijn oogjes te zien glinsteren, alsof hij zich verkneukelde.

Ook hoorde ze vrouwen lachen – een prettig, vertrouwd geluid, vriendschappelijk, goedmoedig plagend.

'Het moet Parijs worden, Bailey. We gaan niet nog eens twee weken met je in de aarde wroeten. Wat jij nodig hebt, is romantiek, passie... seks. Kortom, Parijs.'

Een driehoek, goud en glanzend. Een kamer vol licht, schel, verblindend licht. Een man die geen man is, met een opvallend zachtaardig gezicht dat zo veel wijsheid, warmte en gulheid uitstraalt, dat hij de ziel beroerd. In zijn open handen de gouden driehoek, die hij aanbiedt… De verbijsterende, bijna tastbare kracht, die ervan uitgaat… De onvoorstelbare schoonheid van de blauwe edelstenen op de drie hoeken, die met hun glinstering aan vallende sterren doen denken, een lust voor het oog…

Haar trillende handen als zij de volmaakte stenen vasthoudt, en opeens de woede en razernij, die haar verlamt van angst en paniek. Twee stenen schieten uit haar handen, als schitterende vuurpijlen. Alleen de derde ontglipt haar niet, doordat ze die tegen haar hart drukt…

Zilverachtige flitsen en dan het gedreun van drums, zo hard, dat de aarde ervan trilt. Bloed, overal bloed als een overstromende rivier, alles nat en rood, daarna niets dan inktzwarte duisternis. Rennen, struikelen, rennen met bonzend hart. Het heldere licht is verdwenen; de sterren zijn weg. Een donkere gang, waarin haar gejaagde voetstappen als donderslagen weerkaatsen. Hij achtervolgt haar, jaagt haar op in het duister, waar de gang nauwer wordt. De wanden komen op haar af…

Ze hoort de olifant trompetteren, ziet de flitsende lichtbundel van een zaklantaarn naderen, een donker hol – een grot – waarin ze weg kan kruipen, bevend van angst als een dier in doodsnood, terwijl een lichtbundel tergend langzaam over haar hoofd glijdt en…

'Kom maar, schatje… Word eens wakker. Het is alleen maar een nare droom.'

Ze zocht klauwend haar weg uit het duister naar het aangenaam geruststellende stemgeluid en drukte haar klamme gezicht tegen de stevige, brede schouder. 'Bloed… zoveel bloed,' stamelde ze. 'Getroffen door de bliksem… Het… Het komt… Het is heel dichtbij, en –'

'Nee, het is weg.' Cade wiegde haar zachtjes met zijn lippen tegen haar haren. Toen hij een badjas en kleren voor haar was komen brengen, had hij haar huilend in haar slaap aangetroffen. Ze klemde zich nu trillend over haar hele lichaam aan hem vast. In een opwelling trok hij haar op schoot als een kind dat getroost moest worden. 'Je bent hier veilig. Echt waar,' prevelde hij sussend.

'De sterren... drie sterren.' Nog half dromend bewoog ze onrustig. 'Ik moet naar Parijs.'

'Stil maar, je bent bij mij... Cade Parris.' Hij kuste haar teder op haar slaap. 'Het is goed. Ik ben bij je.'

'N-niet weggaan.' Huiverend vlijde ze haar hoofd op zijn schouder.

Het was precies zoals hij zich al fantaserend had voorgesteld, en hij kon niet anders dan vurig hopen dat deze liefde op het eerste gezicht was voorbestemd. 'Ik blijf bij je. Ik zal voor je zorgen,' fluisterde hij lichtelijk schor.

Zijn belofte deed haar zo goed, dat ze wat kon ontspannen. 'Het was maar een droom, alleen zo verwarrend en beangstigend... Ik begrijp er niets van.'

'Vertel eens,' drong hij zachtjes aan.

Ze trachtte haar gedachten te verzamelen. 'Alle emoties waren zo vreselijk... Woede, angst... verraad. De afschuw... niets dan afschuw en doodsangst.'

'Misschien is dat de verklaring voor je geheugenverlies,' opperde hij bedaard. 'Je geest kan het nog niet aan, dus sluit je je ervoor af. Het is een vorm van hysterie.'

'Hysterie?' Verbouwereerd keek ze naar hem op. 'Ben ik hysterisch?'

'Bij wijze van spreken.' Hij streelde afwezig haar kin. 'Het staat je wel, moet ik zeggen,' murmelde hij.

Bailey duwde zijn hand weg. 'Fijn, maar de term staat mij niet aan.'

'Het is alleen maar een medische term. Je hebt toch geen klap op je hoofd gehad?'

'Niet dat ik weet,' verklaarde ze met een scherpe blik. 'Maar als ik hysterisch ben, zegt dat niet veel.'

'Heel ad rem. Wat ik bedoel, is dat je geheugenverlies het gevolg zou kunnen zijn van een hersenschudding,' legde hij uit, terwijl hij met haar haren speelde. 'Dat heb ik net in de medische encyclopedie gelezen. Een andere oorzaak is een functionele zenuwstoornis, zoals – neem me niet kwalijk – hysterie.'

'Ik ben niet hysterisch,' reageerde ze knarsetandend. 'Maar als je een demonstratie wilt... Ik kan het vast wel spelen.'

'Laat maar. Ik geloof je op je woord. Ik heb zussen, Bailey.' Hij omvatte haar gezicht met beide handen. 'Je verkeert hoe dan ook in moeilijkheden, en daar gaan we iets aan doen.'

Zijn ontwapenende glimlach liet haar niet koud. 'Door me op schoot te houden?'

'Dat is een bijkomend voordeel.' Hij hield haar wat steviger vast, toen ze zichtbaar in verwarring van zijn schoot wilde schuiven. 'Dat bevalt mij... prima.'

Iets in zijn geamuseerde blik deed haar hart sneller kloppen. 'Is het wel verstandig om met een vrouw te flirten die niet weet wie ze is?'

'Misschien niet verstandig, maar wel heel leuk. Bovendien heb jij dan wat anders om over na te denken.'

Zijn scheve grijnsje vond ze even charmant als de kuiltjes in zijn wangen. Hij had de beweeglijke mond van een echte minnaar, en voor ze het wist, maakte zich een zekere opwinding van haar meester bij de gedachte aan hoe zijn mooie lippen op de hare zouden voelen. Misschien kwam het wel doordat ze niet herinnerde ooit door iemand gekust te zijn. In zekere zin zou hij de eerste zijn en...

Met zijn blik strak op haar mooie mond gericht, duwde hij haar hoofd een eindje achterover. Het kon niet anders dan fantastisch zijn haar te kussen; daar was hij zeker van. 'Wil je het proberen?' informeerde hij schor, terwijl hij haar diep in de ogen keek.

Ze werd bijna week van het intense verlangen dat in haar opbloeide. Ze was alleen met hem, de onbekende aan wie ze haar leven had toevertrouwd en die meer van haar wist dan zijzelf. 'Dat kan ik niet.'

Ze legde haar ene hand tegen zijn borst, waarbij ze verrast vaststelde dat ondanks zijn uiterlijke kalmte zijn hart net zo hard bonsde als het hare. Daardoor durfde ze open kaart te spelen. 'Ik ben er bang voor.'

'Volgens mij is kussen niets om bang voor te zijn...' Hij glimlachte. 'Tenzij je oma Parris moet kussen, want dat is ronduit afschrikwekkend.'

Of ze wilde of niet, ze moest glimlachen, en toen ze van zijn schoot schoof, liet hij haar zowaar los. 'Het lijkt me beter de zaken niet gecompliceerder te maken dan ze al zijn,' verklaarde ze zekerder dan ze zich voelde. Zijn blik ontwijkend haalde ze haar handen door haar haren. 'Ik wil graag even douchen als dat mag.'

'Tuurlijk. Ik heb hier een badjas voor je, en een spijkerbroek, waarvan je de pijpen een eindje zult moeten oprollen. Het beste wat ik als riem kon verzinnen, is een stuk waslijn. Als jij het gebruikt, wordt het misschien een nieuwe modetrend.'

'Je bent lief, Cade.'

'Dat zeggen ze allemaal.' Hij bedwong zijn lustgevoelens en stond op. 'Kun je het aan als ik je een uurtje alleen laat? Ik moet een paar dingen regelen.'

'Ja, hoor. Ik red me wel.'

'Goed, maar je moet me beloven dat je binnenblijft.'

Vragend keek ze hem aan. 'Waar zou ik heen moeten?'

Cade legde zijn handen op haar schouders. 'Beloof me dat je niet het huis uit gaat,' drong hij ernstig aan.

'Goed, dat beloof ik.'

'Ik blijf niet lang weg.' Hij liep naar de deur en keek nog even om. 'O ja, Bailey... denk er maar over na.'

De glinstering in zijn ogen bevestigde haar vermoeden dat hij niet op haar geheugen doelde. Ze wachtte tot ze hem de trap had horen af dalen, voor ze naar het raam drentelde en keek hoe hij in zijn auto stapte en wegreed. Hij moest eens weten hoe ze naar zijn kus had verlangd. Ook zonder zijn laatste opmerking moest ze daar wel over nadenken, net als over hem...

Ergens anders dacht iemand aan haar. Donkere, wraaklustige gedachten. Ze was hem door de vingers geglipt, en met haar de prijs en de macht die hij zo fel begeerde.

Degene die haar had laten ontkomen, had daarvoor al geboet, maar dat was niet voldoende. Ze zou gevonden worden, en als hij haar had, zou zij een nog veel hogere prijs betalen. Met haar leven alleen was niet genoeg. Nee, eerst diende ze te lijden. Pijn en doodsangst, dat zou ten minste enige voldoening schenken.

Het geld dat hij kwijt was, stelde bijna net zo weinig voor als het leven van die dwaze vrouw. Zij had echter wel wat hij nodig had en wat hem toebehoorde. Dat moest en zou hij terugkrijgen.

Er waren er drie. Stuk voor stuk onbetaalbaar, maar bij elkaar ging hun waarde elk voorstellingsvermogen te boven. Inmiddels had hij stappen genomen om de twee die ze voor hem had trachten te verbergen, weer in zijn bezit te krijgen. Het zou tijd vergen, en hij diende voorzichtig te werk gaan om er zeker van te zijn dat het geweld dat er onvermijdelijk aan te pas zou komen ver van hem verwijderd bleef.

Weldra zouden de twee edelstenen van de driehoek van hem zijn, de twee sterren met hun schoonheid, hun licht en de macht die ze vertegenwoordigden.

Hij zat in de ruimte die hij had laten bouwen voor de schatten, die hij geen middel schuwend had verworven. Sieraden, schilderijen, beelden en de rijkste gewaden – het een nog mooier en kostbaarder dan het andere – waren verzameld in zijn geheime grot. Alleen de standaard in de vorm van een altaar, die hij speciaal voor de grootste schat had ontworpen, was nog leeg.

Maar niet voor lang. Twee van de drie kreeg hij binnenkort in zijn bezit. Met de derde erbij, zou hij onsterfelijk zijn. En de vrouw dood...

Hoofdstuk 3

Met een blik in de van het douchen beslagen spiegel hield Bailey zich voor dat het heus haar lichaam was. Daaraan kon ze maar beter wennen, overwoog ze, terwijl ze haar lelieblanke huid bekeek voor ze aarzelend de welving van haar borsten beroerde. Ze had slanke handen met lange vingers en keurige, korte nagels. Haar borsten leken haar aan de kleine kant, en ze vond haar armen nogal dun. Misschien zou ze moeten trainen om haar spieren te sterken. Hoewel... gezien de afwezigheid van vet op haar buik en heupen had ze voorheen wellicht aan haar lichaamsconditie gewerkt. Vandaar waarschijnlijk dat haar dijbeenspieren wel goed ontwikkeld leken. Haar huid was egaal bleek zonder zichtbare bikinilijnen.

Ze schatte haar lengte rond de één meter vijfenzestig. Als zij het voor het zeggen had, zou ze graag wat langer zijn. Een vrouw die haar leven zo halverwege de twintig begon, zou toch haar eigen uiterlijk moeten kunnen kiezen? Vollere borsten en langere benen waren wel het minste, nietwaar?

Geamuseerd glimlachend draaide ze om haar as om ook haar achterkant in de spiegel te bekijken en... Haar mond viel open. Ze had een tatoeage op haar rechterbil! Wat moest zij in vredesnaam met een tatoeage van een eenhoorn op haar achterste? Een versiering op het lichaam was tot daaraan toe, maar dat ze er uitgerekend op dat deel eentje had, betekende dat ze dat deel moest hebben ontbloot voor een onbekende naaldkunstenaar! Zou ze soms te veel drinken en dronken zijn geweest?

Enigszins gegeneerd sloeg ze een handdoek om en verliet de badkamer. Het kostte haar wat tijd om de spijkerbroek en het overhemd van Cade een beetje passend te maken. Vervolgens hing ze haar jasje en rok netjes uit, streek de quilt op bed glad en vroeg zich na gedane arbeid af wat ze kon gaan doen. Met een zucht haalde ze haar vingers door haar nog natte haren. Het was duidelijk dat ze afleiding nodig had om nodeloos gepieker over de tas met geld, de grote blauwe diamanten, moord en tatoeages te voorkomen.

Na enig nadenken besloot ze dat binnenshuis blijven niet hetzelfde was als op haar kamer blijven. In de gang op weg naar de trap trof het haar dat ze zich alleen in Cades huis niet onbehaaglijk voelde. Dat moest met haar gevoelens voor hem te maken hebben. Vrijwel vanaf het eerste moment had ze het idee gehad dat ze wel van hem op aan kon. Tot dan toe was die eerste indruk alleen maar bevestigd, want hij was zonder meer aardig, attent, intelligent en praktisch. Stuk voor stuk kwaliteiten die een detective goed van pas kwamen. Verder had hij een innemende glimlach, mooie ogen, een aandachtige blik, sterke armen en krachtige schouders... En kuiltjes in zijn wangen, die ze wat graag met haar vingers zou willen beroeren.

Zijn slaapkamer. Bijtend op haar onderlip vroeg ze zich af of het wel netjes van haar was daar een kijkje te willen nemen. Zeker, ze had behoefte aan houvast en was nieuwsgierig, maar om zomaar iemands domein binnen te dringen. Nou ja, hij had de deur opengelaten, dus van echt binnendringen was geen sprake.

Met die overweging stapte ze over de drempel en keek rond. De aangenaam ruime kamer was vol van hem. Er hing een spijkerbroek achteloos over een stoel, en ze moest zich beheersen de op de vloer slingerende sokken niet op te rapen. Er lag wat kleingeld met een paar losse overhemdknoopjes op de ladekast, een prachtige, antieke, lage kast met koperen handvaten. Het kostte haar moeite de verleiding te weerstaan de lades open te trekken. Het grote, onopgemaakte bed was gezien het fraai bewerkte hoofd- en voeteneind eveneens antiek, en voor ze het wist, bevoelde ze met haar vingertoppen de donkerblauwe lakens. Ze meende Cades intrigerende, aangename lichaamsgeur te kunnen ruiken en ontkwam niet aan de vraag of hij misschien naakt sliep. Ze kreeg een kleur en wendde zich haastig af.

Net als de logeerkamer beschikte zijn kamer over een open haard met een ouderwetse donker gepoetste hardhouten schoorsteenmantel. Ze moest glimlachen om de koperen koe die midden in de haard stond te pronken. Bij het zien van de nogal rommelige boekenverzameling op een van de planken tussen het bed en de haard kon ze het niet laten enkele titels te bekijken. Kennelijk las hij graag detectives. Ze wist niet of zij daar ook van hield, maar de namen van een paar auteurs kwamen haar vaag bekend voor, en dat deed haar enorm goed.

Zonder erbij na te denken, pakte ze de gebruikte koffiebeker en het lege bierflesje dat ze zag staan en nam die mee naar beneden. Bij aankomst was ze te moe en wazig geweest om echt iets van het huis en interieur op te merken. Nu ze alles op haar gemak bekeek, kon ze niet anders zeggen dan dat ze gecharmeerd was van de statige villa met de elegante, hoge ramen. Ze begreep niet dat een man die zo riant woonde, er zo'n armoedig kantoor op nahield.

Na de beker in de keuken afgewassen te hebben, maakte ze de ronde door de benedenverdieping. Binnen tien minuten wist ze het zeker: Cade Parris zat er warmpjes bij. Het vele antiek in huis was een museum waardig. Hoe ze dat wist, was haar een raadsel, maar ze was overtuigd van de waarde van de schitterende secretaire in de voorkamer. Ze herkende kostbare Waterford-vazen, het dure zilveren bestek en het porseleinen servies in het prachtige kabinet in de eetkamer. Verder waagde ze het te betwijfelen dat het landschapsschilderij van Turner een kopie was.

Dan was er nog de tuin met het keurig onderhouden gazon, de majestueuze, oude bomen en de in volle bloei staande rozenstruiken. Als zij het zo bekeek, zou Cade niet eens hoeven werken en al helemaal niet in zo'n klein en rommelig kantoor. De man was in feite net zo'n raadsel als zij, stelde ze flauwtjes glimlachend vast.

Met de bedoeling zichzelf nuttig te maken door vast voor de lunch te gaan zorgen, begaf ze zich weer naar de keuken. Ze schrok zich een ongeluk, toen de telefoon opeens rinkelde, maar gelukkig bleek het antwoordapparaat aan te staan. 'Dit is nummer 555-2396. Spreek uw boodschap in na de piep. Ik neem zo spoedig mogelijk contact met u op.'

'Cade, dit begint verdraaid irritant te worden,' begon een beschaafd klinkende vrouw afgemeten. 'Ik heb vanochtend al meerdere keren naar kantoor gebeld, en het lijkt me niet meer dan beleefd dat je eens even reageert. Ik kan me niet voorstellen dat je het te druk hebt om je moeder te woord te staan.' Uit haar diepe zucht bleek niets dan ergernis. 'Ik vind het een schande dat je niet eens de moeite hebt genomen Pamela te bellen over vanavond. Daarmee breng je mij in een onmogelijke positie. Ik ga nu naar Dodie om te bridgen. Je kunt me bij haar tot vier uur vanmiddag bereiken. Stel me niet nog eens teleur, Cade. Het is al erg genoeg dat Muffy boos op je is.'

Na afloop van de tirade moest Bailey iets wegslikken. Doordat ze zich haast persoonlijk aangesproken voelde, vroeg ze zich in gemoede af of zij ook zo'n dominante, gehoorzaamheid eisende moeder had... Een moeder die zich zorgen om haar maakte?

Ze zette theewater op en was net op zoek naar theezakjes, toen de telefoon weer rinkelde. 'Ja, Cade, met Muffy,' klonk het vinnig. 'Ik hoor net van mams dat ze je nog altijd niet heeft kunnen bereiken. Het is duidelijk dat je contact met ons mijdt omdat je weet dat je fout zit. Alsof je niet wist dat Camilla's recital gisteravond was. Het minste wat je had kunnen doen, was even je gezicht laten zien, maar nee, hoor! Zelfs een greintje familieloyaliteit is kennelijk te veel gevraagd. Ik hoop dat je het fatsoen kunt opbrengen Camilla je excuses aan te bieden. Ik weiger nog een woord met je te wisselen voor je dat hebt gedaan.'

Nadat de verbinding was verbroken, slaakte Bailey een diepe zucht. Familie, je zou er maar mee gezegend zijn, overwoog ze. Hoewel... misschien had zij ook wel broers en zussen tegen wie zij net zo krengerig deed als de hatelijk klinkende Muffy.

Ze nam een kijkje in de grote koelkast en glimlachte bij het zien van de hoeveelheid eieren, die Cade in voorraad had. Ze vond ook rauwe ham, Zwitserse kaas en vleestomaten. Opgewekt ging ze aan de slag.

Toen ze een tijdje later net de tomaten stond te snijden, hoorde ze de voordeur dichtslaan. Ze wilde roepen dat ze in de keuken was, maar de woorden bleven haar in de keel steken. Als het nou eens niet Cade was, maar de griezel uit haar droom, die haar had weten op te sporen en haar te grazen wilde nemen? Het heft van het mes omklemmend, schuifelde ze voetje voor voetje richting keukendeur. De angst vloog haar naar de keel, en het benauwde zweet brak haar uit.

Ze moest weg zien te komen, rennen voor haar leven – weg van de lichtflitsen, weg van de stromen bloed in het inktzwarte duister…

Met het mes in de aanslag om zich als het moest tot het uiterste te verdedigen, tastte ze achter zich naar de deurknop, klaar om ervandoor te gaan en… Er ontsnapte haar een snik van opluchting op het moment dat ze Cade de keuken zag betreden. Ze liet het mes vallen en wierp zich met een gesmoorde kreet in zijn armen. 'O, jij… jij bent het!'

'Ja, wie anders?' Cade kon het niet laten haar dicht tegen zich aan te houden. Hij was ook maar een mens, en ze rook onweerstaanbaar. 'Ik zei toch dat je hier veilig was?'

'Weet ik,' prevelde ze zwakjes. 'Ik voelde me hier ook best veilig, maar… maar toen ik de voordeur hoorde, raakte ik even in paniek.' Ze scheen zich er nog niet toe te kunnen zetten hem los te laten. 'Ik dacht dat het wel eens iemand anders zou kunnen zijn en wilde op de vlucht slaan.' Ze keek naar hem op. 'Ik vind het afschuwelijk dat ik zo laf was, maar ik kon niet meer denken, kan niet meer denken en…' Als betoverd deed ze er het zwijgen toe. Zoals hij naar haar keek, haar haren streelde, zijn hand in haar nek legde en haar daar zachtjes masseerde, terwijl zij haar armen stijf om zijn middel hield…

Cade wachtte tot hij de blik in haar ogen zag veranderen en ze de situatie echt gewaarwerd, voor hij langzaam zijn hoofd boog om haar lippen vederlicht met de zijne te beroeren.

O, wat zalig, was het eerste wat ze dacht. Zalig om zo stevig vastgehouden en zo teder gekust te worden. Als vanzelf gleden haar handen omhoog over zijn rug, terwijl ze de bijna vragende kus met een verlangende zucht tegemoet kwam door zich op haar tenen te verheffen. Onwillekeurig huiverend verwelkomde ze zijn tong door haar lippen al bij de eerste streling van elkaar te doen.

Hij had geweten dat ze zowel verlegen als gul zou zijn, dat ze even fris als zoet zou smaken en dat ze zo verrukkelijk rook. Het was eenvoudig niet mogelijk dat hij haar pas enkele uren kende. Deze vrouw was al zijn hele leven de zijne. Hij kon zijn geluk niet op dat hij haar eindelijk zo in zijn armen mocht houden.

Ook Bailey wist niet wat haar overkwam. Alleen al het idee dat zijn kus de eerste was die ze zich zou herinneren, was zo opwindend, dat ze er niet over uit kon. Hij was de eerste en enige in haar hoofd en in haar hart, de eerste die haar zo liefkoosde, dat ze op haar benen stond te trillen, de eerste wiens naam ze murmelde in dromerig verlangen naar meer.

Haar zijn naam horen murmelen verdreef elke vrouw die hij ooit had bemind uit zijn geheugen, zodat zij de eerste en de enige voor hem werd. Het begon hem meer moeite te kosten zijn groeiende hartstocht in toom te houden. Gezien haar bijna tere voorkomen en bedeesde uitstraling, zou hij haar immers maar al te gemakkelijk kunnen afschrikken, en dat was het laatste wat hij wilde. Zodra hij de druk echter een beetje verhoogde en haar zoete mond met zijn tong veroverde, klemde ze zich zo vol vuur aan hem vast, dat hij nauwelijks wist waar hij het zoeken moest.

Bailey vond het een sensatie zich zo levenslustig, zo bruisend te voelen. Met haar handen door zijn haar woelend, zou ze het liefst helemaal in hem willen kruipen, hem helemaal in zich op willen nemen om in één keer van alle beangstigende leegtes af te zijn. Dit was leven; dit was echt; dit was wat telde.

'Kalm aan een beetje,' wist Cade met de grootst mogelijke tegenzin uit te brengen. Hij was bijna net zo ver heen als zij en begreep dat als hij zijn begeerte niet enigszins in bedwang hield, hij haar hier op de keukenvloer de zijne zou maken. 'Rustig, rustig,' prevelde hij verdacht schor, terwijl hij haar hoofd tegen zijn schouder drukte om de verleiding van een volgende kus te weerstaan.

Nog nahuiverend van de overweldigende ervaring, trachtte ze tot zichzelf te komen. 'Jeetje, ik weet niet of het ooit zo geweest is,' fluisterde ze. 'Of ik dit... wel eens eerder heb meegemaakt.'

Haar verzuchting ontnuchterde hem iets te abrupt naar zijn zin. Wat zij niet wist, wist hij zeker. Voor hem was het nooit zo geweest. 'Zit er maar niet over in.' Hij moest zichzelf dwingen haar los te laten, maar hield zijn handen nog even op haar schouders. 'Laat het voor het moment genoeg zijn dat je weet dat het niet gewoon was.'

Ze beet op haar tintelende onderlip, toen hij zich omdraaide en de koelkast openrukte. 'Ik... Ik heb ijsthee gemaakt.'

'Ik wil bier.'

Ze schrok van zijn bruuske reactie. 'Je bent boos.'

'Nee.' Hij schroefde de dop van het flesje en nam een grote slok. 'Nou ja, wel een beetje. Op mezelf. Ik ben tenslotte begonnen.' Hij liet de fles zakken en monsterde haar. Zoals ze daar met haar armen om haar middel blootsvoets in zijn te ruime spijkerbroek en overhemd met verwarde lokken stond, oogde ze absoluut weerloos. 'Ik wil graag open kaart spelen,' hernam hij leunend tegen het aanrecht na een korte stilte. 'Ik voelde de klik op het moment dat je mijn kantoor binnen kwam. Dat is me nooit eerder gebeurd. Daar is ze dan, dacht ik, en ik wist het zeker. Niet alleen omdat ik je een stuk vond, je in moeilijkheden verkeerde en bij mij kwam voor hulp...' Hij nam nog een slok bier. 'Goed, ik heb een zwak voor mensen in nood, zeker voor mooie vrouwen in nood, maar dat is niet alles. Ik wil je helpen en net zo graag alles over je te weten komen als jij...' Hij haalde diep adem. 'Daarnaast wil ik niets liever dan je beminnen, uitgebreid en traag. Als we dan klaar zijn en je uitgevloerd onder me ligt, wil ik meteen weer opnieuw beginnen.'

Zonder zich ervan bewust te zijn, had ze haar armen voor haar borsten gekruist, alsof ze daarmee het wilde bonzen van haar hart kon tegengaan. 'O,' was het enige wat ze kon uitbrengen.

'En dat gaat ook gebeuren... zodra jij wat steviger in je schoenen staat.'

'O...' Ze schraapte haar keel. 'Maar ik zou een misdadigster kunnen zijn, Cade.'

'Welnee.' Hij had zichzelf weer redelijk onder controle. 'Dit is voor de lunch?' informeerde hij met een blik op de etenswaren naast hem op het aanrecht.

Bailey keek hem scherp aan. Wat moest ze met zo'n reactie van de man die haar net te verstaan had gegeven dat hij haar wilde beminnen tot ze uitgevloerd was? 'Wie weet heb ik een fortuin gestolen, iemand vermoord en een onschuldig kind ontvoerd.'

'Vast.' Cade legde een plakje ham op een boterham. 'Je bent het prototype van de gewetenloze desperado, schat. Dat ziet iedereen. Je hebt nu eenmaal die gemene moordenaarsblik in je ogen.' Zachtjes grinnikend keek hij naar haar om en schudde zijn hoofd. 'Alsjeblieft, Bailey, kijk eens goed in de spiegel. Je bent een welgemanierde, keurige vrouw met een geweten zo groot als Kansas. Ik durf te wedden dat je nog nooit een parkeerbon hebt gehad en nooit iets wilders hebt gedaan dan zingen onder de douche.'

Zonder te kunnen zeggen, waarom stak het haar dat hij haar aanzag voor een op en top net typetje. 'Ik heb anders wel een tatoeage op mijn bil,' verklaarde ze vinnig.

Hij liet zijn sandwich bijna vallen. 'Pardon?'

'Ik heb een tatoeage op mijn bil,' herhaalde ze met een strijdbare blik in haar ogen.

'O ja?' Hij zou er wat voor geven die meteen te mogen aanschouwen. 'Nou, dan moet ik je toch echt aan de politie uitleveren. Sterker nog, in combinatie met die levensgevaarlijke gaatjes in je oren, zal ik je onder schot moeten houden.'

'Fijn dat ik zo'n bron van vermaak voor je ben.'

'Nee, schat, je fascineert me.' Hij stelde zich snel voor haar op om te voorkomen dat ze de keuken uit stormde. 'Kijk eens wat een temperament. Alweer een goed teken. Bailey is geen watje.' Hij bewoog met haar mee, toen ze opzij stapte. 'Ze houdt van roerei met dille en paprika, weet hoe ze ijsthee moet maken, snijdt tomaten in keurige plakjes en kan ook nog eens een platte knoop leggen.'

'Wat?'

'Je riem, of wat daar voor door moet gaan.' Hij wees naar de knoop. 'Misschien is ze wel bij de padvinderij geweest, of heeft ze geregeld gezeild. Als ze zich ergert, wordt haar stem ijzig. Ze heeft smaak wat kleren en sieraden betreft, kauwt op haar onderlip als ze nerveus of gespannen is... Dat laatste wekt trouwens wilde lustgevoelens bij me...' Hij toonde haar zijn kuiltjes door te grijnzen, toen ze onmiddellijk stopte met die activiteit en haar keel schraapte. 'Ze heeft korte, goedverzorgde nagels en kan een man met een zoen van zijn zinnen beroven. Al met al een boeiende vrouw, onze Bailey.' Hij trok haar plagend aan haar haren. 'Kom, laten we gaan zitten om te eten, dan zal ik je vertellen wat ik nog meer heb ontdekt. Wil je mosterd of mayonaise?'

'Geen idee.' Ondanks zijn ontwapenende gedrag nog steeds een beetje verongelijkt liet ze zich op een van de stoelen vallen.

'Ik prefereer mosterd.' Hij pakte het potje en zette dat met wat zij al had klaargemaakt op tafel. 'Vertel eens, wat is het?'

Bailey besmeerde haar boterham met mosterd. 'Wat?'

'Die tatoeage? Wat stelt die voor?'

Met een grimas van verlegenheid reikte ze naar de ham. 'Ik zie niet in wat dat ertoe doet.'

'Doe niet zo flauw,' drong hij grinnikend aan. 'Een vlinder? Een roos? Of ben je toevallig een vermomde Hells Angel en verberg je een schedel en gekruiste beenderen onder mijn spijkerbroek?'

'Eenhoorn,' mompelde ze met tegenzin.

Met moeite hield Cade zijn gezicht in de plooi. 'Wat leuk,' reageerde hij rustig, terwijl hij toekeek hoe ze haar sandwich in volmaakte driehoekjes sneed.

Bailey had er genoeg van. 'Krijg ik nog te horen wat je hebt ontdekt?'

In het besef dat fantaseren over de eenhoorn op haar bil niet goed was voor zijn gemoedsrust, besloot hij op te houden met haar plagen. 'Ja,' verzuchtte hij. 'Het pistool staat niet geregistreerd. Mijn maat heeft het niet kunnen traceren. Overigens was het volledig geladen. Dat betekent dat er of niet mee geschoten is, of dat het is herladen.'

'Niet mee geschoten...' Met een zucht van verlichting sloot ze haar ogen een moment. 'Misschien heb ik hem helemaal niet gebruikt.'

'Niet misschien, maar zeer waarschijnlijk. Ik kan me eenvoudig niet voorstellen dat jij een ongeregistreerd wapen bezit. Maar goed, misschien komen we nog op het spoor en krijgen we een duidelijker beeld.'

'Jeetje, je bent al zoveel te weten gekomen.'

Hoewel hij graag even zou willen genieten van de onverholen bewondering in haar stem, haalde hij zijn schouders op. 'Ach, het meeste is negatieve informatie,' verklaarde hij na een hap te hebben genomen. 'Er is geen diefstal gemeld van zo'n som geld en een grote diamant. Er is bij de politie ook niets bekend over een ontvoering of gijzeling. Ook niet van een moord of een aanslag met een pistool van dat kaliber.' Hij pauzeerde om een slok bier te nemen. 'De afgelopen week is geen vrouw die aan jouw beschrijving voldoet, als vermist opgegeven.'

'Maar hoe kan dat nou?' Ze schoof haar sandwich terzijde. 'Ik ben toch vermist? En ik heb die diamant en dat geld.'

'Mogelijkheden genoeg.' Hij hield haar blik gevangen. 'Bijvoorbeeld dat men het van jou liever stilhoudt. Je zei dat die diamant deel uitmaakte van een geheel, en toen je uit die nachtmerrie wakker werd, had je het over drie sterren. Ster... diamant, misschien is dat wel hetzelfde. Is het mogelijk dat er drie van zulke diamanten zijn?'

'Sterren?' prevelde ze, terwijl ze haar vingertoppen tegen haar slapen drukte vanwege de plotseling opkomende hoofdpijn. 'Heb ik het daarover gehad? Ik kan me geen sterren herinneren.' Ze trachtte logisch na te denken. 'Drie stenen van dat formaat en die kwaliteit, dat is een bijna onvoorstelbare zeldzaamheid. Samen zouden ze van onschatbare waarde zijn. Je kunt niet eens...' Ze kreeg het vreemd benauwd en snakte naar adem. 'Ik... Ik kan geen adem... krijgen...'

'Rustig maar.' Cade stond al naast haar en trok haar met stoel en al achteruit, zodat hij haar hoofd tussen haar knieën kon duwen. 'Zo is het even genoeg. Ontspan maar. Niet forceren,' zei hij sussend, terwijl hij haar over haar rug wreef. Wat had ze in vredesnaam voor vreselijks meegemaakt dat ze zo panisch keek?

'Sorry,' prevelde ze. 'Ik wil helpen.'

'Dat doe je al. De rest komt wel.' Hij hees haar overeind en keek toe terwijl ze haar blonde haar uit haar bleke gezicht streek. 'Dit is pas de eerste dag, hoor.'

'Ja...' Blij dat hij haar niet plaagde met haar zwakheid haalde ze diep adem. 'Het leek wel een aanval van paniek. Alleen al door erover na te denken, kwam diezelfde mengeling van afschuw, angst en schuldgevoel uit de nachtmerrie opzetten... Mijn hoofd bonkte, evenals mijn hart en... en ik kon geen adem krijgen.'

'We zullen het kalmer aan doen. Misschien dat het niet gebeurt als we het over de diamant hebben die jij bij je had.'

Bailey sloot haar ogen een moment en dacht eraan. Met het beeld van de edelsteen voor zich had ze door de buitengewone schoonheid minder last van angstaanjagende gevoelens. 'Minder erg,' merkte ze zachtjes op. 'Al weet ik niet waarom.'

'Goed zo.' Hij schoof haar bord voor haar. 'Eet wat. Je zult je energie nodig hebben voor wat ik vanavond voor je in petto heb.'

'Wat dan?'

'Wel, ik heb een stapel boeken over juwelen bij de bibliotheek gehaald. Technische dingen, de geschiedenis van diamanten, zeldzame edelstenen, afbeeldingen –'

'O, wat goed.' Haar stemming klaarde op, en ze begon aan haar sandwich. 'Wie weet, kunnen we de diamant zo traceren. Als we weten wie de eigenaar is... O, maar jij kunt vanavond niet.'

'Hoe dat zo?' informeerde hij verbaasd.

'Je moet ergens heen met Pamela.'

'O? Ach, verdorie.' Hij sloeg met zijn vlakke hand tegen zijn voorhoofd.

'Sorry. Ik ben vergeten te zeggen dat je moeder heeft gebeld. Ik hoorde de boodschap die ze insprak. Ze leek nogal boos omdat je haar niet terug hebt gebeld en niets met Pamela hebt geregeld. Je kunt haar tot vier uur bij Dodie bereiken. Verder is Muffy boos op je. Die belde vlak na je moeder. Ze praat niet meer met je voor je Camilla je excuses hebt aangeboden vanwege het missen van haar recital.'

'Als dat zou kunnen,' mompelde Cade hoofdschuddend voor hij naar haar glimlachte. 'Geen slechte samenvatting. Je mag voor me komen werken.' Hij zag haar flauwtjes glimlachen. 'Nee, ik meen het. Zo te horen ben je in elk geval heel wat beter dan mijn vorige secretaresse. Ik kan je hulp op kantoor goed gebruiken, en misschien is bezig zijn wel goed voor je.'

'Ik weet niet eens of ik wel kan typen.'

'Ik weet dat ik er in elk geval niets van kan, dus die voorsprong heb je al. Je kunt toch wel telefoneren?'

'Ja, natuurlijk, maar –'

'Je zou mij ermee uit de brand helpen,' drong hij aan. Het was de manier om haar bij zich te houden. 'Het scheelt mij adverteren en het voeren van sollicitatiegesprekken. Ik zou het geweldig vinden als je een paar uur per dag kon bijspringen.'

Denkend aan de puinhoop die ze bij hem had aangetroffen, overwoog ze dat hij eerder een schoonmaakploeg dan een secretaresse nodig had. Niettemin sprak het haar wel aan zich een beetje nuttig te kunnen maken. 'Ik wil je graag helpen.'

'Fantastisch,' reageerde hij opgewekt. 'O ja, ik heb wat spulletjes voor je aangeschaft.' Hij stond op en begon af te ruimen. 'Kleren, en dergelijke.' Bij het zien van haar verwonderde blik, grijnsde hij. 'Niets bijzonders, hoor. Ik moest je maat natuurlijk schatten, maar daar heb ik wel oog voor, al zeg ik het zelf.' Ze zat alweer zorgelijk op haar lip te kauwen. 'Niet zo moeilijk doen, Bailey. Hoe leuk mijn kleren je ook staan, daar kun je niet in blijven lopen. Die ene rok met dat jasje kun je ook niet elke dag aan.'

'Nee, daar zit iets in.' Bleef hij zo aardig en attent? 'Dank je wel.'

'Graag gedaan. Wat zou je ervan zeggen een luchtje te gaan scheppen? Het regent niet meer, en de buitenlucht zal je goeddoen.'

'Ik heb geen schoenen.' Ze laadde de borden, die hij op het aanrecht had gedeponeerd, in de vaatwasser.

'Jawel. Ik heb ook aan een paar gympen gedacht. Maat zevenendertig?'

Zachtjes lachend verpakte ze de overgebleven ham. 'Geen idee.'

'Dadelijk maar even proberen.'

'Cade, je moet je moeder bellen.' Ze zag hem grijnzend zijn hoofd schudden. 'Toe nou, ze leek echt boos.'

'Dat is niets nieuws. Ik ben het zwarte schaap van de familie.'

'Dat kan wel zo zijn, maar ze is je moeder.' Ze nam het aanrecht af met een vochtige vaatdoek. 'Ze verwacht een telefoontje.'

'Welnee, ze wil me alleen maar de huid vol kunnen schelden en me tot iets dwingen waarvoor ik niets voel. Als ik weiger, belt ze Muffy, de heks die voor mijn zus moet doorgaan, om me samen met haar helemaal de grond in te boren.'

'Het is geen manier om zo over je familie te praten. Je schijnt Camilla teleurgesteld te hebben. Is zij je nichtje?'

'Dat gerucht doet de ronde.'

'Een kind van je zus?'

'Muffy heeft geen kinderen, maar monsters. Camilla is een zeurderige, verwende, volgevreten mutant.'

Bailey weigerde te glimlachen. 'Het geeft geen pas je nichtje zo af te schilderen, zelfs al hou je niet van kinderen.' Ze hing de vaatdoek netjes uit.

'O, ik hou best van kinderen,' verklaarde hij monter, 'maar Camilla is nu eenmaal geen mensenkind. Mijn andere zus, Doro, heeft er twee, en gelukkig is de jongste op de een of andere manier aan de Parris-vloek ontsnapt. Dat is een leuk joch. Houdt van honkbal en kattenkwaad uithalen. Volgens Doro moet hij in therapie.'

Of ze wilde of niet, ze moest lachen. 'Dat verzin je.'

'Nee, schat, echt niet. Geloof me, over de Parris-clan valt bijna niets positiefs te verzinnen. Ze zijn allemaal even egocentrisch, snobistisch en arrogant. Ga je nu de vloer nog dweilen?'

Verbijsterd over zijn negatieve houding wierp ze een afwezige blik op de mooie plavuizen. 'Ja, goed. Waar is –'

'Dat was een grapje, Bailey.' Hij greep haar snel bij haar arm en trok haar mee de keuken uit. 'Nee, ik neem niet op,' zei hij, toen de telefoon begon te rinkelen.

'Schaam je.'

'Nee. Het is puur zelfbehoud. Ik laat me niet dwingen tot een uitje met Pamela.'

'Toe nou, Cade. Ik wil niet dat je vanwege mij een afspraak laat lopen en ruzie krijgt met je moeder.'

'Ik heb geen afspraak geregeld; dat heeft mijn moeder gedaan. Ik laat me niet ringeloren en ben wat blij met jou als excuus. Sterker nog, ik ben je zo dankbaar, dat ik je de betaling van deze eerste dag kwijtscheld. Hier...' Hij bukte zich om een van de tassen te pakken die hij in de hal had laten staan. 'Je glazen muiltjes. Als ze passen, mag je naar het bal.'

Bailey ging op de onderste tree van de trap zitten en opende de schoenendoos. 'Rode gympen?'

'Ik vond ze leuk. Wel sexy.'

'Sexy gympen,' mompelde ze hoofdschuddend. Ze begreep niet hoe ze in haar onmogelijke situatie zo blij kon zijn met een paar schoenen. 'Ze zitten als gegoten.'

'Zie je wel dat ik er oog voor heb.' Hij keek glimlachend toe terwijl ze de veters heel precies strikte. 'Verdraaid sexy,' verklaarde hij even later, terwijl hij haar overeind trok. 'Je ziet er helemaal fantastisch uit.'

'Dat zal wel met alleen de gympen die me passen.' Ze wilde hem op zijn wang kussen, maar bedacht zich.

'Lafaard,' murmelde hij plagend.

'Kom, je wilde toch wandelen?' Eenmaal buiten keek ze naar hem op. 'Is Pamela mooi?'

'Heel mooi.' Hij liet een arm om haar middel glijden. 'En ze smacht naar me.' Bij het horen van haar hooghartige gnuifje, glimlachte hij tevreden.

Hoofdstuk 4

Cade had beslist niet alleen uit opstandigheid met de familietraditie gebroken door detective te worden en zijn eigen bureau te beginnen. Het oplossen van raadsels was altijd een liefhebberij van hem geweest, en in combinatie met zijn sterk ontwikkelde gevoel voor rechtvaardigheid had de keuze om van zijn hobby zijn werk te maken voor de hand gelegen. Speuren naar gegevens, uitzoeken van zaken, logisch nadenken, combineren en deduceren, was zijn lust en zijn leven met als bijkomend voordeel dat hij als kleine zelfstandige zelf zijn doen en laten kon bepalen. Daarbij kwam nog eens dat het hem voldoening schonk mensen te helpen die in moeilijkheden verkeerden en indien mogelijk dingen voor hen recht te zetten.

Met Bailey kon hij zijn lol op, en echt niet alleen omdat hij als een baksteen voor haar was gevallen. In de bibliotheek had hij op goed geluk op microfilm gezette kranten van de afgelopen weken bekeken in de vergeefse hoop een berichtje over een gestolen blauwe diamant te vinden. Doordat hij er geen idee van had waar ze vandaan kwam, wist hij ook niet hoelang ze haar geheugen al kwijt was, of hoelang ze het geld en de gigantische edelsteen in haar bezit had.

Ook nadere bestudering van geheugenverlies had hem niets nieuws opgeleverd. Het enige wat hij met aan zekerheid grenzende waarschijnlijk wist, was dat ze iets traumatisch had meegemaakt en dat haar geest zich daarvoor uit zelfbescherming had afgesloten. Verder was hij er gevoelsmatig vrijwel zeker van dat zij – ook al was ze misschien betrokken bij een misdrijf – onschuldig was. Vooralsnog had hij maar één argument, en dat was dat hij zich eenvoudig niet kon voorstellen dat een vrouw met ogen als de hare een misdadigster was.

Vragen te over en nauwelijks antwoorden, maar hij was vastbesloten haar te beschermen, want wie en wat Bailey ook zou blijken te zijn, het stond voor hem vast dat zij de vrouw was op wie hij zijn hele leven had gewacht. Als het aan hem lag, zou het niet alleen bij beschermen blijven, maar zou hij haar ook nooit meer laten gaan...

Zijn eerste vrouw had hij volgens alle gangbare tradities gekozen. Nou ja, gekozen... Zowel zijn schoonouders als zijn ouders hadden hun steentje meer dan bijgedragen door hem en zijn ex zo te sturen, dat ze er met goed fatsoen niet meer onderuit konden met elkaar te trouwen. Een zielloos huwelijk, dat eenvoudig geen stand had kunnen houden.

Sinds de scheiding, waartegen iedereen, behalve de twee direct betrokkenen, zich had verzet, was hij een meester geworden in het uit de weg gaan van alles wat maar zweemde naar meer dan kortstondige avontuurtjes. Achteraf beschouwd, geloofde hij dat hij dat had gedaan vanwege de vrouw die in kleermakerszit naast hem op het tapijt met een frons tussen haar wenkbrauwen het boek over edelstenen zat te bestuderen.

'Bailey, je hebt een leesbril nodig.'

'Mmm?' Ze boog zich nog verder over de pagina.

'Volgens mij heb je gewoonlijk een bril op als je leest. Nog even, en je begraaft jezelf in dat boek.'

'O...' Ze wreef haar ogen uit. 'Volgens mij is het gewoon een kleine druk.'

'Nee, hoor. Geen zorg, we zullen morgen een bril voor je regelen. We zijn al een paar uur bezig. Wil je een glas wijn?'

'Ja, goed,' reageerde ze afwezig, terwijl ze naar de tekst tuurde. 'Hier staat dat de Ster van Afrika de grootste geslepen diamant ter wereld is. 530.2 karaat.'

'Geen kleine jongen,' mompelde Cade, terwijl hij de fles sancerre en twee wijnglazen pakte.

'Hij siert de scepter van het Britse koninklijk huis, maar hij is te groot en geen blauwe diamant. Ik ben nog niets tegengekomen dat op onze steen lijkt. Ik wou dat ik een refractometer bij de hand had.'

'Een wat?'

'Een refractometer,' herhaalde ze. 'Een instrument waarmee je de brekingsindex van een diamant kunt bepalen.' Ze zag Cade naar haar staren. 'Jeetje, hoe weet ik dat?'

Hij installeerde zich met de geopende fles en de glazen naast haar. 'Wat is de brekingsindex?'

'De relatieve breking van een lichtstraal. Zuivere diamanten breken het licht lineair, dat wil zeggen dat er geen kleurenspectrum in optreedt.' Ze haalde een hand door haar haren. 'Waar haal ik dat vandaan, Cade?'

Misschien zou ze dat ontdekken als hij verder vroeg, overwoog hij. 'Hoe weet je dat dit een diamant is?' Hij wees naar de steen die hij op zijn notitieblok had gelegd. 'Voor mij is het een grote saffier.'

'Nee, een saffier heeft een dubbele refractie.' Ze huiverde onwillekeurig. 'Ik ben een juwelendief,' zei ze kreunend. 'Daardoor weet ik dat allemaal.'

'Of juwelier, of een edelsteendeskundige, of misschien een stinkend rijke tante, die ermee knikkert.' Hij gaf haar haar glas. 'Trek geen overhaaste conclusies, Bailey. Daardoor mis je namelijk details die van belang kunnen zijn.'

'Je hebt gelijk,' mompelde ze. Toch ontkwam ze niet aan het beeld van zichzelf als geheel in zwart gehulde geveltoerist, die ergens op de tweede verdieping van een villa inbrak. 'Blijft de vraag hoe ik erbij kom,' verzuchtte ze na een slok wijn genomen te hebben. 'Refractometers... The Maltese Falcon –'

'The Maltese Falcon?'

'Je weet wel, de film met Humphrey Bogart en Mary Astor. Ik zag het boek in je slaapkamer en moest meteen aan de film denken. Ik weet trouwens ook hoe rozen ruiken, maar niet wat mijn lievelingsparfum is. Ik herkende mijn tatoeage als een eenhoorn, maar hoe ik aan die tatoeage kom...'

'Eenhoorn, het symbool van de onschuld,' murmelde hij.

Ze deed of ze de kuiltjes in zijn wangen niet zag en dronk haar glas snel leeg.

Cade verruilde zijn onaangeroerde glas voor het hare dat hij vervolgens vulde.

'En ik had onder de douche een melodietje in mijn hoofd dat ik maar niet kwijtraakte...' Ze nam nog een slokje voor ze het met een frons op haar voorhoofd voor hem neuriede.

'Het beroemde slotkoor uit de negende symfonie van Beethoven,' vertelde Cade. 'Beethoven, Bogart een mythische dier... Je blijft me fascineren, Bailey.'

'Wat voor naam is Bailey eigenlijk?' vroeg ze met geheven glas. 'Is het mijn voornaam, achternaam? Wie noemt een kind nou Bailey? Ik zou veel liever Camilla heten.'

Grinnikend keek Cade haar aan. 'Vast niet. Neem dat maar van me aan.' Hij zag haar pruilen en overwoog haar de wijn af te nemen. 'Vertel eens wat meer over diamanten.'

'De beste vriendinnen voor een meisje.' Ze giechelde en keek stralend naar hem op. 'Heb ik dat zelf verzonnen?'

'Nee, schat. Het is een liedje uit een oude film.' Hij nam haar halflege glas over en zette het weg. Als ze zo snel aangeschoten was, kon ze niet goed tegen drank. 'Wat weet je nog meer over diamanten?'

'Dat ze glinsteren en schitteren. Koele edelstenen. Niet alleen om te zien, ook om te voelen. Zo kun je ze van glas onderscheiden. Glas kan warm worden, diamanten niet. Het zijn prima warmtegeleiders. Koud vuur.' Ze ging op haar rug liggen en rekte zich met gesloten ogen behaaglijk uit. 'De hardste materie die bekend is, waarde tien op de hardheidsschaal van Mosh. Diamanten van de hoogste kwaliteit zijn witte diamanten. Die met een gele of bruine tint worden als inferieur beschouwd.' Het duizelde haar een beetje, en ze slaakte een diepe zucht. 'Blauwe, groene en rode diamanten zijn uiterst zeldzaam en daardoor heel duur. De kleur wordt veroorzaakt door de aanwezigheid van andere elementen dan pure koolstof.'

'Prima,' complimenteerde Cade haar. Zo verleidelijk als ze erbij lag, kon hij zijn ogen niet van haar afhouden. 'Ga door.'

'Het soortelijke gewicht van diamanten varieert tussen de 3.15 en de 3.53, maar de waarde van puur kristal bedraagt meestal 3.52.' Ze rekte zich nog eens uit. 'Het gaat om briljantheid en vuur.'

Ondanks zijn goede voornemens dwaalde zijn blik onwillekeurig naar de welving van haar kleine, stevige borsten. 'Inderdaad.'

'Ongeslepen diamanten hebben een voor het oog vettige glans, maar geslepen... O, dan is het een en al geglinster.' Ze rolde op haar buik. 'In vaktermen heet dat adamantine. Diamant is afgeleid van het Griekse woord *adamas*, wat onoverwinnelijk betekent. In kracht schuilt zoveel schoonheid.'

Het ontging hem niet dat het haar moeite kostte haar enigszins troebele ogen op te slaan, alsof haar oogleden zwaar waren. Met haar benen zwaaiend ging ze overeind zitten, waardoor ze zowat op zijn schoot belandde.

'Jij bent zo sterk, Cade, en zo aantrekkelijk,' verzuchtte ze loom, en ze wiebelde even heen en weer tot ze comfortabel tegen hem aan zat. 'Toen je me kuste, had ik het idee dat je me met huid en haar zou verslinden zonder dat ik er iets tegen kon doen,' vertrouwde ze hem toe. 'Dat was heerlijk.'

'O jee,' mompelde hij. Zijn lichaamsreacties logen er niet om. Worstelend met zijn begeerte, bedekte hij haar handen op zijn borst met de zijne. 'Volgens mij ben je aan koffie toe.'

'Je wilt me weer kussen.'

'Net zo graag als ik door wil gaan met ademhalen.' Zo dromerig als ze naar hem keek, kon hij de verleiding nauwelijks weerstaan. 'Maar het lijkt me beter van niet.' Hoe sterk de lokroep van haar verrukkelijke mond ook was, hij wilde geen misbruik maken van haar aangeschoten toestand. Zodra hij aanstalten maakte haar met zachte drang weg te duwen, gleed ze echter met een verrassend snelle beweging schrijlings over zijn dijen en sloeg haar benen om zijn heupen. 'Sorry, maar... Luister nou...' stamelde hij. Voor een jonkvrouw in nood ging ze opeens verdraaid geraffineerd te werk. Hij wist nog net te voorkomen dat ze zijn overhemd van zijn schouders schoof. 'Hou op. Ik meen het.' Tot zijn verbazing meende hij het oprecht. Was hij gek geworden?

'Denk je dat ik goed in bed ben?' Doordat ze haar hoofd op zijn schouder vlijde, zag ze niet dat hij scheel keek en zich bijna verslikte. 'Ik hoop dat ik niet frigide ben.'

'Weinig kans,' mompelde hij. Zijn bloeddruk werd angstig hoog, en hij kreeg het helemaal benauwd, toen ze vrijmoedig aan zijn oorlelletje begon te knabbelen, terwijl ze haar handen onder zijn overhemd over zijn rug liet dwalen.

'Je smaakt zo lekker,' murmelde ze goedkeurend, zijn hals met haar lippen strelend. 'Ik heb het zo warm... Heb jij het niet warm?'

Met een gesmoorde krachtterm boog hij zijn hoofd voor een verslindende kus. Hij verloor zich bijna in haar zoete mond, toen hij haar zachtjes hoorde kreunen, terwijl ze in overgave tegen hem aan smolt. Even later moest ze naar adem happen en boog al doende haar hoofd achterover om hem haar hals te bieden. Alleen een heilige zou die verleiding kunnen weerstaan – en hij was beslist geen heilige. Omdat alleen met zijn lippen liefkozen al gauw niet meer voldoende was, beet hij haar sensueel zacht in haar hals met als gevolg dat ze even ongedurig als uitnodigend op zijn schoot heen en weer schoof.

Bij benadering kon hij voelen hoe fantastisch het zou zijn als hij haar langzaam achteroverdrukte op het tapijt van de werkkamer en haar de zijne maakte. Wat hem ervan weerhield, was het besef dat dit het moment was. 'Ik heb nog nooit zo hevig naar iemand verlangd als nu naar jou,' fluisterde hij schor van passie. Met zijn handen in haar haren dwong hij haar hem aan te kijken. 'Verdorie, focus even,' beval hij zachtjes. 'Kijk me eens aan.'

Ze zag niets anders dan hem, wilde niets anders zien. Ze was vol van hem en had het gevoel da ze zweefde. 'Kus me nog eens, Cade... Het... Het is zo wonderbaarlijk...'

Met zijn voorhoofd tegen het hare trachtte hij zijn ademhaling onder controle te krijgen en zijn overweldigende begeerte te bedwingen. 'De volgende keer dat ik je kus zul je weten wat er gaande is, Bailey. Dan zal er geen houden aan zijn.'

'Ik voel me zo licht in mijn hoofd.' Giechelend liet ze het op zijn arm rusten.

'Wie niet?' Trots op zijn zelfbeheersing verhief hij zich met haar in zijn armen en vlijde haar behoedzaam op de sofa. 'Slaapjes doen.'

'Goed...' Ze sloot gehoorzaam haar ogen en slaakte een diepe zucht. 'Je moet wel bij me blijven,' prevelde ze slaperig glimlachend. 'Dan voel ik me veilig.'

'Ik blijf bij je,' beloofde hij. Hij haalde zijn handen door zijn haar, terwijl hij toekeek hoe ze indommelde. Ooit zouden ze om deze situatie kunnen lachen... waarschijnlijk tegen de tijd dat ze kleinkinderen hadden, overwoog hij ironisch voor hij zich opnieuw in de boeken verdiepte.

Onder de brandende zon hoog aan de strakblauwe hemel wroette ze in de aarde. Het rotsachtige terrein was vrijwel kaal op hier en daar een struik en plukken geurende lavendel na. Terwijl ze met haar spade, beitel en hamer monter in de weer was, werd ze gadegeslagen door twee vrouwen, die zich in de schaduw van een groot rotsblok ophielden. De ene had kort rood haar en een scherp gesneden, opvallend mooi gezicht met groenbruine ogen, die schuilgingen achter een modieuze zonnebril. De ander had een breedgerande zonnehoed op, die haar gitzwarte haar verborg. Los zou dat haar glanzend en wel tot aan haar middel golven, wat zowel haar exotische schoonheid als haar knalblauwe ogen accentueerde.

Bailey vond het heerlijk haar twee hartsvriendinnen in de buurt te hebben. Het was zo vertrouwd hun stemmen op de achtergrond te horen, terwijl ze bezig was. Zo af en toe ving ze flarden op van het gesprek dat ze voerden

'Het wordt tijd voor een koel biertje.'

'Elk drankje, als het maar koel is.'

'Hoelang blijft ze nog doorgaan, denk je?'

'Tot wij hier omkomen van de hitte. Volgend jaar gaan we echt naar Parijs, hoor.'

'Ja, zij moet er nodig eens uit. Weg van de stenen.'

'En de griezels.'

'Zo is het maar net.'

Bailey glimlachte. Het deed haar goed ze vol genegenheid over haar te horen praten. Ze zou ook zeker met ze naar Parijs gaan, maar voorlopig ging ze hier door tot ze iets had opgediept wat het bestuderen waard was en waar ze mogelijk iets moois van kon maken voor haar vriendinnen. Er was geduld, doorzettingsvermogen en een scherpe blik voor nodig. Hoe dan ook, wat ze die dag ook vond, ze zou het met hen delen.

Plotseling tuimelden vanuit het niets drie blauwe edelsteen in haar hand, drie perfecte, verbijsterend grote, blauwe diamanten. Terwijl ze die eerder verrast dan geschokt nader bekeek, werd ze zich bewust van een vreemd gevoel van macht dat haar doorstroomde. Op hetzelfde moment trokken donkere donderwolken voor de zon en begon het te stormen. Ondanks de paniek die haar overviel, besefte ze dat ze zo snel mogelijk een schuilplaats moesten zien te vinden voor het onweer losbarstte.

Het was al te laat. Ze werd getroffen door een lichtflits, die haar huid leek te schroeien. Blindelings zette ze het op een lopen. Alleen en in doodsangst rende ze verder, op de hielen gezeten door de flitsende lichtstralen. De muren kwamen op haar af...

Ze schrok wakker en schoot hijgend en benauwd overeind op de sofa. Wat had ze gedaan, vroeg ze zich wanhopig af. Met haar handen half voor haar gezicht wiegde ze heen en weer tot haar hart een beetje tot bedaren kwam en ze niet meer rilde.

Langzaam maar zeker drong het tot haar door dat het stil en vredig was. Geen donder, geen bliksem, geen storm, en ze was ook niet alleen. In het schijnsel van de bureaulamp ontwaarde ze Cade, die in een fauteuil met een opengeslagen boek op schoot was ingedut. Bij de aanblik kalmeerde ze op slag. Het trof haar dat hij zelfs slapend met zijn lange benen gestrekt en de enkels gekruist een en al kracht en betrouwbaarheid uitstraalde.

Ze was hem zo dankbaar voor het feit dat hij haar inderdaad niet alleen had gelaten, dat ze zich moest inhouden om niet bij hem op schoot te kruipen en dicht tegen hem aan verder te slapen. Ze kon er met haar verstand niet bij dat de man zo'n aantrekkingskracht op haar uitoefende en ongekend heftige verlangens in haar losmaakte. Het vreemdst van alles was nog wel dat het van geen enkel belang leek dat ze hem nog geen vierentwintig uur kende... Veel langer kende ze zichzelf ook niet...

Bailey streek haar haren uit haar gezicht en zag op haar horloge dat het drie uur in de ochtend was. Ze strekte zich weer uit en bleef met haar handen onder haar hoofd naar Cade kijken. De enge droom verdween helemaal naar de achtergrond, toen haar te binnen schoot wat er die avond was voorgevallen. Hoe was het mogelijk dat ze zich zo ongegeneerd had laten gaan? Het was aan Cades zelfbeheersing te danken dat het niet uit de hand was gelopen.

Hoewel... Enerzijds vond ze het in hem te prijzen dat hij geen gebruik van de situatie had gemaakt, anderzijds wenste ze vurig dat hij haar daar op het tapijt ongeacht de eventuele consequenties eindeloos bemind zou hebben. Ze was er zeker van dat hij als geen ander in staat was ten minste een deel van de leegte in haar te vullen door tegemoet te komen aan haar schier overweldigende verlangens.

Zuchtend sloot ze haar ogen. Nee, het was wel zo verstandig van hem geweest de verleiding te weerstaan. Voor ze wist wie ze was, kon ze eigenlijk geen extra complicaties gebruiken...

Cade werd met een stijve nek en pijnlijke ledematen wakker. Terwijl hij kreunend overeind kwam uit zijn ongemakkelijke positie in de fauteuil, constateerde hij met een schok dat Bailey niet op de sofa lag. Het was dat hij alle boeken en paperassen op de grond zag liggen, anders zou hij denken dat hij alles had gedroomd. De mooie vrouw zonder verleden, die in zijn leven was verschenen, liefde op het eerste gezicht en...

Nee, hij kon maar beter niet gaan zitten mijmeren over de manier waarop ze zich de vorige avond op zijn schoot had genesteld met de vraag haar te beminnen. Voorlopig had ze meer aan hem als hij een helder hoofd had, dus eerst maar eens koffie.

Hij was al wat minder stijf toen hij de keuken betrad en vergat zijn stijve nek op slag, zodra hij Bailey bij het aanrecht zag staan. Gehuld in de gestreepte zomerbroek en blouse die hij voor haar had aangeschaft en met haar blonde haar in een weelderige paardenstaart, oogde ze adembenemend. Met een beker koffie in de hand staarde ze in gedachten verzonken uit het keukenraam naar de tussen twee dennenbomen opgehangen hangmat. 'Je houdt van vroeg opstaan?'

Ze schrok een beetje van zijn stem, maar haar glimlach kwam als vanzelf, toen ze zich naar hem omdraaide. 'Ik heb al koffiegezet. Dat vind je toch niet erg?'

'Ik ben je juist eeuwig dankbaar, schat,' verklaarde hij, terwijl hij een beker pakte.

'Ik wist hoe het moest en hoefde er niet eens bij na te denken. Het is wat sterk. Daar hou ik kennelijk van.'

Cade proefde en genoot. 'Prima.'

'Gelukkig. Ik durfde je niet te wekken. Ik weet niet hoe laat je gewoonlijk naar kantoor gaat.'

'Het is zaterdag, en we hebben een lang weekend vanwege de vierde juli... Bij het zien van haar verwonderde blik, voegde hij er ter verklaring aan toe: 'Onafhankelijkheidsdag. Je weet wel, optochten, vuurwerk en barbecues.'

'O ja...' Ze had een vage herinnering van zichzelf als kind bij een vrouw op schoot, ademloos kijkend naar het kleurige schouwspel tegen de avondhemel. 'Dan ben je natuurlijk vrij. Heb je plannen?'

'Ja zeker. Ik wil straks graag met je naar kantoor om je te laten zien wat je kunt doen. Daar verder alles gesloten is, kunnen we vandaag niet veel doen, alleen de boel een beetje op orde maken.'

'Ik wil niet dat jij je vrije weekend opgeeft. Natuurlijk kan ik je kantoor opruimen, als jij –'

'Bailey, ik ben er voor jou om je te helpen.'

Ze zette haar beker neer. 'Maar… hoezo?'

'Omdat ik dat wil.' Hij keek haar strak aan. 'Je hebt mij uitgekozen, en ik wil graag geloven dat daar een reden voor was… Een speciale reden voor ons allebei.'

'Hoe kun je dat zeggen na mijn gedrag gisteravond? Misschien ga ik wel elke avond kroegen af om vreemde kerels op te pikken.'

Hij grinnikte. 'Sorry, Bailey. Gezien de uitwerking van een glas wijn waag ik te betwijfelen dat je vaak in kroegen komt. Ik heb nooit eerder iemand meegemaakt die zo snel aangeschoten was.'

'Dat lijkt me niet iets om trots op te zijn.'

Door haar opeens weer koele toontje kostte het hem moeite zijn gezicht in de plooi te houden. 'Ook niet iets om je voor te schamen,' verklaarde hij monter. 'En je hebt geen vreemde kerel opgepikt, maar mij eruit gepikt.' Hij keek haar ernstig aan. 'Je weet net zo goed als ik dat het heel persoonlijk was… met of zonder wijn.'

De blik in zijn groene ogen deed haar meer dan haar lief was. 'Waarom… heb je er dan geen gebruik van gemaakt?'

'Omdat het misbruik zou zijn geweest. Hoe groot de verleiding ook was, daar hou ik niet van.' Hij haalde een hand door zijn haar. 'Wat dacht je van ontbijten?'

Ze schudde haar hoofd en wachtte tot hij een kom en een pak cruesli tevoorschijn had gehaald. 'Nou, ik waardeer je zelfbeheersing.'

'O ja?'

'Niet, eh… echt.'

'Zo mag ik het graag horen.' Met een bijna uit zijn voegen barstend ego goot hij melk over de cruesli en voegde nog een paar scheppen suiker toe.

'Dat kan niet gezond zijn,' merkte ze afkeurend op.

'Ik hou van risico's,' reageerde hij tussen twee happen door. 'Ik stel voor straks een eindje door de stad te toeren. Misschien zie je iets bekends waardoor je geheugen terugkomt.'

'Goed.' Na een korte aarzeling ging ze zitten. 'Ik weet natuurlijk niets van je werk en de cliënten die je gewoonlijk krijgt, maar je schijnt van dit hele gedoe van mij niet echt op te kijken.'

'Ik hou van mysteries.' Hij nam tegenover haar plaats. 'Je bent mijn eerste amnesiegeval, als je dat bedoelt. Het merendeel van mijn werk bestaat uit het oplossen van verzekeringsfraude en het opsporen van vermiste personen.'

'Ben je al lang detective?'

'Vier jaar. Vijf als je mijn opleidingsjaar bij Guardian meerekent. Dat is een groot beveiligingsbedrijf hier in Washington. Ik kwam er al snel achter dat ik liever zelfstandig werkte.'

'Heb je ooit... op iemand moeten schieten?'

'Nee. Wel jammer eigenlijk, want ik schiet als de beste.' Hij schudde zijn hoofd zodra hij zag dat ze weer op haar onderlip zat te kauwen. 'Rustig maar. Zowel politiemensen als detectives weten de meeste slechteriken in te rekenen zonder hun wapens te trekken. Ik heb wel een paar tikken uitgedeeld en gekregen, maar mijn werk bestaat grotendeels uit speuren, onderzoek doen, telefoneren en logisch nadenken. Jouw probleem is ook als een puzzel te beschouwen. Het is gewoon een kwestie van alle stukjes vinden en die op de juiste plaats leggen.'

Bailey hoopte van harte dat het zo eenvoudig was als hij dacht. 'Ik heb vannacht weer gedroomd. Er waren ook twee vrouwen, van wie ik zeker weet dat ik ze ken.' Ze vertelde hem de hele droom.

'Zo te horen, bevond je je in de woestijn,' merkte Cade bedachtzaam op, toen ze was uitgesproken. 'Arizona, misschien New Mexico.'

'Geen idee, maar ik was er in elk geval niet bang. Ik voelde me juist in mijn sas tot we door de storm werden overvallen.'

'En het waren echt drie diamanten?'

'Ja, drie bijna identieke diamanten. Ze waren schitterend, maar ik kon ze niet bij elkaar houden. Om de een of andere reden was dat belangrijk.' Ze zuchtte. 'Wist ik maar wat er echt was aan die dromen.'

'Wel, één diamant is echt, dus waarom zouden die andere twee ook niet echt zijn?' Hij nam haar hand in de zijne. 'En deze vrouw is echt, dus die andere twee misschien ook wel. We moeten ze alleen zien te vinden.'

Toen ze rond tien uur Cades kantoor betraden, vond Bailey het – nu ze wist hoe riant hij woonde – nog vreemder dat hij genoegen nam met zo'n benauwde, rommelige werkruimte. Niettemin luisterde ze aandachtig naar zijn uitleg over het op de computer maken van bestanden, het bijhouden van zijn dossiers en de werking van het intercomsysteem. Pas toen hij zich in zijn kamer opsloot, nam ze de tijd om de receptie aan een nader onderzoek te onderwerpen. Ze besloot eerst maar eens puin te gaan ruimen, want met de omgevallen plant, de koffiedrap, vlekken, glasscherven en de stoflaag op het bureau, de kasten en de apparatuur was de rotzooi haar te groot om rustig te kunnen gaan typen.

Zodra Cade achter zijn bureau zat, greep hij de telefoon en belde onder het mom dat hij binnenkort met vakantie wilde zijn reisagente met de vraag voor hem uit te zoeken in welke woestijngebieden het nog was toegestaan als individu ruwe edelstenen en mineralen te delven. De avond tevoren was hij veel te weten gekomen over die hobby, en uit wat hij van Baileys droom had begrepen, was ze daarmee bezig geweest. Het zou hem allicht wat kunnen opleveren. Gezien de aanwezigheid van de twee vrouwen die het over volgend jaar Parijs hadden gehad, zou het kunnen dat ze als toeriste in zo'n gebied had vertoefd.

Na het telefoontje spreidde hij de foto's die hij van de diamant had gemaakt voor zich uit. Zolang hij niet wist hoe Bailey aan de diamant kwam, kon hij moeilijk een juwelier inschakelen om de grote edelsteen te laten onderzoeken en taxeren. Bleef de vraag hoeveel zo'n deskundige uit de foto's zou kunnen opmaken. Misschien dat hij dinsdag, wanneer de winkels weer open waren, iemand discreet kon benaderen.

Tot die tijd was er genoeg te doen. Hij greep opnieuw de telefoon en kreeg na enkele pogingen rechercheur Mick Marshall thuis te pakken.

'Verdorie, Cade, het is zaterdag. Ik heb twintig hongerige mensen buiten en verschroeide hamburgers op de grill.'

'Je hebt een feest, en ik ben niet eens uitgenodigd? Ik ben diep beledigd.'

'Mijn barbecues zijn niet voor kerels die voor rechercheur spelen.'

'Blijf je mijn gevoelens kwetsen?' informeerde Cade grinnikend. 'Heb je die whisky eigenlijk al verdiend?'

'De vingerafdrukken die je me hebt gestuurd, hebben niets opgeleverd. Ze staan niet in onze computer.'

Cade vond het enerzijds een opluchting, anderzijds jammer. 'O... Ook niets bekend over een vermiste edelsteen?'

'Het zou helpen als ik wist wat voor een edelsteen.'

'Een grote glinsterende. Je zou het weten als hij als gestolen was gemeld.'

'Geen melding. Luister, Parris, als je verder niets voor me hebt, ga ik nu de hamburgers omdraaien.'

'Je hoort nog van me. Ook van de whisky.' Na de verbinding te hebben verbroken, bleef hij een tijdje peinzend voor zich uit staren.

Het was de nacht voor Bailey bij hem opdook noodweer geweest. De donder en bliksem uit haar droom zou haar laatste herinnering kunnen zijn. Er was in enkele stadswijken een stroomstoring geweest; dat had hij na navraag ontdekt. Dat zou de duisternis kunnen verklaren waarover ze het had gehad.

Ze moest ergens binnen hebben gezeten, want het had pijpenstelen gegoten, en ze had niets gezegd over nat worden. In een huis, een kantoorgebouw. Als wat ze had meegemaakt inderdaad de vorige nacht had plaatsgevonden, kon het haast niet anders dan dat het in of ergens in de buurt van Washington was gebeurd. Maar waarom was de diamant dan nog niet als vermist opgegeven?

Drie diamanten, drie sterren, drie vrouwen... Een driehoek. Symbolisch of echt?

Cade begon aan een lijst met twee kolommen. In de linkerkolom noteerde hij alle elementen uit Baileys dromen als echte herinneringen; in de rechterkolom trachtte hij de symboliek van de verschillende elementen te verwoorden. Hoe langer hij ermee bezig was, hoe meer hij geneigd was aan te nemen dat het om een combinatie van beide ging.

Na verloop van tijd besloot hij Muffy te bellen. Hij besefte gelaten dat hij zoete broodjes zou moeten bakken om zijn zus te paaien. Het was geen pretje, maar hij moest wat voor de goede zaak overhebben. Per slot van rekening was zij getrouwd met een echte juwelier, een man uit een van de meest vooraanstaande families aan de oostkust, Westlake Jewelers.

Toen Cade wat later de receptie betrad, hield hij zich voor dat hij niet mocht klagen. Hij had van tevoren geweten dat het gesprek met zijn zus hem tuitende oren zou opleveren, maar hij had bereikt wat hij wilde bereiken, en daar ging het om. Zodra hij Bailey ijverig typend achter de computer ontwaarde en zag hoe keurig opgeruimd en fris de ruimte oogde, klaarde zijn stemming op. 'Je bent mijn goede fee,' complimenteerde hij haar. 'Je verricht wonderen.'

'Het was hier zo smerig,' reageerde ze koeltjes. 'Schandalig gewoon.'

'Tja, ik weet het.'

Ze fronste haar wenkbrauwen. 'Er lagen zelfs bedorven etensresten in de dossierkasten.'

'O, nog meer? Ik had er gisteren al een sandwich uitgevist.' Hij glimlachte ontwapenend. 'Het werken op de computer gaat je goed af.'

'Ja. Het gaat vanzelf. Net als bij het koffiezetten vanochtend hoef ik er niet bij na te denken.'

‘Mmm, dan weet je dus ook hoe je hem moet uitzetten. Ga mee de stad in, dan krijg je een ijsje van me.’

‘Ik ben net bezig.’

‘Dit heeft geen haast.’ Hij reikte naar de schakelaar, maar ze sloeg zijn hand weg.

‘Niet zomaar uitschakelen. Ik moet de gegevens eerst saven.’ Ze verrichtte de noodzakelijke handelingen met verve. ‘Het zal nog wel wat uurtjes kosten om de boel hier echt op orde te krijgen.’

‘We komen hier nog wel terug.’ Hij had de grootste bewondering voor haar capaciteiten. ‘Eerst is er ander werk aan de winkel.’

‘O? Wat dan?’ Ze liet zich overeind trekken.

‘Ik heb geregeld dat je met een refractometer aan de gang kunt.’ Glimlachend om haar verbaasde gezicht, leidde hij haar het kantoor uit. ‘Wat voor ijs wil je?’

Hoofdstuk 5

'Je zwager is eigenaar van Westlake Jewelers?'

'Nou, niet persoonlijk. Het is een familiezaak.'

'Een familiezaak,' herhaalde Bailey hoofdschuddend. Hoewel ze in alle rust van haar aardbeienijsje zat te genieten op de trappen van het Lincoln-monument, was de rit in Cades sportwagen door het centrum haar niet in haar koude kleren gaan zitten.

'Ja,' verklaarde hij welgemoed, waarna hij een hap van zijn ijsje nam. 'Met filialen door het hele land. Ronald staat aan het hoofd van het vlaggenschip hier in Washington. Muffy heeft hem op een tennistoernooi ontmoet. Nadat ze hem met een lob had verschalkt, kon het niet meer stuk. Heel romantisch.'

'O...' Ze deed haar best het te bevatten. 'En hij vindt het goed dat ik met hun instrumentarium aan de gang ga?'

'Muffy heeft toestemming gegeven. Ronald doet altijd wat Muffy wil.'

Likkend aan haar ijsje keek ze afwezig naar de nieuwe horde toeristen, die de trap op kwam. 'Ik dacht dat ze kwaad op je was.'

'Dat is te zeggen... Camilla zit ook op ballet en heeft volgende maand een uitvoering. Ik heb Muffy gepaaid met de belofte dat ik ga kijken. Geloof me, dochterlief in tutu rond zien hupsen is geen pretje.'

Bailey onderdrukte de neiging tot proesten. 'Wat ben je toch gemeen.'

'Geloof me. Ik druk me nog heel netjes uit.' Hij genoot ervan haar glimlachend aan haar ijsje te zien likken. 'En dan heb ik het nog niet eens over Chip gehad, Muffy's andere mutant. Die speelt piccolo.'

'Dat verzin je.'

'Nee. Zelfs míjn fantasie heeft zijn grenzen. Over een paar weken moet ik er ook aan geloven hem in een orkest aan te horen.' Hij huiverde. 'Ik moet vooral niet vergeten voor die tijd oordopjes aan te schaffen,' voegde hij er met een grimas aan toe.

Rondkijkend besefte Bailey dat de sfeer rond het monument haar wel vertrouwd voorkwam. De aangename, zomerse warmte, het uitzicht, de vele toeristen met camera's. 'Ik moet hier wel eens eerder geweest zijn,' merkte ze bedachtzaam op. 'Niet dat ik echt iets herken, maar het lijkt een vage herinnering zoals uit een droom.'

'Je bent op de goede weg.' Met een teder gebaar streek hij een haarlok achter haar oor. 'Je weet wat koffiezetten is, je kunt met een computer overweg, en op kantoor kun je uitstekend uit de voeten.'

'Misschien ben ik wel secretaresse.'

Door wat ze de avond daarvoor aan kennis over juwelen en techniek had gespuid, dacht Cade daar anders over, maar het was nog te vroeg om zijn vermoeden met haar te delen. 'Als dat zo is, verdubbel ik je salaris als je voor mij komt werken.' Hij verhief zich en trok haar overeind. 'Kom, we moeten gaan winkelen.'

'Moet dat?'

'Ja, je hebt een leesbril nodig.'

Cade nam haar mee naar een zaak met zeer ruime keuze in monturen, en terwijl zij er eentje ging uitzoeken, vulde hij alvast het benodigde formulier in voor haar oogmeting bij de opticien. Hij kreeg een warm gevoel vanbinnen, toen hij haar naam opschreef met zijn huisadres. Wat hem betrof, hoorde het zo, en hij kon het niet laten haar een zoen op haar wang te geven voor ze zich met haar montuur naar de opticien begaf.

Toen ze wat later in de auto zaten, bekeek ze haar leuke brilletje met stalen montuur en alle andere aankopen nog eens. 'Hoe krijg je het voor elkaar dit alles in zo'n korte tijd te kopen?' vroeg ze, terwijl ze het handtasje van zacht leer betastte.

'Weten wat je wilt en je niet door andere zaken laten afleiden.'

Ze wierp een blik in de tas van de lingerieboetiek en haalde de zwartzijden beha's en bijpassende slipjes aarzelend tevoorschijn. Heel mooi, maar wel erg minuscuul, overwoog ze.

'Je moet toch ergens in slapen,' reageerde Cade flauwtjes glimlachend om haar aarzeling. 'Ze waren in de uitverkoop. Bijna voor niets.'

Al wist ze niet wie ze was, ze wist wel degelijk het onderscheid tussen kleding om in te slapen en verleidelijke lingerie. Om haar verlegenheid te verbergen, stopte ze de zijden niemendalletjes terug in de tas. Daarbij stuitte ze op een zakje vol kristallen. 'O, wat mooi.'

'Ja, die hadden ze in zo'n cadeauwinkeltje.' Hij stopte voor een stoplicht. 'Ik heb er een stel uitgepikt die ik wel mooi vond. Die gladde zijn... Hoe noem jij die?'

'Halfedelstenen.' Ze nam ze een voor een in haar hand. 'Kornalijn, kwarts, sodaliet, jaspis, watermeloen, toermalijn... Zie je dat roze en groen... en dit is een heel mooi stukje fluoride, een van mijn lievelings...' Ze staakte haar opsomming en drukte haar vingertoppen tegen haar slaap.

Cade reikte naar het zakje en haalde er nog een steen uit. 'Wat is dit?'

'Alexandrijn,' antwoordde ze dadelijk. 'Een bijzondere, transparante steen, een zogenaamde chrysoberil, waarvan de kleur met het licht verandert. Nu is hij groenachtig, maar in de schemering wordt hij mauve of violetkleurig.' Ze slikte moeizaam. Hoe kwam ze toch aan al die kennis? 'Het is een steen voor vele doeleinden. Vrij zeldzaam en daardoor duur. Genoemd naar tsaar Alexander I.'

'Goed zo, ontspan je maar. Haal een paar keer diep adem.' Hij draaide een brede laan met bomen in. 'Je weet er veel van.'

'Blijkbaar.'

'En je geniet ervan.' In eerste instantie had ze zitten stralen, toen ze de stenen had bekeken.

'Ja, maar die kennis benauwt me ook.'

Zodra hij zijn Jaguar voor zijn huis tot stilstand had gebracht, keek hij haar onderzoekend aan. 'Wat denk je? Kun je de rest van vandaag aan?'

Bailey begreep uit zijn vraag dat ze nee kon zegen. Dan zouden ze naar binnen gaan. In zijn riante villa was ze veilig, helemaal als ze zichzelf opsloot in die mooie slaapkamer, waar ze met niets anders geconfronteerd kon worden dan met haar eigen lafhartigheid. 'Wat moet dat moet,' verzuchtte ze, zichzelf dwingend tot een glimlach. 'Ik wil het aankunnen.'

Cade gaf haar een bemoedigend kneepje in haar hand. 'Als het niet gaat, kunnen we altijd terug. Wacht hier maar even, dan haal ik de diamant.'

Westlake Jewelers was gevestigd in een imposant, vrijstaand gebouw met granieten pilaren en zijden gordijnen voor de beveiligde, hoge ramen. Het was niet bepaald een zaak voor koopjes, en men moest bellen om toegang te krijgen.

Cade reed achterom. 'Het is al sluitingstijd,' legde hij uit. 'Muffy kennende, heeft ze Ronald opgedragen ons bij de achteringang op te wachten. Ja, zijn auto staat er nog.' Hij parkeerde naast de luxueuze grijze Mercedes. 'Ronald zal niet al te blij zijn me te zien, dus speel gewoon met me mee.'

'Meespelen?' Vragend keek ze hem aan, toen hij een handvol stenen in haar nieuwe handtas deponeerde. 'Hoe bedoel je?'

'Nou, ik heb natuurlijk een verhaaltje moeten verzinnen om Muffy te laten happen.' Hij opende het portier voor haar. 'Speel gewoon mee, dan kan er niets misgaan.'

Zwijgend liep ze met hem mee naar de achteringang. 'Het zou helpen als ik wist hoe je het gaat aanpakken.'

'Geen zorg.' Hij belde. 'Ik regel het wel.'

Nerveus verschoof ze de riem van haar schoudertas. 'Als je je familie hebt voorgelogen, wil ik daar –'

Op dat moment zwaaide de zwaren stalen deur open. 'Cade.' Ronald Westlake knikte koeltjes.

Bailey begreep onmiddellijk dat Cade niets te veel had gezegd. De keurig in het pak gestoken, een en al distinctie uitstralende, magere man leek haar een droogstoppel van het zuiverste water.

'Ronald, leuk je weer eens te zien,' reageerde Cade monter, en hij schudde hem de hand, alsof hij meende van harte welkom te zijn. 'Hoe gaat het met golfen? Ik hoorde van Muffy dat je hard bezig bent om je handicap te verlagen.' Al pratend drong hij als een volleerde vertegenwoordiger op, waardoor de fronsende Ronald gedwongen was achteruit te stappen. 'Dit is Bailey,' vervolgde hij, terwijl hij haar met een bezitterige arm om haar schouders mee naar binnen trok. 'Misschien heeft Muffy je al het een en ander over haar verteld.'

'Ja... Aangenaam, Bailey.'

'Ik heb haar nogal voor mezelf gehouden,' vervolgde Cade voor ze iets kon zeggen. 'Je ziet zeker wel waarom.' Met een warme glimlach kuste hij haar teder. 'Geweldig van je dat we even met jullie instrumentarium aan de gang mogen. Bailey kan haar geluk niet op. Ze vindt het prachtig mij te kunnen tonen hoe ze met edelstenen werkt.' Hij schudde haar handtas om de stenen te laten rinkelen.

'Ik kan me niet herinneren dat jij daar belangstelling voor hebt,' merkte Ronald zuurzoet op.

'Sinds ik Bailey ken, fascineren ze me mateloos,' verklaarde Cade gladjes. 'Ik heb haar weten over te halen in Amerika te blijven, en ze denkt erover haar eigen boetiek te beginnen, is het niet, schatje?'

'Ik –'

'Engelands verlies is onze winst,' ging hij meteen verder. 'Dus als de koninklijke familie nog eens sieraden van jou wil, moeten ze hierheen komen, want ik laat je niet meer gaan.' Hij kuste haar nog eens, ditmaal zo overtuigend, dat Ronald ongemakkelijk aan zijn stropdas begon te friemelen.

'Cade zei dat je al langer zelf sieraden ontwerpt. Het wil wel wat zeggen dat de koninklijke familie je werk kennelijk mooi vindt.'

'Ach, het blijft in zekere zin in de familie,' verklaarde Cade met een vertrouwelijk knipoogje. 'Baileys moeder is een verre nicht van

Lady Di. In de derde of vierde graad, lieveling? Ach, wat doet het er ook toe.'

'Derde.' Bailey verbaasde zichzelf door als vanzelf met een licht overbeschaafd, Brits accent te antwoorden. 'Cade overdrijft. Ze hadden nu niet direct veel contact. Het was eigenlijk een kwestie van toeval dat het oog van de Prinses van Wales op een door mij ontworpen reversspeld viel. Ze hield nogal van winkelen, weet u.'

'Ja, dat weet ik.' Kennelijk overtuigd door haar accent, glimlachte Ronald warm. 'Ik beschouw het als een eer dat je hier komt kijken. Ik zou graag willen dat ik kon blijven om je persoonlijk rond te leiden.'

'Nee, alsjeblieft, we willen je niet ophouden.' Cade gaf hem een klap op zijn schouder. 'Muffy zei al dat jullie gasten hadden.'

'Niet erg netjes van Cade u zo aan het begin van het feestweekend te benaderen. Als het een keertje beter schikt wil ik die rondleiding heel graag.'

'Zeker, je belt maar,' reageerde Ronald gecharmeerd. 'Probeer anders vanavond bij ons langs te komen.' Hij ging hen voor naar het voortreffelijke geoutilleerde laboratorium. 'We zijn trots op onze uitrusting,' zei hij bij het betreden van de ruimte met glazen wanden. 'Als Westlake Jewelers hebben we natuurlijk een naam hoog te houden.'

Baileys hart begon sneller te kloppen, terwijl ze snel rondkeek. 'Ik zie het,' verzuchtte ze. 'Eerste klas apparatuur.'

'Alleen het beste is goed genoeg voor onze klanten; dat is ons motto. We kunnen hier aan alle wensen voldoen en hebben onze eigen edelsteenbewerkers en ontwerpers.'

Bailey knikte, terwijl ze haar lichtelijk trillende hand op een van de werkbanken legde. Ze wist precies hoe ze een steen op de draaischijf moest bevestigen om hem te kunnen slijpen. Ze zag zichzelf ermee bezig en kon de vibratie van de apparatuur bijna voelen. 'Ik hou van dit precisiewerk,' verklaarde ze zachtjes.

'Ik vrees dat ik het werk van onze vakmensen alleen maar van een afstandje kan bewonderen.' Ronald keek naar haar hand. 'Wat een schitterende ring. Mag ik?' Hij nam haar linkerhand in de zijne om het drietal in goud gezette sierlijke steentjes nader te bekijken. 'Heel fraai. Een eigen ontwerp?'

'Ja.' Dat leek haar het beste antwoord. 'Ik werk graag met gekleurde stenen.'

'Wel, dan moet je echt een keertje onze verzameling komen bekijken.' Hij wierp een blik op zijn horloge. 'Het spijt me, ik moet gaan, want ik ben al aan de late kant. De bewaker laat jullie straks wel uit. Neem alle tijd die je nodig hebt. Jammer genoeg is de toonkamer door het tijdslot niet meer toegankelijk.' Hij schonk Bailey zijn beroepsglimlachje. 'Ik hoef jou natuurlijk niet te vertellen hoe belangrijk goede veiligheidsvoorzieningen zijn.'

'Nee. Mag ik u hartelijk danken voor uw tijd, Mr. Westlake.'

Ronald omvatte haar uitgestoken hand. 'Ronald, alsjeblieft. Het genoegen is mijnerzijds. Laat je trouwens niet te veel door Cade in beslag nemen. Muffy verheugt zich er reusachtig op haar toekomstige schoonzus te ontmoeten. Kom vooral langs, als je kunt.'

Het gesmoorde geluid dat Bailey ontsnapte, werd gelukkig overstemd door Cades joviale reactie. 'Schoonzus?' herhaalde ze verbijsterd, zodra Ronald hen alleen had gelaten.

'Ik moest toch iets zeggen.' Met zijn onschuldigste gezicht spreidde hij zijn handen. 'De inkt van de scheidingsacte was nog niet droog, of ze begonnen alweer met hun pogingen me te koppelen. Met jouw zogenaamde blauwe bloed ben je in hun ogen zeker een betere partij dan de dames die zij me op mijn dak hebben gestuurd.'

'Arme Cade. Je hebt het er vast heel moeilijk mee.'

'Ja, het was lijden.' Vanwege de verdachte glinstering in haar ogen glimlachte hij ontwapenend. 'Je weet niet half hoe erg. Hou me vast.'

Ze sloeg zijn hand weg. 'Jij beschouwt dit allemaal als een grote grap?'

'Nee, maar dit gedeelte was wel leuk.' Het leek hem raadzaam zijn handen in zijn zakken te steken. 'Ik geef je op een briefje dat mijn zus sinds ik haar vanochtend sprak, voortdurend aan de telefoon heeft gehangen om het overal rond te bazuinen. En nu Ronald je met eigen ogen heeft aanschouwd –'

'Je hebt tegen je familie gelogen.'

'Tja. Dat is af en toe heel leuk. Soms is het ook noodzakelijk om te overleven.' Met zijn hoofd een beetje scheef keek hij haar strak aan. 'Overigens kun jij er ook wat van, schat. Dat accent mocht er wezen.'

'Ik liet me meeslepen. Daar ben ik niet trots op.'

'Mmm, als detective zou je het niet slecht doen. Een van de vereisten is snel en vaardig kunnen liegen.'

'Ja, ja, het doel heiligt de middelen, zeker?'

'Als het zo uitkomt, ja.' Haar afkeurende toon irriteerde hem een beetje. Hij had zo'n vermoeden dat Bailey rechtlijniger was dan hij als het op moreel besef aankwam. 'We zijn toch maar mooi binnengekomen, en Muffy en Ronald kunnen straks op hun feestje lekker opscheppen over een koninklijke relatie.'

'Nou, het zit mij niet lekker. Het ene leugentje lokt het andere uit.'

'En kan wel eens tot de waarheid leiden.' Cade nam haar handtas over en haalde het fluwelen zakje met de diamant eruit. 'Die wil jij toch ook weten, Bailey? Of is alleen eerlijkheid jou liever?'

'Volgens mij zou er geen verschil tussen horen te zijn.' Niettemin nam ze de grote edelsteen van hem aan. 'Maar goed, we zijn hier. Wat wil je dat ik doe?'

'Bepalen of die echt is.'

'Ik weet dat hij echt is.'

Hij trok zijn wenkbrauwen op. 'Bewijs het.'

Met haar neus in de lucht liep ze naar een microscoop, die ze, alsof het de normaalste zaak van de wereld was, vaardig scherp stelde na de vlakverlichting onder de lens ontstoken te hebben. 'Prachtig,' verzuchtte ze even later bijna dromerig. 'Ongelooflijk.'

'Wat zie je precies?'

'Het binnenste van de steen. Absoluut gaaf. De insluitingen zijn karakteristiek voor een natuursteen.'

'Laat mij eens kijken.' Hij boog zich over het instrument en tuurde. 'Het is echt geen simili- of imitatiediamant. Dat zie je aan de insluitingen en de afwezigheid van luchtbelletjes.'

'Dat zegt mij niets. Ik zie alleen blauw, en blauw betekent voor mij saffier.'

'Toe nou toch! Saffier is korund, een mineraal. Denk je nou heus dat ik het verschil niet weet tussen koolstof en mineraal?' Ze griste de steen onder de microscoop vandaan en marcheerde naar een ander instrument. 'Dit is een polariscoop. Daarmee kun je bepalen of een edelsteen een enkelvoudig of dubbele breking heeft. Zoals ik je al heb verteld, is het eerste het geval bij een diamant, het tweede bij een saffier.' In zichzelf mompelend ging ze aan de slag, zonder te merken dat Cade al haar bewegingen nauwlettend volgde. 'Hier, de refractometer. Een kind kan zien dat het met deze brekingsindex om een zuivere diamant gaat, niet om een saffier.' Ze draaide zich met de steen in haar hand naar hem om. 'Een als briljant geslepen, blauwe diamant, 102.6 karaats.'

'Het enige wat ontbreekt, is een laboratoriumjas.'

'Wat?'

'Dit is echt je werk, Bailey. Ik dacht eerst dat het misschien je hobby was, maar je bent zo slagvaardig en precies, terwijl je ook nog eens exact weet wat je moet doen. Afgezien daarvan irriteert het je als er aan je wordt getwijfeld. Vandaar mijn conclusie, je werkt met juwelen, edelstenen, sieraden, anders zou je niet zo vertrouwd zijn met al deze apparaten. Het is ten minste een deel van je leven.'

Onzeker liet ze zich op een kruk zakken. 'Je hebt niet al deze moeite genomen om de diamant op echtheid te controleren, is het wel?'

'Dat kunnen we als aardige bijkomstigheid beschouwen. Nu moeten we uitzoeken of je juwelier dan wel edelsteenbewerker bent. Misschien dat we dan kunnen bepalen hoe je hieraan komt.' Hij nam de diamant van haar over. 'Zo'n steen is niet bij Westlake of welke andere juwelier dan ook te koop. Hij moet uit een verzameling, of een museum komen. We hebben hier in Washington het beroemde Smithonian-museum. Heb je daar wel eens van gehoord?'

'Je denkt toch niet dat... dat ik hem daar heb gegapt?'

'Misschien dat daar iemand er meer van weet.' Cade stak de kostbare steen in zijn zak. 'Hoe dan ook, we zullen tot morgen moeten wachten tot we daar kunnen informeren... O, nee, dat kan pas dinsdag. Morgen is het de vierde juli, en maandag is ook alles dicht.'

'Jeetje, wat moeten we dan tot dinsdag?'

'We kunnen beginnen met telefoonboeken doorspitten. Zo veel edelsteenbewerkers kunnen er in Washington en nabije omgeving ook weer niet zijn.'

Bailey was wat blij met haar leesbril. Zo kon ze naar hartelust in de door Cade meegebrachte boeken neuzen zonder hoofdpijn te krijgen. Waar ze zich ook in verdiepte, ze vond het allemaal even boeiend, mede omdat het haar allemaal bekend en vertrouwd voorkwam. Het was een grote opfriscursus.

Ze las over de geschiedenis van het ingesneden beeldwerk in Mesopotamië, over de oude hellenistische edelsteenbewerking en de Florentijnse sieraadkunst. Ze las over beroemde diamanten, de Vargas, de Jonker en de Grote Mogul, die eeuwen geleden was verdwenen. Over Marie Antoinette en haar diamanten collier, dat haar volgens de overlevering haar hoofd had gekost. Verder kostte het haar geen enkele moeite technische verhandelingen te volgen over het slijpen en het identificeren van edelstenen en over optische eigenschappen en bijzonderheden.

Hoe was het toch mogelijk dat ze zich op dit gebied alles herinnerde, terwijl ze niets meer van zichzelf en haar naasten wist? De enige persoon die ze kende, was Cade... Cade Parris met zijn snelle, zo af en toe verwarrende geest. Cade met zijn zachtaardige, geduldige handen en prachtige groene ogen... Ogen waarmee hij naar haar kon kijken, alsof zij het middelpunt van zijn wereld was.

Alleen was zijn wereld zo gigantisch in vergelijking met de hare, vol met mensen en herinneringen, met plekken waar hij was geweest, dingen die hij had gedaan en ervaringen die hij met anderen had gedeeld.

Het vrat aan haar dat haar wereld, haar verleden een groot blanco scherm was. Wie kende zij? Wie had ze lief? Wie haatte ze? Was er ooit iemand geweest die van haar had gehouden? Was er nog steeds iemand in haar leven? Zo ja, had ze hem gekwetst, of hij haar? Waar kwam ze vandaan, en wat had ze tot voor kort uitgevoerd? Was ze een wetenschapper, onderzoekster, of wellicht een dievegge? Was ze alleenstaand, of iemands minnares?

Minnares zou ze best willen zijn, maar dan wel de minnares van Cade. Het was bijna beangstigend hoe graag ze dat wilde. Met hem op bed neerzijgen en zich laten meeslepen door de verlangens en sensaties die hij met zijn liefkozingen ongetwijfeld bij haar zou weten te wekken. O, wat verlangde ze ernaar dat hij haar aanraakte, echt aanraakte. Ze wilde zijn handen op haar naakte huid voelen om zo in verrukking te raken, dat het verleden er niet langer toe deed en de toekomst van geen belang was...

Tegelijkertijd zou ze hem ook aanraken, haar handen over zijn rug en schouders laten dwalen, zijn spieren voelen aanspannen als hij tussen haar dijen manoeuvreerde... Ze zou hem tegemoet komen door haar rug te krommen en...

Verschrikt veerde ze op, toen het voor haar liggende boek dichtklapte.

'Pauze,' beval Cade, terwijl hij het boek over tafel naar zich toe trok. 'Nog even, en je ogen vallen uit hun kassen.'

'O... Ik...' Het was niet te geloven dat ze zo opgewonden was geraakt van haar eigen fantasie, dat ze op haar stoel zat te trillen. Haar hart ging onrustbarend tekeer. 'Ik zat alleen maar –'

'Alleen maar? Je hebt rode konen van inspanning.'

Terwijl hij zich omdraaide om de kan met ijsthee uit de koelkast te halen, rolde ze met haar ogen. Inspanning? Hij moest eens weten hoe warm ze het had.

Nadat hij thee voor haar in een glas had geschonken, maakte hij voor zichzelf een flesje bier open. 'Voor vandaag is het welletjes. Wat dacht je van steaks op de grill? Wie weet kun jij wel een lekkere sla maken... Hallo?' Hij hield het glas dat hij haar had aangereikt recht. 'Je handen trillen. Je hebt echt te veel gedaan.'

'Nee, ik...' Ze kon hem moeilijk vertellen dat ze serieus had zitten overwegen hem in zijn nek te bijten. Om zich een houding te geven, zette ze haar bril af en legde die voor zich op tafel. 'Nou, misschien wel een beetje. Ik heb ook zoveel aan mijn hoofd.'

'Precies, en daar heb ik het perfecte middel tegen.' Hij trok haar overeind en leidde haar de keuken uit naar de tuin, waar het naar rozen geurde. 'Een halfuurtje luieren.' Hij nam haar glas van haar over en zette dat met zijn flesje bier op het ijzeren tafeltje naast de hangmat. 'Niets is heerlijker dan hier naar de hemel liggen staren.'

Wilde hij met haar in de hangmat gaan liggen? Dicht tegen elkaar aan, terwijl zij wezenloos naar hem verlangde? 'Het lijkt me niet verstandig –'

'Juist heel verstandig.' Haar protesten negerend, gaf hij een rukje aan haar arm, zodat ze met hem in de hangmat tuimelde. 'Gewoon ontspannen,' adviseerde hij lachend, toen ze door het vervaarlijke geslinger haar evenwicht niet zo snel vond. 'Dit is een van mijn favoriete plekjes. Zolang ik me kan herinneren, is er hier een hangmat geweest. Als mijn oom geen zin had om te tuinieren, ging hij hier liggen dutten.' Hij schoof een arm onder haar schouders en nam haar hand in de zijne. 'Knus en vreedzaam, nietwaar? Kijk, je kunt door de bladeren stukjes van de hemel zien. Niets is prettiger dan lekker liggen mijmeren. Hier krijg ik mijn beste ingevingen. De spanning glijdt als vanzelf van je af.'

'Het heeft wel wat,' mompelde ze omdat het inderdaad aangenaam toeven was onder de bomen. Maar hoe moest ze zich in 's hemelsnaam ontspannen zolang ze niets liever wilde dan boven op hem rollen?

'In een hangmat wordt het leven een stuk simpeler.' Hij speelde met haar elegante, lange vingers en kon het niet laten haar ringen te kussen. 'Vertrouw je me, Bailey?'

Zijn vriendelijke geste beroerde haar diep. Wie en wat ze ook was, ze wist zeker dat ze nooit eerder iemand had vertrouwd zoals ze hem nu vertrouwde. 'Ja.'

'Laten we een spelletje doen.'

Haar fantasie sloeg alweer op hol. 'Een, eh... spelletje?'

'Woordassociatie. Ik zeg een woord, en jij reageert met wat je te binnen schiet. Niet nadenken.'

'Woordassociatie...' Niet wetend of ze erom moest lachen of huilen, sloot ze haar ogen. 'Hoop je daarmee mijn geheugen op gang te brengen?'

'Baat het niet, dan schaadt het niet, maar beschouw het gewoon als een spelletje. Klaar?'

Ze knikte langzaam en hield haar ogen dicht om het zachte wiegen van de hangmat op zich te laten inwerken. 'Toe maar.'

'Stad.'

'Druk.'

'Woestijn.'

'Zon.'

'Werk.'

'Voldoening.'

'Vuur.'

'Blauw.'

Toen ze haar ogen opende en aanstalten maakte om te gaan verliggen, trok hij haar wat dichter tegen zich aan. 'Niet gaan analyseren. Laat maar komen,' drong hij zachtjes aan. 'Klaar? Liefde.'

'Vriendinnen,' verzuchtte ze, terwijl ze zich opnieuw ontspande. 'Vriendinnen,' herhaalde ze.'

'Familie.'

'Mama.' Er ontsnapte haar een kreuntje.

Cade streelde haar wang. 'Gelukkig.'

'Jeugd... Kindertijd.'

'Diamant.'

'Macht.'

'Bliksem.'

'Moord.' Ze had het nog niet gezegd, of ze verborg met een gesmoorde kreun haar gezicht tegen zijn schouder. 'Ik kan het niet. Ik wil niet verder.'

'Goed. Stil maar. Zo is het genoeg...' Grimmig naar het bladerdak starend, streelde hij haar haren. Degene die het op zijn geweten had dat ze weer lag te beven van angst, zou boeten...

Ergens anders dacht iemand aan de vrouw die er met zijn eigendom vandoor was gegaan en van de aardbodem leek te zijn verdwenen. Hij was te kwaad om zich iets gelegen te laten liggen aan het fraaie uitzicht vanaf zijn terras.

Het had zo eenvoudig kunnen zijn. Hij zou ze alle drie in handen hebben gehad als die onhandige dwaas niet in paniek was geraakt. Of misschien was de stommeling alleen maar te inhalig geworden. Hoe dan ook, daardoor had de vrouw kunnen ontsnappen... met de diamanten.

Er was al te veel tijd verstreken, dacht hij, terwijl hij getergd met zijn vingers op de balustrade trommelde. Een vrouw verdwenen, de tweede op de vlucht, en de derde niet in staat om zijn vragen te beantwoorden. Er moest iets gebeuren voor het helemaal te laat was. De schade diende hersteld te worden, en wel door degene die er verantwoordelijk voor was.

Hij betrad zijn riante kantoor en greep de telefoon. 'Breng hem bij me,' beval hij met de arrogantie van iemand die niet anders gewend was dan gehoorzaamd te worden. Daarna legde hij de hoorn op de haak...

Hoofdstuk 6

Later die avond nam Cade Bailey mee uit dansen. Ze had verwacht dat ze na het eten weer in de boeken zouden duiken, maar voor ze goed en wel klaar was met het aanrecht afnemen, leidde hij haar al naar zijn auto.

Op haar vraag wat ze gingen doen, had hij geantwoord dat ze afleiding nodig had. Ze moest het leven ervaren – en muziek was altijd goed.

Een ervaring was het. Al direct na het betreden van de stampvolle, lawaaiige club in het hartje van Georgetown wist ze bijna zeker dat ze zoiets nooit eerder had meegemaakt. Alles leek er te vibreren van de harde muziek, stemmen en dansen. Van haar plek aan het tafeltje dat Cade voor hen had weten te veroveren, keek ze haar ogen uit. Ze was verbijsterd door wat er met name op de kleine dansvloer gebeurde. De meeste mensen dansten voor zichzelf, alsof ze niemand anders kenden. Anderen kenden elkaar zo goed, dat ze al dansend bijna de liefde bedreven. De ronduit sensuele bewegingen die stelletjes vanwege de beperkte ruimte dicht tegen elkaar aan uitvoerde op de stampende beat, hadden wel erg veel weg van het liefdesritueel. In de flitsende lichtshow leek niemand ergens mee te zitten.

'Doe je dit vaker in het weekend?' vroeg ze nadat Cade twee glazen bronwater voor hen had gehaald. Ze moest in zijn oor schreeuwen om zich verstaanbaar te maken.

'Soms.' In werkelijkheid zelden sinds zijn studententijd, overwoog hij met een blik op het komen en gaan van jongemannen op de versiertoer bij de bar. In een opwelling had hij haar meegenomen naar deze club. Hier kon ze onmogelijk zitten piekeren. 'Het is een lokale band.'

'Normale vent?' herhaalde ze onzeker.

Cade grijnsde. 'Nee! Dit is een lokale band.' Hij wees naar het podium voor hij dichter naar haar toe schoof en een arm om haar schouders sloeg. 'Gewoon keiharde rock. Geen zoet gezwijmel, maar recht voor zijn raap. Wat vind je ervan?'

Bailey vond de rauwe muziek wel opwindend, maar de tekst die de zanger meer schreeuwde dan zong, kon haar gestolen worden. 'Het is wel even wat anders dan het slotkoor uit de Negende van Beethoven.'

Hij lachte hartelijk voor hij opeens opstond en haar hand greep. 'Kom, we gaan dansen!'

Verschrikt keek ze naar hem op. 'Ik... Ik weet echt niet hoe... hoe...'

'Kom op, Bailey,' drong hij met een ontwapenende grijns aan. 'Er is heus te weinig ruimte om meer dan een paar van de tien geboden te breken. Daar hoef je niets voor te kunnen.'

'Ja, maar –'

Doodgemoedereerd trok hij haar mee, terwijl hij zich door de drukte een weg naar de dansvloer baande.

'Cade, ik kijk liever.'

'Je ben hier om ervaring op te doen.' Hij nam haar in zijn armen en schoof vervolgens zijn heupen tegen de hare. 'Zo, dat is gebod nummer één,' verklaarde hij glimlachend, toen hij voelde dat haar adem een moment stokte. Daarna begon hij suggestief te bewegen. 'De rest is een fluitje van een cent.'

'Ik kan me niet voorstellen dat ik dit eerder heb gedaan...' Het duizelde haar van de flitsende lichten boven de dansvloer. 'Dat zou ik me zeker herinneren.'

Door de blos op haar wagen en de onzekere manier waarop ze zijn bewegingen volgde, vermoedde hij dat ze in al haar onschuld wel eens gelijk zou kunnen hebben. Hij liet zijn handen via haar billen naar haar middel glijden. 'Het is gewoon dansen.'

'Gewoon kan ik het niet noemen. Ik heb waarschijnlijk heus wel gedanst.'

'Sla je armen om me heen.' Hij leidde ze zelf om zijn nek. 'En kus me.'

Verstond ze dat goed? 'W-wat?'

'Laat maar.'

Met zijn gezicht dicht bij het hare en zijn sterke armen om haar heen voelde ze zich, ondanks het gedrang van lichamen en de overweldigend harde muziek, veilig genoeg om toe te geven aan de opwinding die zich van haar meester maakte. Ze kon en wilde niet meer nadenken en had er geen enkel bezwaar tegen, toen hij zijn lippen op de hare drukte.

Haar hart bonsde wild met het stampende ritme. Het was benauwend warm te midden van de transpirerende lichamen, die af en toe tegen hen aan botsten. Maar zelfs de drukkende geurenmengeling van rook, drank en zweet vervaagde, zodra haar lippen onder de zijne van elkaar gingen.

'Als we thuis waren gebleven, lagen we nu in bed,' murmelde Cade zonder het intieme contact echt te verbreken. Via haar zachte wang dwaalde hij met zijn lippen naar haar oor. Ze had de parfum op die hij voor haar had aangeschaft. De geur betoverde hem. 'Ik wil je wat graag in bed, Bailey... Ik wil je helemaal...'

Zachtjes kreunend sloot ze haar ogen. Niemand had ooit eerder zoiets tegen haar gezegd. Het kon eenvoudig niet dat ze de bijna angstaanjagend enerverende opwinding die haar overspoelde, zou zijn vergeten. Niet in staat zich te beheersen, woelde ze met haar vingers door de stevige krullen onder in zijn nek. 'Daarstraks in de keuken wilde ik –'

'Weet ik.' Hij bewerkte haar oorschelp met het puntje van zijn tong en voelde haar huiveren. 'Dacht je dat ik het niet in de gaten had?' Zachtjes streelde hij haar hals met zijn lippen. 'Vandaar dat we nu hier zijn. Je bent nog niet toe aan wat ik werkelijk van je wil.'

'Het... Het slaat nergens op.' Ze dacht dat ze het mompelde, maar hij verstond haar toch.

‘Waarom zou het ergens op moeten slaan? Het gebeurt, en daar gaat het om… Wij, hier, nu.’ Met een hand onder haar kin toonde hij haar zijn hartstocht met een vurige zoen. ‘Het kan heter dan heet…’ Hij beet haar zachtjes in haar onderlip. ‘Of zoet en zacht…’ Uiterst erotisch liet hij zijn tong over haar onderlip glijden. ‘Of gewoon plezierig.’ Hij keek glimlachend op haar neer. ‘Of alles tegelijk, wat je maar wilt.’ Met die woorden gaf hij haar opeens een slinger, zodat ze een pirouette maakte voor ze weer keurig in zijn armen belandde.

Ze had het niet meer van de sensuele aanval op haar zinnen en zocht huiverend houvast aan zijn schouders. ‘Ik, eh… denk dat we het voorlopig maar beter op plezier kunnen houden.’

‘Jij je zin.’ Hij herhaalde de snelle beweging, met dit verschil dat hij haar ditmaal twee pirouettes achter elkaar liet draaien.

Toen ze opnieuw tegen hem aan botste, lachte ze verrukt. ‘Volgens mij heb je lessen gehad,’ verzuchtte ze ademloos.

‘Ik heb de quadrille zo vaak ik kon overgeslagen, maar bepaalde dingen ben ik niet verleerd, schat.’

Stil genietend van zijn warme lichaam tegen het hare liet ze zich leiden. ‘De quadrille? Is dat niet met witte handschoenen en livreien?’

‘Zoiets.’ Cade streelde haar zij, waarbij zijn handpalmen niet geheel onbedoeld zijdelings haar borsten raakten. ‘Heel anders dan dit.’

Van de weeromstuit miste ze een stap, waardoor ze achteruit wankelde tegen een breed grijnzende, kaalhoofdige spierenbundel met een ringetje door zijn neus aan. Ze kreeg niet eens de kans tot meer dan een verontschuldigende glimlach, doordat hij haar een zetje naar rechts gaf, waarop ze zich plotseling midden in een groep wild dansende jongelui bevond. Van alle kanten luid toegejuicht liet ze zich meevoeren in hun danspatroon. Tot haar verbazing kostte het haar weinig moeite, en ze gierde het uit tegen de tijd dat ze weer in Cades armen belandde. ‘O, wat heerlijk!’ Ze vond het bijna heidense gedoe zo’n bevrijdende ervaring. ‘Ik dans!’

'Ik zie het,' reageerde hij grinnikend om haar verrukte uitroep en stralende gezicht.

Ze wuifde zich met haar hand voor haar gezicht vergeefs enige koelte toe. 'Ik vind het zalig.'

'Dan is het voor herhaling vatbaar.' Direct na het wilde rocknummer begon de band aan een rustige ballade. 'Een schuifelnummer. Het enige wat je nu hoeft te doen, is je aan me vastklampen.'

'Volgens mij doe ik dat al.'

'Nog steviger.' Met zijn handen laag op haar heupen schoof hij zijn dijbeen tussen het hare.

'O, hemel...' Door de sensuele wrijving werd de tintelende gloed in haar buik heviger, en ze kreunde. 'Daar gaat weer een gebod.'

'Mmm, mijn lievelingsgebod.'

De muziek was verleidelijk, sexy en melancholiek. Baileys stemming veranderde van uitgelatenheid in onrustbarend verlangen. 'Cade, dit is volgens mij niet verstandig,' fluisterde ze in zijn oor.

'Laten we het er deze dans op wagen.'

'Het kan niet blijvend zijn.' Niettemin hield ze haar wang tegen de zijne gevlijd.

'Stil, het kan zolang wij dat maar willen.'

Voor altijd, dacht ze. 'Maar al weet ik dan niets van mezelf, ik ben geen onbeschreven blad. Misschien blijk ik wel iemand te zijn die ons geen van beide bevalt.'

Onmogelijk, dacht Cade. Hij kon haar ruiken, voelen en proeven. 'Ik weet alles wat ik moet weten.'

'Ik niet.' Ze bewoog haar hoofd naar achteren om hem te kunnen aankijken. 'Ik niet,' herhaalde ze, zich losmakend uit de omhelzing. Tot haar opluchting liet hij haar gaan, waarop ze snel haar weg naar de toiletten zocht. Ze moest even alleen zijn om op adem te komen, want hoe graag ze het anders wilde, ze diende goed te onthouden dat haar leven niet was begonnen op het moment dat ze het kantoor van Cade Parris had betreden.

Hoewel het in de toiletruimte bijna net zo vol was als in de zaal, wist ze een plekje te bemachtigen bij een van de drie wastafels in de verste hoek. Zonder zich veel gelegen te laten liggen aan het getut en het geroddel van de aanwezige jongedames, plensde ze koud water in haar gezicht om af te koelen.

Als ze één ding wist, dan was het dat alles wat ze die avond had gedaan – dansen in populaire nachtclub, schateren van plezier en zich intiem laten aanraken door de man naar wie ze wezenloos verlangde – ongewoon voor haar was. Sterker nog, het was nieuw voor haar, net zoals Cade Parris nieuw was, maar het was de grote vraag of er iets in haar leven paste.

Hoe dan ook, het ging allemaal te snel, overwoog ze, terwijl ze haar haren uitborstelde. De borstel had hij voor haar gekocht, evenals haar handtas. Nee, ze had alles wat ze aan en bij zich had aan hem te danken. Was dat wat ze voor hem voelde? Dankbaarheid? Zo ja, waar kwamen die lustgevoelens en heftige verlangens dan vandaan?

Al borstelend riep ze zichzelf tot de orde. De antwoorden op alle vragen zou ze pas kunnen geven als ze wist wie ze was. Voor die tijd was het uit den boze zich te laten leiden door de onmiskenbare aantrekkingskracht over en weer. Ze diende verstandig te zijn en haar hersens erbij te houden. Extra complicaties kon ze voorlopig niet gebruiken.

Op het moment dat ze haar borstel in haar tas stopte, kwam er een roodharige schone binnen. 'Die schooier kneep me zomaar in mijn billen!' brieste ze tegen niemand in het bijzonder voor ze een van de toiletten betrad en de deur knallend dichtsloeg.

Bailey kreeg een waas voor ogen, en het benauwde zweet brak haar uit. Vreemd duizelig greep ze zich aan de wastafel vast en boog zich voorover.

'Wat krijgen we nou? Gaat het een beetje, meid?'

Ze werd op haar rug geklopt. 'Ja, eh... Nee, het gaat wel... Alleen een beetje duizelig,' wist ze uit te brengen. 'Het gaat wel weer.' Ze hield haar handen onder de kraan en wierp nog wat koud water in haar gezicht. Diep inademend griste ze een paar papieren doekjes uit de automaat en droogde haar wangen en voorhoofd. Toen ze er min of meer zeker van was dat haar benen haar wel konden dragen, zocht ze wankelend haar weg naar de zaal.

Naderhand kon ze niet zeggen hoe ze het voor elkaar had gekregen, maar ze vond Cade in de drukte. Zodra hij haar onwaarde, schoot hij naderbij, tilde haar zonder iets te zeggen op en droeg haar naar buiten.

'Sorry, ik... ik was opeens zo duizelig,' prevelde ze.

Hij was geschrokken van haar lijkbleke gezicht en vervloekte zichzelf. 'Ik ben degene die zich moet verontschuldigen. Het was stom van je mee te nemen naar deze club.'

'Welnee. Ik vond het juist hartstikke leuk. Ik snak alleen naar frisse lucht.' Het drong tot haar door dat hij haar droeg. 'Zet me maar neer, hoor,' zei ze, heen en weer geslingerd tussen schaamte en dankbaarheid. 'Het gaat wel weer.'

'Ik breng je naar huis.'

'Nee, alsjeblieft. Kunnen we niet ergens gewoon even gaan zitten?'

'Goed.' Hij zette haar neer, maar hield haar scherp in de gaten. 'Verderop is een cafeetje met een terras. Daar kunnen we koffie drinken.'

'Prima.' Met haar hand in de zijne liet ze zich leiden. Toen ze even later aan een tafeltje op het volle terras zat, slaakte ze een zucht van verlichting.

'Ik geloof... dat ik een beetje te hard van stapel ben gelopen,' begon Cade half verontschuldigend.

'Ja, maar ik voel me gevleid.'

Daar keek hij van op. 'Pardon?'

'Nee, echt,' antwoordde ze met een flauwe glimlach. 'Ik herinner me misschien niet veel, maar ik ben niet op mijn achterhoofd gevallen.' Ze begon zich weer wat beter te voelen. 'Ik bedoel, jij bent een ongelooflijk aantrekkelijke vent. Ik hoef maar om me heen te kijken – hier, in de stad en in die club – om de ene mooie vrouw na de andere te zien… Toch ben jij alleen op mij gericht. Vandaar dat ik me gevleid voel.'

'Mmm, niet precies de reactie waarop ik hoopte, maar vooralsnog moet ik het ermee doen,' reageerde hij met een grimas. Toen hij een kelner zag naderen, keek hij haar vragend aan. 'Cappuccino?'

'Ja, lekker.'

Cade deed de bestelling en boog zich vervolgens naar haar toe. 'Je krijgt gelukkig weer wat kleur.'

'Ja, ik voel me ook wat beter. Het kwam door die vrouw in het damestoilet.'

'Viel ze je lastig?'

'Nee, nee…' Getroffen door zijn beschermersreactie, legde ze haar hand over de zijne. 'Ik stond al wat onzeker op mijn benen, toen zij binnenkwam. Ik weet het niet… Er was iets in haar houding, haar manier van doen, waardoor ik even meende haar te herkennen.'

Cade omvatte haar hand. 'En?' drong hij aan.

'Nou, het was niet echt herkennen. Ik denk dat het meer het type was… Je weet wel, een opvallende schoonheid, zelfbewust op het hooghartige af… Een lange, slanke, roodharige schone in strakke spijkerbroek…' Ze sloot haar ogen een moment. 'M.J.,' verzuchtte ze na een korte stilte.

'De initialen op dat briefje in je zak.'

Ze knikte langzaam, terwijl ze haar slapen masseerde. 'Ja… Het zit hier, en ik weet dat het belangrijk is, maar het komt niet boven.' Ze fronste haar voorhoofd. 'Het gaat om een vrouw… een vrouw, die deel uitmaakt van mijn leven… en… en…' Ze keek Cade strak aan. 'Er is iets mis.'

'Verkeert ze in moeilijkheden?'

'Geen idee. Ik heb alleen een vaag beeld van…' Koortsachtig zocht ze naar de juiste woorden. 'Vertrouwdheid en warmte. Tegelijkertijd weet ik dat er iets mis is door – door mijn schuld.'

Langzaam schudde Cade zijn hoofd. In dit stadium schoten ze niets op met schuldgevoelens. 'Probeer eens onder woorden te brengen wat je ziet bij dat beeld. Ontspan je en probeer het te beschrijven.'

'Kort, donkerrood haar, scherpe gelaatstrekken. Groene ogen… Of zijn dat de jouwe? Nee, ze zijn donkerder. Ik zou haar gezicht kunnen tekenen, als ik dat kon.'

'Probeer het eens.' Hij haalde pen en papier uit zijn zak.

Ze deed haar best om het bijna driehoekige gezicht dat ze voor ogen had op papier te zetten. Toen de koffie werd gebracht, gaf ze het met een zucht op. 'We kunnen gevoeglijk aannemen dat ik de artistieke gave mis.'

'Dan halen we er iemand bij die de gave wel heeft.' Hij bekeek de schets en glimlachte. 'Zelfs ik kan het beter, en dat wil heel wat zeggen met mijn zes min voor tekenen,' merkte hij goedmoedig plagend op. 'Misschien kun je haar beter beschrijven.'

'Het beeld blijft wazig, alsof je door een camera kijkt die je niet scherp kunt stellen.'

'Politietekenaars kunnen veel met een paar aanwijzingen.'

'Moeten we dan toch naar de politie?'

'Geen zorg, niet officieel. Vertrouw op me.'

'Dat doe ik.' Het woord 'politie' bleef door haar hoofd spoken. 'Ik vertrouw je.'

'Kijk, we hebben verschillende gegevens. Dat M.J. een vrouw is, roodharig en zelfbewust. Mary Jane, Martha June, Melissa Jo… Je bent met haar en nog iemand in de woestijn geweest.'

'Ja, de twee vrouwen in die droom… maar het wordt niet echt helder.'

'Met een betere schets hebben we een begin.'

Bailey staarde naar de schuimkraag op haar koffie. 'Het klinkt zo gemakkelijk.'

'Stap voor stap, Bailey. We komen er wel.'

Ze knikte bedachtzaam. 'Waarom ben je eigenlijk getrouwd met iemand van wie je niet hield?'

'Hoezo ander onderwerp?' vroeg Cade, zachtjes lachend.

'Sorry. Ik weet niet hoe ik daar zo opeens bij kom. Het gaat me niet aan.'

'Nou, gezien de omstandigheden mag je me dat best vragen.' Met zijn vingers op tafel trommelend, dacht hij even na. 'Het zou flauw zijn om te zeggen dat ik het gedram en gemanipuleer van mijn ouders zat was. Niemand heeft me gedwongen, en ik was echt boven de eenentwintig.' Het irriteerde hem dat te moeten toegeven. Open kaart spelen met Bailey betekende dat hij niet met smoesjes aan kon komen en dat hij zelf ook de waarheid onder ogen moest zien. 'We konden het in eerste instantie echt wel met elkaar vinden, in elk geval voor we trouwden, maar na een paar maanden huwelijk was het gedaan met de vriendschap.'

'Rot voor je, Cade.' Het zat haar niet lekker dat hij door haar toedoen ongelukkig keek. 'Je hoeft er niet verder op in te gaan.'

'In bed was alles koek en ei,' hernam hij. Hij bleef haar aankijken, ook toen ze zijn hand losliet en achteruit ging zitten. 'Tot het einde was de seks geweldig. Het probleem was echter dat het na nog geen twee jaar alleen maar dat was en de rest ons niets meer kon schelen. Twee mensen, die zich buiten bed stierlijk met elkaar verveelden. Geen andere man, geen andere vrouw, geen ruzies over geld, werk, kinderen, of de afwas. Toen we in de gaten hadden dat we elkaar ook niet meer aardig vonden, werd het vervelend, en met de advocaten erbij werd het nog vervelender. Daarna was het over.'

'Hield ze van jou?'

'Nee.' Hij fronste zijn voorhoofd. 'Niet meer dan ik van haar,' verzuchtte hij. 'En we hebben er van beiden kanten bitter weinig aan gedaan om dat te veranderen.' Met die woorden haalde hij zijn portemonnee tevoorschijn, legde geld op het tafeltje en stond op. 'Kom, laten we naar huis gaan.'

'Cade...' Ze legde haar hand op zijn arm. 'Je verdiende beter.'

'Ja.' Hij keek naar haar slanke vingers en de mooie ringen. 'Zij ook, maar gedane zaken nemen geen keer.' Met een glimlach nam hij haar hand in de zijne. 'Je kunt veel vergeten, Bailey, maar kun je echte liefde vergeten?'

'Niet doen,' fluisterde ze.

Hij had echter te veel gezegd om nog terug te kunnen. Eén hopeloos mislukt huwelijk was erg genoeg. 'Als een man deze ring aan je vinger heeft geschoven...' Hij tikte erop. 'Een man van wie je hield, zou je dat dan vergeten? Kun je dat vergeten?'

'Ik... Ik weet het echt niet.' Ze wrong zichzelf los en haastte zich naar de verderop geparkeerde Jaguar. Toen hij zich bij haar voegde, keek ze bijna wanhopig naar hem op. 'Echt, ik weet het niet.'

'Onzin,' mompelde hij. 'Iets wat zo wezenlijk is, vergeet je niet. Dit is wezenlijk.' Voor ze kon reageren, duwde hij haar ruggelings tegen de auto en drukte zijn lippen bijna wreed op de hare. Hij wist dat hij zich door zijn frustratie en begeerte liet leiden, maar hij leek niet anders te kunnen.

Bailey wist niet wat haar overkwam. Eerst raakte ze lichtelijk in paniek en kreeg geen adem. Niet in staat ook maar iets uit te richten tegen zijn voelbaar door frustratie ingegeven overval, gaf ze zich als vanzelf compleet gewonnen, waarbij ze slechts kon hopen dat hij haar niet zou kwetsen. Ze liet zich meeslepen door zijn passie en klemde zich huiverend aan hem vast in het vage besef dat ze misschien de overgave niet eens zou overleven.

Cade voelde haar huivering en werd woest op zichzelf van schaamte. Hij wist dat hij haar pijn deed. Het ergst van alles was nog wel dat hij dat in zekere zin wilde, want het zou zijn einde zijn als ze hem vergat, en pijn zou ze zich in elk geval herinneren, eerder dan zijn zachtaardigheid. Tegelijkertijd moest hij er niet aan denken dat hij haar echt kwetste, want dan zou hij niet meer met zichzelf kunnen leven.

Even plotseling als hij haar had gegrepen, liet hij haar los en deinsde achteruit. 'Het spijt me,' prevelde hij gegeneerd. Het raakte hem tot in de ziel dat ze hem met grote ogen en haar armen voor haar borst gekruist stond aan te staren.

'Cade –'

Met een halfslachtig handgebaar weerde hij haar reactie af. Het gebeurde hem zelden dat zijn temperament met hem op de loop ging, en hij wist nauwelijks raad met zijn houding. 'Het spijt me meer dan ik je zeggen kan. Het is mijn probleem. Ik breng je naar huis.'

Zodra Bailey naar bed was, installeerde Cade zich in zijn hangmat om zijn schandelijke gedrag te analyseren. Met zijn ervaring en gebruikelijke zelfkritiek was hij er snel achter waar de schoen wrong. Het was beslist geen excuus, maar hij was van de kook geraakt door de vraag waar hij bij de blik op haar ring niet langer omheen kon. Was die aan haar vinger geschoven door een man, die ze zich wellicht binnenkort zou herinneren?

Zijn gefrustreerde reactie had niet direct met seks te maken. Voor het eten in de keuken had hij gemerkt dat Bailey niet langer in haar boek verdiept was, maar aan hem zat te denken. Hij wist dat ze naar hem verlangde. Hoe heerlijk dat op zichzelf ook was, hij wilde meer... heel veel meer dan seksueel verlangen, dat mogelijk ook alleen nog maar was ingegeven door haar zoeken naar houvast in een voor haar hoogst onzekere situatie.

Hij wilde haar helemaal en onvoorwaardelijk. Hij wilde dat ze net zo volledig haar hart aan hem verloor als hij zijn hart aan haar had verloren. Misschien was het – zeker gezien de omstandigheden – onredelijk om dat te wensen, maar doordat hij zo compleet voor de bijl was gegaan, had hij lak aan redelijkheid.

Bijna grimmig nam Cade zich heilig voor haar draken te verslaan. Zodra hem dat was gelukt – en hij twijfelde er niet aan dat hem dat zou lukken – zou hij met alles wat hij in zich had, knokken tegen alles wat er in de weg stond om haar bij zich te houden. Ze was de vrouw van zijn dromen, en hij wilde haar niet kwijt...

Toen hij na verloop van tijd insliep, droomde hij van draken en zwarte nachten, van een jonkvrouw met goudblonde lokken, die opgesloten in een hoge toren uit stro grote blauwe diamanten spon...

Bailey droomde eveneens, maar veel beangstigender. Ze droomde van bliksem, bloed en moord. Ze droomde van vluchten in het duister met de macht van de goden in haar handen geklemd...

Hoofdstuk 7

Hoewel Bailey vrij kort en onrustig had geslapen, was ze om zeven uur op. Ze vermoedde dat ze eraan gewend was dagelijks rond die tijd op te staan. Peinzend of ze dat saai dan wel lovenswaardig moest vinden, kleedde ze zich aan en begaf zich – na de neiging te hebben weerstaan een blik in Cades kamer te werpen – naar beneden om koffie te zetten.

Ze wist dat Cade kwaad op haar was. Tijdens de rit naar huis had ze uit zijn ijzige zwijgen niet anders kunnen concluderen dan dat zijn boosheid alles te maken had met seksuele frustratie. Hoewel ze meer dan een beetje ontdaan was geweest van zijn bijna bestraffende zoen, ontkwam ze niet aan de vraag waarom het haar in zekere zin streelde dat een man als Cade zich ten aanzien van haar blijkbaar niet steeds kon beheersen. Ook al begreep ze zijn plotselinge stemmingswisseling niet helemaal – ze had het er beslist niet op aangestuurd – ze betrapte zich wel op een soort vrouwelijke trots dat ze kennelijk in staat was het een en ander in hem los te maken.

Buiten dat wist ze eigenlijk niet goed wat ze ermee aan moest. Hoe ging een verstandige vrouw met zulke reacties van een man om? Diende ze zich koel en afstandelijk te gedragen tot hij zich nader verklaarde? Of was het beter gewoon vriendelijk te doen, alsof er niets was gebeurd?

Terwijl ze in de keuken bezig was, begon ze zich aan de knagende onzekerheid te ergeren. Hoezo niets gebeurd? Hij had haar toch gekust alsof hij haar met huid en haar wilde verslinden? En had hij haar op de dansvloer niet aangehaald en gestreeld tot ze bijkans was gesmolten van verlangen naar meer? Zeker, ze had zich er in het geheel niet tegen verzet – enerzijds omdat ze hem akelig aantrekkelijk vond, anderzijds omdat ze niet bij machte was geweest – maar gaf hem dat het recht haar bot te behandelen en te doen alsof het niet meer dan vanzelfsprekend was?

Hoe meer ze zich daarin verdiepte hoe verontwaardigder ze werd. Juist omdat ze er geen idee van had of ze ooit eerder zo was gekust, ooit eerder zo hevig naar een man had verlangd, wist ze niet hoe ze ermee moest omgaan. Door Cade om hulp te vragen had ze zich afhankelijk van hem gemaakt, maar daarom hoefde ze zich toch niet alles – al was het nog zo opwindend – te laten welgevallen?

Ze mocht met haar geheugenverlies in nog zo'n rare situatie verkeren, ze was en bleef een volwassen vrouw, die zelf bepaalde wat ze al dan niet wilde. Ze was niet achterlijk en zeker niet hulpeloos. Tenslotte had ze ook kans gezien een detective in de arm te nemen.

Ha! Dat ze zich weinig tot niets herinnerde van haar leven voor dit weekend, betekende niet dat ze niets kon. Ze had haar eigen wil en weigerde nog langer als voetveeg, slachtoffer en onwetende dwaas behandeld te worden!

Met die gedachte zette ze het pak melk dat ze uit de koelkast had gehaald met een klap op het aanrecht en wierp een boze blik uit het raam. Het was Cades ongeluk dat ze hem in zijn hangmat ontdekte op het moment dat ze bijna kookte van woede. Haar ogen schoten vuur, en er verscheen een verbeten trek om haar mond. Ze zou hem leren!

Zonder zich een moment te bedenken, stapte ze door de achterdeur naar buiten en marcheerde over het gazon naar waar hij vredig lag te slapen. Ze gaf een harde ruk aan de hangmat. 'Wie denk je eigenlijk wel dat je bent?'

'W-wat?' Wakker schrikkend greep Cade zich instinctief vast aan de randen van de slingerende hangmat. 'Wat?' herhaalde hij verdwaasd. 'Ben je dat vergeten?'

'Laat die geintjes maar achterwege,' snauwde ze. Ze gaf de hangmat nog een zet, toen hij overeind wilde gaan zitten. 'Ik bepaal zelf wat ik doe en neem mijn eigen beslissingen. Ik heb jou alleen maar ingehuurd om uit te zoeken wie ik ben en wat er met me is gebeurd.

Ik betaal je niet om verongelijkt te doen enkel en alleen omdat ik niet direct met jou het nest in duik.'

'O...' Hij wreef zijn ogen uit en keek nog eens naar haar van woede vertrokken, verbijsterend mooie gezicht. 'Waar heb je het in vredesnaam over? Ik doe helemaal niet verongelijkt en –'

'O, nee?' zo onderbrak ze hem furieus. 'Waarom lig je dan als een zwerver in je achtertuin te slapen?'

'Pardon? Het is wel mijn achtertuin,' wees hij haar terecht. Hij vond het maar niets om woorden te hebben nog voor hij goed en wel wakker was.

'Me mee uit dansen nemen,' vervolgde ze vinnig, terwijl ze ongedurig heen en weer drentelde. 'Me op de dansvloer proberen te verleiden, en dan een stuip krijgen omdat ik toevallig niet –'

'Een stuip?' Dat ging te ver. 'Sorry, schat, ik heb nog nooit een stuip gehad.'

'Nou, dat was dan je eerste. En je hebt me geen schat te noemen, zeker niet op dat toontje!'

'Kijk aan, nu bevalt mijn toon haar niet.' Hij vernauwde zijn ogen tot spleetjes en keek haar scherp aan. 'Dan zullen we een andere toon proberen en zien wat je daarvan –'

Verder kwam hij niet, doordat ze z'n harde ruk aan de hangmat gaf, dat hij met een krachtterm languit op de grond tuimelde.

Bailey schrok ervan en had heel even de neiging zich meteen te verontschuldigen. Bij het horen van zijn vloek, bedacht ze zich echter en beende met haar neus in de wind weg.

Ondanks de gevoelige val was Cade snel overeind. Enigszins hinkend, ging hij achter haar aan. Bij de deur had hij haar te pakken. 'Ho, wat is er met jou aan de –'

'Dat verdiende je.' Het lukte haar niet zich los te rukken.

'Waarom? Wat heb ik op mijn geweten?'

'Alles!'

'Nou, dat is nogal wat.'

'Laat me los. Ik ga een eind wandelen.'

'Geen denken aan.'

'Dat bepaal ik zelf wel!'

Doordringend keek hij haar aan. 'Nee, niet als je zo hysterisch doet,' verklaarde hij grimmig.

'Hysterisch?' riep ze uit. 'Als ik hysterisch deed, zou ik je ogen uitkrabben, dat irritante grijnsje van je gezicht meppen en –'

Omdat hij er genoeg van had, tilde hij haar op en droeg haar zonder zich iets van haar tegenstribbelen aan te trekken naar binnen. Hij deponeerde haar op een van de keukenstoelen en hield haar daar door zijn handen op haar schouders te leggen en zich dreigend over haar heen te buigen. 'Blijf zitten,' beval hij kortaf. Eerst koffie, anders kon hij niet voor de gevolgen instaan.

'Je bent ontslagen.'

'Joepie,' mompelde hij, terwijl hij zich omdraaide om koffie in te schenken en snel een paar slokken te nemen. 'Jeetje, wat een manier om de dag te beginnen.' Hij greep het potje aspirine uit een van de keukenkastje en vloekte binnensmonds omdat het hem niet lukte de veiligheidssluiting open te krijgen. 'Ik pik het niet dat je zo tegen me tekeergaat voor ik mijn ogen goed en wel open heb. Wat je ook op je lever hebt, je houdt het maar even binnen tot ik...' Nogmaals vloekend sloeg hij met het potje op het aanrecht, maar tot zijn ergernis bleef het deksel erop zitten. Om het gebonk in zijn hoofd en de pijn in zijn knie door die rare val tegen te gaan, moest hij een aspirientje innemen. Op zoek naar grovere middelen griste hij een slagersmes uit de houder en hakte op het potje in, tot de top ervan afsprong.

Met het mes in zijn ene en een paar aspirientjes in zijn andere hand draaide hij zich met een strak gezicht om naar Bailey. 'Zo, nu moet jij eens even goed naar me luisteren –'

Haar ogen draaiden weg. Het volgende moment gleed ze buiten westen van haar stoel op de grond, voor hij kon reageren.

'Allemachtig.' Hij liet zowel het mes als de aspirientjes vallen en was in een oogwenk bij haar. Bij gebrek aan beter tilde hij haar op en legde haar behoedzaam op de keukentafel. Vervolgens maakte hij een theedoek nat onder de koude kraan. Zichzelf vervloekend, depte hij haar voorhoofd. 'Kom alsjeblieft bij, schatje. Toe nou, Bailey,' prevelde hij. Hoe had hij zo stom kunnen zijn tegen haar te schreeuwen, haar zo hard aan te pakken, terwijl hij wist hoe kwetsbaar ze was?

Opgelucht haalde hij adem, toen ze zachtjes kreunde. Met haar slappe hand tegen zijn lippen streelde hij haar haren. 'Goed zo, schatje. Kom maar. Kalm aan, niets aan de hand. Het is goed...'

'Hij wil me vermoorden,' fluisterde ze kreunend. Hoewel ze haar ogen had geopend, zag ze niets. Naar adem happend, greep ze zich aan Cade vast. 'Hij gaat me vermoorden.'

'Nee, liefje. Ik ben bij je. Er kan je niets gebeuren.'

'Hij heeft een m-mes. Als hij me vindt –'

Cade maakte haar hand los en streelde die sussend. 'Wie heeft een mes, Bailey?' drong hij zachtaardig aan. 'Wie wil je vermoorden?'

'Hij... Hij...' stamelde ze. Ze zag het mes flitsen. 'Overal bloed. Ik moet weg... vluchten. Het mes, de bliksem... Ik moet weg!'

Cade begreep dat hij haar het best hielp als hij kalm bleef. 'Kun je me vertellen waar je bent?'

'Het is stikdonker. Hij mag me niet te pakken krijgen, want dan ben ik er geweest. Vluchten –'

'Waarheen?'

Haar adem kwam met horten en stoten. 'Weg... Uit zijn buurt. Als hij me vindt –'

'Hij vindt je niet, Bailey. Je bent hier veilig.' Met beide handen haar gezicht omvattend, dwong hij haar hem aan te kijken. 'Kalm nu maar. Het is goed...' Als ze zo bleef hijgen, zou ze nog gaan hyperventileren, en hij moest er niet aan denken dat ze nog eens flauwviel. 'Je bent bij mij. Veilig en wel. Hoor je me?'

'Ja...' Ze sloot haar ogen een moment en probeerde huiverend en wel diep in te ademen. 'Ik... Ik heb frisse lucht nodig... alsjeblieft, ik...'

Cade tilde haar op en droeg haar naar buiten. Op het terras liet hij haar in een chaise longue zakken en ging naast haar zitten. 'Rustig maar. Ontspan je. Hier kan je niets gebeuren.'

'Ja, ja...' Ze haalde beverig adem. 'Het gaat wel weer.'

Verre van, dacht hij. Ze was lijkwit en trilde over haar hele lichaam. Niettemin wilde hij nog een poging doen meer gegevens uit haar los te krijgen. 'Probeer me te vertellen wat je je herinnert.'

'Het komt in korte... ongrijpbare beelden.' Ze deed haar uiterste best rustig te ademen. 'Toen je je met dat mes in je hand omdraaide...' De doodsangst dreigde haar weer in de greep te krijgen.

'Ik maakte je ermee aan het schrikken. Het spijt me heel erg, maar je moet weten dat ik je echt nooit iets zal doen.'

'Dat weet ik ook wel,' verzuchtte ze, haar ogen sluitend in de aangenaam warme zon. 'Maar dat mes... Het was een groot mes... met gebogen lemmet. Heel mooi... Het ivoren handvat was fraai bewerkt. Ik... Ik heb het gezien... misschien zelf wel gebruikt...'

'Waar heb je het gezien?'

'Geen idee. Ik hoor stemmen, boos geschreeuw over en weer, maar ik versta niet wat ze zeggen. Ze klinken rauw en wreed...' Met haar handen tegen haar oren gedrukt, trachtte ze het geluid uit te schakelen. 'Daarna bloed, overal bloed op de vloer.'

'Hoe ziet die vloer eruit?'

'Grijs tapijt. Dat zie ik bij elke bliksemschicht. Het grijs kleurt rood van het bloed... Ik zie het mes flitsen.'

'Is er een raam? Kun je daardoor de bliksem zien?'

'Ja, ik geloof het wel...' Ze huiverde weer. 'Het is verder zo donker... Ik moet weg zien te komen, me verbergen.'

'Waar kun je je verbergen?'

'Een donker hol... een kleine ruimte, ergens... Ik weet het niet... Ik zie alleen de hand en het mes... Heel dichtbij. Hij hoeft zich maar om te draaien om me –'

'Die hand,' zo onderbrak Cade haar bedaard. 'Beschrijf die hand eens, Bailey.'

'Ja... Het is donker, maar in het schijnsel van de zaklantaarn zie ik de hand die het mes omklemt... De witte knokkels... met bloed erop... ook op de ring.'

'Wat voor een ring?'

'Een vrij brede, gladde gouden band... Geel goud en in het midden een robijn, omgegeven door kleine diamantjes. Ik zie de zwierige initialen... T en S... Op die diamantjes zit ook bloed. Hij... Hij is zo dichtbij... als hij omlaag kijkt, ziet hij me en... en dan snijdt hij me de keel af met dat m-mes...'

'Hij heeft je niet gezien. Je bent nog in leven.' Niet in staat nog verder aan te dringen, trok hij haar tegen zich aan en wiegde haar zachtjes heen en weer. 'Je hebt weten te ontkomen, Bailey. Je bent nu veilig. Weet je hoe je bent ontsnapt?'

'Nee,' verzuchtte ze. Het was zo heerlijk zijn sterke armen om zich heen te voelen, dat ze kon huilen. 'Daar kan ik me niets van herinneren.'

'Goed, dat komt nog wel. Stil maar.'

'Misschien heb ik hem wel vermoord.' Ze week naar achteren om Cade te kunnen aankijken. 'Ik zou dat pistool gebruikt kunnen hebben.'

'Het magazijn zat nog vol, Bailey.'

'Dat heb ik misschien wel vervangen.'

'Sorry, ik denk dat jij niet weet hoe dat moet.'

'Maar –'

'Zelfs al zou je het gedaan hebben...' Met zijn handen op haar schouders schudde hij haar licht door elkaar. '...dan was het noodweer. Hij was tenslotte gewapend, en uit wat je hebt verteld valt op te maken dat hij wellicht al een moord op zijn geweten had. Het was hij of jij.'

Bailey ontweek zijn blik en staarde langs de bomen in de verte. 'Wat ben ik voor mens? Het is mogelijk dat ik iemand vermoord heb zien worden en dat ik niets heb gedaan om dat te voorkomen.'

'Toe nou. Wat had je kunnen doen?'

'Iets,' fluisterde ze. 'Ik heb niet eens geprobeerd de politie te bellen... Ik ben er gewoon vandoor gegaan.'

'Als je niet was gevlucht, zou je nu dood zijn.' Hij zag aan de frons tussen haar wenkbrauwen dat zijn harde opmerking aankwam. 'Wees blij dat je nog leeft en dat we de zaak samen stap voor stap kunnen oplossen.' Hij stond op om te vermijden dat hij haar opnieuw troostend in zijn armen zou nemen. 'Je was ergens in een gebouw, in een ruimte met grijs tapijt en één of meer ramen. Er was ruzie, en een van de partijen had een mes, dat hij heeft gebruikt. De initialen van de dader zouden T.S. kunnen zijn. Hij kwam jou achterna, toen jij ervandoor ging. Het was donker, mogelijk door een stroomstoring. De avond voor jij bij mij op kantoor kwam, is er in noordwest Washington door het noodweer een stroomstoring van een uur twee geweest. In die buurt zullen we moeten zoeken. Jij kende het gebouw goed genoeg om te weten waar je een schuilplaats kon vinden. Misschien werk je er wel.'

Toen hij zich naar haar omdraaide, zag hij dat ze rustig en aandachtig naar hem luisterde. Gelukkig had ze ook weer wat kleur. 'Ik kan nog nader informeren, maar in de krant heb ik niets over een moord met een mes gevonden.'

'Het is al dagen geleden. Zo langzamerhand moet die... dat lichaam toch gevonden zijn,' mompelde ze.

'Niet als het in een huis is gebeurd. Of in een kantoorgebouw dat in verband met het feestweekend dicht was. Die donderstorm begon pas 's avonds na tienen.'

'Wat nu?' vroeg ze na een korte stilte.

Blij dat ze weer de oude was glimlachte hij. 'Ik stel voor een ritje door de buurt van die stroomstoring te maken, te beginnen bij het hotel waar je wakker werd.'

'Ik weet niet hoe ik daar gekomen ben.'

'Lopend, of met een bus, of de metro. Ik heb al navraag gedaan bij de verschillende taxicentrales. Er is geen taxi die iemand dicht in de buurt van dat hotel heeft afgezet. Gezien de toestand waarin je verkeerde, lijkt het me het waarschijnlijkst dat je te voet was.'

Bailey knikte langzaam. 'Sorry, dat ik zo tegen je schreeuwde,' prevelde ze starend naar haar handen. 'Dat verdiende je niet na alles wat je voor me hebt gedaan.'

'Ik denk dat ik het er wel naar heb gemaakt.' Hij stak zijn handen in zijn zakken. 'De term "stuip" was overdreven, maar de smak die je me liet maken…'

Met een aarzelend glimlachje keek ze naar hem op. 'Heb je je pijn gedaan?'

'Afgezien van een deuk in mijn ego, zal ik het wel overleven.' Hij grijnsde jongensachtig stoer. 'Ik heb je trouwens niet proberen te verleiden op de dansvloer, ik héb je daar verleid.'

Ze voelde haar polsslag haperen en daarna versnellen. Zoals hij daar in de stralende ochtendzon met zijn nog verwarde, donkere haren en kuiltjes in zijn wangen naar haar stond te grijnzen, vond ze hem adembenemend aantrekkelijk. Geen gezonde vrouw die het water niet in de mond zou lopen, dacht ze, en ze was er zeker van dat hij zich daar terdege van bewust was. 'Gedeukt of niet, je ego heeft niet echt geleden,' merkte ze zachtjes op.

'Ach, we kunnen het nog wel een keertje overdoen,' opperde hij.

Ondanks de vlinders in haar buik, wist ze het op te brengen ontspannen te glimlachen. 'Ik ben blij te horen dat je niet meer boos op me bent. Ik geloof dat ik slecht tegen confrontaties kan.'

Cade wreef over zijn pijnlijke elleboog. 'Nou, zo te zien, heb je je aardig hersteld. Ik ga even douchen en me verkleden. Na het ontbijt beginnen we aan ons zondagse uitstapje.'

Rijdend door de stad, vroeg Bailey zich in gemoede af of haar ooit eerder was opgevallen hoe vol het was. Vol gebouwen, winkelgalerijen, huizen en flats in alle soorten en maten, drukke straten met bomen, bussen en taxi's met piepende remmen en overal mensen.

Was het altijd zo vochtig warm in juli? Lagen de groenstroken met bloemperken en struiken er altijd zo prachtig bij? Had ze hier wel eens gewinkeld? Was ze wel eens uit eten geweest in een van de vele restaurants?

'Het is alsof ik het allemaal voor het eerst zie,' verzuchtte ze na een tijdje. 'Sorry.'

'Geen punt, lieverd. Misschien komen we iets tegen wat je herkent, misschien ook niet.'

Ze reden langs statige huizen, daarna weer door een winkelstraat. Cade minderde vaart, toen Bailey opeens, zonder zich er zelf van bewust te zijn, zachtjes kreunde. 'Herken je iets?'

'Die boetiek... Marguerite's... Ik weet het niet.'

'Laten we daar dan maar eens een kijkje gaan nemen.' Even verderop keerde hij en parkeerde langs het brede trottoir voor de chique zaken. 'De winkels zijn dicht, maar we kunnen de etalage bekijken.' Voor haar langs reikend, opende hij haar portier voor hij zelf uitstapte.

'Misschien vond ik die jurk gewoon mooi,' merkte ze bij nadering op. Ze bewonderde de elegante creatie van roze zijde met zilverkleurige biezen op de wijde mouwen van het strakke lijfje en bijpassende zilveren schoentjes met naaldhakken.

Toen Cade haar dromerig zag glimlachen, wenste hij dat de boetiek open was, zodat hij het gewaad voor haar kon kopen. 'Het is zeker jouw stijl.'

'Ik zou het niet weten.' Met haar handen tegen de etalageruit keek ze verder de zaak in. 'O, dat blauwe, linnen pakje is ook heel mooi,' vervolgde ze genietend. 'En die rode jurk daar!' Ze wees enthousiast. 'Met zo'n gewaad aan moet je je wel geweldig voelen. Ik zou ook eens wat gewaagdere kleuren moeten gaan dragen, maar ik val nog altijd meer op pasteltinten.'

Ze had het nog niet gezegd, of ze hoorde stemmen in haar hoofd. 'Probeer deze groene nou eens, Bailey. Een jurk met flair. Toon eens een beetje durf met kleren.'

'Hoelang blijven jullie nog bezig met die verkleedpartijen? Ik verga van de honger.'

'Zeur niet. We zijn niet allemaal alleen tevreden met een nieuwe spijkerbroek. Even geduld, we gaan zo lunchen… Nee, Bailey, niet dat saaie beige. Geloof me, die groene zal je geweldig staan.'

Verbaasd keek Bailey opzij naar Cade. 'Ze heeft me overgehaald. Ik heb die groene jurk gekocht. Ze had gelijk… zoals gewoonlijk, trouwens.'

'Wie, Bailey?' vroeg hij onmiddellijk. Hij zag aan haar wazige blik dat hij haar niet moest afleiden door haar aan te raken. 'Bedoel je M.J.?'

'Nee, niet M.J. Die vindt dat getut maar niets. Geen geduld. Winkelen is tijdverspilling.' Ze pijnigde haar hersens, en het benauwde zweet brak haar uit, maar ze hield vol in het besef dat ze er bijna was. 'Grace…' Haar stem brak bij het zeggen van die naam. 'Grace,' herhaalde ze, trillend op haar benen. 'De ene heet Grace, de ander is M.J.' Met tranen in haar ogen vloog ze Cade om de hals. 'Ik… Ik ben hier geweest. Ik herinner het me! Hier heb ik die groene jurk gekocht!'

'Goed zo, Bailey,' complimenteerde hij haar warm.

Ze drukte haar vlakke hand tegen haar voorhoofd. De stekende pijn was nauwelijks te harden. 'Nee… dat is alles,' verzuchtte ze. 'Wat raar dat ik me alleen de aanschaf van die jurk herinner.'

'Ho, je herinnert je die vrouwen ook.' Hij begon haar slapen met zijn vingertoppen te masseren. 'Je denkt met genoegen terug aan die gedeelde ervaring.'

'Maar ik… ik kan ze me niet echt voor de geest halen. Alleen de gevoelens van toen…'

'Het is een doorbraak, Bailey.' Na een kus op haar voorhoofd te hebben gedrukt trok hij haar mee naar de auto. 'Het is een begin. Het kan nu snel gaan.' Hij liet haar instappen en hielp haar met het omdoen van haar riem. 'Vervelend voor je dat het pijn doet.'

'Dat kan me niet schelen. Ik wil mijn geheugen terug.'

'Mij kan het wel schelen. Eerst iets tegen de hoofdpijn, dan een hapje eten voor we verdergaan.'

Bailey miste de energie om tegen te stribbelen, toen Cade haar in bed stopte en een aspirientje liet innemen. Daarna sloot ze zelfs gehoorzaam haar ogen en opende die pas weer op het moment dat hij in haar kamer terugkeerde met een kop kippensoep.

'Het is uit blik,' verklaarde hij, terwijl hij kussens in haar rug schoof zodat ze overeind kon zitten, 'maar wel versterkend.'

'Ik kan echt wel beneden in de keuken eten, Cade. Het is hoofdpijn, meer niet. En het is bijna over.'

'Laat je nou maar even vertroetelen. Je moet straks nog hard genoeg werken.'

'Jij je zin.' Ze nam een hapje om te proeven. 'Zalig. Je hebt wat tijm toegevoegd.'

'Voor een vleugje Frankrijk.'

'Parijs,' murmelde ze, en haar glimlach vervaagde. 'Er was iets met Parijs.' Zodra ze zich daarop concentreerde, kwam de hoofdpijn in volle hevigheid terug.

'Zet het even van je af,' adviseerde hij, bij het zien van haar gefronste voorhoofd. Vervolgens ging hij naast haar zitten. 'Je onderbewuste laat je weten dat je er nog niet aan toe bent. Rustig aan. Het komt vanzelf.'

'Ja...' Ze dwong zichzelf tot een glimlachje. 'Wil je ook wat soep?'

'Mmm, nu je het zegt.' Hij boog zich naar haar toe en liet zich voeren. 'Niet slecht, al zeg ik het zelf.'

De volgende hap smaakte haar nog beter doordat hij de lepel in zijn mond had gehad. 'Hoewel je er wat van kunt, verbaast het me dat je je vrouw hebt laten gaan.'

'Ex-vrouw,' verbeterde hij haar, 'en we hadden een kokkin.'

'O...' Ze gaf hem nog een hap. 'Ik probeer te bedenken hoe ik je meer kan vragen zonder onbeleefd te lijken.'

Hij streek een haarlok achter haar oor. 'Gewoon op de man af vragen.'

'Ja, eh… ik bedoel, dit mooie huis, het schitterende interieur, je sportwagen… En dan je kantoor?'

Hij schonk haar een scheef grijnsje. 'Mankeert er iets aan mijn kantoor?'

'Niets wat niet met een grondige verbouwing verholpen kan worden,' antwoordde ze meesmuilend. 'Het rijmt gewoon niet met de rest.'

'Wel, ik vind dat ik alle kosten voor mijn werk eerst moet verdienen. Tot op heden kan ik me van mijn verdiensten alleen maar zo'n kantoor veroorloven, en dan hou ik nog een beetje over. Buiten dat zit ik er in principe warmpjes bij.' Hij glimlachte flauwtjes. 'Financieel gezien, bedoel ik, als je daarop doelt.'

'Ja, ik geloof het wel. Dus je bent rijk?'

'Dat is te zeggen, ik kom uit een welgestelde familie met alle voordelen die daarbij horen. Winkelcentra, onroerend goed, dat soort zaken. Veel dokters, advocaten en bankiers van generatie op generatie. Alleen ben ik –'

'Jij bent het zwarte schaap,' vulde ze aan. Hij moest eens weten hoe heerlijk ze dat vond. 'Jij wilde niet in zaken en ook geen dokter, advocaat of bankier worden.'

'Precies. Ik wilde Sam Spade zijn.'

Bailey lachte verrukt. 'De detective uit The Maltese Falcon,' zei ze. Ze legde haar hand tegen zijn wang en huiverde onwillekeurig, toen hij zijn hoofd draaide zodat hij haar palm met zijn lippen kon beroeren. 'Gelukkig maar dat je geen bankier bent geworden, anders had je naam niet onder detectivefirma's gestaan. En ik ben juist zo blij dat ik jou gevonden heb.'

'Ik ook,' prevelde hij, terwijl hij de kom van haar overnam en wegzette. De blik in haar ogen sprak boekdelen, en hij kon zijn geluk niet op. 'Ik kan je nu alleen laten,' zei hij lichtelijk schor, met zijn vingertoppen het wilde kloppende plekje onder in haar hals beroerend. 'Maar dat is eigenlijk niet wat ik wil.'

Ze begreep dat hij haar de keus liet, en dat vond ze in hem te prijzen. 'Ik ook niet,' fluisterde ze na moeizaam geslikt te hebben. Ze sloot haar ogen op het moment dat hij haar gezicht met beide handen omvatte. 'Maar... Maar, Cade, het is mogelijk dat ik iets verschrikkelijks op mijn geweten heb.'

'Dat doet er voor mij niet toe,' zei hij met zijn lippen al bijna op de hare.

Ze trok zich een eindje terug om hem te kunnen aankijken. 'Ik heb misschien... Wie weet ben ik...' Ze haalde diep adem. 'En als er nu eens iemand in mijn leven is?'

Hij hield haar blik gevangen. 'Kan me niet schelen.'

Met een diepe zucht trok ze hem naar zich toe. 'Mij ook niet...'

Hoofdstuk 8

Bailey kon er niet over uit hoe opwindend het was te ervaren hoezeer Cade naar haar verlangde. De manier waarop hij zijn vingers door haar haren haalde, terwijl hij haar vurig kuste, benam haar de adem. Ze genoot met volle teugen van zijn liefkozende lippen en tong, van zijn smaak, zijn warmte en intrigerende mannengeur.

Eén ding wist ze zeker: wat er hiervoor was geweest en wat hierna kwam, deed voor het moment niet terzake. Dit was het enige wat telde.

Het was een traktatie om haar handen over zijn brede schouders en rug te laten dwalen en te voelen dat hij bij elke aanraking zijn spieren even aanspande, waaruit ze opmaakte dat hij haar reacties bijzonder aangenaam vond. Ze aarzelde dan ook niet verder te gaan en zijn overhemd uit zijn broek te trekken, zodat ze ook zijn naakte huid kon voelen. 'O, wat heb ik hier naar verlangd,' fluisterde ze tussen twee kussen door. 'Ik dacht dat het er nooit van zou komen.'

'Mmm, ik wilde het al vanaf het moment waarop je bij me op kantoor verscheen.' Hij trok zich even terug om haar diep in haar glanzende, bruine ogen te kunnen kijken. 'Daarvoor al... altijd.'

'Hoe... Hoe kan dat?' Ze hapte naar adem. 'We kenden –'

'Niet van belang,' zo onderbrak hij haar schor. 'Alleen dit.' Hij drukte zijn lippen opnieuw op de hare en veroverde haar zoete mond met zijn tong.

Vanwege het gevoel dat hij zijn hele leven op haar had gewacht, wilde hij niets liever dan traag te werk gaan van elk moment intens te kunnen genieten. Het was nog mooier en heerlijker dan hij zich had voorgesteld vooral doordat ze al zijn liefkozingen met onvermoede hartstocht beantwoordde. Wat hem betrof, was dat eens te meer een bevestiging dat ze voor elkaar geschapen waren.

Hij begon de knoopjes van haar blouse los te maken en streelde even later de welving van haar kleine, stevige borsten met zijn vingertoppen. Ze huiverde, en het ontging hem niet dat haar blik wazig werd. 'Je bent volmaakt,' fluisterde hij, waarna hij zijn hoofd boog om haar net boven de rand van haar zijden beha met zijn lippen te liefkozen. Daarna trok hij een vurig spoor van kusjes in haar hals. Ten slotte beet hij sensueel zacht in haar onderlip.

Het kon niet dat ze eerder zo door een man was gekust, mijmerde Bailey, terwijl ze zich overgaf aan zijn opwindende zoen. Als ze sensaties had meegemaakt die Cade haar nu met zijn tedere hartstocht schonk, zou ze die onmogelijk vergeten kunnen zijn. Als vanzelf hielp ze hem met het uittrekken van haar blouse, en ze huiverde van genot, toen hij na haar beha uitgetrokken te hebben eerst met zijn handen en daarna met zijn lippen haar borsten bewerkte.

Intens genietend van de verrukkingen, kreunde ze onwillekeurig. Ongedurig sjorde ze aan zijn overhemd tot hij eindelijk dusdanig meewerkte, dat ze het hem van zijn schouders kon schuiven. Direct bij het eerste contact van naakte huid op naakte huid stokte haar adem van het zalige gevoel van intimiteit, en ze had er geen enkel bezwaar tegen dat hij haar van haar spijkerbroek en slipje bevrijdde.

Er was geen houden meer aan, toen hij zijn hand tussen haar dijen liet glijden en haar met subtiele vingerbewegingen steeds meer opwond. Ze kon weinig anders dan zijn sensuele aanval ondergaan en wist niet waar ze het zoeken moest van genot, toen hij het met zijn lippen en tong nog eens dunnetjes overdeed. Hulpeloos aan zijn liefkozingen overgeleverd, fluisterde ze hijgend zijn naam, terwijl ze met klauwende handen de quilt op het bed overhoop haalde.

Cade kon zijn geluk niet op. Hij bleef haar liefkozen tot ze in extase raakte. Toen ze wild onder hem kronkelend de hoogste toppen van het genot bereikte, schoof hij iets omhoog om op haar neer te kunnen kijken. Hij voelde zich de koning te rijk op het moment dat ze zijn naam prevelde, terwijl ze zich verzaligd aan hem vastklemde.

Niet in staat zijn eigen begeerte nog langer onder controle te houden, rolde hij met haar over het bed en liet haar vervolgens net lang genoeg los om zich uit zijn jeans te worstelen, waarbij ze het hem niet gemakkelijk maakte door haar lippen in zijn hals te drukken en meer dan uitnodigend tegen hem aan schurkte.

Hij kon er niet over uit hoe vrijmoedig en gul ze was. Het overtrof zijn stoutste verwachtingen. Zelfs in zijn dromen had ze zich niet zo compleet laten gaan. Overweldigd door de begeerte die ze bij hem wekte, manoeuvreerde hij tussen haar dijen, waarbij ze hem tegemoet kwam, alsof ze haar hele leven op hem had gewacht. Zijn wild bonzende hart barstte bijna op het moment dat hij haar de zijne maakte.

Ondanks zijn ongekende verlangen verstrakte hij een enkel ogenblik volkomen, maar ze schudde nauwelijks merkbaar haar hoofd.

Met een simpele bekkenbeweging nam ze hem helemaal in zich op. 'Jij,' murmelde ze. 'Alleen jij…'

Naderhand duurde het een tijd voor Cade zich kon verroeren. Hij genoot van Baileys onwillekeurige huiveringen, terwijl haar hartslag geleidelijk aan rustiger werd. Pas daarna drong de strekking van haar eerdere woorden werkelijk tot hem door. Alleen jij, dacht hij, en hij sloot zijn ogen. Ze was onschuldig… onaangeraakt… een wonder. Heen en weer geslingerd tussen schuldgevoel en egocentrisch genot, trachtte hij de ontdekking te verwerken.

Bailey was onaangeraakt geweest, tot hij haar had aangeraakt. Hij zou haar om vergeving willen smeken, maar nog liever zou hij het van de daken willen schreeuwen. Onzeker over wat hem te doen stond, dwong hij zichzelf tot de voorzichtige aanpak. 'Bailey?'

'Mmm?'

'Als, eh… gediplomeerd detective ben ik van mening dat het hoogstonwaarschijnlijk is dat je getrouwd bent.' Tot zijn opluchting voelde hij haar grinniken, en hij hief zijn hoofd om glimlachend op haar neer te kijken. 'Ik zal het in mijn rapport vermelden.'

'Doe dat.'

Teder streek hij een verwarde haarlok achter haar oor. 'Heb ik je pijn gedaan? Het spijt me... Ik bedoel, ik heb er helemaal niet bij stilgestaan –'

'Nee.' Ze greep zijn hand. 'Je hebt me geen pijn gedaan. Ik ben gelukkig... opgetogen... opgelucht zelfs,' verzuchtte ze. 'Ik heb er ook niet bij stilgestaan; dus ik ben net zo verrast als jij.' Ze werd opeens vreemd nerveus. 'Je bent toch niet, eh... teleurgesteld? Als je –'

'Ik ben er kapot van,' zo onderbrak hij haar grinnikend. 'Ik hoopte vurig dat je getrouwd zou zijn en zes kinderen had. Niets heerlijker dan een getrouwde vrouw beminnen.'

'Nee, ik bedoel... Was het... Was ik... Was het een beetje goed?'

'O, Bailey.' Zachtjes lachend rolde hij van haar af op zijn rug en trok haar dicht tegen zich aan. 'Je bent volmaakt, absoluut perfect. Ik hou van je.' Met haar wang ter hoogte van zijn hart op zijn borst voelde hij haar adem stokken. 'Je weet het,' vervolgde hij op dwingende toon, 'vanaf het allereerste moment dat ik je zag.'

Ze schoot bijna vol en slikte moeizaam. Ze kon zich niet voorstellen ooit iets mooiers te hebben gehoord. 'Je kent me niet.'

'Jij ook niet.'

Ze richtte zich half op en schudde haar hoofd. 'Dat is het nou juist. Er grapjes over maken doet daar niets aan af,' verklaarde ze heftig.

Cade ging ook overeind zitten en greep haar bij haar schouders. 'Dat kan wel zo zijn, maar ik ben verliefd op je en ik hou van je. Van jou... Van de vrouw die ik nu vasthou. Je bent precies wie en wat ik wil en wie en wat ik nodig heb. De vrouw van mijn dromen.' Hij kuste haar vederlicht. 'Lieveling... ik wil je nooit meer kwijt. Ik hou je.'

'Je weet net zo goed als ik dat het niet zo eenvoudig ligt.'

'Ik vraag niet om eenvoudig.' Hij nam haar beide handen in de zijne. 'Ik vraag je ten huwelijk.'

'Dat... Dat is onmogelijk.' Lichtelijk in paniek probeerde ze zich los te maken, maar hij bleef haar rustig vasthouden. 'Je weet dat het niet kan. Ik weet niet eens waar ik vandaan kom en wat ik heb gedaan. Ik ken je pas drie dagen.'

'Klopt allemaal, behalve één ding.' Hij trok haar tegen zich aan en beroofde haar met een liefdevolle zoen van haar zinnen.

'Niet doen,' mompelde ze zwakjes, terwijl ze zich met haar armen om zijn nek aan hem vastklemde. 'Alsjeblieft, Cade. Hoe mijn leven ook was, op het moment is het een grote puinhoop. Ik moet eerst antwoorden zien te vinden.'

'Die zullen we vinden, daar kun je van op aan. Alleen wil ik nu een antwoord van jou.' Hij liet zich niet afschrikken door de tranen die haar ogen goudbruin deden glanzen. 'Zeg me dat je van houdt, of niet van me houdt, Bailey.'

'Dat kan ik niet –'

Hij hield haar blik gevangen. 'Voor dit antwoord heb je gisteren niet nodig,' drong hij aan.

Nee, alleen haar hart. 'Ik kan je niet zeggen dat ik niet van je hou omdat ik niet tegen je kan liegen.' Haar hoofd schuddend legde ze haar wijsvinger tegen zijn lippen. 'Ik vertel je niet dat het wel zo is, want dat zou niet eerlijk zijn. Het antwoord moet wachten tot ik alle andere antwoorden heb... tot ik weet wie de vrouw is die het geeft. Gun me tijd.'

Ze kon alle tijd van de wereld van hem krijgen, overwoog hij, zodra ze haar hoofd op zijn schouder had gevlijd. Want hoe haar verleden er ook uitzag, niets of niemand kon haar nog van hem afnemen.

Aan de keukentafel gezeten nam Bailey een pen ter hand en schreef 'Wie is Bailey?' op het voor haar liggende notitieblok. Volgens Cade kwamen ze er wel uit door stap voor stap te werk te gaan, maar met alle stappen die ze al had gezet, was ze voor haar gevoel nog geen stap dichterbij de oplossing.

Hoewel.... Dat ze de behoefte voelde om voor zichzelf alles op een rijtje te zetten, betekende dat ze een ordelijk persoon was. Ook haar gewoonte dagelijks rond dezelfde tijd op te staan wees in die richting. Was ze daarmee saai en voorspelbaar, of toonde dat juist verantwoordelijkheidsgevoel?

Ze hield van sterke zwarte koffie, roereieren en niet helemaal doorbakken steaks, allemaal vrij gewoontjes. Ze was slank gebouwd, niet echt gespierd en was nauwelijks gebruind. Kortom, geen fitnessfreak, die ook graag in de zon lag. Misschien dat ze voornamelijk binnen werkte. Het zat er niet in dat ze houthakker of strandwacht was, overwoog ze ironisch.

Een rechtshandige, bruinogige blondine, die veel van edelstenen wist. Had ze kennis vergaard als hobby, was ze er beroepsmatig mee verbonden, of hield ze gewoon van mooie juwelen en sieraden? Hoe dan ook, ze had een diamant in haar bezit, die zo veel waard was, dat ze zich niet kon voorstellen dat ze die had gekocht. Ze moest hem hebben gestolen, of door een of ander raar toeval in handen hebben gekregen.

Ze was getuige geweest van een afschuwelijke moord en was op de vlucht geslagen. Omdat alleen de gedachte daaraan haar opnieuw hoofdpijn dreigde te bezorgen, verdiepte ze zich daar niet verder in. Onder de douche neuriede ze klassieke muziek, en ze vond oude zwart-wit films op televisie wel leuk, maar het was haar niet duidelijk wat dat over haar persoonlijkheid en achtergrond vertelde. Lag dat in het verlengde van haar voorkeur voor stijlvolle kleding van goede kwaliteit?

Ze wist het niet, maar ze hoopte van harte dat ze niet al te ijdel en frivool was. Misschien dat ze zich daarover, gezien haar huiver voor opvallende kleuren, niet echt zorgen hoefde te maken.

Verder bedacht ze dat ze ten minste twee goede vriendinnen moest hebben. Grace en M.J. Wie dat ook zijn mochten, ze moesten veel voor haar betekenen, anders zou ze niet zonder te weten waarom over hen in zitten. Jammer genoeg leverde het herhaaldelijk opschrijven van hun namen niets naders op.

Het volgende, inmiddels bekende gegeven, noteerde ze liever

niet: de ontdekking dat ze niet eerder een minnaar had gehad. Blijkbaar was er geen man geweest voor wie zij genoeg had gevoeld – of hij voor haar – om intiem met hem te zijn. Zou ze het daar te druk voor hebben gehad? Was ze te kritisch, te onverdraagzaam of te vol van zichzelf om iemand in haar leven en haar bed toe te laten? Of was ze misschien te gewoontjes, te saai, of te onbegeerlijk om een man te kunnen boeien?

Dat laatste was in tegenspraak met het feit dat ze nu wel een minnaar had, en wat voor een! Dat het liefdesspel met hem zo vanzelfsprekend en fantastisch zou zijn als het was geweest, beschouwde ze als niets minder dan een klein wonder. Goed, ze had niet geweten dat ze nog maagd was, maar zelfs met haar geheugenverlies zou de eerste keer toch minstens enige angstige spanning en zenuwen met zich mee hebben moeten brengen. Niets van dat alles. Het was natuurlijk, opwindend en volmaakt geweest.

Hoewel Cade met veel overtuiging had beweerd van haar te houden, durfde ze dat niet te geloven. Per slot van rekening kende hij haar slechts heel oppervlakkig, en het was best mogelijk dat hij weinig meer van haar zou willen weten als ze eenmaal wist wie ze werkelijk was. Nee, tot die tijd kon en mocht ze hem niet houden aan wat hij tegen haar had gezegd. En haar gevoelens dan? Met een gesmoord lachje legde ze haar pen neer. Ze had hem direct buitengewoon aantrekkelijk gevonden en niet voor niets haar vertrouwen geschonken op het moment dat hij haar een hand had gegeven. Vervolgens had ze haar hart aan hem verloren, toen ze hem in de keuken had gadegeslagen bij het eieren bakken.

Bleef het probleem dat ze haar hart in deze situatie niet zomaar kon vertrouwen. Weliswaar wist ze wat ze voor Cade voelde, maar het was nog maar de vraag wat de gevolgen voor haar gevoelens zouden zijn zodra ze haar geheugen terug had…

'Je bent nog wel wat dingetjes vergeten.'

Bailey schrok op uit haar overpeinzingen en keek met een ruk om naar Cade. Ze had hem niet horen naderen en vroeg zich af hoelang hij daar al over haar schouder haar notities stond te lezen. 'Het... Het leek me wel nuttig om op te schrijven wat ik weet,' stamelde ze.

'Ja, dat kan nooit kwaad.' Hij liep naar de koelkast en pakte een flesje bier.

Terwijl ze toekeek hoe hij een glas ijsthee voor haar inschonk, vroeg ze zich ongemakkelijk af of ze echt nog geen uur daarvoor met hem naakt en wel op bed had liggen rollebollen. Ze had er geen idee van hoe je na het delen van die intimiteit in de keuken met elkaar omging. Hij leek daar geen enkele moeite mee te hebben, want hij nam rustig tegenover haar plaats, legde zijn voeten op de lege stoel en greep haar notitieblok. 'Je bent een piekeraar.'

'Een piekeraar?'

'Ja.' Met een leeg blad voor zich begon hij aan een nieuwe lijst. 'Je zit nu ook te piekeren. Over wat je moet zeggen tegen de man die opeens je minnaar is. De man van wie je nu weet dat hij zielsveel van je houdt en dat hij de rest van zijn leven met je wil delen.'

'Cade –'

'Ik noem slechts de feiten.' Als hij ze maar vaak genoeg noemde, zou ze die hopelijk accepteren. 'De seks was ongelooflijk, en het ging nog van een leien dakje ook. Waarom heb je die man die je pas een paar dagen kent, trouwens in je bed toegelaten, terwijl je nooit eerder een man zo dichtbij heb laten komen?' Hij keek haar strak aan. 'Het antwoord licht voor de hand, nietwaar? Je houdt net zoveel van mij, alleen durf je dat niet onder ogen te zien.'

Ze nam een slokje ijsthee. 'Wil je daarmee zeggen dat ik een lafaard ben?'

'Nee, Bailey, je bent alleen maar bang dat je dat bent. Je bent kampioen piekeraar, een vrouw die voortdurend haar eigen krachten onderschat en zichzelf geen enkele zwakheid toestaat. Je doet niet anders dan jezelf beoordelen.'

Ze zag het hem noteren en fronste haar voorhoofd. 'Volgens mij vraagt mijn situatie om de nodige zelfkritiek.'

'Praktisch, logisch,' mompelde hij al schrijvend, voor hij opkeek.

'Laat het beoordelen nu even aan mij over, wil je? Je hebt organisatietalent, verantwoordelijkheidsgevoel en bent een gewoontedier met het nodige medeleven. Ik denk dat je werk doet waarbij die kwaliteiten goed van pas komen. Aan intelligentie en gevoel voor esthetiek geen gebrek. Je beroep vergt ook discipline en precisie.'

'Hoe kun je daar zo zeker van zijn?'

'Bailey, jij gaat ervan uit dat je wellicht veranderd bent doordat je tijdelijk vergeten bent wie je bent. Dat is de grote fout in je gedachtegang. Als je voorheen niet van spruitjes hield, hou je er nu nog steeds niet van. Als je allergisch was voor katten, zullen je ogen nog steeds gaan tranen als je er eentje aait. En als je een goed hart had, dan klopt dat nog steeds in je binnenste.' Hij slaakte een diepe zucht. 'Even dit afmaken.'

Met haar hoofd scheef probeerde ze mee te lezen. 'Wat schrijf je nog meer op?'

'Dat je niet tegen drank kunt. Waarschijnlijk ligt dat aan je stofwisseling. Straks maar eens aan de wijn, zodat ik daar lekker misbruik van kan maken.' Hij grijnsde jongensachtig. 'Blozen kun je ook als de beste. Een aandoenlijk ouderwetse, lichamelijke reactie. O ja, je ben verdraaid netjes, want je hangt je handdoek keurig uit na het douchen, je wast meteen af wat je hebt gebruikt en maakt elke ochtend je bed op.'

Er was hem nog meer opgevallen. Bijvoorbeeld dat ze met haar voet tikte als ze zenuwachtig of gespannen was, dat haar ogen goudbruin werden als ze opgewonden was en dat haar stem ijzig klonk als ze zich ergerde. 'Je hebt een uitstekende opvoeding genoten,' vervolgde hij na een korte stilte. 'Afgaande op je accent en je manier van formuleren, ergens in het noorden. Ik heb zo'n idee dat je je altijd braaf op je studie hebt geconcentreerd en dat je niet vaak uitging. Anders zou je tot een paar uur terug geen maagd zijn geweest... Kijk, je bloost weer. Heerlijk om te zien.'

'Ik zie het nut hier niet van in.'

'Ah, het bekende, koele toontje. Ook leuk.' Hij nam glimlachend een slok bier. 'Werk nou nog even mee. Je bent mooi slank en hebt een gave, zachte huid. Je verzorgt jezelf uitstekend, of je hebt genetisch gezien mazzel gehad. Misschien beide. Overigens vind ik je eenhoorn best mooi.'

Onzeker schraapte ze haar keel. 'Dank je.'

'Nee, ik moet jou bedanken,' reageerde hij grinnikend. 'Maar goed, je hebt of verdient geld voldoende om je mooie kleren te kunnen veroorloven. Je klassieke, Italiaanse pumps kosten al gauw zo'n tweehonderd vijftig dollar. Je zijden lingerie mag er ook zijn. Lingerie en eenhoorn liggen in elkaars verlengde... Dat wil zeggen: je houdt wel van een beetje gewaagd onder je keurige verschijning.'

Baileys mond was opengevallen. 'Je hebt in mijn... mijn lingerie zitten snuffelen?'

'Voor zover die naam mag hebben en uitsluitend in het belang van mijn onderzoek,' verklaarde hij met een stalen gezicht. 'Heel mooi, trouwens. Sexy, stijlvol en duur. Zalmroze zijde moet je geweldig staan.'

Na een gesmoord geluid bleef ze zwijgen omdat ze werkelijk niet wist wat ze daarop moest zeggen.

'Ik weet niet wat de gemiddelde edelsteenkundige of edelsteenbewerker op jaarbasis verdient, maar ik hou het erop dat je een van beide, of misschien allebei bent.'

'Een gewaagde conclusie, Cade.'

'Dat valt wel mee. Gewoon een kwestie van puzzelen. Alle gegevens wijzen in die richting. Ik bedoel, het zou verklaren hoe je aan die diamant komt. Misschien is jou gevraagd de steen op echtheid te controleren en te taxeren, precies zoals je gisteren hebt gedaan.'

Ze vouwde haar trillende handen in haar schoot. 'Als dat zo is, wordt het nog waarschijnlijker dat ik hem heb gestolen.'

'Welnee.' Hij tikte met zijn pen op het notitieblok. 'Kijk naar de feiten, en je ziet dat jij nog geen gommetje achterover kunt drukken. Alleen al je schuldgevoel bij de gedachte dat je iets illegaals hebt gedaan, zegt toch genoeg?'

'Feit blijft dat ik de steen in mijn bezit heb, Cade.'

'Ja, en vreemd genoeg is het zelfs niet in je opgekomen dat jij met je onmiskenbare verantwoordelijkheidsgevoel dat ding misschien wel hebt meegenomen om hem te beschermen.'

'Beschermen?' herhaalde ze verbouwereerd. 'Tegen –'

'Tegen degene die zelfs niet voor moord terugdeinst om hem in zijn bezit te krijgen. Degene die jou vermoord zou hebben als hij je had gevonden. Daar draait het allemaal om, Bailey. Als er inderdaad drie soortgelijke stenen zijn, weet je wellicht ook waar de andere twee zijn. Het is heel goed mogelijk dat je die ook beschermt.'

'Maar... Maar hoe dan?'

Daar had Cade zo zijn gedachten over, maar die hield hij voor zich omdat zij er volgens hem nog niet aan toe was ze te horen. 'Daar komen we nog wel achter. Ik heb een paar telefoontjes gepleegd. Het wordt morgen een drukke dag. 's Ochtends komt de tekenaar van de politie om te zien of ze iets kan met jouw beelden. Verder heb ik een van de curatoren van het Smithsonian te pakken gekregen. Daar kunnen we om één uur terecht.'

'We kunnen daar op een feestdag terecht?'

'Een van de voordelen van de naam Parris. Een simpele hint op een mogelijke donatie aan het museum, en deuren die normaal gesloten blijven, gaan open. O ja, we kunnen ook nog kijken of die boetiek morgen open is. Misschien dat iemand zich de verkoop van die groene jurk herinnert.'

Bailey slaakte een diepe zucht. 'Doen we wel genoeg?'

'Jeetje, lieverd, we zijn in korte tijd al een heel eind opgeschoten.'

'Ja, je hebt gelijk.' Te ongedurig om te blijven zitten, stond ze op en liep naar het raam. 'Je weet niet half hoe dankbaar ik je ben.'

'Je krijgt de rekening voor mijn professionele diensten nog wel,' reageerde hij kortaf. 'Voor de rest wil ik geen dankbaarheid.'

'Of je wilt of niet, ik ben je dankbaar. Je hebt het draaglijk gemaakt voor me, meer dan dat. Je hebt me telkens weer aan het lachen weten te maken en me de ellende doen vergeten, al was het maar voor even. Zonder jou zou ik misschien wel gek geworden zijn, Cade.'

'Ik ben er voor je en blijf er voor je, Bailey. Je kom niet meer van me af.'

'Je bent eraan gewend te krijgen wat je wilt,' verzuchtte ze. 'Ik vraag me af of dat ook voor mij geldt. Zo voelt het niet.'

'Daar kun je iets aan doen.'

Dat was waar, besefte ze. Het was een kwestie van geduld, doorzettingsvermogen, beheersing en je richten op wat je wilde. Ze wilde hem; dat was duidelijk. Wat zou het niet heerlijk zijn hier met hem te wonen, hun leven met elkaar te delen, hem daar in de hangmat te zien dutten, mijmerde ze. Plots nam ze een kloek besluit.

'Ik wil je iets beloven,' begon ze dapper, terwijl ze zich naar hem omdraaide. Zoals hij daar zat met zijn verwarde haar, zijn blote voeten en zijn op de knie doorgesleten spijkerbroek, besefte ze dat hij alles was waarnaar ze verlangde en wat ze nodig had. 'Zodra dit achter de rug is en ik weet wie ik ben... en jij me nog altijd wilt...' Ze haalde diep adem. 'Trouw ik met je.'

Zijn hart sloeg een slag over, en hij kreeg een brok in zijn keel. Moeizaam slikkend zette hij zijn flesje op tafel, waarna hij opstond. 'Zeg me dat je van me houdt.'

Hoewel ze haar hart op haar tong had, schudde ze haar hoofd. 'Zodra het achter de rug is, en als je me nog wilt, nadat je alles weet.'

'Ik heb niets aan zo'n voorwaardelijke belofte, Bailey. Geen als, als. Alleen jij.'

'Ik kan niet meer geven dan ik heb, Cade.'

'We kunnen dinsdag naar Maryland om een vergunning te halen en meteen te trouwen.' Hij zag het al voor zich hoe ze dolverliefd naar een plattelandsgemeenschap reden, waar ze in de echt zouden worden verbonden. 'In Maryland hoeven we namelijk geen bloedtest te laten doen om de vergunning te verkrijgen,' vervolgde hij. 'Alleen een paar formulieren invullen, en we zijn klaar.'

Bailey zag aan de blik in zijn prachtige groene ogen dat hij het uit de grond van zijn hart meende. Hij wilde haar echt, ook zonder te weten wie ze werkelijk was. 'Welke naam moet ik dan op dat formulier invullen?' informeerde hoofdschuddend.

'Dat doet er niet toe; je krijgt toch mijn naam.' Hij greep haar bij haar armen en trok haar tegen zich aan. 'Neem mij en neem mijn naam aan.'

Nemen, dacht ze op het moment dat hij zijn lippen op de hare drukte. Gewoon nemen wat hij haar bood: liefde, geborgenheid, de belofte van een stralende toekomst, ongeacht het verleden. 'Je weet dat het niet goed zou zijn,' prevelde ze, terwijl haar wang tegen de zijne vlijde. 'Voor jou is het net zo belangrijk als voor mij om te weten hoe het zit.'

Cade besefte dat ze gelijk had en deed zijn best zijn op hol geslagen fantasie te beteugelen. 'Toch zou het best leuk zijn,' mompelde hij, in een poging de stemming te verluchtigen. 'Een soort oefening voor als het echt gaat gebeuren.' Met een warme glimlach hield hij haar op armslengte. Ondanks haar zorgelijke blik wist hij het zeker: ze was de vrouw van zijn dromen. 'Wil je rozen, Bailey? Een witte trouwjurk en orgelmuziek?'

Door het aanlokkelijke beeld was ze in staat zijn glimlach te beantwoorden. 'Tja, ik schijn een conventioneel type te zijn.'

'Mmm, dan moet ik het ook maar op de traditionele ring met diamant houden.'

'Cade –'

'Even fantaseren,' murmelde hij, terwijl hij haar linkerhand hief. 'Nee, je mag conventioneel zijn, je smaak ten aanzien van ringen is uniek. We zullen er een moeten vinden die bij je past. Om te beginnen, zal ik je aan de familie moeten voorstellen.' Hij grinnikte. 'De hemel sta je bij.'

Ze hield zich voor dat ze maar deden alsof. 'Ik verheug me er nu al op om Camilla in tutu haar pirouettes te zien draaien.'

'Als je daarna nog steeds met me wilt trouwen, weet ik zeker dat je hopeloos veel van me houdt. Pas maar op, want ze zullen je spitsroeden laten lopen, lieveling. Heel beschaafd en keurig, daar niet van, maar wel spitsroeden. Op welke universiteit heb je gezeten? Wat doet je vader? Tennist en bridget je moeder graag? Van welke clubs ben je lid? Zeg eens, heb ik je vorige winter niet op de pistes rond St. Moritz gezien?'

Ze liet zich niet bang maken. 'Zo te horen, moet ik snel mijn geheugen zien terug te krijgen,' reageerde ze lachend.

'Zelf antwoorden verzinnen is ook leuk. Een paar jaar terug heb ik een agente meegenomen naar het tienjarige huwelijksfeest van Muffy. We hebben iedereen verteld dat ze de nicht van de Italiaanse premier was en dat ze erover dacht een appartement in Washington aan te schaffen.'

Bailey fronste haar voorhoofd. 'O?'

'Ja, iedereen liep met haar weg. Niet te geloven! Als we de waarheid hadden verteld, zouden ze haar nauwelijks een blik waardig hebben gekeurd.'

'De waarheid was?'

'Dat ze agente was, opgegroeid in Little Italy in New York en overgeplaatst naar Washington na haar scheiding van een vent met een pizzeria in de buurt van Broadway.'

'Was ze mooi?'

'Tuurlijk. Een fantastische meid.' Cade grijnsde. 'Daarna heb ik met een nachtclubzangeres –'

'Laat maar, dat hoef ik niet te weten.' Ze griste haar lege glas van tafel en ging dat drukdoenerig omspoelen. 'Je bent vast met heel wat mooie vrouwen uit geweest.'

'Het hangt er maar vanaf wat je als heel wat beschouwt. Ik kan een lijst voor je maken met namen, leeftijden, maten en laatst bekende adressen. Wil jij die dan uittypen?'

'Nee.'

Verrukt over haar reactie, drukte hij zijn gezicht in haar nek. 'Ik heb maar één vrouw ten huwelijk gevraagd.'

'Twee,' verbeterde ze hem vinnig, het schone glas met een klap op het aanrecht zettend.

'Eén. Carla telt niet, want die heb ik nooit een aanzoek gedaan. Het huwelijk niet meer dan een logische stap. Voor zover ik weet, is ze nu gelukkig getrouwd met een bedrijfsjurist en de trotse moeder van een meisje genaamd Eugenia.'

Bailey kauwde op haar onderlip. 'Wilde jij geen kinderen?'

'Jawel. Die wil ik nog steeds.' Hij draaide haar om en kuste haar teder. 'Maar wij noemen geen van onze kinderen Eugenia. Wat zou je ervan zeggen gezellig uit eten te gaan. Daarna kunnen we naar het vuurwerk kijken.'

'Het is nog veel te vroeg om uit eten te gaan.'

'Ja, ik bedoel ook straks.' Hij tilde haar met een zwaai op. 'Eerst moeten we weer naar boven om elkaar uitgebreid te beminnen.'

Giechelend sloeg ze haar armen om zijn nek. 'Moet dat?'

'Ja, al was het maar om de tijd te doden. Tenzij je liever wilt pokeren.'

Ze kuste hem sensueel in zijn nek. 'Als dat het enige alternatief is...'

'Nou, we kunnen ook strippoker spelen. Als we dan allebei vals spelen zijn we heel snel uitgekleed – Verdorie!' Hij had haar net halverwege de trap op gedragen, toen er werd gebeld. 'Hou die gedachte even vast,' beval hij haar. Nadat hij haar met een zucht had neergezet, ging hij opendoen.

Bij de deur wierp hij eerst een blik door het zijruitje. Toen kreunde hij. 'Dat zul je altijd zien.' Met zijn hand op de deurknop keek hij om naar Bailey. 'Het is mijn moeder, schat. Je zei net wel dat je mijn familie graag wilde leren kennen, maar omdat ik zielsveel van je hou – echt waar – raad ik je aan om je te verbergen nu het nog kan.'

Ondanks haar zenuwen rechtte ze haar rug. 'Doe niet zo raar. Laat haar binnen.'

'Zoals je wilt, maar ik heb je gewaarschuwd.' Zichzelf wapenend, opende hij met een geforceerde glimlach de deur. 'Mam!' Hij boog zich naar voren en kuste haar vluchtig op haar wang. 'Wat een verrassing.'

'Ik zou je niet hoeven verrassen, als je eens de moeite nam me terug te bellen,' verklaarde Leona Parris vinnig, terwijl ze de hal betrad.

Bailey was onder de indruk van haar verschijning. Met drie volwassen kinderen en diverse kleinkinderen moest Cades moeder minstens vijftig zijn, maar met haar weelderige, perfect opgestoken donkerbruine haar, de klassieke gelaatstrekken en haar statige houding oogde ze als een chique dame van halverwege de dertig. Het liet zich niet moeilijk raden van wie Cade zijn mooie groene ogen had.

'Ik heb het druk gehad,' merkte hij half verontschuldigend op. 'Een paar zaken en iets persoonlijks.'

'Over die zaken wil ik niets horen.' Leona deponeerde haar handtas op het tafeltje. 'En wat dat persoonlijke betreft, dat is hoe dan ook geen reden om je plichten ten aanzien van de familie te verzaken. Je hebt me met Pamela in een bijzonder lastig parket gebracht. Het was vreselijk om namens jou excuses te moeten maken.'

'Die had je niet hoeven maken als je om te beginnen die afspraak niet op eigen houtje had geregeld.' Om niet in de aloude, irritante discussies verzeild te raken, dwong hij zichzelf opnieuw tot een glimlach. 'Het spijt me dat je in zo'n vervelende positie zat. Wil je koffie?'

Leona was nog niet klaar. 'Wat ik wil, Cade, is een verklaring. Op Muffy's tuinfeest – waar je overigens ook schitterde door afwezigheid – hoorde ik van Ronald het rare verhaal dat je verloofd bent met een ons onbekende jongedame, die gelieerd zou zijn aan de Prinses van Wales.'

'Bailey.' Hij draaide zich met een ruk om naar de trap en stak stralend zijn hand uit. 'Bailey, kom even kennismaken met mijn moeder.'

Nu zou je het hebben, dacht ze, terwijl ze zo waardig als ze kon de trap af daalde.

'Mam, dit is Bailey, mijn verloofde. Bailey... Leona Parris.'

'Mrs. Parris.' Ze hoorde haar stem licht trillen en stak snel haar hand uit. 'Fijn u te ontmoeten. Cade heeft me al zoveel over u verteld.'

'Werkelijk?' Een zeer aantrekkelijke verschijning, dacht Leona, die van Cade niet anders gewend was. Beslist een jongedame met stijl. 'Ik vrees dat hij me niets over jou heeft verteld. Ik heb niet je volledige naam gehoord...'

'Bailey is net een paar maanden in de Verenigde Staten,' begon Cade monter, voor Bailey kon reageren. 'Ik heb haar nogal voor mezelf gehouden.' Hij sloeg een arm om haar schouders en drukte haar bezitterig tegen zich aan. 'Maar wat wil je met zo'n stormachtige verkering, nietwaar, schatje?'

'Stormachtig... ja, eh... zeg dat wel.'

'Ik hoorde dat je sieraden ontwerpt.' Leona had haar ringen al gezien. Uniek en bijzonder fraai. 'Een verre nicht van de Prinses van Wales.'

'Bailey loopt daar niet graag mee te koop,' verklaarde Cade snel.

'Waar hebben jullie elkaar leren kennen?' vroeg Leona.

Bailey opende haar mond. 'Dat is te zeggen...' Wat hadden ze Ronald ook alweer op de mouw gespeld?

'In het Smithsonian,' zo nam Cade het gladjes van haar over. 'Bij de Hope Diamant. Ik was daar in verband met een onderzoekje en zag Bailey schetsen staan maken. Ik was op slag weg van haar. Het heeft me twintig minuten praten en haar blijven volgen gekost – weet je nog dat je dreigde een bewaker te roepen, schat? – om haar over te halen een kop koffie met me te gaan drinken. Over koffie gesproken –'

'Sorry, dit is belachelijk,' zo viel Bailey hem in de rede. 'Je hebt je moeder voor je, Cade, dit kan echt niet.' Ze wendde zich gedecideerd tot Leona. 'We hebben elkaar niet in het Smithsonian ontmoet, en ik ben geen nicht van de Prinses van Wales. Ik heb Cade afgelopen vrijdag leren kennen toen ik me bij hem op kantoor vervoegde om hem in te huren. Ik had – heb – een detective nodig omdat ik aan geheugenverlies lijd en op onverklaarbare wijze een blauwe diamant en ruim een miljoen aan contanten in handen heb gekregen.'

Leona telde met een verbeten trek om haar mond en tikkend met haar voet tot tien. 'Goed, als jullie de voorkeur geven aan zulke onzinnige verhalen, kan ik alleen maar zeggen dat jullie uitstekend bij elkaar passen.' Ze griste haar handtas van het tafeltje en marcheerde verontwaardigd naar de voordeur. 'Zoek het maar uit, Cade. Ik zie wel wanneer je eindelijk de hoffelijkheid kunt opbrengen me gewoon de waarheid te vertellen.'

Met een brede grijns keek Cade toe, terwijl zijn moeder de deur hard achter zich dichttrok.

Bailey kon daarentegen haar verbijstering nauwelijks de baas. 'Ik... Ik begrijp er niets van,' stamelde ze. 'Ik vertelde gewoon de waarheid.'

'Tja, nu weet ik in elk geval wat ze bedoelen met de waarheid zeggen werkt bevrijdend.' Hij lachte hartelijk en tilde haar ten tweede male op. 'Ze is nu zó beledigd, dat ze me minstens een week met rust laat.' Na haar een kus te hebben gegeven, liep hij richting trap. 'Ik ben gek op je. Je hebt me van haar verlost door de waarheid te vertellen. Prachtig!' Eenmaal boven droeg hij haar linea recta naar zijn slaapkamer, waar hij haar op bed deponeerde. 'Dit moet gevierd worden. Ik heb nog een fles champagne koud staan. Het lijkt me wel wat om je weer dronken te voeren.'

Bailey ging overeind zitten. 'Ze is je moeder, Cade. Dit is echt schandelijk.'

'Welnee, dat heet overleven.' Hij boog zich over haar heen en gaf haar een kus. 'Jij bent nu net als ik het zwarte schaap. Je weet niet half hoe leuk dat voor me is.'

'Ik geloof dat ik liever geen zwart schaap ben,' prevelde ze, toen hij de kamer uit liep om de champagne te gaan halen.

'Te laat!' riep hij lachend vanuit de gang.

Hoofdstuk 9

Bij nader inzien nam Cade Bailey niet mee naar een knus restaurant, maar koos hij voor een gezellige kermis in landelijk Maryland, waar ze zich te midden van draaimolens, schiettenten, achtbanen en botsautootjes te goed konden doen aan gegrilde hamburgers en friet. Met de live muziek, lichtshows, vuurvliegjes boven de omringende velden en later op de avond het traditionele vuurwerk kon hij zich geen mooier uitje met haar voorstellen.

Toen hij haar dat tijdens de eerste rit in de achtbaan vertelde, lachte ze verrukt. Vervolgens klemde ze zich met een kreet aan hem vast en kneep haar ogen dicht toen hun karretje een duikvlucht maakte.

Hij sleepte haar mee van de ene opwindende attractie naar de andere tot het haar letterlijk en figuurlijk duizelde. Ook daarna was het nog niet genoeg, want na haar onderzoekend te hebben bekeken verklaarde hij dat ze opnieuw konden beginnen daar ze niet groen zag. Pas toen ze enige tijd later enigszins wankelde, besloot hij het wat kalmer aan te doen.

'Je hebt een prijs verdiend,' merkte hij glimlachend op, terwijl hij haar ondersteunde.

'Geen suikerspin meer, hoor.' Ze kreunde. 'Anders word ik echt misselijk.'

'Nee, een olifant.' Met een arm om haar middel leidde hij haar naar een schiettent. 'Die mooie paarse daar,' zei hij wijzend.

Ze straalde zodra ze het grote speelgoedbeest met geheven slurf en knalroze voetzolen ontdekte. 'O, ja!' Overdreven met haar wimpers knipperend, keek ze naar hem op. 'Die wil ik,' kirde ze.

'Uw wens is mijn bevel, schone jonkvrouw. Ga daar maar staan en kijk hoe ik dat varkentje even was.' Hij legde een bankbiljet op de toonbank en greep een van de windbuksen. Met een blik op de op een onregelmatig schuddende draaischijf voorbijglijdende kartonnen konijntjes, eenden, wolven en beren richtte hij zijn wapen.

In eerste instantie stond Bailey erbij te glimlachen, maar het duurde niet lang voor ze enthousiast in haar handen klapte. 'Allemaal raak,' verzuchtte ze even later nadat hij alle dieren feilloos omver had geknald. 'Niet één gemist.'

Door de onverholen bewondering in haar grote ogen voelde hij zich een hele bink. 'Ze wil de olifant,' zei hij tegen de beheerder. Toen ze zich in zijn armen wierp, grinnikte hij stoer.

'O, je bent geweldig... fantastisch... dank je wel.'

Omdat ze elk compliment met een kusje accentueerde, vond hij dat ze ook nog wel een leuk speelgoedhondje verdiende. 'Wil je er nog eentje?'

'Daar gaat mijn handel,' mompelde de beheerder.

Cade hield Bailey de buks voor. 'Probeer jij het eens.'

Peinzend beet ze op haar lip. Wat Cade had gedaan, leek haar simpel genoeg. 'Waarom ook niet.'

'Over de loop kijken en goed richten via dat puntje op het uiteinde,' instrueerde hij haar, en hij ging achter haar staan om de zorgen dat ze de buks goed vasthield.

Met één oog dicht tuurde ze door het vizier zoals ze hem had zien doen. Met ingehouden adem schoot ze, en ze schrok van de lichte terugslag, terwijl het konijntje waarop ze had gericht ongeschonden in het struikgewas verdween. 'Was die mis?'

'Maar een halve meter.' Hij was er nu helemaal zeker van dat ze nooit eerder een wapen had gebruikt. 'Probeer nog maar eens.'

Tegen de tijd dat ze eindelijk met meer geluk dan wijsheid een eend had weten te raken, was Cade zo'n twintig dollar kwijt aan de weer tevreden kijkende beheerder. 'Het leek zo gemakkelijk toen jij het deed.'

'Oefening baart kunst, schat. Je begint het te leren. Wat heeft ze gewonnen?'

De man van de schiettent deed een greep in de laagste rij met prijzen en overhandigde Bailey een kleine eend van plastic.

Verrukt stak ze het beest in haar zak. 'Mijn eerste trofee,' verzuchtte ze heel voldaan, waarna ze hand in hand met Cade mee over het kermisterrein liep. Ze genoot met volle teugen van de sfeer, de opgewonden heen en weer rennende kinderen, de zoete geuren, de lichten en de muziek. Het was heerlijk om op deze zoele zomeravond onbezorgd plezier te hebben. 'Ik kan me niet herinneren of ik wel eens eerder zo'n kermis heb meegemaakt,' merkte ze op, 'maar ik weet wel dat ik nog nooit zo'n leuke avond heb gehad.'

'Je hebt nog een dinertje bij kaarslicht van me te goed.'

Ze keek glimlachend naar hem op. 'Nog een rondje in het reuzenrad is ook goed.'

'Weet je zeker dat je het aankunt?'

'Met jou naast me? Altijd.'

Terwijl ze in de rij op hun beurt wachtten, flirtte ze met de peuter op de arm van de voor hen staande vader tot het joch haar een stralende lach schonk. Zou ze goed met kinderen overweg kunnen, vroeg ze zich af, en met haar hoofd tegen Cades schouder droomde ze even weg over hoe het zou zijn als ze hem altijd aan haar zijde zou hebben. Het leek haar wel wat om nooit meer bang te hoeven zijn en zich vaker zo prettig te kunnen vermaken.

Hoe het ook zou aflopen, deze avond zou ze nooit vergeten, mijmerde ze, toen ze naast hem in de schommelende gondel zat en zich in zijn armen nestelde. Hoe hoger ze kwamen, hoe fraaier het uitzicht over de glooiende velden en het gekrioel onder hen, en ze vond het zalig de wind in haar haren te voelen.

Het kon geen toeval zijn dat net nadat Cade haar bij het begin van de tweede ronde had gekust, het vuurwerk begon en grote vuurpijlen in adembenemende kleurenpracht uiteenspatten tegen de donkere hemel.

'Wat mooi,' fluisterde ze, haar hoofd weer op zijn schouder vlijend. 'Een zee van juwelen...' Bengaals vuur zette de hele omgeving in een rossige gloed, en ze hoorde het applaus van de menigte opklateren.

Tussen de harde knallen van een serie rotjes door klonk ergens het gehuil van een baby. 'Ach, die is geschrokken...'

'Mijn vader had vroeger een Ierse setter. Dat arme beest kroop altijd weg onder zijn bed zodra het vuurwerk begon en lag daar dan een hele tijd te trillen.'

'Nou, dat lawaai is ook best beangstigend als je niet weet wat het is.' Op het hoogste punt gekomen, huiverde ze onwillekeurig, toen voor haar gevoel vlak bij hen een gouden regen met een flits ontplofte. Schitterend, daar niet van, maar de herrie begon haar tegen te staan. Haar hart bonsde in haar keel, en het benauwde zweet brak haar opeens uit. Uitgerekend op dat moment stopte het rad om de eerste passagiers te laten uitstappen. Door het geschommel van hun bak werd ze een beetje misselijk.

'Bailey?' Cade voelde haar rillen en trok haar wat dichter tegen zich aan. 'Gaat het?'

'Jawel... alleen een raar gevoel in mijn maag.'

'Diep ademhalen. Ontspan je... We kunnen er dadelijk uit.' Hij vond haar akelig bleek.

'Het... Het gaat wel...' Ze had het nog niet gezegd, of er klonk een nieuwe donderslag, gevolgd door lichtflitsen, die onontkoombaar andere beelden in haar opriepen. 'Hij graaide met zijn handen,' prevelde ze zonder nog iets anders te zien. 'Hij probeerde het mes te pakken... af te weren... Ik... Ik kon me niet verroeren... niet eens gillen... Alleen de bureaulamp brandde. Ik zie ze als twee schaduwen met elkaar worstelen en hoor ze tekeergaan. Dan opeens een verblindende bliksemflits waardoor de hele kamer wordt verlicht, en... en ik zie... O, nee! Hij heeft hem de keel afgesneden.' Ze begroef haar gezicht tegen Cades schouder. 'Ik wil het niet zien... Zo afschuwelijk.'

'Rustig, rustig,' mompelde hij sussend. 'Hou me maar goed vast en laat het los. Kom, we kunnen uitstappen.' Hij tilde haar uit hun gondel en baande zich een weg uit de drukte, terwijl ze zich snikkend aan hem vastklemde. 'Er kan je niets gebeuren, lieveling. Je bent bij mij. Je bent veilig.' Zachtjes op haar inpratend en elke nieuwe knal vervloekend, droeg hij haar naar zijn auto. Zodra hij haar in haar stoel had gedeponeerd, sloot hij de kap en gleed achter het stuur.

'Goed zo, huil maar eens lekker uit,' zei hij voor hij de motor startte. Ze zat met haar armen om zichzelf heen geslagen heen en weer te wiegen, alsof ze pijn leed. 'Gil, als je wilt. Gooi het eruit. Wat er ook gebeurt, laat het verder niet aan je vreten.'

Dankzij zijn begrijpende houding geneerde ze zich niet om tijdens de rit terug naar de stad haar tranen de vrije loop te laten. 'Ik blijf edelstenen zien,' begon ze na een tijdje, toen het ergste leed geleden was. Ze was nog schor, maar haar stem klonk een stuk zekerder. 'Heel veel, alle soorten en maten, ruw en geslepen, en ik kan ze stuk voor stuk thuisbrengen... Ook het prachtige, langgerekte stuk chalcedoon, een soort halfdoorzichtige topaas, of melksteen, dat als presse-papier op het bureau wordt gebruikt. Al die fraaie stenen doen zo vertrouwd aan...'

'Doordat je er vertrouwd mee bent. Normaal voel je je prettig in die omgeving.'

'Ja... dat zou best eens kunnen... Er is ook een olifant...' Ze nam glimlachend haar speelgoedbeest op schoot. 'Niet zoals deze, maar eentje van zeepsteen, heel mooi gesneden en bewerkt met een met juwelen ingelegde deken over zijn rug en vrolijke blauwe ogen. Een beetje dwaas, maar ook waardig.' Een moment zwijgend masseerde ze haar slapen. 'Vreemd dat al die kostbaarheden me niet beangstigen. Het is wel rustgevend om eraan te denken. Zelfs de blauwe diamant van ongekende schoonheid, een wonder uit de natuur...' Ze aarzelde even. 'Nee, de ruzie gaat over die diamant,' vervolgde ze peinzend. 'Ik hoor ze tegen elkaar schreeuwen. Daar word ik kwaad om, en ik zie mezelf erheen marcheren. enerzijds verontwaardigd, anderzijds... met een merkwaardig gevoel van voldoening en toch een beetje... angstig...' Ze keek Cade verwonderd van opzij aan. 'Wat raar... alsof ik iets heb gedaan...'

Weer voor zich uit starend, balde ze opeens haar vuisten. 'Iets impulsiefs, of doms... ik weet het niet.' Een diepe zucht slakend trachtte ze zich te concentreren. 'Ik loop naar de deur. Die staat half open, en ik zie ze midden in de kamer zo hevig argumenteren, dat ze mij niet opmerken. In een opwelling grijp ik de diamant, die op de tafel naast de deur ligt en stop hem in mijn zak. Ik voel me op slag een stuk rustiger. De canvas tas staat daar ook open en bloot, en ik zie het geld. Ze hebben ook niet in de gaten dat ik die pak. Ze weten niet eens dat ik er ben...'

Bailey sloot haar ogen om geen last te hebben van de voorbij flitsende stadslichten en koplampen. 'Ik... Ik wil net weglopen als ik het mes in zijn hand zie blikkeren. De ander probeert het te grijpen, en... en ze worstelen. Dan opeens bloed, veel bloed, en een van beiden wankelt. Ik sta met de tas in mijn armen als aan de grond genageld, terwijl de ene met het mes uithaalt. Op dat moment wordt het aardedonker, en ik hoor alleen het woeste gegrom. Daarna die felle bliksemschicht, het bebloede mes en de gutsen bloed uit de opengesneden keel. Dan kijkt hij op en ziet me... Hij ziet me, en ik ren voor mijn leven!'

'Goed, Bailey, niet forceren.' Cade vervloekte de verkeersdrukte, waardoor hij haar niet tegen zich aan kon trekken om haar te sussen. 'Probeer je te ontspannen. De rest komt wel als we thuis zijn.'

'Maar... Maar ze zijn één en dezelfde persoon, Cade,' prevelde ze als in trance half kreunend. 'Ze zijn hetzelfde...'

Hij zou er wat voor geven al thuis te zijn en gaf gas om een hem te langzaam rijdende stationcar in te halen. 'Hetzelfde?'

'Ze... Ze zijn hetzelfde... één persoon, maar dat kan niet, want de ene is dood en de andere niet... Ik... Ik word toch niet gek?'

Als het symboliek was, wat had die dan te betekenen, vroeg hij zich af. 'Hoe bedoel je één persoon?'

'Ze hebben... hetzelfde gezicht.'

Bailey droeg haar speelgoedolifant naar binnen, alsof het beest haar enige houvast in de wereld was. Ze voelde zich ellendig, en haar hoofd bonkte.

'Ik wil graag dat je gaat liggen. Ik zal kruidenthee voor je maken.'

'Nee, laat mij maar. Het is beter voor me als ik iets doe. Het spijt me. Het was zo'n geweldige avond.' Ze zette de olifant op de keukentafel. 'Tot...'

'Het was en is een geweldige avond. Alles wat helpt om meer stukjes van de puzzel te vinden, is de moeite waard. Het is alleen verdraaid vervelend dat je eronder lijdt.' Hij legde zijn handen op haar schouders. 'En dat is helaas nog niet voorbij.'

'Weet ik,' verzuchtte ze, en ze legde haar hand even over de zijne voor ze zich omdraaide om water op te zetten. 'Ook al raak ik nu en dan uit mijn evenwicht, ik ben niet van plan eraan onderdoor te gaan, Cade.' Ze lachte zachtjes. 'Rare uitspraak voor iemand die zich niet eens haar eigen naam kan herinneren.'

'Je herinnert je steeds meer, Bailey, en ik vind je de evenwichtigste vrouw die ik ken.'

'Mmm, dan moet ik me zorgen maken over jou en de vrouwen op wie je valt.' Na de kopjes, de thee en de suiker klaargezet te hebben, wierp ze een blik uit het keukenraam. Bij het zien van de hangmat tussen de bomen, kreeg ze een beeld van een jong meisje dat onder een prachtige treurwilg stond te huilen. Was dat een herinnering uit haar jeugd? Zonder precies te weten waarom, beangstigde het haar een beetje dat ze zich van nu af aan waarschijnlijk steeds meer zou gaan herinneren. 'Je hebt vragen,' zei ze na een korte stilte bedachtzaam. 'Je stelt ze niet omdat je bang bent dat ik instort.' Ze keek hem strak aan. 'Dat zal niet gebeuren. Ik heb juist graag dat je ze stelt, Cade. Dat maakt het voor mij gemakkelijker.'

'Laten we gaan zitten,' opperde hij zodra ze thee had ingeschonken. 'Die kamer met dat grijze tapijt, een raam, een tafel bij de deur, een lamp op het bureau... Hoe ziet dat bureau eruit?'

'Het is een antiek bibliotheekbureau van satijnhout uit de tijd van George III.' Ze zette haar kopje snel neer. 'O, wat slim, zo onverwacht naar dat bureau informeren. Ik dacht er niet eens bij na.... en ik wist het.'

'Concentreer je, alsjeblieft. Beschrijf het bureau.'

'Het is een stijlvol ontwerp. Strak en toch sierlijk. Het blad heeft kunstig ingelegde patronen van palissanderhout, die terugkomen in de voorkant van de lades met koperen handgrepen...' Ze staarde verwezen naar haar thee. 'Jeetje, ik klink als een antiekhandelaar.'

Cade vond haar eerder klinken als iemand die van mooie dingen hield, iemand die dat bureau goed kende. 'Wat staat er op het bureau?'

'De lamp. Een koperen lamp met een groen glazen kap en zo'n ouderwets trekkettinkje. Verder ligt er een keurig stapeltje paperassen op een van de hoeken met daarnaast een met leer bekleed vloeiblok. Naast de lamp staat een briefke.'

'Een wat?'

'Een briefke. Dat is een kartonnen doosje waarin losse stenen worden bewaard. Er zitten een paar groene smaragden in. Ik zie verder een juweliersloep en een koperen weegschaaltje. Een halfhoog kristallen glas met whisky en ijsblokjes en... en...' Haar adem stokte even. '...het mes met het bewerkte handvat en gebogen lemmet.'

'Zit er iemand achter het bureau?'

'Nee, de leren draaistoel is leeg. De stoel staat met de rug naar het raam. Het is gaan stormen...' Ze moest zichzelf dwingen rustig te blijven ademen. 'De regen slaat tegen het raam, en het bliksemt. Boven het gerommel van de donder uit klinkt hun geschreeuw.'

'Waar staan ze?'

'Voor het bureau. Tegenover elkaar.'

Cade schoof zijn kopje terzijde om haar hand te kunnen pakken. 'Wat zeggen ze?'

'Ik... Ik weet het niet... Iets over een aanbetaling... Ze moeten dat geld nemen en het land verlaten. Het is een slechte deal. Te gevaarlijk... dat weet hij zeker.'

Ze kon de stemmen horen. Harde woorden over en weer. '...vuile verrader... Als jij met hem in zee wilt gaan, moet jij dat weten. Ik stap eruit... Samen uit, samen thuis. Je kunt er niet zomaar uitstappen… Neem jij de stenen en regel het maar met hem. Bailey begint wantrouwend te worden. Ze is minder stom dan je denkt… Jij wilt er zeker met het geld vandoor gaan en mij de kastanjes uit het vuur laten halen…

Bailey haalde diep adem. 'Ze beginnen te worstelen. Het is vreselijk om te zien hoe ze elkaar haten. Ik begrijp het niet, want ze zijn toch hetzelfde…'

De vreselijke beelden van het gevecht hoefde ze niet nog eens te beschrijven, vond Cade. 'Hoe zijn ze hetzelfde?'

'Ze hebben hetzelfde gezicht, dezelfde donkere ogen, hetzelfde zwarte haar. Ze zijn elkaars spiegelbeeld. Zelfs hun stemmen zijn niet van elkaar te onderscheiden. Ze zijn een en dezelfde persoon, maar hoe kan dat, Cade? Zie ik het niet goed, of heb ik mijn verstand verloren?'

'Nee, lieveling. Je ziet alleen het voor de hand liggende over het hoofd.' Hij glimlachte flauwtjes. 'Je hebt het over een tweeling.'

'Een tweeling? Broers?' Ze vond het zo'n afschuwelijke gedachte, dat ze met een ruk opstond. 'Nee, dat kan niet,' reageerde ze huiverend. Ze droeg haar kopje naar de gootsteen. 'Ik weet niet wat ik heb gezien. Het was te donker.'

Cade vermoedde dat ze het niet wilde weten. Wat de reden ook was, ze vond het te verschrikkelijk om onder ogen te zien. 'Goed, probeer het van je af te zetten,' adviseerde hij. 'Het is al met al een vermoeiende dag geweest, en je moet nodig rusten.'

'Ja…' Ze wilde niets liever dan alles voor het moment vergeten, maar als ze ging slapen, zou ze wellicht weer aan die akelige dromen moeten geloven. 'Ga mee naar bed, Cade,' fluisterde ze, terwijl ze zich tegen hem aan vlijde en hem haar lippen bood. 'Ik wil niet hoeven denken. Ik wil met je vrijen.'

'Graag.' Hij kuste haar teder en leidde haar de keuken uit. Onder aan de trap kon hij zich al niet beheersen en maakte de knoopjes van haar blouse los om vrijuit haar borsten te kunnen liefkozen, terwijl hij haar nog eens kuste. Daarbij werd hij zo verrast door de heftigheid waarmee ze hem tegemoet kwam, dat hij zijn voornemen om rustig en teder te werk te gaan vergat. Het was duidelijk dat ze behoefte had aan wilde hartstocht, dus liet hij zich gaan en rukte haar beha los. Haar adem stokte, en hij zag de passie in haar ogen opvlammen, terwijl hij haar borsten begerig streelde. 'Er is nog zoveel wat ik je niet heb getoond,' murmelde hij met zijn lippen in haar hals. 'Ik weet niet of je er al aan toe bent.'

Huiverend van opwinding, wierp ze haar hoofd in haar nek. 'Toon het me maar,' zei ze kreunend. De schok over zijn zoete aanval leek haar begeerte alleen maar te stimuleren. 'Ik wil je.'

Zachtjes grommend sjorde hij haar spijkerbroek over haar heupen, en zodra hij kon, stak hij zijn hand tussen haar dijen. Op het moment dat hij zijn vingers in haar liet glijden, voelde hij dat ze haar nagels in zijn schouders zette. Het wond hem onbeschrijflijk op dat ze zo snel in extase raakte. De wazige blik in haar ogen, het gehijg en verraste gekreun onder zijn sensuele liefkozingen... Het was fantastisch om te merken dat ze in de greep van haar genot hulpeloos aan hem was overgeleverd.

Binnen de kortste keren had hij haar helemaal uit de kleren. 'Je ben van mij,' mompelde hij schor en dwingend, terwijl hij haar fier opgerichte tepels met zijn duimen bewerkte, waardoor ze rillend haar ogen sloot. 'Ik wil het je horen zeggen dat je voor nu de mijne bent.'

'Ja...' Overweldigd door de sensaties, was ze tot alles wat hij vroeg bereid. Ze zou hem desnoods haar ziel beloven. 'Meer...'

Dat liet hij zich geen tweede keer zeggen, en hij gaf meer zonder haar een moment rust te gunnen door haar naakte rondingen gretig met zijn lippen en tong te liefkozen. Ten slotte knielde hij voor haar en hield haar kronkelende heupen stil zodat hij haar kon proeven. Het duurde niet lang voor ze explodeerde, en hoewel ze houvast had gezocht aan de leuning, moest hij haar ondersteunen omdat haar benen haar niet langer konden dragen.

Voor ze goed en wel van de verrukkingen was bekomen, tilde hij haar op en droeg haar naar boven naar zijn slaapkamer. Daar liet hij zich met haar op bed vallen om zich over te kunnen geven aan zijn ongebreidelde begeerte.

Bailey wist niet was haar overkwam. De ongekende lust die hij met zijn handen, zijn vingers, zijn lippen en tong bij haar had gewekt, was bijkans ondraaglijk. Hij leek haar te verzwelgen en vervolgens weer nieuw leven in te blazen. Nat van transpiratie kon ze het niet laten dicht tegen hem aan te schuiven, zodra hij zich met rukkerige bewegingen van zijn kleren had ontdaan. Ze wilde meer. Ze wilde hem. Ze wilde alles en kwam hem dan ook ogenblikkelijk tegemoet, toen hij haar geknield tussen haar dijen overeind trok. Haar instinct volgend, sloeg ze haar benen om zijn heupen en boog achterover zodat hij vrij spel had met haar borsten en tepels. Op het moment dat haar hoofd de matras raakte, stootte hij diep in haar, en er ontsnapte haar een gesmoorde kreet van puur genot.

Cade verloor zichzelf bij het horen van haar kreet. Haar heupen omvattend, vergat hij alles, behalve de wilde hartstocht, die hem dreigde te verteren. Hoewel zijn blik al waziger werd, kon hij haar in het schijnsel van de maan nog bewonderen. Haar glanzende huid, haar volmaakte vormen, de vervoering op haar mooie gezicht, haar totale overgave… Overmand door een ongekend geluksgevoel, liet hij zich gaan en gaf haar alles wat hij in zich had…

Naderhand wachtte hij tot hij zeker wist dat ze sliep. Als betoverd bleef hij naar haar kijken, terwijl hij zich verwonderde over wat ze elkaar hadden gebracht. Geen vrouw had hem ooit zo diep beroerd als zij, en als hij iets wist, dan was het dat hij haar met hart en ziel toebehoorde, waarbij hij slechts kon hopen dat dat wederzijds was. Niet voor het moment, zoals hij haar min of meer had gedwongen tegen hem te zeggen, maar voor altijd.

Voor hij haar met tegenzin alleen liet, kuste hij haar slaap vederlicht. Ze lag op haar buik met een arm over de plek waar hij had gelegen. Hij liet de slaapkamerdeur open om haar te kunnen horen, mocht ze onverhoopt door nachtmerries geplaagd worden.

Eenmaal beneden zette hij koffie en ging vervolgens zijn computer opstarten. Het kostte hem moeite, maar na enig zoeken vond hij het bestand met de informatie die hij zocht. Tegen de tijd dat hij aan zijn tweede beker koffie toe was, had hij het zowaar voor elkaar er de lijst met gegevens uit te toveren die hem het belangrijkste antwoord bij het ontrafelen van het mysterie moest opleveren: de namen en adressen van alle firma's in de juweliersbranche in Washington en omgeving.

Zich concentrerend, doorliep hij de ene pagina na de andere tot het hem duizelde. Hij was echter meteen alert toen hij de naam Salvini las. Zijn hart begon sneller te kloppen, en hij wreef zijn ogen uit voor hij alle bijbehorende gegevens opriep.

Salvini. Edelsteendeskundigen en taxateurs, gespecialiseerd in antiquiteiten en sieraden. Firma opgericht in 1952 door Charles Salvini, inmiddels overleden. Gediplomeerde adviseurs voor musea en verzamelaars. Eigen ontwerpen, reparaties en specialistisch werk.

Bij het zien van het adres in Chevy Chase wist Cade dat hij beet had. Het gerenommeerde bedrijf lag in het gebied waar de stroomstoring zich had voorgedaan. Huidige eigenaars Thomas en Timothy Salvini... T.S.

Bingo!

Hoofdstuk 10

'Neem je tijd.'

Bailey nam Cades advies ter harte. Diep ademhalend, concentreerde ze zich. 'Haar neus moet volgens mij wat scherper dan je hebt getekend.'

De politietekenares Sara verschoof haar schetsblok op de keukentafel en bracht met vaardige hand een correctie aan. 'Zo beter?' informeerde ze geduldig.

Bedachtzaam knikte Bailey. 'Ja, ik geloof het wel. Haar ogen zijn groter... en staan een beetje scheef.'

'Meer amandelvormig?' opperde de jonge vrouw, terwijl ze haar gummetje pakte. Met enkele potloodstreken varieerde ze vorm en grootte.

'Ja... het is zo moeilijk te bepalen aan de hand van die vage beelden in mijn hoofd.'

Sara glimlachte ontspannen. 'Ik ben wel wat gewend. Geef gewoon je indrukken. Van daaruit werken we verder.'

Bailey knikte. 'De mond moet voor mijn gevoel breder... Zachter dan de rest van haar gezicht. Allemaal nogal hoekige trekken.'

'Wel een fascinerend gezicht,' merkte Cade op, terwijl hij toekeek hoe Sara Baileys aanwijzingen verwerkte. 'Sexy en interessant.' Met de markante trekken het korte, steile haar, dat haar voorhoofd tot aan haar opvallende, donkere wenkbrauwen bedekte, vond hij het een pittige tante lijken. Pittig en exotisch.

'Zo lijkt ze veel op het beeld dat ik van haar heb,' zei Bailey even later, toen Sara haar de nieuwe schets liet zien. Ze wist dat ze het gezicht kende, maar ook nu ze het zo voor zich zag, kwam ze niet verder dan dat de vrouw in kwestie prettige gevoelens in haar wekte. M.J. Wie was M.J., en wat deelden ze met elkaar?

'Wil je even pauzeren?' vroeg Cade, terwijl hij haar schouders masseerde.

'Nee, ik wil graag doorgaan.' Ze glimlachte flauwtjes naar Sara, die ze er in haar afgeknipte spijkerbroek en simpele halterhesje benijdenswaardig sexy vond uitzien. 'Als jij daar geen bezwaar tegen hebt.'

'Nee, hoor. Ik kan dit de hele dag doen, als ik maar op tijd van koffie wordt voorzien.' Ze hield haar lege beker op voor Cade.

Uit haar glimlach en de snelle blik van verstandhouding die ze met Cade wisselde, leidde Bailey af dat ze elkaar goed kenden. 'Het lijkt me wel, eh... interessant werk,' merkte ze aarzelend op.

De jonge vrouw schudde haar lange, rossige vlecht over haar schouder. 'Ach, het is leuk om met je hobby je brood te kunnen verdienen. Tegenwoordig worden compositietekeningen meer en meer met computers gemaakt, maar gelukkig zijn er nog genoeg agenten en detectives die de voorkeur geven aan het betere handwerk.' Ze grijnsde naar Cade, terwijl ze haar beker weer van hem aannam. 'Parris hier moet niets van computers hebben.'

'Ho, ik begin het te leren,' wierp hij tegen.

Sara snoof laatdunkend. 'Als dat zo is, blijft er voor mij weinig anders over dan me als sneltekenaar op feesten en partijen te verhuren.' Ze haalde haar schouders op en pakte een nieuw potlood. 'De volgende?'

'Ja, goed.' Bailey probeerde het van zich af te zetten dat Cade mogelijk iets met de leuke jongedame had gehad. Grace... Ze herhaalde de naam een paar maal in gedachten om het beeld op te roepen. 'Een zacht gezicht... Ovaal... Wat je noemt een klassieke schoonheid met prachtig, heel lang pikzwart haar, dat tot halverwege haar rug golft. Ze heeft grote knalblauwe ogen met schandalig lange, fluweelzwarte wimpers. Een kleine, perfect rechte neus.'

'Als ik je zo hoor, mag ik haar nu al niet,' grapte Sara, terwijl ze haar schets maakte.

Bailey moest glimlachen. 'Het lijkt me geen pretje om zo mooi te zijn. Ik bedoel, dan letten mensen alleen op je uiterlijk.'

'Mmm, ik zou er wel mee kunnen leven. Beschrijf haar mond eens.'

'Breed met gulle, volle lippen.'

'Ook dat nog.'

'Ja, dat is het,' reageerde Bailey even later enthousiast. 'De wenkbrauwen wat voller... O ja, en een kleine moedervlek, hier.' Ze wees bij zichzelf vlak naast haar linkeroog.

'Nu heb ik echt een hekel aan haar,' mompelde Sara met een grimas. 'Zeker als ze ook nog een volmaakt lichaam heeft. Zeg ten minste dat ze flaporen heeft.'

'Sorry.' Bailey bekeek de tekening glimlachend en kreeg een brok in haar keel. 'Ze is echt zo oogverblindend.'

'Ze komt me bekend voor.' Sara merkte niet dat Bailey opeens vreemd gespannen naar haar keek. 'Ik zou durven zweren dat ik dit gezicht eerder heb gezien. Misschien een fotomodel... een reclame voor parfum of zeep... Met zo'n gaaf gezicht zou je gek zijn als je het niet te gelde maakte.'

'Een model?' Peinzend beet Bailey op haar onderlip. 'Nee, ik zou het niet weten.' Het enige wat ze wist, was dat ze Grace heette en meer dan alleen mooi was.

'Inderdaad een adembenemende schoonheid,' zei Cade, toen Sara hem de tekening toonde. 'Maar als ik haar eerder had gezien, zou ik het weten, want zo'n gezicht vergeet ik niet.' Hij legde beide schetsen op tafel. 'Goed werk, Sara. Heb je tijd voor nog eentje?'

De jonge vrouw keek op haar horloge. 'Ik heb nog een halfuurtje.'

Cade hurkte naast Bailey. 'De man, lieveling. Je weet ook hoe hij eruitziet.'

'Nee, ik –'

'Je hebt hem mij gisteravond deels beschreven,' drong hij zachtjes aan. 'Het is belangrijk.'

Bailey kreeg het benauwd bij de gedachte. 'Ik wil hem niet nog eens voor me zien.'

'Het zal wel moeten als je verder wilt komen, Bailey.'

Nadat hij haar een bemoedigend kneepje in haar arm had gegeven, sloot ze haar ogen en riep de nare beelden op. Zoals ze al verwachtte, begon haar hoofd te bonken, maar ze zette door. 'Hij is donker,' prevelde ze. 'Een lang, smal gezicht, verwrongen van woede. Een grimmige mond, dunne, strakke lippen. Een krachtige kin en neus... een beetje een haakneus. Niet onaantrekkelijk... eerder sterk. Dat geldt eigenlijk voor zijn hele gezicht... Diepliggende ogen... zwart...' Huiverend dacht ze aan de moordlust die ze erin had zien schitteren. 'Licht ingevallen wangen... een hoog voorhoofd... donkere, rechte wenkbrauwen. Keurig geknipt zwart haar. Van boven vol, opzij en van achteren kort. In feite wel een knap gezicht, alleen de kaaklijn is wat slap.'

Toen ze bleef zwijgen, legde Cade een hand op haar schouder. 'Is dit hem, Bailey?' vroeg hij zachtjes.

Zichzelf wapenend, opende ze haar ogen en keek naar de schets die Sara haar voorhield. Hoewel de details niet allemaal klopten, was de gelijkenis goed genoeg om haar te doen rillen. 'Ja,' fluisterde ze. 'Hij lijkt op de tekening.' Ze verhief zich zo beheerst als ze kon. 'Neem me niet kwalijk,' wist ze nog net uit te brengen, voor ze haastig de keuken verliet.

Sara pakte haar spullen bij elkaar. 'Volgens mij is ze doodsbang.' Vanuit haar ooghoeken zag ze Cade knikken. 'Krijg ik nog te horen wat er aan de hand is?'

'Ik weet het zelf nog niet precies,' verzuchtte Cade, 'maar we zijn in de buurt. Goed werk, Sara. Dank je.'

'Ik stuur je de rekening wel.' Ze stond op en kuste hem vluchtig voor ze hem onderzoekend aankeek. 'Ik heb zo'n vermoeden dat ik niet meer op gezellige avondjes met jou hoef te rekenen.'

'Ik hou van haar,' reageerde hij eenvoudig.

'Dat dacht ik al.' Ze slingerde haar tas over haar schouder en tikte hem zachtjes op zijn wang. 'Ik zal je missen.'

'Ik ben er nog wel, hoor.'

'Tuurlijk, maar je bent verkocht, Parris. Ze lijkt de moeite waard, kerel. Ik hoop voor je dat het wat wordt.' Met een beetje trieste glimlach draaide zich om. 'Ik kom er wel uit.'

Toch liep hij met haar mee. Nadat hij de deur achter haar had gesloten, realiseerde hij zich dat het symbolisch was voor het afsluiten van een deel van zijn leven. De fase van doen en laten wat en met wie hij wilde lag achter hem, overwoog hij zonder spijt. Boven wachtte de vrouw aan wie hij zijn hart had verpand. Zeker, zolang zij hem nog niet de belofte had gedaan die hij nodig had, kon hij nog terug, maar daar peinsde hij niet over.

Hij vond haar in haar kamer voor het raam. 'Gaat het?'

'Jawel,' antwoordde ze zonder zich om te draaien. 'Sorry dat ik zo onbeleefd was tegen je vriendin. Ik heb haar niet eens bedankt.'

'Sara begrijpt het wel.'

'Je kent haar al lang, hè?'

'Ja, een paar jaar.'

Bailey slikte moeizaam. 'Jullie hebben samen ook iets gehad.'

Hoewel Cade haar het liefst in zijn armen zou nemen, bleef hij wijselijk uit haar buurt. 'Ja.' Hij hoorde haar zuchten. 'Er zijn andere vrouwen in mijn leven geweest, Bailey. Ook vrouwen om wie ik heb gegeven.'

Eindelijk draaide ze zich om. 'Wat er tussen ons is voorgevallen, had niet mogen gebeuren, Cade,' verklaarde ze kil. 'De ongelijkwaardigheid –'

'Het is gebeurd,' zo onderbrak hij haar afgemeten. 'Je gaat me toch niet vertellen dat je boos bent omdat je een vrouw hebt ontmoet met wie ik wel eens heb geslapen? Omdat ik niet tot jou ben gekomen, zoals jij tot mij bent gekomen?'

'Blanco,' beet ze hem toe. 'Jij hebt geen blanco verleden, zoals ik. Jij hebt je familie, je vrienden, je minnaressen... je leven. Ik heb niets anders dan flarden van mijn verleden, verder tast ik in het duister. Al heb je met honderd vrouwen geslapen, dat kan me niet schelen.' Haar stem brak, en ze moest zich vermannen. 'Waar het om gaat, is dat jij je ze herinnert...'

'Of je nou iets herinnert of niet, jij hebt ook een voorgeschiedenis, Bailey.' Hij kon het niet hebben dat ze bezig was afstand tussen hen te scheppen. 'Je kunt van mij niet verwachten dat ik de mijne voor jou afzweer. Door mijn verleden ben ik de man die nu voor je staat.'

'Ik zou niet willen dat je je verleden vergat,' zei ze heftig. Ze had een besluit genomen, en daar diende ze naar te handelen, hoe moeilijk het ook was. 'Het spijt me,' vervolgde ze zo waardig als ze kon. 'Het gaat me niet aan hoe jij hebt geleefd voor ik opdook. Waar het om gaat, is dat jij een verleden hebt.'

'Jij ook.'

'Ja...' Die wetenschap was nu juist zo beangstigend. 'Zonder jou zou ik nooit zover gekomen zijn als ik nu ben.' Ze haalde diep adem. 'Het punt is dat de zaak nodeloos ingewikkeld is geworden doordat ik niet meteen naar de politie ben gegaan. Dat wil ik alsnog doen.'

Cade begon zich op te winden. 'Je hebt er geen vertrouwen in dat ik het tot een goed einde breng?'

'Daar gaat het niet om –'

'Juist! Niets politie, het gaat om jou en mij. Jij denkt dat je kunt weglopen van wat er tussen ons is.' Niet in staat zich langer in te houden, greep hij haar ruw bij haar armen. 'Vergeet dat maar!'

'Er is iemand vermoord, en daar heb ik mee te maken.' Het kostte haar moeite zijn woedende blik te weerstaan. 'Ik had jou er niet bij mogen betrekken.'

'Te laat. Dat was al zo, toen je bij me op kantoor verscheen. Er is geen weg terug. Ik laat me niet afpoeieren.' Lucht gevend aan zijn frustratie, trok hij haar dicht tegen zich aan en drukte zijn lippen op de hare voor een verslindende kus. Even later tilde hij haar op.

'Niet doen,' prevelde ze zwakjes, maar het was alweer te laat. Ze had geen schijn van kans, toen hij haar op bed legde en boven op haar ging liggen.

'Je kunt vergeten wat je wilt, maar dit niet,' fluisterde hij, terwijl hij aan haar kleren sjorde.

Het was een ongelijke strijd doordat hij haar met zijn ruige optreden bijna overweldigde. Ze wist niet wat verbijsterender was, zijn bijna dierlijke begeerte naar haar, of de sensaties die hij daarmee bij haar wekte, sensaties waaraan ze onmogelijk weerstand kon bieden. Het deed er niet toe, want binnen de kortste keren maakte haar verbijstering plaats voor ongekend genot. Het was niet te geloven dat ze al lag te kreunen op het moment dat hij met zijn mond een zoete aanval op haar borsten en tepels deed. Ze was nog bezig met haar omlaag gesjorde spijkerbroek en slipje uitschoppen, of zijn vingers lagen al tussen haar dijen en begonnen haar te strelen.

De kreet die haar ontsnapte, had niets van doen met protest of schrik, maar alles met de mateloze opwinding die haar deel werd. Ze wist niet meer waar ze het zoeken moest en zette zonder het echt te beseffen haar nagels in zijn rug, terwijl ze als een bezetene onder hem kronkelde. Ze wilde alleen maar meer, liefst zo snel mogelijk, en ze sloeg haar benen om zijn dijen.

Cade was niet in staat zichzelf te bedwingen. Ze moest en zou de zijne zijn, en hij stootte hard en diep in haar. In zijn aan wanhoop grenzende passie ging hij wild door, ook toen hij haar in extase al haar spieren voelde aanspannen. Het was verkeerd wat hij deed, maar hij kon niet anders, en haar ademloze gekreun smoorde in zijn mond, toen hij haar opnieuw bijna bestraffend wreed kuste.

Pas toen ze bijna huilend zijn naam riep, kwam hij bij zinnen. Volkomen leeg zeeg hij op haar neer. Het duurde even voor hij zich realiseerde dat ze volkomen uitgeteld onder hem lag. Toen hij haar vervolgens schor zijn naam hoorde fluisteren, begon hij zich te schamen. Nooit eerder had hij een vrouw zo weinig keus gelaten door haar zo ruig de zijne te maken.

Ontzet over zijn schandelijke gedrag, rolde hij van haar af en staarde op zijn rug liggend met nietsziende ogen naar het plafond. ‘Het… spijt me,’ wist hij na enkele ogenblikken stamelend uit te brengen, en hij geneerde zich direct nog meer doordat het akelig pathetisch klonk. Hij ging overeind zitten en haalde zijn handen over zijn gezicht. ‘Ik heb je pijn gedaan… Daar is geen enkel excuus voor...' Omdat hij zich geen raad wist, stond hij op en liet haar alleen.

Bailey was pas na enkele minuten bij machte om overeind te komen. Nog half verdwaasd, sloeg ze haar loodzware armen om zichzelf heen en trachtte na te denken over wat er was gebeurd. Ze kon zich niet aan het gevoel onttrekken met huid en haar verslonden te zijn. Overweldigd door ongekende sensaties, door emoties, door de complete vervoering... door Cade.

Het was volmaakt geweest.

Cade gaf Bailey de tijd om tot zichzelf te komen. Tijd die hij zelf gebruikte om zijn volgende stappen te overwegen, waarbij het hem de grootste moeite kostte zijn razernij onder controle te krijgen. Zeker, hij was eerder boos geweest, evenals beschaamd en gekwetst, maar toen ze eindelijk keurig in de plooi beneden verscheen, dreigde hij het te kwaad te krijgen met die emoties. 'Gaat het met je?' informeerde hij bars.

'Ja.' Ze slikte nerveus gespannen. 'Cade, ik –'

'Je moet doen wat je niet laten kunt,' zo onderbrak hij haar kortaf. 'Ik ook. Ik wil me nogmaals verontschuldigen voor mijn gedrag.'

De moed zonk haar in de schoenen. 'Je... Je bent boos op me.'

'Ook op mezelf. Daar kom ik wel uit, maar eerst moet ik er met jou uitkomen. Jij wilt weg.'

'Het is niet wat ik wil,' reageerde ze, terwijl ze hem smekend om begrip aankeek. 'Het is het juiste, aangezien ik je medeplichtig heb gemaakt aan weet ik veel wat.'

'Je hebt me ingehuurd.'

Ze slaakte een diepe zucht. Bleef hij zo kortzichtig? 'Sorry, maar je kunt in ons geval moeilijk van een strikt zakelijke relatie spreken, Cade.'

'Daar zijn we het dan gelukkig over eens. Het is vanaf het begin persoonlijk geweest, en jij laat me nu niet zitten vanwege een – overigens misplaatst – schuldgevoel. Als je andere redenen hebt om me te verlaten, dan hebben we het daar wel over zodra dit achter de rug is. Ik hou van je...' Hij schraapte zijn keel. 'Als dat niet wederzijds is, als je niet van me wilt of kunt houden, dan zal ik daarmee moeten leren leven. Er nu vandoor gaan kan echter niet.'

'Ik wil alleen maar –'

'Naar de politie,' zo viel hij haar opnieuw scherp in de rede. 'Prima, dat is jouw keuze. Dat neemt niet weg dat je mij voor de zaak hebt ingehuurd, en afgezien van onze persoonlijke gevoelens wil ik die afronden. Pak je handtas maar.'

Ze wist niet goed wat ze met hem aan moest nu hij zo nors en kwaad bleef doen. 'Je wilt naar de afspraak in het Smithsonian?' informeerde ze aarzelend.

'Nee, die heb ik verschoven. Om te beginnen gaan we ergens anders heen.' Hij negeerde haar vragende blik. 'Haal je tas nou maar. Deze volgende stap doen we op mijn manier.'

'Kun je nou niet zeggen waar we heen gaan?' vroeg Bailey, toen ze de stad hadden verlaten en ze op de buitenwegen vreemd gespannen werd. Cades stilzwijgen begon haar ook danig te irriteren.

'Terug,' zei hij. 'Soms moet je gewoon een deur openen en kijken wat daarachter is.'

'Maar we zouden met die curator van het museum gaan praten,' wierp ze tegen. 'We moeten terug naar de stad.'

'Weet je waar we heen gaan?'

'Nee,' antwoordde ze haastig. 'Geen idee.'

Een moment keek hij haar scherp van opzij aan. 'De laatste stukjes van de puzzel, Bailey.' Hij sloeg een binnenweggetje in en hoorde aan haar ademhaling dat ze het steeds moeilijker kreeg. Het viel hem zwaar haar niet te sussen. Om verder te komen, diende hij een doorbraak te forceren. Ze was sterker dan hij tot nu toe had aangenomen en zou zich er – al dan niet met zijn hulp – ongetwijfeld doorheen slaan.

Vastberaden minderde hij vaart. Ten slotte stopte hij voor het oude buiten, waar de firma Salvini was gevestigd. 'Je weet waar we zijn.'

Het benauwde zweet brak haar uit. 'Nee... nietwaar.' Waarom huiverde ze bij het aanschouwen van de elegante architectuur van het langwerpige huis? Waar kwam het gevoel van onbehagen vandaan als ze keek naar de hoge ramen aan weerszijden van de monumentale voordeur? Wat deed die ene donkerblauwe BMW op het grote parkeerterrein aan de zijkant? 'Ik wil hier niet zijn,' prevelde ze, haar blik afwendend van de naam 'Salvini' boven de ingang. 'Ze zijn gesloten. Er is niemand. Laten we maar gaan.'

'Er staat een auto. Het kan toch geen kwaad om even een kijkje te nemen?' opperde Cade.

'Nee!' Ze trok haar hand weg voor hij die kon pakken. 'Ik ga daar niet naar binnen.'

'Wat is daar dan binnen, Bailey?' drong hij aan.

'Weet ik niet.' Het enige wat ze wist, was dat ze om onverklaarbare reden doodsbang was. 'Ik ga niet.'

Hoewel Cade liever zijn hart zou uitrukken dan haar dwingen, stapte hij uit in het besef dat ze er in haar eigen belang doorheen moest. 'Ik ben bij je,' verklaarde hij na haar portier te hebben geopend. 'Kom mee.'

'Ik zei dat ik daar niet naar binnen wil.'

'Lafaard,' reageerde hij honend. 'Wil je je de rest van je leven blijven verstoppen?'

Met van woede glinsterende ogen rukte ze haar gordel los. 'Ik haat je,' beet ze hem toe.

'Dat kan ik me voorstellen,' mompelde hij, terwijl hij haar bij haar arm nam om haar naar de voordeur te leiden. Die bleek potdicht te zitten, en gezien de diverse veiligheidssloten, zat het er niet in dat hij hem gemakkelijk open zou krijgen. 'Laten we maar achterom gaan,' opperde hij, terwijl hij net deed of hij niet merkte dat ze trilde als een rietje. De dienstingang bood meer perspectief, constateerde hij even later, waarna hij zijn etuitje met verfijnde gereedschappen tevoorschijn haalde.

'Wat doe je nou?' Verschrikt deinsde Bailey achteruit, toen hij zich met een paar kleine metalen staafjes naar het onderste slot boog. 'Je kunt toch zomaar niet inbreken?'

'Nou, het lukt me wel, hoor. Ik oefen niet voor niets vier uur per week op alle soorten sloten. Even stil, alsjeblieft, want dit vergt concentratie.' Het kostte hem enkele minuten van even ingespannen als delicaat gefriemel. Als het alarm aanstond, zou dat zeker afgaan op het moment dat hij het slot open had. Hij hoorde niets en begon met een ander stel staafjes aan het tweede, waarbij hij vurig hoopte dat de firma geen stil alarm had laten installeren, want dan zou hij dadelijk als de politie kwam, heel wat uit te leggen hebben.

'Op klaarlichte dag inbreken... dit is de waanzin ten top, Cade,' prevelde Bailey ongedurig van haar ene voet op haar andere wippend.

'Gelukt,' verklaarde hij tevreden, zijn spullen opbergend. 'Zo'n zaak als deze moet toch ook een bewegingsalarm hebben,' mompelde hij, terwijl hij behoedzaam de deur opende. Met zijn routine ontdekte hij het bekende kastje vrijwel onmiddellijk in de hal, en hij zag zijn vermoeden bevestigd dat het niet was geactiveerd. 'Nogal zorgeloos van ze. Op deze manier loont misdaad wel.' Hij nam Bailey bij de hand en trok haar naar binnen. 'Niemand zal je een haar krenken – zelfs ik niet,' zei hij met een bemoedigend glimlachje.

'Ik kan dit niet.'

'Jawel, hoor. Je doet het toch?' Zodra hij het licht aan had geknipt, sloot hij de deur en wees naar de kapstok in de hoek van de hal. 'Die is zeker van jou?' merkte hij met een knikje naar de beige regenjas op.

'Ik... Ik zou het niet weten.'

'Jouw stijl. Elegant en praktisch. Goede kwaliteit.' Hij voelde in de zakken en haalde er een rolletje pepermunt, een pakje tissues en een boodschappenlijstje uit. 'Jouw handschrift.'

'Ik weet het niet.' Ze weigerde ernaar te kijken.

Met een onhoorbare zucht nam hij haar opnieuw bij de hand en leidde haar naar de volgende kamer. Dat bleek een kleinere versie van de werkruimte bij Westlake te zijn. Hij herkende de apparatuur en werktuigen en het trof hem dat alles er even ordelijk bij stond en dat de werkbanken smetteloos oogden. 'Er is iemand die het hier keurig schoon houdt,' merkte hij minzaam op in het besef dat dat ook typisch iets voor Bailey was. Hij wist zeker dat de goed afgesloten lades de edelstenen bevatten waarmee zij zo graag in de weer was. 'Zullen we verder kijken?' vroeg hij met een blik richting trap.

Bailey kon niet eens meer tegenstribbelen. Haar keel leek dichtgeknepen te zitten, en het kostte haar moeite hem de trap op te volgen. Eenmaal boven werd ze overvallen door een gevoel van misselijkheid bij het zien van het grijze tapijt op de overloop en in de gang. Op het moment dat Cade de eerste deur opende, hapte ze naar adem, doordat ze zich in een flits realiseerde dat het haar kantoor moest zijn.

Cade keek rustig rond en wist vrijwel meteen dat hij goed had gegokt. Het fraaie Queen Annebureautje met de olifant van zeepsteen die ze had beschreven, de stemmige aquarellen aan de muur, het sierlijke koffietafeltje tussen de fauteuil en bijpassende, kleine sofa... Het zag er allemaal even smaakvol uit. Nog voor hij de zilveren fotolijst op het tafeltje ontwaarde, was het hem duidelijk dat dit Baileys kamer moest zijn. Het meisje van een jaar of tien op het eerste kiekje was nog niet echt herkenbaar, maar ze had onmiskenbaar Baileys ogen en als volwassen vrouw vertoonde ze een sprekende gelijkenis met de in de camera glimlachende dame naast zich op de schommelbank.

'Een moment uit je verleden, Bailey,' merkte hij zachtjes op, terwijl hij de tweede foto pakte. Daarop keken drie gearmde vrouwen met Bailey in het midden hem lachend aan. 'En een vrij recentelijk moment... Jij met M.J. en Grace.' Hij zette het lijstje op zijn plaats en pakte de derde met daarop een uitgesproken knappe, blonde man met een warme, vriendelijke glimlach.

'Hij is dood,' zei Bailey met verstikte stem. 'Dat is mijn vader... omgekomen bij een vliegtuigongeluk.'

'Wat erg...'

'Hij kwam niet meer thuis,' vervolgde ze, steun zoekend tegen het bureau omdat de plotselinge herinneringen haar dreigden te overweldigen. 'Hij was op reis gegaan om spullen in te kopen en is nooit meer teruggekomen. We zaten vaak samen op de veranda, en dan liet hij me alle schatten zien die hij had gekocht. Mooie, oude dingen, die hij het liefst zelf opknapte.'

'Hij had een antiekzaak?'

'Ja, een zaak die van vader op zoon was gegaan. Time And Again, zo heette de winkel. Hij had echt oog voor mooie dingen. Ver van huis in Engeland is hij omgekomen... Mijn moeder heeft de zaak moeten verkopen, toen –'

'Kalm aan. Laat het maar gewoon komen,' adviseerde Cade haar sussend.

'Ze is hertrouwd toen ik veertien was. Ze was nog vrij jong, en van de zaak draaiende houden had ze weinig kaas gegeten. Dat zei hij, tenminste. Hij zou het wel voor haar doen... Ze hoefde zich geen zorgen te maken...' Haar blik viel op de olifant, en ze wankelde even. 'Die heb ik voor mijn verjaardag van M.J. gekregen,' vervolgde ze na zich te hebben hersteld. 'Ik verzamel olifanten... Vandaar dat ik zo blij was met de olifant die jij op de kermis voor me hebt gewonnen.' Ze slikte. 'Grace, M.J. en ik... We hebben zo'n plezier gehad op mijn verjaardag... Nog maar een paar weken geleden. Ik ben negentien juni vijfentwintig geworden...' Het duizelde haar, en ze moest zich concentreren om Cade te kunnen aankijken. 'Ik ben vijfentwintig, en mijn naam is Bailey Anne James.'

Cade duwde haar met zachte drang naar de fauteuil en liet haar plaatsnemen. 'Aangenaam, Bailey Anne James.'

Hoofdstuk 11

'Ik... Ik weet niet waar ik moet beginnen,' stamelde ze zwakjes. 'Er is zo... zo veel...' Ze kneep haar ogen een moment stijf dicht en masseerde haar slapen.

'Vertel me eerst maar over je vader, lieverd,' opperde Cade zachtjes.

'Nou... hij is dus omgekomen. Hij handelde in antiek... We woonden in Connecticut. Daar was de zaak en ons huis. In de loop der jaren heeft hij nieuwe vestigingen geopend... eentje in New York en een winkel in Washington DC... Hij... Hij heette Matthew.' Ze drukte een hand tegen haar pijnlijk stekende hart. 'Het is of ik hem nu opnieuw verlies. Mijn vader en moeder betekenden alles voor me. Zij kon na mij geen kinderen meer krijgen, en ik denk dat ze me nogal verwend hebben. Ik hield zielsveel van ze... Ik herinner me nu de treurwilg in de achtertuin. Daar heb ik een hele tijd onder staan huilen nadat mijn moeder me had verteld dat mijn vader was... omgekomen.'

'Onder die wilg vond je moeder je?' informeerde hij in het besef dat ze het misschien nodig had om die verdrietige momenten te herleven.

'Ja, ze kwam me na verloop van tijd opzoeken, en toen hebben we een hele tijd samen onder de boom gezeten. Zij moet zich minstens net zo verloren hebben gevoeld als ik, want zij kon ook niet zonder hem. Later heeft ze haar uiterste best gedaan de zaak draaiende te houden, maar met de zorg voor mij en het huis kon ze het op den duur niet aan. Toen leerde ze Charles Salvini kennen.'

'Dit is zijn buiten annex firma.'

'Dat was het...' Bailey slaakte een diepe zucht. 'Hij was juwelier en hield zich ook bezig met antiek. Ze heeft hem een paar maal zakelijk geraadpleegd, en zo is het begonnen. Hij was erg goed voor haar. Ook voor mij, trouwens. Ik bewonderde hem en denk dat hij heel veel van haar hield. Ik weet niet of zij echt van hem hield zoals van mijn vader, maar ze had hem nodig. Uiteindelijk heeft ze de familiezaak van de hand gedaan en is met Charles getrouwd.'

'Kon je goed met hem overweg?'

'Ja, hij was altijd erg aardig en net als mijn vader goudeerlijk, zowel in zaken als in de persoonlijke sfeer. Hij was trots op de zaak die hij had opgebouwd, en ik heb veel van hem geleerd, zeker toen ik belangstelling begon te krijgen voor edelstenen. Hij stimuleerde me, en dankzij hem kon ik gaan studeren.' Ze slikte moeizaam. 'Mijn moeder is... is verongelukt toen ik op de universiteit zat. Ik was er niet...'

'O, schatje.' Cade nam haar in zijn armen om haar troost te bieden. 'Wat erg voor je.'

'Het... Het schijnt heel snel gegaan te zijn. Een dronken automobilist, die frontaal op haar botste. Het... Het was meteen afgelopen,' prevelde ze met gebroken stem. 'Charles is nooit over het verlies heen gekomen. Hij was al vijftien jaar ouder dan zij en verloor alle belangstelling voor zijn werk en de firma. Hij trok zich meer en meer in zichzelf terug en is nog geen jaar na haar overleden.'

'Toen had jij niemand meer?'

'Nou, ik had mijn stiefbroers nog.' Licht huiverend greep ze Cades hand. 'Timothy en Thomas, de zoons van Charles.' Er ontsnapte haar een snik. 'Een tweeling... Ik wil hier weg.'

'Vertel me eerst eens wat meer over je broers,' drong hij zachtjes aan. 'Ouder dan jij?'

'Ik wil weg. Ik moet naar buiten.'

'Zij hebben de firma van Charles overgenomen, nietwaar? Jij werkte hier met ze.'

'Ja... Ja... Toen ik afgestudeerd was op Radcliffe, ben ik hier komen werken. We waren familie en woonden in hetzelfde huis. Zij waren twintig, toen mijn moeder met Charles trouwde. We vormden een echt gezin.'

'Een van die twee wilde je anders wel vermoorden.'

Bailey sloeg haar handen voor haar gezicht. 'Nee! Nee, dat is een vergissing. Ze zijn mijn broers. We woonden samen en werkten samen. Onze ouders zijn dood, en we hadden alleen elkaar nog. Ze waren soms wel humeurig, maar ze hebben me nooit kwaad gedaan. Ook elkaar niet. Dat was gewoon niet mogelijk.'

'Hebben ze hier ook ieder hun eigen kantoor? Op deze verdieping.' Hij zag dat haar blik onwillekeurig naar links dwaalde, terwijl ze haar hoofd schudde. 'Goed, ik wil dat jij rustig hier blijft zitten, Bailey.'

'Wat ga jij dan doen?' informeerde ze paniekerig.

Hij omvatte haar gezicht met beide handen. 'Ik moet even gaan kijken, dat weet je,' verklaarde hij rustig, maar heel beslist. 'Jij blijft hier.'

Met haar hoofd tegen de rugleuning sloot ze haar ogen en probeerde zichzelf tot kalmte te dwingen, toen Cade verdween. Zij hoefde niets te zien, niets te weten. Het was voldoende dat ze zich haar eigen naam en haar familie weer herinnerde. Ondanks haar voornemen er niet aan te denken, kon ze de akelige beelden van tijdens het noodweer niet geheel verdringen. Ze verroerde zich echter niet en opende haar ogen pas op het moment dat ze Cade hoorde terugkeren. Zodra ze zijn gezicht zag, wist ze de verschrikkelijke waarheid. 'Het is Thomas,' fluisterde ze. 'Thomas ligt dood in zijn kantoor aan het eind van de gang.'

Het verwonderde Cade nauwelijks dat haar geest zich daarvoor had afgesloten. Uit wat hij in de gauwigheid had gezien, had hij afgeleid dat het gevecht tussen de broers een gruwelijke schouwspel moest zijn geweest. Het was erg genoeg voor Bailey dat ze het zich nu in detail herinnerde. Ook nog eens met de gevolgen van de bloederige moord geconfronteerd worden zou voor haar onverdraaglijk zijn.

'Thomas,' herhaalde ze, en ze liet haar tranen de vrije loop. 'Arme Thomas. Hij wilde altijd in alles de beste zijn. Ze waren eigenlijk nooit onaardig tegen mij. Hooguit negeerden ze me bij tijd en wijle. Ik weet dat het ze niet lekker zat dat Charles ook mij een aandeel in de firma heeft nagelaten. Ze accepteerden het echter wel, net zoals ze mij hebben geaccepteerd...' Naar haar handen starend, trachtte ze haar tranen te bedwingen. 'We kunnen zeker niets meer voor hem doen?'

'Nee, we kunnen hier weg.' Cade trok haar overeind. 'We moeten de autoriteiten verwittigen.'

'Ze waren van plan de Drie Sterren van Mithra te stelen.' Bailey bleef staan. Nu ze het echt wist, moest ze het vertellen. 'We hadden de opdracht de diamanten te taxeren. Dat wil zeggen, ik had die opdracht, daar het mijn specialiteit is. Ik doe wel vaker zulke dingen voor het Smithsonian. De Sterren zouden deel uitmaken van een grote tentoonstelling. Ze zijn heel oud en van Perzische origine. Gezet in een gouden driehoek in de open handen van het beeld van Mithra.' Al pratend werd ze rustiger. 'Mithra is de god van licht en wijsheid. Het mithraïsme was een van de belangrijkste godsdiensten ten tijde van het Romeinse Rijk. Mithra zou de goddelijke stier hebben verslagen, en uit het bloed van die stier zouden de planten en dieren ontstaan zijn.'

'Dat kun je me in de auto vertellen.'

Ze weigerde zich verder dan de gang te laten meetrekken. 'Het geloof is net als het Christendom, waar het veel mee gemeen heeft, gebaseerd op naastenliefde en begon vanaf het jaar 68 voor Christus in Rome aan invloed te winnen,' vervolgde ze haar relaas, omdat ze niet anders scheen te kunnen. 'De Drie Sterren werd lange tijd als een mythe beschouwd, een legende, die wellicht verband zou houden met de Heilige Drie Eenheid. Er zijn echter altijd geleerden geweest die in het bestaan ervan geloofden als symbolen voor liefde, kennis en barmhartigheid. Volgens de overlevering zou het bezit van alle drie absolute macht en onsterfelijkheid opleveren.'

'Daar hecht jij toch geen geloof aan?'

'Ik geloof in zoverre in de macht van de diamanten dat ze kunnen inspireren tot zowel liefde als haat en hebzucht. Ik heb namelijk ontdekt wat mijn broers van plan waren. Timothy was bezig met het maken van duplicaten. Dat deed hij in ons laboratorium, en als hij wat omzichtiger te werk was gegaan, zou hij het misschien voor mij verborgen hebben kunnen houden. Hij is echter altijd vrij roekeloos en ongeduldig geweest.' Zuchtend schudde ze haar hoofd. 'Hij heeft vaker moeilijkheden gehad doordat hij in zijn opvliegendheid geweld gebruikte.'

'Maar niet ten aanzien van jou.'

'Nee.' Ze glimlachte wrang. 'Wel heeft hij mijn gevoelens meer dan eens gekwetst. Zo bleef hij er bijvoorbeeld bij dat mijn moeder alleen maar met zijn vader was getrouwd om haar en mijn toekomst te verzekeren. Vandaar dat ik steeds de drang heb gehad mezelf te bewijzen.'

'Dat is je dan aardig gelukt,' reageerde Cade droogjes.

'Niet tegenover hem. Ik kan me niet heugen dat hij me ooit een compliment heeft gemaakt. Daar staat tegenover dat hij mij of mijn werk ook nooit heeft afgekraakt. Ik had hoe dan ook geen reden om hem of Thomas van oneerlijkheid te verdenken... tot we die opdracht met de Sterren kregen.'

'Ze konden de verleiding niet weerstaan.'

'Blijkbaar. Met de imitaties hoopten ze de kenners lang genoeg voor de gek te kunnen houden om een fortuin voor de echte stenen op te strijken en te verdwijnen. Ik weet niet wie erachter zat, maar het moge duidelijk zijn dat ze iets hadden geregeld met een schatrijke verzamelaar.' Bailey liep langzaam door tot boven aan de trap, waar ze naar beneden staarde. 'Hij zat me achterna. Het is me nog steeds een raadsel hoe ik in het stikdonker en in mijn doodsangst niet van de trap ben gevallen... Nadat hij Thomas de keel had afgesneden, wilde hij mij ook ombrengen... Alleen uit hebzucht...'

Zich stevig aan de leuning vasthoudend, daalde ze langzaam de trap af. 'Iemand die ik sinds mijn veertiende kende... Ik hield van hem, Cade... van allebei,' prevelde ze gesmoord voor ze zich beneden naar hem omdraaide en naar een nauwelijks opvallend, smal deurtje wees. 'Daar onder de trap is een keldertje, eigenlijk meer een kelderkast, waar ik me in heb verborgen. Ik denk dat Timothy dat nooit heeft gezien, anders had hij me gevonden en zou ik niet meer leven...'

Met een arm om haar schouders leidde Cade haar naar buiten in de zonneschijn. Hoewel hij haar wat graag troost en warmte wilde bieden, zei hij niets, toen ze zich losmaakte.

'Ik kan niet zeggen hoelang ik daar heb gezeten en weet ook niet hoe ik weg ben gekomen en in dat hotel ben beland. Ik moet een eind hebben gelopen, want ik ga nooit met de auto naar mijn werk. Ik woon hier vrij dichtbij...'

Hij nam haar weer bij de hand. 'Bailey, waar zijn de twee andere diamanten?' Hij had het nog niet gevraagd, of hij zag haar verbleken en een enkel ogenblik vreesde hij dat ze zou bezwijmen.

'De... O, lieve hemel!' riep ze na een korte stilte steunend uit. 'Cade, wat heb ik gedaan? Hij weet natuurlijk waar ze wonen!'

'Je hebt ze aan M.J. en Grace gegeven,' concludeerde hij grimmig, waarna hij haar snel meetrok naar zijn auto. De politie moest nog maar even wachten. 'Wijs me de weg maar,' beval hij kortaf.

'Ik was zo kwaad,' verklaarde Bailey even later, toen Cade richting buitenwijk scheurde. 'Ze maakten misbruik van mijn goede trouw en mijn kennis. Daarmee stond mijn reputatie op het spel. Na de stenen te hebben verwisseld, zouden ze mij met de gebakken peren laten zitten, en alles wat Charles met zoveel liefde had opgebouwd, zou te gronde worden gericht.'

'Dus heb je er een stokje voor gestoken?'

'Ja, ik vond dat ik niet anders kon. Ik wilde ze ermee confronteren, maar niet voor ik de diamanten in veiligheid had gebracht. Dus heb ik er een zelf gehouden en de andere twee met verschillende koeriers bij Grace en M.J. laten bezorgen.'

'Allemachtig! Zulke kostbare diamanten op die manier verzenden?'

'Voor zendingen van juwelen hebben we enkele uiterst betrouwbare koeriers,' verzuchtte ze. 'Er zat ook weinig anders op, want ik moest snel handelen. M.J. en Grace zijn de enige twee mensen die ik compleet vertrouw.' Ze kreunde zachtjes. 'Ik heb er geen moment bij stilgestaan dat ik ze in gevaar bracht. Ik dacht echt dat het afgelopen zou zijn als ik mijn broers vertelde dat ik ze doorhad en dat ik er persoonlijk op zou toezien dat de echte stenen bij het museum terechtkwamen –'

Ze hapte naar adem, toen Cade de laatste bocht om scheurde. 'De volgende flat,' zei ze haastig. 'M.J. en ik wonen tegenover elkaar op de derde verdieping.'

Cade had zijn auto nog niet goed en wel tot stilstand gebracht, of ze was al uitgestapt en snelde naar de ingang. Binnensmonds vloekend vloog hij achter haar aan. Op de trap haalde hij haar in. 'Blijf achter me,' beval hij grimmig. 'Ik meen het.'

Eenmaal boven zagen gelijktijdig dat de deur van appartement 324 was opgebroken. 'M.J.,' fluisterde Bailey kreunend. Zonder zich iets van het politietape over het slot aan te trekken, reikte ze langs Cade naar de deurknop.

'Ben je daar eindelijk, liefje.' Door de gang kwam een oudere dame op slippers aangesloft. 'Ik begon me al zorgen te maken.'

'Mrs. Weathers.' Bailey draaide zich met een ruk om. 'Waar is M.J. Wat is er gebeurd?'

De vrouw monsterde Cade. 'In een nette buurt als deze verwacht je zulke toestanden niet,' verklaarde ze hoofdschuddend. 'Ik zag haar tierend en scheldend met een man de trap af stormen. Dat was na alle herrie in haar flat en zelfs een paar schoten.'

'Schoten? Was M.J. gewond?'

'Daar zag ze niet naar uit. Volgens mij was ze alleen maar heel erg kwaad.'

'Die man... Was dat toevallig mijn broer?' informeerde Bailey dringend.

'Nee, deze jongeman had ik niet eerder gezien. Een echte bink. Lang, breedgeschouderd en met zijn haar in zo'n modern paardenstaartje. Staalblauwe ogen en een kuiltje in zijn kin. Dat heb ik allemaal gezien, doordat hij me bijna van de sokken liep.'

'Wanneer is dit gebeurd, Mrs. Weathers?'

Ze keek opnieuw naar Cade en stak met een stralende glimlach haar hand naar hem uit. 'Ik geloof niet dat ik jou ken.'

'Cade Parris, een vriend van Bailey,' reageerde hij. Ondanks zijn ongeduld wist hij het op te brengen haar een innemende glimlach te schenken. 'We zijn een paar dagen weg geweest en moeten haar spreken.'

'Ik heb haar niet meer gezien sinds ze zaterdag zo haastig met die vent verdween. De deur hier stond nog wagenwijd open – dat dacht ik tenminste tot ik zag dat hij bijna uit zijn voegen hing. Ik weet dat ze heel wat minder netjes is dan jij, Bailey, maar toen ik even binnen keek en de puinhoop zag...' De vrouw zweeg een moment. 'Er lag ook een man bewusteloos in de kamer, nog groter dan die andere, dus ik ben als een haas naar mijn flat gegaan om de politie te bellen. Wat moest ik anders? Hij moet bijgekomen zijn, want toen de politie kwam, bleek hij verdwenen.'

Cade sloeg een arm om het middel van Bailey, die op haar benen stond te trillen. 'Hebt u toevallig een sleutel van Baileys appartement, Mrs. Weathers. Ze heeft de hare bij mij thuis laten liggen, en we moeten even wat spulletjes meenemen.'

'O, zit het zo.' Met een schalks glimlachje schikte ze haar blonde haar. 'Het zal tijd worden, liefje. Een mooie jonge vrouw als jij, die altijd maar alleen zit... Ja, ik heb alle sleutels bij me, want ik heb net de plantjes van Mrs. Hollister water gegeven. Alsjeblieft.'

'Ik kan me niet herinner u een reservesleutel te hebben gegeven.'

'Ja, hoor. Vorig jaar, toen je met je vriendinnen naar Arizona ging. Voor het geval dat heb ik er eentje bij laten maken.' Minzaam glimlachend stak ze de sleutel in het slot van appartement 325.

Cade voorkwam dat ze mee naar binnen ging. 'Hartelijk bedankt,' zei hij, terwijl hij voor haar langs stapte.

'Geen dank, hoor. O ja, Bailey... ik heb je broer wel gezien.'

'Timothy,' fluisterde ze.

'Ik zou niet weten wie van de twee het was,' zei Mrs. Weathers monter. Ze dacht even na. ‘Maar het moet zaterdagavond geweest zijn. Ik heb hem verteld dat ik jou niet had gezien en dat je misschien uit was. Hij leek uit zijn doen, want zonder iets te zeggen, ging hij hier naar binnen en sloot de deur in mijn gezicht.’

‘Had hij dan ook een –’ Bailey deed er het zwijgen toe, toen ze zich realiseerde dat ze haar handtas bij Salvini had achtergelaten toen ze was gevlucht. ‘Nogmaals bedankt, Mrs. Weathers,’ zei ze snel voor Cade met een vriendelijk knikje naar de vrouw de deur sloot.

Het was duidelijk dat Timothy als een beest tekeer was gegaan in de flat.

Cade moest Bailey nageven dat ze zich kranig hield bij het zien van de gescheurde kussens, vernielde spullen en woest opengerukte lades, waarvan de inhoud op de grond was gesmeten. Hij hoorde haar zachtjes kreunen en streelde haar rug. ‘Wat een amateur,’ mompelde hij. ‘Blijkbaar vond hij het niet genoeg je appartement rustig te doorzoeken.’

Bailey besefte dat haar stiefbroer met dezelfde razernij te werk moest zijn gegaan als toen hij Thomas had vermoord. Ze troostte zich met de overweging dat het maar spullen waren. Hoe dierbaar sommige dingen haar ook waren, het meeste was vervangbaar. ‘Ik moet Grace bellen,’ mompelde ze. ‘M.J. zou naar haar –’

‘Enig idee wie de man was met wie M.J. vertrok?’

‘Nee. Ik ken de meeste van haar vrienden, maar ik zou niet weten wie de man was, die Mrs. Weathers beschreef.’ Scherven en paperassen ontwijkend, liep ze naar de telefoon. Het knipperende lichtje van haar antwoordapparaat voor het moment negerend, toetste ze het nummer van Grace in. ‘Antwoordapparaat,’ verzuchtte ze tegen Cade, terwijl ze met een half oor naar de stem van Grace luisterde. ‘Grace, neem alsjeblieft op als je er bent. Het is dringend. Ik zit in moeilijkheden en M.J. ook. Ik weet niet waar ze is. Ik wil dat je naar de politie gaat met het pakje dat ik bij je heb laten bezorgen. Bel me zodra je dit hoort.’

‘Geef haar mijn nummer,’ instrueerde Cade haar. Toen ze hem

vragend aankeek, nam hij de hoorn van haar over en sprak zelf zijn naam en nummer in. Het was misschien niet verstandig op die manier te laten weten waar Bailey zat, maar onder de gegeven omstandigheden had hij geen keus.

Baley nam het weer van hem over. 'Het is een kwestie van leven of dood, Grace. Blijf niet alleen in huis. Ga naar de politie. Wat er ook gebeurt, praat niet met mijn broer en laat hem vooral niet bij je binnen. Bel alsjeblieft zodra je kunt.'

'Waar woont Grace?' vroeg Cade nadat ze had opgehangen.

'In Potomac, maar misschien is ze daar helemaal niet. Ze heeft namelijk ook een buitenhuisje in de bergen. Daar heb ik het pakketje heen gestuurd. Er is geen telefoon, en er zijn weinig mensen die weten dat ze daar geregeld zit.'

'Hoelang duurt het gewoonlijk voor ze weer contact opneemt?'

'Nooit meer dan een paar dagen. Ook als ze er gewoon op uit trekt, belt ze M.J. of mij.' Binnensmonds vloekend, drukte op het knopje van haar antwoordapparaat.

'Bailey? Wat moet dit voorstellen?' klonk de opgewonden stem van Grace. 'Is dit ding echt? Gaan we ons met smokkelen bezighouden? Luister, je weet dat ik een hekel heb aan antwoordapparaten. Ik bel nog wel.'

'Zaterdag, vier uur,' mompelde Bailey met een blik op het apparaat. 'Toen was alles nog goed met haar.'

'Wisten we maar waar ze vandaan belde.'

Ze drukte op het knopje voor de volgende boodschap. 'Bailey, met M.J.,' klonk het gejaagd. 'Ik weet niet wat er aan de hand is, maar er zijn moeilijkheden. Blijf vooral niet thuis, want hij kan terugkomen. Ik sta in een cel in de buurt van –' Ze hoorden gekraak, daarna gevloek. 'Handen thuis, vuile –' De verbinding werd verbroken.

'Dat was zondagnacht, twee uur. O, Cade, wat heb ik gedaan?' vroeg Bailey wanhopig.

Hij zei niets en riep de volgende boodschap op. Een hatelijk klinkende mannenstem. 'Smerig kreng. Ik krijg je nog wel. Ik wil mijn eigendom terug.' Een onderdrukte snik, gevolgd door bijna dierlijk gegrom en een hartgrondige vloek. 'Hij heeft mijn gezicht met een mes laten toetakelen om wat jij hebt uitgehaald. Ik zal je weten te vinden. Dan neem ik jou net zo onder handen.

'Dat is Timothy,' fluisterde Bailey.

'Dat dacht ik wel.'

'Hij is gek geworden, Cade. Ik wist het... Er moet iets in hem geknapt zijn.'

Cade twijfelde er niet aan. Niet na wat hij in het kantoor van Thomas Salvini had gezien. 'Is er iets van hier wat je nodig hebt?' Hij zag dat ze verwezen naar de ravage keek. 'Goed, dit komt later wel. Laten we maar gaan.' Hij nam haar bij de hand.

'Waarheen?'

'Een rustig plekje, waar je me de rest kunt vertellen. Daarna schakelen we de politie in.'

In het park was het ondanks de drukkende warmte aangenaam toeven. 'Het is van belang alles op een rijtje te hebben voor we met de politie gaan praten,' herhaalde Cade zachtjes, toen Bailey zwijgend voor zich uit bleef staren. 'Voor alle duidelijkheid zal ik recapituleren wat ik tot nu toe van je heb begrepen,' stelde hij na haar bedachtzame knikje voor. 'Jij vult de ontbrekende stukjes in, goed?' Om haar nog wat tijd te geven meer tot zichzelf te komen na alle doorstane emoties, begon hij bij haar moeder en haar beweegredenen om een paar jaar na het verongelukken van haar vader met Charles Salvini in zee te gaan. Toen hij bij de misschien wel gespannen relatie tussen haar en haar stiefbroers was beland, verbrak ze eindelijk haar stilzwijgen.

'Tot mijn moeder zo tragisch omkwam, waren de onderlinge verhoudingen best prettig,' verzuchtte ze. 'Toen Charles zich gaandeweg meer in zichzelf terugtrok, vond ik het niet meer dan normaal dat Timothy en Thomas de leiding van de firma overnamen. Ik was heel tevreden met de baan die ik er had. Er kwam pas frictie toen Charles mij een aandeel van twintig procent gaf. Mijn broers kregen weliswaar elk veertig procent in handen, maar ze wilden samen alles.'

'Hebben ze jou eruit proberen te werken?'

'In eerste instantie wel, ja. Ze waren zowel kwaad op mij als op hun vader.' Ze schudde haar hoofd. 'Thomas legde zich er al vrij snel bij neer. Hij schatte mijn creatieve werk op waarde en hield zich toch al liever bezig met verkoop en boekhouding. Timothy kon het moeilijker accepteren, maar na verloop van tijd hield hij het erop dat ik er wel genoeg van zou krijgen en dat ik mijn aandeel wel aan hen zou overdoen als ik met een rijke vent trouwde. Afgezien van zijn hatelijke opmerkingen was de samenwerking over het algemeen goed. Al met al heb ik veel aan Charles te danken. Mijn nieuwe thuis, mijn studie en ook nog eens het werk waar ik van hou…' Ze glimlachte flauwtjes. 'En dan zou ik haast vergeten dat ik indirect ook mijn vriendinnen aan hem heb te danken,' vervolgde ze. 'Ik heb M.J. en Grace namelijk op de universiteit leren kennen. Het klikte meteen tussen ons, en vanaf het tweede semester hebben we samen op kamers gezeten.'

Ze haalde diep adem en concentreerde zich op haar verhaal om haar paniekgevoelens niet de overhand te laten krijgen. 'M.J. heeft van alles gedaan. Ze kan ook alles. Ze is atletisch, ongedurig, vrijgevig, humoristisch en zeer eigengereid. Het laatste jaar op de universiteit werkte ze in een kroeg om bij te verdienen. Dat beviel haar zo goed, dat ze twee jaar geleden met een eigen zaak is begonnen. M.J.'s, een Ierse kroeg in de buurt van Georgia Avenue met live muziek in het weekend. Niemand die beter voor zichzelf op kan komen dan M.J. O'Leary. Als het al eens uit de hand loopt, treedt ze zelf op. Ze heeft de zwarte band in karate.'

'Mmm, ik ken die tent niet, maar help me eraan herinneren haar niet tegen me in het harnas te jagen.'

'Ik heb zo'n vermoeden dat ze jou heel graag zal mogen. Hoe dan ook, het is een hele troost dat ze uitstekend op zichzelf kan passen.'

'En Grace?'

Bailey staarde naar de dicht bij hun bankje rondscharrelende duiven. 'Zoals je al uit de compositieschets hebt kunnen opmaken, is ze heel mooi. Hoewel ze het verafschuwt dat mensen haar op haar schoonheid beoordelen, maakt ze er als het haar zo uitkomt ook wel gebruik van. Ze was al op jonge leeftijd wees en is grootgebracht door een tante... Een van de Fontaines uit Virginia.'

'Je bedoelt de Fontaines van de warenhuizen?'

'Ja, steenrijk,' antwoordde ze knikkend. 'Van de mooie Grace werd dus verwacht dat ze zich naar de tradities van de familie zou schikken en een nette dame zou worden. Grace dacht daar echter anders over.'

'Wacht eens even... Heeft zij niet geposeerd voor...'

Ze keek hem met opgetrokken wenkbrauwen ironisch aan. 'Ja, voor de middenpagina van zo'n blad. Toen studeerde ze nog. Miss April. Ze deed het zonder zelfs maar met haar ogen te knipperen om haar familie te pesten. Op haar eenentwintigste kwam haar kapitaal vrij en hoefde ze zich niets meer aan hun benauwende regeltjes gelegen te laten liggen.'

'Ik heb de foto nooit gezien,' mompelde Cade, 'maar ik weet nog dat er veel ophef over was.'

'Daar was het Grace ook om te doen,' reageerde Bailey met een flauwe glimlach. 'Ze is ook een tijdje fotomodel geweest, maar dat kon haar toch niet echt boeien. Volgens mij is ze nog altijd op zoek naar iets wat ze echt leuk vindt en haar voldoening schenkt. Als ze niet reist, houdt ze zich bezig met liefdadigheidswerk. Ze doet echt ontzettend veel voor kansarme jongeren, maar dat houdt ze angstvallig uit de publiciteit, want daar wil ze zich vooral niet op laten voorstaan. Daaraan zouden veel rijken een voorbeeld kunnen nemen.'

'Een kroegbazin, een jetsetter met sociaal gevoel en een edelsteendeskundige. Een merkwaardig trio.'

'Tja,' verzuchtte ze glimlachend. 'Drie compleet verschillende meiden, die elkaar herkenden. Zielsverwanten. Ik weet niet of je dat begrijpt.'

'Ik begrijp het juist als geen ander,' mompelde hij, haar wang strelend. 'Ik herkende jou immers.'

Triest keek ze hem aan. 'Weten wie ik ben, heeft niets opgelost. Mijn hele leven ligt overhoop; mijn vriendinnen verkeren door mij in gevaar, en ik heb er geen idee van wat ik moet doen.'

'De volgende stap nemen.' Hij hief haar hand naar zijn lippen en kuste haar knokkels. 'We gaan de canvas tas en diamant halen en schakelen mijn vriend bij de politie in. We zullen je vriendinnen zeker vinden.' Opkijkend naar de donker wordende hemel, trok hij haar overeind.

Timothy Salvini nam nog een pijnstiller in en trachtte zich te concentreren. Hij besefte dat hij van geluk mocht spreken dat de man die zijn gezicht had laten toetakelen, bereid was geweest hem nog een kans te geven. Nu hij enigszins was opgelapt, moest en zou hij Bailey en die ene Ster vandaag nog vinden. Zo niet, dan zou het afgelopen zijn, want zijn opdrachtgever had bewezen geen genade te kennen voor mensen die in gebreke bleven.

De angst was heviger dan de pijn. Het was om razend van te worden. Hij had het per slot van rekening allemaal bedacht en geregeld, en nu was dit zijn dank. Die stomme Thomas had wel oren gehad naar de helft van tien miljoen dollar, maar toen het puntje bij paaltje was gekomen, was de grond hem opeens te heet onder de voeten geworden. Uit vrees dat Bailey – dat bemoeizuchtige kreng – hun opzet had doorzien, had broerlief ervandoor willen gaan met de aanbetaling van een miljoen en hem de rest willen laten afhandelen met alle risico's van dien.

De ruzie was uit de hand gelopen, en door de woede over het verraad van zijn broer in combinatie met alle spanningen bij het uitvoeren van zijn plan was hij een moment buiten zinnen geraakt. Voor hij het wist, had hij het mes gegrepen en toegeslagen. Tot overmaat van ramp had zij daar opeens met haar grote schrikogen naar hem staan staren, alsof hij de duivel zelf was. Hij had de indringster in hun leven toch al nooit kunnen zetten, en als hij haar te pakken had gekregen... Ze had het aan het noodweer en het duister te danken dat ze nog leefde.

Niet lang meer, dacht hij grimmig. Door haar toedoen was zijn meesterlijke plan in duigen gevallen. Als Thomas niet zo'n angsthaas was geweest en zij zich er niet mee had bemoeid, zou alles in kannen en kruiken zijn. Nu was het aan hem om te redden wat er te redden viel. Met haar universitaire opleiding dacht ze misschien dat ze slim was, maar hij was nog altijd slimmer, en bovendien werd hij gedreven door de dreigende aanwezigheid van de machtige man op de achtergrond, die hem alleen zou belonen als hij zijn taak alsnog volbracht. Zo niet, dan was het zijn einde.

Wel, hij had zijn kans. Hij wist genoeg, sinds hij de ontvangstbriefjes van de koeriers in Baileys handtas had gevonden. Het was duidelijk wat ze met twee van de drie diamanten had gedaan. Anderen bekommerden zich om haar twee vriendinnen, hij hoefde zich slechts op haar te richten. Hij kende haar langer dan vandaag, en het was gewoon een kwestie van haar appartement in de gaten houden en geduldig wachten geweest. Toen hij haar uit die dure sportwagen had zien springen en de bestuurder haar zonder zijn auto af te sluiten haastig was gevolgd, had hij begrepen dat de rest een fluitje van een cent zou zijn. Even rommelen in het handschoenenvak had hem het adres opgeleverd, waar hij zich inmiddels bevond.

Er was niemand thuis, en hij kon zich in alle rust toegang verschaffen door een ruitje van de keukendeur in te slaan. Het was bijna te gemakkelijk, overwoog hij cynisch, terwijl hij zich verborg om de thuiskomst van die detective en Bailey af te wachten. Het mes waarmee hij zijn broer had omgebracht, zou opnieuw zijn dienst bewijzen, geruisloos en effectief...

Hoofdstuk 12

'Heus, aan Mick hebben we een goede,' verzekerde Cade Bailey, toen hij zijn Jaguar op de oprit tot stilstand bracht. 'Als hij je verhaal eenmaal heeft gehoord, loodst hij je verder overal doorheen –'

'Als ik meteen naar de politie was gegaan –'

'Zou je waarschijnlijk minder ver zijn dan nu,' zo onderbrak hij haar op zijn beurt. 'Je had om te beginnen tijd nodig om tot jezelf te komen, en die zouden zij je niet gegund hebben.' Hij vond het vreselijk wat ze allemaal had moeten doorstaan. 'Overigens spijt het me dat ik je bij Salvini's zo hard heb aangepakt.'

'Als jij dat niet had gedaan, zou ik op de loop zijn gegaan.'

'Ja, maar het was wel ontzettend pijnlijk voor je om zo je geheugen terug te krijgen.' Hij streelde haar wang. 'Maar goed, dankzij je geheugenverlies heb je het beste gedaan wat je kon doen. In plaats van naar huis te gaan, ben je bij mij ondergedoken. Dat was zowel voor jezelf als voor je vriendinnen wel zo veilig. Mick zal zeker een opsporingsbevel voor Timothy uitvaardigen. Reken maar dat ze hem snel zullen vinden.'

Bailey huiverde. 'Laten we het hopen, want als Grace en M.J. iets overkomt –'

'Als je broer weet wat goed voor hem is, werkt hij meteen mee om te zorgen dat je vriendinnen geen haar wordt gekrenkt,' merkte Cade sussend op. 'Alleen dan maakt hij kans op enige consideratie ten aanzien van zijn misdaden. Het komt allemaal goed.' Hij gaf haar een bemoedigend kneepje en opende haar portier. 'Ik verheug me er nu al op ze te ontmoeten. We gaan een feestje met ze bouwen.'

'Afgesproken.' Opgemonterd pakte ze op weg naar de voordeur zijn hand. 'Zodra dit alles achter de rug is, kun je me echt leren kennen.'

'Schat, hoe vaak moet ik je nu nog vertellen dat ik je al door en door kende, toen je bij me op kantoor verscheen?' Hij opende de deur en –

Zijn reactie was puur instinctief. Hij zag vanuit zijn ooghoeken iets bewegen en maakte om Bailey te beschermen een halve draai, waarbij hij haar achteruitduwde. Door de snelheid waarmee hij dat deed, belandde het blinkende mes in zijn arm in plaats van tussen zijn schouderbladen. Het bloed gutste direct uit de lange jaap en kleurde zijn mouw rood, maar hij voelde de pijn niet eens. 'Weg!' schreeuwde hij, naar zijn aanvaller uithalend. 'Rennen!'

Door de aanblik van het met gaas verbonden gezicht van Timothy, de moordlustige blik in zijn ogen en het bloed scheen ze zich niet te kunnen verroeren. Lam geslagen door de schok keek ze toe terwijl haar broer een nieuwe uitval deed naar Cade, die hem in het schemerduister in een flits bij zijn pols greep in een vergeefse poging hem het wapen te ontfutselen. Ze zag hoe ze in waanzinnige omhelzing verbeten om de controle van het mes vochten, en opeens drong het tot haar door dat ze niet nog eens werkeloos kon toezien hoe haar broer iemand vermoordde.

Zonder er verder bij na te denken, sprong ze met een rauwe kreet op zijn rug en trok hem aan zijn haren. Hij schreeuwde het uit van pijn, toen ze haar nagels over zijn gewonde gezicht haalde, en na eerst Cade van zich af gestoten te hebben, slingerde hij haar zo wild van zijn rug, dat ze met haar hoofd hard tegen de trapleuning bonkte. Hoewel ze een moment sterretjes zag, maakte ze – woest als ze was – direct weer aanstalten zich op hem te storten.

Het was Cade, die haar net bijtijds achteruit wist te trekken en Timothy's uithaal kon afweren. Door de kracht die hij daarbij gebruikte, stortten ze samen ter aarde en rolden vechtend over elkaar heen.

Het kostte Cade de grootste moeite greep te krijgen op de maaiende armen van de door waanzin gedreven Salvini, maar vlak voor het mes vervaarlijk zijn hartstreek naderde, zag hij kans zijn pols te omklemmen. De pijn in zijn gewonde arm negerend, gaf hij een harde ruk en draaide gelijktijdig. Hij hoorde iets knakken en stootte het mes met alle kracht die hij nog in zich had van zich af. Hij wist dat het pleit was beslecht, toen Timothy rochelend van hem af rolde.

Vreemd draaierig ging hij half overeind zitten, terwijl Bailey vol ontzetting naderbij kwam gekropen. Hij zag de buts ter hoogte van haar jukbeen en probeerde haar aan te halen. 'Het is wel de bedoeling dat je de heldendaden aan mij overlaat,' prevelde hij plagend, maar zijn stem klonk hem vreemd in de oren.

'Hoe ernstig is... is het?' stamelde ze angstig. 'Het bloedt als een rund.' Ze scheurde zijn mouw open om de schade te kunnen opnemen.

Cade wendde zich af en keek naar Salvini's verwrongen gelaat. De man was nog bij kennis, maar het liet zich niet moeilijk raden dat het leven snel uit hem weg vloeide. 'Voor wie werk je, schoft?' beet hij hem toe.

De grimas van de man was niet om aan te zien. 'De duivel,' lispelde hij. Zijn hoofd rolde opzij.

'Doe hem de groeten in de hel.' Cade richtte zijn wazige blik weer op Bailey, die met een frons tussen haar wenkbrauwen met zijn arm in de weer was. 'Je moet je bril opzetten, schat.'

'Hou je mond. Ik moet het bloeden zien te stoppen voor ik een ambulance bel.'

'Het doet wel pijn, maar volgens mij is het alleen maar een vleeswond.'

'Het spijt me zo...' Het liefst had ze haar hoofd op zijn schouder gevlijd en haar tranen de vrije loop gelaten, maar ze hield zich groot en drukte de lap, die ze van zijn overhemd had gescheurd, stevig tegen de gapende wond. 'Ik moet dit eerst verbinden, dan bel ik een ambulance. Je redt het wel.'

'Bel rechercheur Mick Marshall. Vraag speciaal naar hem. Noem mijn naam –'

'Dadelijk. Rustig nou. Het komt allemaal goed.'

'Wat is hier in 's hemelsnaam aan de hand?'

Onwillekeurig kromp Cade in elkaar. 'Zeg me alsjeblieft dat ik hallucineer,' fluisterde hij zwakjes. 'Dat... Dat is toch niet mijn moeder?'

'Jeetje, Cade! Wat heb je uitgespookt? Is dat bloed?'

Hij sloot zijn ogen. Ergens ver weg hoorde hij Bailey zijn moeder zeer gedecideerd opdragen een ambulance te bellen. Daarna zakte hij gelukkig helemaal weg...

In de ambulance kwam hij net lang genoeg bij om tevreden te kunnen vaststellen dat Bailey naast hem zat en zijn hand vasthield. Toen hij weer bij zijn positieven kwam, stoorde hij zich aan de harde stemmen en het schelle licht dat in zijn ogen scheen. Hij lag op een tafel, en het leek of er een beest met scherpe tanden aan zijn arm knaagde. 'Zijn er hier ook pijnstillers te krijgen?' informeerde hij zo beleefd als hij kon, voor hij opnieuw buiten bewustzijn raakte.

De volgende keer dat hij bijkwam, drong het meteen tot hem door dat hij in bed lag en dat de pijn iets draaglijker was geworden. Hij opende behoedzaam zijn ogen en zag Bailey. 'Hoi, ik hoopte al dat ik jou meteen zou zien.'

Ze verhief zich uit de stoel naast zijn bed en greep zijn hand. 'Vijfentwintig hechtingen en geen spierbeschadiging. Je hebt veel bloed verloren, maar dat hebben ze aardig aangevuld.' Ze was nog niet uitgesproken, of ze liet zich op de rand van het bed zakken en huilde eindelijk eens lekker uit. Ze had geen traan gelaten tijdens haar pogingen het bloeden te stelpen, terwijl hij bewusteloos was. Niet tijdens de rit in de ambulance, niet tijdens het lange wachten in het ziekenhuis en ook niet tijdens de moeizame confrontatie met zijn ouders. Zelfs niet tijdens haar haperende relaas aan de politie. Nu moest het er allemaal uit, en gelukkig liet Cade haar rustig begaan. 'Neem me niet kwalijk,' prevelde ze na enkele minuten met een diepe zucht.

'Het was me het dagje wel, nietwaar?' Hij probeerde te glimlachen. 'Salvini?'

Bailey snoot haar neus en staarde uit het beregende raam. 'Dood,' fluisterde ze. 'Ik heb de politie gebeld en naar Mick Marshall gevraagd. Hij staat op de gang te wachten tot hij bij je mag.' Ze stond op en trok zijn laken recht. 'Ik weet niet hoeveel hij van mijn verhaal heeft begrepen. Volgens mij was hij te ongerust over jou om goed te luisteren. Hij heeft wel notities gemaakt.'

'We komen er wel uit, lieveling.' Hij greep haar hand. 'Kun je het nog even volhouden?'

'Zolang als het moet.'

'Zo mag ik het horen. Vraag aan Mick of hij me hieruit kan krijgen.'

'Ben je gek. Je moet hier nog een tijdje ter observatie blijven.'

'Vanwege die paar hechtingen? Ben je mal?' reageerde hij flinker dan hij zich voelde. 'Ik wil naar huis. Ik wil bier en met Mick bijpraten.'

Ze schudde haar hoofd. 'Je moeder zei al dat je meteen zou gaan zeuren.'

'Ik zeur niet. Ik zeg alleen...' Hij ging met een ruk overeind zitten en keek haar scherp aan. 'Hoe bedoel je, mijn moeder? Was het dan geen inbeelding dat ik haar stem hoorde?'

'Nee. Ze kwam langs om je de kans te geven alsnog je excuses aan te bieden. Dat schijn je zelden te doen.'

'Ja, zeg, nog een beetje haar kant kiezen ook?'

'Dat doe ik helemaal niet.' Ze beet op haar lip. Hoe kwam ze erbij zich in deze situatie op de kast te laten jagen? 'Ze is zich een ongeluk geschrokken, Cade. Zij en je vader –'

'Mijn vader? Die was toch aan het vissen in Montana?'

'Hij is net vanochtend teruggekomen. Ze zitten zich samen in de wachtkamer te verbijten –'

'Bailey,' zo viel hij haar opnieuw in de rede. 'Als je een greintje genegenheid voor me hebt, zorg je dat ze weggaan.'

'Ik peins er niet over. Schaam je je niet?'

'Dat bewaar ik wel voor later. Ik heb hechtingen...' Aan haar gezicht zag hij dat ze zich niet zou laten vermurwen. 'Goed dan, haal ze maar,' verzuchtte hij. 'Ik leg ze wel uit dat ze zich geen zorgen hoeven te maken. Daarna wil ik de dokter spreken en regelen dat hij me laat gaan. Ik wil thuis in alle rust een verklaring afleggen aan Mick.'

Bailey sloeg haar armen over elkaar. 'Je moeder zei ook nog dat je altijd je zin wilt krijgen,' deelde ze hem koeltjes mee voor ze de kamer uit marcheerde.

Het had de nodige voeten in de aarde – Cade moest praten als Brugman, charmeren en drammen – maar zo'n drie uur later kon hij zich, ondersteund door Bailey, die niet van zijn zijde wilde wijken, behoedzaam op zijn eigen sofa laten zakken. Het kostte nog eens twee uur om Mick alles te vertellen wat er sinds donderdagavond was gebeurd.

'Je hebt het er maar druk mee gehad, Parris.'

'Tja, het echte detectivewerk is wel wat anders dan de hele dag donuts eten en koffie drinken, kerel.'

Mick snoof. 'Over koffie gesproken... mag ik zo vrij zijn, Miss James.'

'O, sorry.' Ze stond meteen op. 'Is deze pot leeg? Ik zal nieuwe zetten.'

'Die Mick... Altijd even charmant,' merkte Cade pesterig op, zodra ze naar de keuken was verdwenen.

Zijn vriend ging er niet op in. 'Luister, Parris, mijn baas zal niet echt blij zijn met twee lijken en twee vermiste diamanten.'

'Buchanan is nooit tevreden.'

'Ik hoef jou niet te vertellen dat hij weinig opheeft met particuliere speurders, en er zitten nogal wat haken en ogen aan deze kwestie. Je vriendin, die vier dagen wacht met het melden van een moord, bijvoorbeeld.'

'Ze leed aan geheugenverlies. Shock.'

'Dat wil ik best geloven, maar Buchanan –'

'Als hij moeilijk doet, stuur je hem maar naar mij,' reageerde Cade. In zijn verontwaardiging ging hij rechterop zitten, waardoor hij een irritante pijnscheut door zijn arm voelde trekken. 'Verdorie, Mick, ze heeft haar ene stiefbroer door de andere de keel zien afsnijden en heeft moeten rennen voor haar leven. Het is een wonder dat ze er nog zo goed vanaf is gekomen.'

'Goed, goed,' zei zijn vriend sussend. 'Maar hoe zit het met die diamanten?'

'Die heeft ze op die manier in veiligheid gebracht. Als ze dat niet had gedaan, zouden ze voorgoed verdwenen zijn. Je hebt haar verklaring en de mijne; dus je weet hoe het zit. Ze heeft naar beste vermogen gehandeld.'

'Tja, zo zie ik het ook,' gaf Mick na een korte stilte met een blik op de canvas tas toe. 'Dat met die tweede broer is duidelijk een geval van noodweer. Hij is hier ingebroken om jullie op te wachten.' Hij haalde een hand door zijn haar. 'Het heeft weinig gescheeld, ouwe jongen. Hoe vaak heb ik je nou al gezegd dat je de boel moet beveiligen?'

Cade haalde een schouder op. 'Het zal er wel van komen, nu ik iets heb wat het beschermen meer dan waard is.'

'Mmm, je had slechter kunnen kiezen, Parris,' mompelde Mick met een goedkeurend knikje richting keuken.

'Niet beter, zul je bedoelen, al was het van mijn kant niet eens een echte keuze. Ik wist het gewoon.' Hij keek even om. 'Maar we moeten wel zo snel mogelijk M.J. O'Leary en Grace Fontaine zien te vinden,' voegde hij er even zacht als dringend aan toe.

'Van O'Leary weet ik vooralsnog alleen van de herrie in haar flat en dat ze ervandoor is gegaan met een vent met een paardenstaart. Misschien is ze ergens ondergedoken.'

'Of ze wordt ergens vastgehouden. Denk aan het bericht op Baileys antwoordapparaat.'

'Jammer dat we aan de hand daarvan niet kunnen traceren waar ze vandaan belde, maar er wordt al naar haar uitgekeken. En wat Fontaine betreft, er zijn mannetjes op weg naar haar huis in Potomac en naar haar huisje in de bergen. Met een paar uur weet ik hopelijk meer.' Hij stond op en greep de canvas tas. 'Intussen neem ik Buchanan voor mijn rekening.' Hij grijnsde. 'Aan hem de schone taak om de mensen van het Smithsonian in te lichten. Enig idee hoeveel die stenen waard zijn?'

'Tot nu toe ten minste twee mensenlevens,' antwoordde Bailey, die net met verse koffie aan kwam lopen.

Mick schraapte zijn keel. 'Heel spijtig, uw verlies, Miss James.'

'Ja, dat vind ik ook.' Met alle goede herinneringen, die ze ook had, zou ze er wel mee leren leven. 'De waarde van de Sterren van Mithra is niet in geld uit te drukken. Ik heb ze wel moeten taxeren met het oog op de verzekering, maar voor liefde, kennis en barmhartigheid bestaat geen prijs.' Ze zag aan zijn gezicht dat hij het niet begreep en glimlachte toegeeflijk. 'U bent erg geduldig geweest. Ik ga mee als u zover bent.'

'Mee?'

'Naar het bureau. U moet me toch arresteren?'

Ongemakkelijk wipte Mick van zijn ene voet op de andere. 'Wel, ik zou niet goed weten op grond waarvan.' Hij stak zijn hand op. 'Er moet nog wel het een en ander opgehelderd worden, dus u dient in de buurt te blijven. Ik kan me voorstellen dat de directie van het Smithsonian ook wel met u wil babbelen.'

'Ik ga niet achter de tralies? Ik bedoel, ik ben toch verantwoordelijk voor het verdwijnen van de diamanten?'

'Ben je nu helemaal?' Cade greep haar hand en trok haar naast zich op de sofa. 'Je broers waren verantwoordelijk. Jou treft geen enkele blaam.'

'Op grond van jullie verklaringen ben ik het daarmee eens,' zei Mick. 'Maar houdt u zich beschikbaar voor het geval we nog vragen hebben.'

'En mijn vriendinnen?'

'Daar wordt aan gewerkt. Bedankt voor de koffie.' Hij groette en verdween.

'Timothy kan ze in elk geval niets meer maken,' verzuchtte Bailey, 'maar degene die erachter zit –'

'Is het alleen om de diamanten te doen,' vulde Cade haastig aan. 'Het zit er dik in dat Grace hoog en droog in haar buitenhuis zit en dat M.J. het de een of andere vent ergens heel lastig maakt.'

Ze kon er bijna om glimlachen. 'Ja, we zullen wel snel wat van ze horen. Ik zou het weten als er iets mis met ze was...' Ze slaakte een diepe zucht. 'Ja, zij zijn me zo dierbaar, dat ik het zou voelen. In feite zijn zij de enige twee met wie ik me altijd echt verwant heb gevoeld.'

'Je bent niet alleen, Bailey.'

Nee, ze wist dat hij er voor haar was. 'Jij moet nodig gaan liggen, Cade.'

'Ga mee.'

Ze veinsde zijn hanige grijnsje niet te zien. 'Om te rusten.'

'Ik ben niet moe, hoor.'

Ernstig keek ze hem aan. 'Je hebt mijn leven gered.'

Hij zag weer voor zich hoe ze zich als een tijgerin op Salvini had geworpen. 'Mmm, dan staan we quitte.'

'Nee, jij hebt mijn leven gered,' herhaalde ze. 'Toen ik bij jou op kantoor verscheen. Zonder jou zou ik verloren zijn geweest, en vandaag heb je om mij te beschermen je leven gewaagd. Mijn stiefbroer viel jou met een mes aan.'

'Ja, en jij zou slim genoeg moeten zijn om te weten dat jij niet verantwoordelijk bent voor zijn daden.'

'Ik doe mijn best,' prevelde ze met afgewend gelaat, waarna ze nieuwe moed verzamelde. 'Maar als jij eraan was gegaan... Ik heb jou er wel in betrokken.'

'Dat is mijn werk.' Cade stond op en verbeet de pijn in zijn arm. 'Hopelijk heb jij geen moeite met de risico's die daarbij horen.'

'Daar heb ik nog niet over nagedacht.' Ze keek naar hem op. 'Waar het om te beginnen om gaat, is dat ik je nooit kan vergoeden wat je voor mij hebt gedaan.' Ze schudde haar hoofd bij het zien van zijn frons. 'Wat ik maar zeggen wil, jij geloofde me meteen, je hebt me in huis genomen, me met attenties omringd en je aan je woord gehouden met de hulp die je beloofde. Vandaag was je dat bijna fataal geworden.'

Hij kon zich niet langer inhouden. 'Als er iemand is voor wie ik mijn leven zou willen geven, dan ben jij het wel,' verklaarde hij scherp. 'Ik heb lang gefantaseerd over de vrouw van mijn dromen. Door jou is mijn fantasie werkelijkheid geworden. Begrijp dat nou eens!'

Hoewel hij boos klonk, zwol haar hart. Ze hoefde alleen maar ja te zeggen, en hij zou haar onvoorwaardelijk toebehoren. 'Tja, ik, eh... probeer erachter te komen waarom,' prevelde ze.

'Er zijn zaken die zich niet laten beredeneren, Bailey. Het gaat niet om een stukje van de puzzel, maar om het geheel.' Hij haalde zijn gezonde hand door zijn warrige haar. 'De eerste Ster stond toch voor de liefde? Nou, zo simpel is het.'

Ze verhief zich langzaam en stelde zich voor hem op. 'Ik ben Bailey James, vijfentwintig, edelsteendeskundige en alleenstaand.' Ze haalde diep adem. 'Ik ben erg ordelijk, volgens mijn vriendinnen pijnlijk netjes. Dat is misschien overdreven, maar ik wil wel graag dat alles op zijn plaats ligt en staat. Ik hou van koken, al komt het er vaak niet van. Verder hou ik van oude films, klassiekers.' Ze trachtte zijn innemende grijns te negeren. 'Er is meer,' vervolgde ze haastig. 'O ja, ik heb een zwak voor Italiaanse schoenen, en als het moet, lunch ik desnoods twee weken niet om me een paar mooie pumps te kunnen veroorloven. Geef mij maar stijlvolle kleding en antieke meubels. Dezelfde vriendinnen noemen me op die gebieden een snob, en dat is wel terecht. Ik ga liever op zoek naar edelstenen dan dat ik naar Parijs ga, al zou ik daar ook geen bezwaar tegen hebben.'

'Ik neem je graag mee naar Parijs.'

Ze schudde haar hoofd ten teken dat ze nog niet klaar was. 'Ik heb mijn eigenaardigheden. Veel zelfs. Soms lees ik tot diep in de nacht door en val ik met het licht en de televisie nog aan in slaap.'

'Daar valt iets aan te doen.'

Ze weerde hem af, toen hij aanstalten maakte haar in zijn armen te nemen. 'Zonder leesbril op frons ik mijn wenkbrauwen, en dat doe ik dus vaak omdat ik te ijdel ben om hem op te zetten. Tijdens mijn studie ben ik weinig uit geweest. Ik was te verlegen, te saai en zat meestal met mijn neus in de boeken. Daardoor heb ik pas zeer recent mijn eerste seksuele ervaring gehad.'

'O ja? Als je nu verder je mond houdt, is je volgende nabij.'

'Wacht nou even,' beval ze hem streng. 'Ik hou van mijn werk, en ik kan er wat van. Deze ringen heb ik zelf ontworpen.'

'Ik vind ze prachtig. Je bent zo mooi als je zo serieus doet, lieveling. Ik kan mijn handen niet meer thuishouden.'

'Ik ben behoorlijk ambitieus,' vervolgde ze, terwijl ze hem soepeltjes ontweek. 'Ik wil naam maken met wat ik doe en ik wil –'

'Denk je aan mijn hechtingen? Als ik je achterna moet zitten, maak het me dan niet te moeilijk, want dat is niet eerlijk.'

'Ik wil belangrijk zijn voor iemand en ik wil kinderen voor wie ik ook veel wil betekenen. Je moet goed begrijpen dat ik verstandig probeer te zijn omdat ik nu eenmaal zo in elkaar zit. Ik ben over het algemeen nuchter en praktisch, en ik ben een Pietje precies, op het vervelende af.'

'Ik weet het. Ik heb nog nooit zo'n vervelend weekend meegemaakt als met jou,' reageerde hij droogjes. 'Ik kon mijn ogen nauwelijks openhouden.' Ze begon schaapachtig te grinniken, en hij maakte van de gelegenheid gebruik haar snel in zijn armen te nemen. Daarbij vergat hij zijn verwonding even en vloekte binnensmonds.

'O, Cade, je hechtingen!'

'Als jij zo nuchter en praktisch bent, mag jij, indien nodig, de wond opnieuw hechten.' Met twee vingers onder haar kin dwong hij haar hem aan te kijken. 'Klaar?'

'Nee. Niet voor ik zeker weet dat M.J. en Grace veilig zijn en de Sterren van Mithra in het museum liggen. Tot die tijd zal ik me zorgen blijven maken en piekeren. Daar ben ik trouwens erg goed in, maar dat wist je al.'

'Zoals het meeste dat je net hebt verteld. Ik zou zeggen, breng me naar boven, dan kunnen we doktertje spelen.'

‘Nog één ding…’ Terwijl hij met zijn ogen rolde, ademde ze hoorbaar in. ‘Ik hou zielsveel van je.’

Zijn hart sloeg een slag over. Overweldigd door emoties, was hij enkele momenten niet in staat zich te verroeren. Hij verdronk zo ongeveer in de glanzende, bruine diepten van haar ogen. ‘Jeetje, je doet er wel lang over daarmee te komen,’ murmelde hij schor.

‘Daarmee eindigen leek me het beste.’

Cade kuste haar oneindig teder. ‘Een beter begin kan ik me niet voorstellen.’

‘Ik hou van je, Cade,’ fluisterde ze met haar lippen tegen de zijne. ‘Het leven begint nu pas echt.’

Epiloog

Een van de Sterren was voorlopig onbereikbaar. Dat wist hij sinds hij had vernomen dat de autoriteiten zich erover hadden ontfermd. Hij had niet gevloekt en zich er niet over opgewonden. Per slot van rekening was hij een man van beschaving, overwoog hij stil genietend van een fraaie uitvoering van een pianoconcert van de door hem geadoreerde Mozart.

De vrouw had hem heel wat last bezorgd, grotendeels doordat Salvini haar had onderschat. Wel, hij kon de dame in kwestie en haar redder in de nood bepaalde kwaliteiten niet ontzeggen. In zekere zin mocht hij hun zelfs dankbaar zijn omdat ze definitief met Timothy Salvini hadden afgerekend. Dat had hem de moeite bespaard, en er was bovendien niemand meer die hem in verband kon brengen met de doden en de diamanten. Al met al stond hem niets in de weg om zijn plan – uiteraard met enkele aanpassingen – alsnog uit te voeren en zijn doel te bereiken.

Twee Sterren zwierven nog ergens rond. Hij hoefde zijn ogen maar te sluiten om ze in al hun glorie te zien schitteren. Weldra zou hij ze in zijn bezit hebben en ze verenigen met de derde. Dan zou hun macht aan hem zijn. Wie het verder nog waagde hem daarvan te weerhouden, diende uitgeschakeld te worden.

Wel zonde trouwens, peinsde hij, terwijl hij zich de bloedrode wijn in het kristallen glas goed liet smaken. Al dat geweld was nergens voor nodig geweest. Als zijn handlangers zich naar behoren van hun taak hadden gekweten, had er geen druppel bloed hoeven vloeien. Het was niet anders; gedane zaken namen geen keer.

Drie vrouwen, drie diamanten, drie Sterren… Het zou een gedicht kunnen zijn, mijmerde hij niet zonder ironie. Als hij de Sterren van Mithra eenmaal had verworven en de gouden driehoek compleet was, zou hij die op het daarvoor bestemde altaar tot in lengte van dagen kunnen bewonderen. Dan zou hij nog wel eens denken aan de dames die er tijdelijk in geslaagd waren de vervulling van zijn ultieme droom tegen te houden. Wellicht met enige genegenheid en misschien zelfs bewondering vanwege hun even gedurfde als vruchteloze verzet tegen het onvermijdelijke.

Hopelijk kon hij het zo regelen dat ze alle drie een waardige dood stierven…

Wilde avonturen

Hoofdstuk 1

Voor een biertje zou hij een moord doen. Zo'n groot, beslagen glas vol donkerbruin bier. Dat zou nog lekkerder smaken dan de eerste kus van een geliefde.

Jack Dakota fantaseerde verder over het biertje, terwijl hij het appartement van de vrouw in de gaten hield.

De verleidelijke schuimkraag, die speciale geur, die eerste grote slok om zijn kurkdroge keel te spoelen. Het was nog een beetje vroeg voor drank, een uur 's middags, maar het was zo ongelooflijk heet. Hij had wel een koelbox vol met blikjes frisdrank, maar dat was toch niet helemaal hetzelfde.

Zijn antieke Oldsmobile was niet voorzien van luxe zaken zoals een airconditioning. Eigenlijk zat er in die auto weinig om trots op te zijn, behalve een oorverdovende stereo die hij zelf had geïnstalleerd. Waarschijnlijk was die twee keer zoveel waard als de auto zelf, maar ja, hij hield nou eenmaal van een muziekje. Als hij onderweg was, vond hij het heerlijk om de volumeknop open te draaien en mee te brullen met de Stones of de Beatles.

De superkrachtige motor onder de gedeukte motorkap was zo nauwkeurig afgesteld als een Zwitsers horloge en bracht Jack zonder mankeren waarheen hij maar wilde. Omdat hij nu in deze rustige buurt stond in het noordwesten van Washington, speelde de cd heel zacht Bonnie Raitt. Dat was zo'n beetje de enige muziek van na 1975 die hij te pruimen vond.

Jack had vaak het gevoel dat hij in de verkeerde tijd was geboren. Als ridder zou hij het vast prima hebben gedaan. Graag droomde hij over koning Arthur, hoe hij die zou hebben gediend.

Ook het wilde Westen trok hem wel aan. Jagen op bandieten zonder die hele papierwinkel. Die kerels gewoon opsporen en inleveren. Dood of levend.

In deze moderne tijd hadden de boeven allemaal een advocaat, en als het even mee zat, bood de rechter ze ook nog zijn excuses aan voor al het ongemak. Het was een treurige stand van zaken.

Dat was een van de redenen waarom hij niet voor de politie had gekozen, hoewel hij rond zijn twintigste wel had gespeeld met die gedachte. Maar al die regels en wetten, die leidden niet tot rechtvaardigheid.

En daarom was hij nu, op zijn dertigste, premiejager. Dat betekende ook dat je op de slechteriken joeg, maar dat je wel je eigen werktijden bepaalde en niet te maken had met een hele hoop bureaucratie.

Natuurlijk, er waren nog wel regels, maar een slimme man wist die te omzeilen. En Jack was een slimme man.

Hij had de papieren over zijn huidige prooi in zijn binnenzak zitten. Die ochtend had Ralph Finkleman hem gebeld met dit klusje. Ralph was een optimistisch man, en optimisme was een goede eigenschap voor iemand die geld voor borgsommen leende aan volslagen onbekenden. Jack zou het nooit begrijpen: hoe kon je nou geld lenen aan verdachten die dat nodig hadden voor hun borgtocht, wat dus per definitie betekende dat ze onbetrouwbaar waren.

Maar er kon geld mee verdiend worden, met die leningen, en kennelijk was dat voldoende motivatie.

Jack had net een oliedomme boerenjongen opgespoord die had geprobeerd ervandoor te gaan, terwijl hij op borgtocht vrij was. Ralph had zijn borg betaald, ervan overtuigd dat de jongen niet weg zou lopen. Jack had hem gezegd dat die jongen juist zo dom was dat hij zeker zou proberen te ontsnappen. Maar Ralph had niet geluisterd.

Eigenlijk was Jack van plan geweest om een paar dagen bij te komen, dus toen Ralph die ochtend belde met dit klusje had hij bijna geweigerd. Maar Ralph had hem zo gesmeekt, dat hij gezwicht was.

Daarom was hij bij First Stop Bail Bonds langsgegaan om de papieren over een Ms. M.J. O'Leary op te halen. De dame had kennelijk geen zin in haar uitje naar de rechtbank, waar ze moest uitleggen waarom ze haar getrouwde minnaar had neergeschoten.

Jack ging er voor het gemak maar van uit dat ze ook wel oliedom zou zijn. Weer zo'n aantrekkelijke dame, aan haar foto te zien, die met van die typische vrouwentrucjes de rechter en de jury zou vermurwen.

Het leek echter een eenvoudig klusje, deze vrouw oppakken, en daarom verbaasde het hem dat Ralph zich er zo druk over had gemaakt. Hij had erger gestotterd dan normaal, en zijn ogen hadden alle kanten op geschoten.

Een analyse van Ralphs stemming interesseerde Jack echter niet. Hij wilde gewoon dit karweitje afmaken, dat biertje gaan pakken en gaan genieten van zijn welverdiende rust.

Het extra geld dat hij met deze klus verdiende, betekende dat hij die eerste editie van Don Quichot kon kopen waar hij al zo lang op aasde. Daar had hij wel wat zweterige uurtjes in zijn auto voor over.

Jack zag er niet bepaald uit als een man die zeldzame boeken verzamelde, of die kon genieten van een filosofisch debat over de aard van de mens. Zijn door de zon gebleekte bruine haren droeg hij strak achterover in een staartje, hetgeen zijn lange gezicht nog smaller maakte, en zijn scherpe jukbeenderen nog meer deed uitkomen. Boven het kuiltje in zijn kin prijkte een volle, wat wrede mond.

Zijn ogen waren staalgrijs, maar konden verzachten bij de aanblik van een eerste druk van Dante, of schitteren bij het zien van een mooie vrouw in een zomerjurkje. Door zijn linkerwenkbrauw liep een litteken dat hij had overgehouden aan een vechtpartij met een gevluchte moordenaar. En hij had er nog meer, over zijn hele lichaam, wat bij sommige vrouwen bewondering opwekte.

Dat vond hij helemaal niet erg.

Hij strekte zijn lange benen, rolde met zijn schouders en overwoog nog een blikje frisdrank open te trekken. Op dat moment kwam de MG langs scheuren, met het dak open en de radio keihard aan.

Zie je wel, oliedom, dacht hij hoofdschuddend. Hoewel hij moest toegeven dat haar muzieksmaak lang niet slecht was. Het was de vrouw die hij moest hebben. Die felrode haardos verraadde haar meteen.

Ironisch, dacht hij, terwijl hij toekeek hoe ze haar lange lichaam uit het autootje vouwde, dat een vrouw die er zo uitziet, zo dom is.

Echt mooi kon hij haar niet noemen. Meer gevaarlijk. Om haar smalle heupen zat een strakke, versleten spijkerbroek. Haar kleine borsten drukten ongehinderd en verleidelijk tegen de stof van haar witte T-shirt.

Toen ze zich vooroverboog om een tas uit haar auto te halen, werd Jack getrakteerd op een paar ronde vrouwenbillen in strakke spijkerstof. Grijnzend bedacht hij dat het geen wonder was dat die arme stumper die ze had neergeknald voor haar charmes was gezwicht.

Haar gezicht was net zo hoekig als haar lichaam, met een puntig kinnetje en hoge jukbeenderen. Het resultaat was een stoer, sexy gezicht met een volle, sensuele mond. Ze droeg een donkere zonnebril, maar van de foto wist hij dat ze groene ogen had.

Met een enorme schoudertas en een papieren zak vol boodschappen begon ze in de richting van het appartementencomplex te lopen. Zuchtend observeerde hij haar grote, lenige stappen. Hij had toch echt een zwak voor vrouwen met lange benen.

Toen stapte hij uit en slenterde achter haar aan. Veel problemen verwachtte hij niet met haar. Zijn actieplan was dan ook simpel. Hij zou zijn voet tussen de deur zetten, uitleggen waarvoor hij kwam en haar meenemen.

Het viel hem op dat ze er volstrekt zorgeloos bij liep. Dacht ze nou werkelijk dat ze haar niet zouden zoeken, hier in het appartement van haar vriend? En ze reed ook nog in haar eigen auto rond. Een wonder dat ze nog niet door een agent was aangehouden.

Hij hoopte maar dat die vriend niet thuis was. Al die tijd dat hij de wacht had gehouden, had hij geen beweging gezien in het appartement, maar je wist tenslotte nooit.

Even later liep hij achter haar aan de trap op. Ze keek niet op of om.

Hij ging naast haar lopen en schonk haar een glimlach. 'Kan ik iets voor je dragen?'

De donkere bril draaide zijn kant op. 'Nee. Hoeft niet.'

'Oké, wat je wilt. Goh, wat ben ik hier al lang niet meer geweest, zeg,' kletste hij verder. 'Ik kom mijn tante opzoeken, die woont op de derde... Kom, geef die zak maar aan mij.'

Hij pakte het heel gladjes aan, vond hij zelf. Net op het moment dat ze de zak op haar heup balanceerde om de sleutel in het slot van de voordeur te steken.

Soepeltjes blokkeerde ze hem de weg met haar schouder. 'Het gaat wel,' herhaalde ze, en ze wilde de deur in zijn gezicht dicht trappen.

Als een slang gleed hij naar binnen en greep haar stevig bij haar arm. 'Ms. O'Leary –'

Meer kon hij niet uitbrengen omdat haar elleboog zijn kin bijna in tweeën spleet. Hij vloekte, knipperde met zijn ogen en ontweek de trap in zijn kruis.

Onmiddellijk besloot hij van tactiek te veranderen. De uitleg kwam later wel.

Hij greep haar beet, maar ze draaide zich om en stampte zo hard op zijn voet dat hij sterretjes zag. Vervolgens gaf ze hem een kopstoot met haar achterhoofd.

Haar boodschappen had ze weggegooid, en bij elke klap die ze uitdeelde, ademde ze scherp uit. Eerst ving hij haar klappen op, wat zeker niet makkelijk ging. Het was duidelijk dat ze een vechtsport als hobby had, een klein detail dat Ralph niet had vermeld.

'Hé, hier doe je jezelf geen plezier mee.' Hij vond het een rotidee dat hij haar knock-out zou moeten slaan, misschien wel op dat parmantige kinnetje van haar. 'Ik neem je toch echt mee, en dat doe ik liever zonder je pijn te doen.'

Als antwoord kreeg hij een perfect uitgevoerde trap in zijn maag. Verdorie, ze was echt heel goed.

Snel krabbelde hij overeind, omdat hij verwachtte dat ze naar de deur zou rennen. Maar ze draaide rondjes om hem heen, haar ogen nog steeds verborgen achter donker glas, haar mond vertrokken in een grimas.

'Kom op, dan,' sarde ze. 'Een beetje proberen me in mijn eigen huis te beroven, en er dan snel vandoor gaan? Ik dacht het niet.'

'Ik ben geen dief. Ik ben een premiejager, en jij staat onder arrest.' Hij hield een hand omhoog om haar af te leiden, en trok haar toen genadeloos onderuit. Snel dook hij boven op haar, en onder andere omstandigheden had hij waarschijnlijk genoten van haar lange, gespierde lichaam. Het volgende moment raakte haar knie hem op een zeer pijnlijk punt. Hij snakte naar adem, maar liet haar niet los.

Nu was hij in het voordeel, en dat wist ze. Als ze overeind stond was ze heel snel, en had ze bijna net zo'n groot bereik als hijzelf, met die lange benen van haar. Maar in een worstelpartij was hij veel zwaarder en sterker. Dat maakte haar zo kwaad dat ze smerige trucjes begon toe te passen. Fel zette ze haar tanden in zijn schouder, en hij brulde het uit.

Vloekend en vechtend rolden ze over de vloer. Ze plantte een keiharde stoot op zijn slaap, en nog een in zijn nieren. Net toen ze begon te denken dat ze het toch nog zou winnen, gooide hij haar op haar rug. Voordat ze haar adem terug had, had hij haar armen achter haar rug en zat hij boven op haar. Dat zijn ademhaling minstens zo moeilijk ging als de hare, bood weinig troost. Voor het eerst was ze echt bang.

'Ik snap niet waarom je een pistool hebt gebruikt bij die minnaar van je. Je bent zelf een dodelijk wapen,' mompelde Jack. Snel wilde hij uit zijn achterzak een paar handboeien tevoorschijn halen, maar vloekend constateerde hij dat hij die tijdens de worsteling was kwijtgeraakt.

Dus bleef hij maar gewoon zitten terwijl zij uit alle macht probeerde hem af te werpen. 'Luister, je maakt het jezelf alleen maar moeilijk. Waarom ga je niet gewoon rustig met me mee, voordat je het hele appartement van je vriend hebt afgebroken?'

'Je verplettert me, rotzak,' siste ze woedend. 'En dit is mijn appartement. En probeer maar niets met me uit te halen, want dat overleef je niet.'

'Ik dring me niet op aan vrouwen, liefje. Ik ben verder niet in je geïnteresseerd. De politie wel.'

'Waar heb je het in vredesnaam over?' bracht ze uit.

Hij haalde de papieren uit zijn zak en duwde ze haar onder de neus. 'M.J. O'Leary, zware mishandeling, poging tot doodslag, bla bla bla, et cetera. Ralph is echt teleurgesteld in je, schatje. Hij is zo goed van vertrouwen, en had niet verwacht dat zo'n aardige meid als jij ervandoor zou gaan nadat er tienduizend borg voor haar was betaald.'

'Dit is nep,' zei ze, hoewel ze haar naam en adres zag staan op de papieren. 'Je hebt de verkeerde voor je. Ik ben helemaal niet op borgtocht vrijgelaten. Ik ben ook nooit gearresteerd, en ik woon hier zelf. Achterlijke agenten,' mopperde ze, en weer probeerde ze hem af te schudden. 'Bel je chef op, of hoe dat ook heet. Los het op. En je zult hier trouwens meer van horen.'

'Leuk geprobeerd. En je hebt zeker ook nog nooit van George MacDonald gehoord?'

'Nee, nog nooit.'

'Dan was het toch wel heel onbeleefd van je om hem neer te schieten.'

Hij ging iets verzitten, zodat hij haar gezicht kon zien. Ze was haar zonnebril kwijtgeraakt, en haar ogen bleken een prachtige kleur donkergroen te zijn. En ze fonkelden van woede.

'Luister dame,' vervolgde hij. 'Als jij een wilde affaire begint met een getrouwde vent, prima. Als je hem zo nodig moet neerschieten, ook goed. Maar als je ervandoor gaat terwijl er borg voor je is betaald, word ik pissig.'

Ze kon nu iets makkelijker adem halen, maar zijn handen omsloten haar polsen nog steeds als stalen banden.

'Ik heb nog nooit een affaire met een getrouwde man gehad. Ik heb niemand neergeschoten, en ik ben er niet vandoor gegaan, want ik ben nooit op borgtocht vrijgelaten. En nu wil ik dat je je identificeert, slimmerik.'

Ze had wel lef, dat ze nog eisen durfde te stellen in haar positie. 'Ik heet Dakota. Jack Dakota. Ik ben premiejager.'

Met toegeknepen ogen verkende ze zijn gezicht. Hij zag eruit als iemand uit zo'n oude western. Een koelbloedige revolverheld, of een beroepsgokker. Of...

'Een premiejager. Aha. Nou, mafkees, er valt hier geen premie te jagen.' Dus het was geen aanranding, en ook geen beroving. Haar angst sloeg weer om in woede. 'Wat ben jij voor idioot? Je dringt naar binnen, maakt mijn spullen kapot, smijt mijn boodschappen over de vloer, en dat allemaal omdat je niet in staat bent het juiste spoor te volgen? Wacht maar mannetje, ik neem je te grazen, en als ik met je klaar ben, weet je niet eens meer hoe je heet –' Ze stokte toen hij een foto onder haar neus duwde. Een foto van haar zelf.

'Heb je soms een tweelingzus, O'Leary? Die ook in een MG rijdt met SLAINTE op het nummerbord en die momenteel hokt met een vent die Bailey James heet?'

'Bailey is een vrouw,' mompelde ze in zichzelf, bezorgd starend naar haar eigen foto. Had dit met Bailey te maken, met het pakje dat Bailey haar gestuurd had? Verkeerde haar vriendin soms in moeilijkheden? 'En dit is mijn eigen huis,' zei ze nu luider. 'Ik heb ook geen tweelingzus.' Weer keek ze hem aan. 'Wat is er aan de hand? Is Bailey in orde? Waar is Bailey?'

Weer worstelde ze om vrij te komen, met een nieuwe energie die voortkwam uit angst. En die angst was niet vanwege haar zelf, besefte Jack.

'Ik weet helemaal niets van die Bailey, behalve dat dit adres op de papieren staat.' Maar hij begon iets te vermoeden, en dat beviel hem helemaal niet. Nu dacht hij niet langer dat M.J. O'Leary oliedom was.

Ralph, dacht hij peinzend, terwijl hij in haar gezicht staarde. Ralph, waarom was je vanmorgen zo nerveus?

'Als je eerlijk bent,' sprak hij. 'Dan kom ik er zo achter. Misschien is het een administratieve vergissing.' Maar dat dacht hij eigenlijk niet. Er klopte iets helemaal niet.

'Luister,' ging hij verder. Op dat moment vloog de deur open en kwam er een reus van een man binnenstormen.

'Je moest haar naar buiten brengen,' schreeuwde de man, zwaaiend met een enorm pistool. 'Je praat te veel. We wachten op je.'

Jack had weinig tijd om over de situatie na te denken. Hij had die vent nog nooit gezien, maar hij herkende het type. Een en al spieren, geen hersens.

'Sorry.' Snel gaf hij M.J. een kneepje in haar pols, hopend dat ze de boodschap zou begrijpen. 'Ik had een beetje problemen hier.'

'Het is maar een vrouw. Je moest haar naar buiten brengen.'

'Ja, daar was ik ook mee bezig.' Jack probeerde een kameraadschappelijke glimlach. 'Heeft Ralph je gestuurd om me te helpen?'

'Kom op nou, man,' snauwde de reus. 'Laten we gaan.'

'Tuurlijk. Je kunt dat kanon wel wegdoen, ik heb haar in bedwang.'

Het wapen bleef echter op Jacks hoofd gericht.

'Ik wil alleen haar,' zei de reus met een kwaadaardige grijns. 'Jou hebben we niet meer nodig.'

'Prima. Je wilt vast de papieren erbij hebben.' Bij gebrek aan iets beters greep Jack een blikje tomatensaus en gooide dat uit alle macht naar het hoofd van de andere man. Het blikje raakte hem vol op zijn neus. Het volgende moment rende Jack als een levende stormram op de man af en stootte hem in zijn maag. Het leek wel alsof hij met zijn kop tegen een muur was gelopen, en door de klap vielen ze beiden achterover.

M.J. overwoog te vluchten. Maar toen dacht ze aan Bailey, en aan het pakje dat ze had ontvangen, dat in haar schoudertas zat. En ze was trouwens te kwaad om te vluchten.

Snel wilde ze het pistool pakken dat de man had laten vallen, maar Jack liep haar omver. Hij nam een sprong en gaf de man een keiharde trap in zijn maag.

Niet slecht, dacht M.J. waarderend, en ze krabbelde overeind. Ze greep haar schoudertas, draaide hem boven haar hoofd in het rond en ramde ermee op de kale kop van de reus. Met een zware klap viel hij neer op de bank.

De man kwam weer overeind en raakte Jack vol in zijn maag met een vuist als een kanonskogel. Door een waas van pijn zag hij een roodharige vuurbal overeind springen en zich vastklampen aan de rug van de man. Met haar vuisten ramde ze op de zijkanten van zijn gezicht, en hij draaide zich woest om, om haar te grijpen.

'Houd hem stil!' schreeuwde Jack. Hij zag een gaatje, greep een afgebroken tafelpoot en ging tot de aanval over. Toen de man zich met een ruk omdraaide, kon hij zijn slag nog net inhouden, anders had hij M.J.'s achterhoofd in tweeën gespleten.

'Ik zei dat je hem stil moest houden!'

'Ja, wat wil je nou? Moet ik soms ook nog even een doelwit op zijn smoel tekenen?' Met een diepe grom haakte ze haar armen om de nek van de man, klemde haar benen om zijn enorme lichaam en schreeuwde: 'Sla hem dan, verdorie. Houd op met rondjes dansen en geef hem een mep!'

Jack bracht de tafelpoot naar achteren alsof hij aan het honkballen was en sloeg uit alle macht. De poot brak af als een lucifershoutje, en M.J. kon nog net wegspringen toen de man voorover kukelde als een gevelde woudreus.

Even bleef ze op handen en knieën zitten, snakkend naar adem. 'Wat is hier in vredesnaam aan de hand?'

'Daar hebben we nu even geen tijd voor.' Hij greep haar hand en trok haar omhoog. 'Dit type reist meestal niet alleen. Wegwezen.'

'Waarheen?' Snel greep ze haar schoudertas.

'Gewoon weg. Hij is vast niet aardig, als hij bijkomt, en als zijn vriendje hem komt helpen, hebben we misschien niet zoveel mazzel.'

'Mazzel? Kom nou.' Maar ze rende met hem mee, voortgedreven door een gezond instinct voor zelfbehoud. 'Wat ben jij voor mafkees? Je valt mijn huis binnen, slaat me in elkaar, breekt de boel af en ik krijg ook nog bijna een kogel door mijn kop.'

'Ik heb je anders wel gered, dame.'

'Ik heb jou gered!' schreeuwde ze, terwijl ze de trap af renden. 'En als ik even de tijd krijg om op adem te komen, dan laat ik niets van je heel.'

Ze vlogen een hoek om en botsten bijna tegen een van M.J.'s buren op.

'M.J.? Wat is er?' vroeg de vrouw bezorgd.

'Geen tijd.' Jack rukte haar bijna van haar voeten, op weg naar de volgende trap.

'Schreeuw niet zo tegen me, gek. Ik zal het je betaald zetten –'

'Ja, ja. Ik weet het nou wel. Waar is de achteruitgang?'

M.J. wees naar het einde van de gang. Snel slopen ze naar buiten en renden om het gebouw heen. Verborgen achter wat struiken zocht Jack met zijn ogen de straat af. Ongeveer halverwege het blok stond een geblindeerde bestelwagen, en een klein mager mannetje stond ernaast te dansen van de zenuwen.

'Blijf laag,' commandeerde Jack, dankbaar dat zijn auto pal voor de deur stond. Hij sleurde M.J. mee en smeet haar zo'n beetje in zijn auto.

'Mijn hemel, wat is dit voor puinbak?' Ze schoof een leeg blikje van haar stoel. Het volgende moment lag ze naast de snoeppapiertjes op de vloer van de auto.

'Omlaag!' snauwde hij, en hij startte de motor. Hij hoorde een zachte tik, en besefte dat het kleine mannetje op ze aan het schieten was, met een geluiddemper op zijn pistool.

Hij scheurde weg en draaide op twee wielen de hoek om. M.J. knalde met haar hoofd tegen het dashboard, vloekte hartgrondig en worstelde om haar evenwicht te vinden.

'Wat ben je verdorie aan het doen?'

‘Ik ben je alweer aan het redden, liefje.’ Zijn ogen schoten naar de achteruitkijkspiegel, terwijl hij met gierende banden de volgende hoek om vloog. Twee kleine jongetjes staken waarderend hun duim omhoog. Hij grijnsde.

‘Kan deze roestbak even wat langzamer?’ Met moeite klauterde M.J. weer in haar stoel. ‘En laat me eruit, voordat je een of ander kind dood rijdt.’

‘Ik rijd niemand dood, en jij blijft waar je bent.’ Snel wierp hij haar een blik toe. ‘Voor het geval je het niet had opgemerkt, die man bij de bestelwagen nam ons onder vuur. En zodra ik zeker weet dat ik hem heb afgeschud en ik een rustig plekje heb gevonden, ga jij mij vertellen wat er allemaal aan de hand is.’

‘Ik weet niet wat er aan de hand is.’

Weer keek hij haar aan. ‘Onzin. Dat weet je wel.’

Het volgende moment stopte hij even aan de kant van de weg en viste onder zijn stoel een reservepaar handboeien vandaan. Voordat ze met haar ogen kon knipperen had hij haar vastgeklonken aan het portier. Mooi dat ze hem niet zou smeren voordat hij wist waarom hij in de rondte was geslingerd door een gorilla van tweehonderd kilo.

Om haar geschreeuw en haar fantasievolle vloeken en dreigementen te overstemmen, draaide hij de volumeknop van zijn stereo open.

Hoofdstuk 2

Zodra ze de kans kreeg, zou ze hem om zeep helpen. Hardhandig, besloot ze. Genadeloos. Twee uur eerder was ze gelukkig geweest, zorgeloos slenterend door de supermarkt zoals ieder normaal mens op een zaterdagmiddag. Oké, ze was wel enorm nieuwsgierig geweest waarom Bailey haar dat pakje had gestuurd, maar ze wist zeker dat er een goede reden voor was.

Bailey James had overal goede redenen en logische verklaringen voor. Dat was juist een van haar vele goede eigenschappen.

Nu maakte M.J. zich echter zorgen. Dat pakje, dat ze gisteren per koerier had gekregen en dat nu op de bodem van haar schoudertas lag, had vast met deze hele toestand te maken. Hoewel ze natuurlijk liever Jack Dakota de schuld gaf van al deze ellende.

Hij was haar flat binnen gedrongen en had haar aangevallen. Nou ja, misschien had zij de eerste klap uitgedeeld, maar dat was toch een logische reactie? Voor haar in ieder geval wel. Eerst slaan, dan pas vragen stellen.

Het was vernederend dat hij haar tegen de grond had gekregen. Ze had niet voor niets een zwarte band karate, en ze hield er niet van een wedstrijd te verliezen. Dat zou ze hem nog betaald zetten.

Haar huis in puin, en moeten vluchten als een crimineel voor die gigantische kerel, dat was al erg genoeg. Maar het verbleekte allemaal bij het feit dat ze nu zat vastgeklonken aan het portier van een Oldsmobile.

Daarvoor zou Jack Dakota betalen met zijn leven.

Wie was die kerel in vredesnaam? Een premiejager en een uitstekende vechter. En een sloddervos, voegde ze er in gedachten aan toe, lege bekertjes wegduwend met haar voet. En bovendien een chauffeur met stalen zenuwen. Onder andere omstandigheden zou ze onder de indruk zijn geweest van de manier waarop hij die enorme auto de bochten om gooide. Als een volleerd coureur.

En ja, als hij haar pub binnen was komen wandelen, dan had ze wel twee keer gekeken, gaf ze met tegenzin toe. Voor het runnen van een pub in een grote stad moest je meer kunnen dan cocktails mixen en boekhouden. Je moest mensen met één blik kunnen beoordelen, om de ruziezoekers van de eenzame zielen te onderscheiden. En met beide types moest je kunnen omgaan.

Ze zou hem hebben ingeschat als een ruwe klant. Dat kwam door zijn gezicht. Een verdraaid interessant gezicht, al met al, ruig en knap. Jazeker, ze zou wel twee keer hebben gekeken, dacht M.J. tandenknarsend. Mooie jongetjes interesseerden haar niet. Ze hield meer van mannen die er net zo ruig uitzagen als ze leefden.

Jack Dakota paste in dat plaatje. Ze had hem diep in de ogen gekeken, die staalgrijze ogen, en beseft dat hij zich niet al te strak aan de regels hield. Wat zou deze man doen als hij wist dat ze iets in haar tas had waarbij de schat van Ali Baba in het niet viel?

Verdorie, Bailey. M.J. balde haar vrije hand tot een vuist en klopte er nerveus mee op haar knie. Waarom heb je me die diamant gestuurd, en waar zijn de andere twee? Ze vervloekte zichzelf, omdat ze de avond ervoor niet meteen bij Bailey langs was gegaan, die in het appartement tegenover haar woonde. Maar ze was zo moe geweest na sluitingstijd, en ze had aangenomen dat Bailey haar vandaag een goede verklaring zou geven.

Dom, dom, dom. Waarom had ze gedacht dat die steen vast een vervalsing was, ook al stond op het briefje van Bailey dat ze het ding geen seconde uit het oog mocht verliezen? Omdat Bailey er niet de vrouw naar was om een blauwe diamant ter waarde van meer dan een miljoen dollar zomaar naar iemand toe te sturen. Ze was een edelsteenkundige, toegewijd en briljant. En zo geduldig als wat. Anders zou ze ook niet kunnen werken voor die griezels die zich haar broers noemden.

Met samengeknepen mond dacht M.J. aan Baileys stiefbroers. De

Salvini-tweeling had Bailey altijd behandeld als een blok aan hun been, iets waar ze mee in hun maag zaten omdat hun vader haar een gedeelte van het bedrijf had nagelaten. En Bailey, loyaal als ze was, bleef maar excuses voor ze verzinnen.

Nu vroeg M.J. zich af of de tweelingbroers soms achter deze toestand zaten. Hadden ze iets kwaads in de zin? Daar zag ze hen wel voor aan. Maar ze kon zich nauwelijks voorstellen dat Timothy en Thomas Salvini dom genoeg waren om iets te proberen met de Drie Sterren van Mithra.

Zo had Bailey de diamanten genoemd, met een dromerige blik in haar ogen. Drie blauwe diamanten van onschatbare waarde. Ooit hadden ze, gevat in een gouden driehoek, in de open handen gerust van een beeld van de god Mithra. Nu waren ze eigendom van het Smithsonian. De firma Salvini had de opdracht gekregen om de stenen te taxeren en op echtheid te controleren.

Hadden die twee griezels soms het idee opgevat om die stenen zelf te houden? Nee, dat was te gewaagd. Dit hele gedoe was vast gewoon een misverstand.

Ze kon zich maar beter concentreren op hoe ze Jack Dakota betaald kon zetten dat hij haar vrije middag had verpest. 'Je laatste uurtje heeft geslagen,' zei ze kalmpjes.

'Tja. Vroeg of laat gaan we allemaal dood.' Hij reed ondertussen over de snelweg naar het zuiden. Het was druk op de weg, omdat veel mensen een lang weekend vrij hadden wegens de vierde juli. Onafhankelijkheidsdag.

'Bij jou zal het vroeg worden, Jack. Heel vroeg.' Hoe vernederend zou het zijn, vroeg ze zich af, om haar hoofd uit het raampje te steken en om hulp te roepen? Erg vernederend, maar als ze had gedacht dat het zou werken, zou ze het zeker hebben geprobeerd. Niemand zou echter luisteren. Waar waren die wegwerkers als je ze nodig had? 'Als je de zon nog een keer op wil zien komen, dan parkeer je deze roestbak nu aan de kant en laat je me gaan.'

'Waarheen? Terug naar je appartement?'

'Dat is mijn probleem.'

'Niet meer, zus. Ik vat het erg persoonlijk op, als er iemand op me schiet. En aangezien jij de reden daarvan schijnt te zijn, houd ik je nog even.'

Woedend rammelde ze met de handboeien. 'Doe die krengen af.'

'Geen sprake van.'

'Je zit goed in de nesten, Dakota. Dit is pure ontvoering.'

'Jij kwam zelf met me mee,' zei hij. 'En nu blijf je bij me tot ik deze zaak heb uitgezocht.' De auto rammelde vervaarlijk toen hij hem langs een enorme truck stuurde. 'En daar zou je dankbaar voor moeten zijn.'

'Dankbaar? Je hebt bij me ingebroken, mijn spullen vernield, mij de kamer door gemept en nu heb je me ook nog aan een autoportier vastgeketend.'

'Klopt. En als ik dat niet had gedaan, lag je nu in je appartement met een gaatje in je hoofd.'

'Ze zaten achter jou aan, hoor.'

'Dat dacht ik niet. Ik heb al mijn schulden netjes betaald, ik rotzooi niet met andermans vrouw, en ik heb niemand boos gemaakt. Behalve jou dan. Nee, liefje...' Hij keek haar even aan. 'Er zit iemand achter jou aan.'

'Er zitten er zoveel achter me aan,' zei ze, haar lange benen uitstrekkend.

'Dat geloof ik graag.' Hij gaf echter niet toe aan de neiging om die benen eens goed te bekijken. 'Maar deze keer is er iemand echt geïnteresseerd. Geïnteresseerd genoeg om mij erin te laten lopen, en mij ook een kogel door mijn kop te laten jagen. Ralph, rotzak die je bent,' zei hij opeens. Hij greep zijn autotelefoon en drukte wat nummers in.

'Ralph, rotzak die je bent,' herhaalde hij een paar seconden later.

'D-D-Dakota? Ben jij dat? Heb je d-d-dat mens al te pakken?'

'Als ik hier levend uit kom, dan kom ik jou halen.'

'Waar heb je het over? H-h-heb je haar gevonden? Luister, Jack, ik heb je een m-m-makkelijk klusje gegeven. Een p-p-paar uur werk v-v-voor een dagloon.'

'Je stottert erger dan gewoonlijk, Ralph. Maar daar heb je straks geen last meer van, als ik met je klaar ben. Wie zit er achter die vrouw aan, Ralph?'

'I-i-ik heb problemen hier,' zei hij ontwijkend. 'Ik moet vroeg sluiten. P-p-persoonlijke problemen.'

'Je kunt je toch nergens voor me verbergen, Ralph. Waarom die valse papieren? Waarom liet je me erin lopen? O, en trouwens, als jouw geheime opdrachtgever dit telefoontje soms probeert te traceren, ik zit in mijn auto.' Hij dacht even na en voegde er toen aan toe: 'En ik heb die vrouw bij me.'

'Jack, luister naar me. V-v-vertel me waar je bent, dump die vrouw en ga ervandoor. Blijf hierbuiten. Ik heb deze klus aan jou gegeven, omdat ik wist dat jij je wel zou redden. Dus z-z-zet haar ergens af, geef me de locatie door en rij er zo v-v-ver mogelijk vandaan.'

'Wie wil haar hebben, Ralph?'

'Dat h-h-hoef jij niet te weten. Dat w-w-wil je niet weten. Doe het nou maar gewoon. Ik geef je een b-b-bonus van vijfduizend.'

'Vijfduizend.' Jack trok zijn wenkbrauwen op. Ralph was meestal niet zo gul. 'Maak er tien van, en vertel me wie achter haar aan zit. Dan heb je een deal.'

Tot zijn genoegen protesteerde M.J. daartegen met een nieuwe stroom verwensingen en dreigementen.

'T-t-tien?' piepte Ralph. 'Oké, oké, tienduizend, maar geen namen. En geloof me, Jack, je hebt je leven aan mij te danken. V-v-vertel me nou maar waar je haar gaat afzetten.'

Met een grimmig lachje vertelde Jack hem wat hij met zichzelf kon gaan doen. Iets wat anatomisch gezien absoluut onmogelijk was. Daarna hing hij op.

'Nou liefje, kennelijk ben je tienduizend waard. Dus gaan we nu een rustig plekje zoeken waar jij me kunt uitleggen waarom ik die bonus niet zou opstrijken.' Hij schoot een afrit op, keerde om en reed weer naar het noorden.

Haar mond was kurkdroog, en haar keel zat dichtgeknepen van angst. 'Waar ga je heen?'

'Gewoon even onze sporen uitwissen.'

'Breng je me terug?'

Dat ze een beetje nerveus klonk, deed hem wel goed. Als ze bang werd, zou ze eerder gaan praten. 'Tienduizend is een hoop geld, schatje. Misschien kun jij me overtuigen dat je levend meer waard bent.'

Zoekend reed hij over de landweggetjes. Ook daar was het druk. Hij was die hele Onafhankelijkheidsdag eigenlijk vergeten. En het vuurwerk bekijken onder het genot van een koud biertje, dat zou er nu niet meer van komen. Hoewel, hij had zijn eigen vuurwerk bij zich, naast hem in de auto.

Ze moest nou wel goed bang zijn, maar ze hield zich groot. Daar was hij dankbaar voor. Niets ergers dan een huilebalk. Maar bang of niet, hij wist zeker dat ze hem zou aanvallen zodra ze de kans kreeg. Die zou hij haar dus niet geven.

Met een beetje geluk kreeg hij het hele verhaal uit haar zodra ze ergens een plek hadden gevonden.

Misschien zou hij haar dan helpen. Tegen betaling, natuurlijk. Dat hoefde niet veel te zijn, want zo langzamerhand was hij gewoon nieuwsgierig.

Wie er ook achter haar aan zat, ze hadden wel veel moeite gedaan. Het was duidelijk wat hun bedoeling was geweest. Dat hij haar zou ophalen en in zijn auto zou zetten, en dan zouden die kerels in de bestelwagen hem van de weg af hebben gereden. Hij zou hebben gedacht dat het een harde actie was van een concurrerende premiejager, en na een ongelijke strijd zou hij zijn prooi hebben laten gaan.

En premiejagers gingen echt niet klagen bij de politie dat iemand hun prooi had afgepakt.

Goed, dus nu was hij op de vlucht met een boze vrouw, iets meer dan driehonderd dollar op zak en een halfvolle tank. En hij wilde weten waarom.

Ten noorden van Leesburg zag hij wat hij zocht. Een sjofel hotelletje, waar het vast niet druk zou zijn. Hij parkeerde en zette de motor af.

'Breng je hier al je vriendinnetjes heen, Dakota?'

Hij glimlachte naar haar, onverwacht charmant. 'Voor jou alleen het beste, liefje.' Toen boog hij zich naar haar toe om de handboeien los te maken. 'Je zult me wel niet geloven,' merkte hij op. 'Maar ik ga hier geen plezier aan beleven.'

Ze zette zich schrap, klaar om hem te bespringen. Hij moest snel zijn, en hardhandig. Voor ze het wist had hij haar armen op haar rug en haar beide polsen aan elkaar vastgeketend. Toen sloeg hij een hand over haar mond.

Uit alle macht verzette ze zich, wild rollend en schoppend, maar hij hield haar tegen de stoel gedrukt. Toen zijn zakdoek eindelijk om haar mond geknoopt zat, hijgde hij van inspanning.

'Ik heb een beetje gejokt.' Hij wreef even over een verse blauwe plek op zijn borstkas. 'Misschien vond ik het toch wel leuk.'

Met zijn gescheurde T-shirt bond hij haar benen vast, totdat ze net een kalkoen leek, klaar om de oven in te gaan. Het kettinkje tussen de boeien haakte hij om de versnellingspook.

'Het is wel bloedheet, hè' merkte hij op. 'Nou, ik zal niet lang wegblijven, hoor.' Hij deed de auto op slot en liep fluitend weg.

Het duurde even voordat ze weer tot zichzelf was gekomen. Ze was bang, besefte ze. Zo bang was ze nog nooit geweest. Ze trilde over haar hele lichaam.

Eens, toen ze net haar eigen pub had, was ze 's avonds laat bezig geweest de zaak te sluiten. In haar eentje. Er was een man binnengekomen die geld had geëist. Toen was ze ook bang geweest, vanwege de wilde blik in zijn ogen. Duidelijk onder de invloed van drugs. Daarom had ze hem de geldla gegeven, zoals de politie altijd adviseerde.

Vervolgens had ze hem op zijn hoofd gemept met de honkbalknuppel die ze achter de bar had liggen. Ja, toen was ze ook bang geweest, maar ze had zich wel gered. En dat zou ze nu ook doen.

De zakdoek smaakte zelfs naar die vent, en dat maakte haar razend, maar het lukte haar niet om het ding weg te krijgen. Daarom concentreerde ze zich op de ketting die om de versnellingspook zat. Als ze haar handen los kon krijgen, kon ze daarna haar benen door haar armen halen en had ze weer wat bewegingsvrijheid.

Kreunend van angst en frustratie begon ze aan de handboeien te trekken. Ze moest zich eerst zien om te draaien. Haar schouder schoot bijna uit de kom, maar het lukte. Met moeite kwam ze weer op adem. Vervolgens begon ze met trillende vingers aan de ketting te plukken. Met gesloten ogen probeerde ze voor zich te zien wat ze deed, en langzaam, heel langzaam, lukte het haar om de ketting omhoog te schuiven. Ze beet op haar lip vanwege de pijn in haar armen, die nu in een zeer onnatuurlijke positie gedraaid zaten.

Toen voelde ze iets losschieten, en ze hoopte dat het geen botje was. Uitgeput zakte ze voorover, terwijl de boeien loskwamen van de pook.

'Goh, wat knap van je.' Jack deed de deur open, sleurde haar naar buiten en wierp haar nonchalant over zijn schouder. 'Als ik vijf minuten langer was weggebleven, was het je nog gelukt ook.' Hij droeg haar een kamer binnen aan het eind van het gebouw. De deur had hij al opengedaan, en hij had even bij de auto stilgestaan om haar worsteling met de boeien te bewonderen.

Nu dumpte hij haar zonder pardon op het bed. Nog steeds verzette ze zich, dus bleef hij boven op haar liggen tot ze het opgaf.

En hij genoot ervan. Daar was hij niet trots op, maar het was wel zo. Die vrouw had wel een ongelooflijke hoeveelheid energie en doorzettingsvermogen. Als ze elkaar op een andere manier hadden ontmoet, hadden ze vast hele andere dingen gedaan op dit hotelbed. Om daarna als goede vrienden uit elkaar te gaan. Hij had echt de grootste moeite om zich niet steeds voor te stellen hoe ze er zonder kleren uit zou zien.

Oké, misschien lag hij iets langer boven op haar dan strikt noodzakelijk was. En snoof hij iets te gretig haar geur op. Hij was toch ook maar een mens?

Met een grimmige trek om zijn mond maakte hij een van de boeien los en klikte die vast aan het hoofdeinde. Toen kwam hij overeind en haalde een hand door zijn haar. 'Je maakt het voor ons alle twee alleen maar moeilijker.' Hij was buiten adem, en dat kwam niet alleen maar door hun laatste worsteling. Die strakke billen van haar hadden iets te opwindend tegen zijn kruis aan gedrukt. En dat zijn lichaam zo heftig reageerde, beviel hem helemaal niet.

Hij keerde haar de rug toe en zette de televisie aan, zo hard mogelijk.

M.J. had met haar vrije hand de zakdoek al weggerukt en siste nu woedend, als een slang.

'Schreeuw zo hard je wilt,' zei hij, ondertussen met zijn zakmes de draad van de telefoon doorsnijdend. 'Er is hier verder toch niemand.' Toen grinnikte hij. 'En trouwens, ik heb aan de receptie verteld dat we op huwelijksreis zijn. Dus ook al horen ze iets, die komen ons echt niet lastigvallen. Ik ben zo terug.' Hij verliet de kamer en sloot de deur achter zich.

M.J. sloot haar ogen. Hemel, wat was er met haar aan de hand? Een krankzinnig ogenblik, toen hij zo boven op haar lag, zijn lange lichaam tegen het hare gedrukt, had ze zich helemaal slap gevoeld. Van pure lust.

Ziek, dat was het. Maar toch was het zo. Dat ene moment had ze gefantaseerd hoe het zou zijn als hij haar de kleren van het lijf zou rukken en haar zou beminnen. Als zijn handen en zijn mond hartstochtelijk over haar lichaam zouden dwalen.

Erger nog, ze had niets liever gewild.

Even rilde ze, hopend dat het gewoon een of andere rare reactie was. Shock, of zo. Ze was echt niet vies van een gezonde portie seks, maar ze gaf zich doorgaans niet aan volslagen onbekenden. Aan mannen die haar neersloegen, vastbonden en in een of ander goedkoop hotel opsloten.

En hij was ook opgewonden geweest. Hoe angstig ze ook was, dat had ze echt wel opgemerkt. Maar hij had zich ingehouden.

Met moeite reguleerde ze haar ademhaling. Hij zou haar niet verkrachten. Hij was niet uit op seks. Hij wilde... Ja, wat wilde die man toch?

Niets voelen, commandeerde ze zichzelf. Alleen nadenken. Zet je gedachten op een rijtje, en denk goed na.

Langzaam opende ze haar ogen en nam de kamer in zich op. Die was, in één woord, afschuwelijk. Kennelijk had een of andere misleide ziel gedacht dat de combinatie van knaloranje en hardblauw de kamer een exotisch tintje zou geven. Had die het even mis gehad!

Voor de ramen hingen flinterdunne gordijnen, die Jack echter had dichtgetrokken, waardoor de kamer in schaduw was gehuld.

De televisie op zijn wankele standaard bood een slecht nagesynchroniseerde avonturenfilm. De bovenkant van het nephouten dressoir werd ontsierd door kringen en schroeiplekken. De asbak op het nachtkastje was gebarsten, en zag er niet zwaar genoeg uit om als wapen te dienen.

Naast de deur naar de badkamer hing een armzalige reproductie van een boerenlandschap in de herfst, compleet met achterlijk kijkende koeien.

Ze reikte naar het lampje naast het bed, om te voelen hoe zwaar de standaard was.

Op dat moment klonk de sleutel in het slot. Ze ging weer rechtop zitten en staarde naar de deur.

Hij kwam binnen met een rood-witte koelbox, die hij op het dressoir neerzette. Haar hart sloeg over toen ze haar schoudertas aan zijn arm zag bungelen, maar die gooide hij zo achteloos op de vloer dat ze meteen weer ontspande.

De diamant was dus nog veilig. En ook haar busje traangas en de rol met stuivers die ze altijd als wapens bij zich droeg.

'Ha, er gaat niets boven een echt beroerde film,' zei hij opgewekt, en hij bleef even staan kijken hoe de held uit de film strijd leverde met vreemd uitgedoste soldaten. 'Ik vraag me altijd af hoe ze toch aan die dialogen komen. Ik bedoel, was de tekst al zo slecht toen hij in het Roemeens werd geschreven, of is het gewoon belabberd vertaald?'

Hij haalde zijn schouders op, opende de koelbox en pakte er twee blikjes frisdrank uit.

'Ik dacht dat je wel dorst zou hebben.' Hij liep naar haar toe en bood haar een blikje aan. 'En je lijkt me niet het type dat nog liever zijn tong afbijt.'

Die karakterschets leek te kloppen, want ze griste het blikje uit zijn handen en begon gretig te drinken.

'Ze hebben hier helaas geen roomservice,' vervolgde hij. 'Maar even verderop is een restaurantje, dus we zullen niet omkomen van de honger. Heb jij nu al trek in iets?'

Ze keek hem recht in de ogen. 'Nee.'

'Mooi.' Hij ging op de rand van het bed zitten, glimlachte naar haar en zei: 'Dan gaan we praten.'

'Je kan mijn rug op.'

Hij blies hoorbaar zijn adem uit. 'Dat is een zeer aantrekkelijk voorstel, liefje, maar ik doe juist zo mijn best om niet aan dat soort dingen te denken.' Vriendelijk klopte hij haar op haar dij. 'Kijk, ik zie het zo. We zitten alle twee in de nesten, en jij hebt de sleutel tot dit hele raadsel in handen. Als jij me nou vertelt wie er achter je aan zit, en waarom, dan handel ik het verder wel voor je af.'

'Jij handelt het wel af?' Haar stem droop van het sarcasme.

'Jawel. Beschouw me maar als je ridder op het witte paard. Zoals die held daar.' Hij wees naar het televisiescherm. 'Jij vertelt me wat je weet, en dan ga ik afrekenen met de slechteriken. En vervolgens stuur ik je de rekening. O ja, en als ik dan nog steeds je rug op mag, graag.'

'Eens kijken.' Ze leunde achterover en bleef hem strak aankijken. 'Wat zei je ook alweer tegen je maatje Ralph dat hij met zichzelf kon gaan doen? O, ja, ik weet het weer.' Met zichtbaar genoegen herhaalde ze de uitermate onfatsoenlijke woorden.

Als antwoord schudde hij slechts het hoofd. 'Is dat nou een manier om te praten tegen de man die je heeft behoed voor een kogel door je kop?'

'Hé, hallo, ik heb jou gered van een kogel door je hoofd, makker. Hoewel ik me afvraag of die erg veel schade zou hebben uitgericht, met die muggenhersens van je. En hoe beloon je me? Je bindt me vast, propt een zakdoek in mijn mond en je dumpt me in een smerig, goedkoop hotelletje, waar de kamers per uur worden verhuurd.'

'Ze hebben me anders verzekerd dat dit een keurig familiehotel is,' zei hij droogjes. Hemel, ze was echt een vaatje buskruit. Hem zo uitdagen, terwijl ze nota bene vastgeklonken zat, en ze dus geen schijn van kans tegen hem had. En ze was nog verdraaid sexy ook, in die strakke spijkerbroek met dat verkreukelde T-shirt.

'Denk hier maar eens over na,' zei hij. 'Die achterlijke reus zei dat ik er te lang over deed, dat ik te veel praatte, en daarom denk ik dat ze ons aan het afluisteren waren vanuit die bestelwagen. Kennelijk werden ze ongeduldig. Als jij als een brave meid met mij was meegegaan, hadden ze ons ergens onderweg klem gereden en jou meegenomen. Kortom, ze wilden er niet direct bij betrokken zijn, en ze wilden ook geen getuigen.'

'Jij zou toch getuige zijn?' corrigeerde ze hem.

'Niet echt. Ik zou pissig zijn, omdat een andere premiejager er met mijn buit vandoor was, dat wel. Maar mensen in mijn vak rennen niet zo snel naar de politie. Ik zou mijn beloning hebben misgelopen, en een beetje hebben gemopperd tegen Ralph. In ieder geval, zo hadden zij het zich kennelijk voorgesteld. En dan zou Ralph me een of andere makkelijke klus hebben toegeschoven, om me tevreden te houden.'

De blik in zijn ogen veranderde, werd weer zo hard als staal. 'Iemand heeft Ralph kennelijk volledig in zijn macht. En ik wil weten wie.'

'Ik zou het niet weten. Ik ken je vriend Ralph niet –'

'Voormalige vriend.'

'En ik ken ook die gorilla niet die mijn deur heeft ingetrapt, en ik ken jou ook niet.' Tevreden stelde ze vast dat haar stem kalm klonk, zonder trillingen of haperingen. 'Goed, dus als je me nu wilt losmaken, dan kan ik aangifte gaan doen bij de politie.'

Zijn mond trok even. 'Dat is de eerste keer dat je de politie noemt, schatje, en je bluft. Je wilt de politie hier helemaal niet bij betrekken. En dat feit roept trouwens ook vragen op.'

Daar had hij gelijk in. Ze wilde de politie er niet bij halen, niet voordat ze met Bailey had gesproken en wist wat er aan de hand was. Maar ze haalde haar schouders op en keek naar de telefoon, die hij buiten werking had gesteld. 'Als jij die telefoon niet had geruïneerd, zou je kunnen uitproberen of ik bluf of niet.'

'Ik weet zeker dat je de politie niet zou bellen, maar ik weet ook zeker dat degene die je wel wilt bellen wordt afgeluisterd. Ik heb niet al die moeite gedaan om die gekken af te schudden, om dan nu alsnog gevonden te worden omdat ze jouw telefoontje natrekken.'

Hij leunde naar voren en pakte haar kin beet. 'Wie zou je bellen, M.J.?'

Ze bleef hem strak aankijken, en deed haar uiterste best om de hitte van zijn hand te negeren, het gevoel van zijn huid tegen de hare. 'Mijn minnaar,' beet ze hem toe. 'En die zou helemaal niets van je heel laten.'

Glimlachend bracht hij zijn hoofd nog iets dichterbij het hare. Hij kon het gewoon niet laten. 'O ja? En hoe heet hij dan?'

Daar had ze nou werkelijk absoluut geen antwoord op. Even staarde ze in die grijze ogen, en toen schudde ze zijn hand af. 'Hank. En die breekt alle botten in je lijf, als hij erachter komt dat je met mij hebt lopen rotzooien.'

Toen grinnikte hij, wat haar nog veel bozer maakte. 'Misschien heb je wel een minnaar, liefje. Misschien heb je er wel tien. Maar hij heet zeker geen Hank. Het duurde te lang, voordat je met die naam kwam. Maar goed, als jij niet wilt meewerken om dit probleem op te lossen, dan weet ik nog wel een andere manier.'

Hij stond op en bukte zich naar haar schoudertas. Het ontging hem niet dat ze plotseling scherp inademde. Zonder een woord te zeggen schudde hij de tas leeg boven het bed. Haar wapens had hij er al uit gehaald.

'Gebruik je die stuivers ook wel eens als wisselgeld?' vroeg hij kalmpjes.

'Hoe durf je! Hoe haal je het in je hoofd om in mijn spullen te snuffelen?'

'O, dat stelt toch niets voor, na alles wat we samen hebben doorgemaakt.' Hij pakte het fluwelen zakje en liet de vurig fonkelende edelsteen in zijn hand glijden.

Nu had hij de tijd om die steen eens echt te bewonderen. De diamant was diepblauw, en zo groot als de vuist van een baby. Hij werd overvallen door een merkwaardig gevoel toen die steen zo in zijn hand lag. Een diep verlangen hem te beschermen. Bijna net zo merkwaardig als zijn drang om die prikkelbare, ondankbare vrouw in veiligheid te brengen.

'Goed.' Hij ging zitten, gooide de steen omhoog en ving hem weer op. 'Vertel me hier maar eens iets meer over, M.J. Hoe kom jij aan een blauwe diamant die groot genoeg is iemand zijn hersens mee in te slaan?'

Hoofdstuk 3

Allerlei mogelijke reacties schoten door haar hoofd. De simpelste, en de meest bevredigende, was om hem voor gek te zetten.

'Ben je soms achterlijk?' Ze rolde met haar ogen en maakte een minachtend geluid. 'Ja, hoor, het is een echte diamant. Een grote blauwe. In mijn dashboardkastje heb ik nog een groene, een in mijn handtasje nog een mooie rooie. Ik besteed al het geld dat ik met mijn pub verdien aan diamanten, zie je. Daar heb ik nou eenmaal een zwak voor.'

Kalmpjes bleef hij de diamant opgooien en weer vangen, haar ondertussen aandachtig bestuderend. Ze keek geërgerd, concludeerde hij, en een beetje brutaal. 'Wat is het dan wel?'

'Een presse-papier, natuurlijk!'

Even wachtte hij. 'Dus jij zeult een presse-papier met je mee?' vroeg hij toen belangstellend.

O, jee. Wat nu? 'Het was een cadeautje,' zei ze toen snel, met haar neus parmantig in de lucht gestoken.

'Ja, ja, van Hank de Hunk zeker.' Hij kwam overeind en rommelde door de rest van de inhoud van haar tas. 'Eens kijken, wat hebben we hier nog meer. Een rol stuivers die zogenaamd niet is om iemand de hersens mee in te slaan, een elektronische agenda, een portefeuille waar meer foto's in zitten dan flappen –'

'Ik waardeer het niet echt dat je in mijn spullen neust.'

'Sleep me maar voor de rechter. Een fles van dat chique bronwater, zes pennen, twee zonnebrillen, Sue Graftons nieuwste boek... Goed boek, trouwens, maar ik zal het einde niet verklappen. Verder nog een chocoladereep...' Hij wierp haar de reep toe. 'Voor het geval je honger hebt. En een zaktelefoontje.' Die stak hij in zijn achterzak. 'Ongeveer drie dollar aan kleingeld, een radiootje en een doosje condooms.' Vragend trok hij een wenkbrauw op. 'Ongeopend, maar ja, je weet maar nooit.'

Ze kreeg het helemaal warm, van schaamte en van woede tegelijk. 'Viezerik.'

'Kennelijk ben je overal goed op voorbereid. Dus tja, waarom zou je ook niet een presse-papier meenemen? Je kunt tenslotte ieder moment een stapeltje papier tegenkomen dat in bedwang moet worden gehouden.'

Met een paar snelle gebaren veegde hij het hele boeltje weer bij elkaar en schoof het in haar tas. 'Ik zal maar niet vragen hoe dom je me eigenlijk inschat, want dat weet ik inmiddels al.' Hij liep naar de spiegel boven het dressoir en haalde de edelsteen over het glas. Die liet een lange, diepe kras na.

'Die hotelspiegels van tegenwoordig kunnen ook niets meer hebben,' merkte hij op, en hij ging weer naast haar op het bed zitten. 'Goed, terug naar mijn oorspronkelijke vraag. Waarom heb jij een diamant bij je die groot genoeg is om iemand de hersens mee in te slaan?'

Toen ze geen antwoord gaf, nam hij haar kin in een ijzeren greep. 'Luister, dame, als ik wil, bind ik je gewoon weer vast, laat ik je hier achter en ga ik ervandoor met je presse-papier van een miljoen dollar. Dat is de eerste optie. Ik kan ook naar die film gaan zitten kijken en wachten tot je gaat praten. Dat is de tweede optie. De derde is dat jij me nu vertelt waarom jij een edelsteen bij je hebt waarmee je een tropisch privé-eiland kunt kopen, zodat we eindelijk kunnen gaan bedenken hoe we deze situatie oplossen.'

Ze gaf geen krimp. Ze knipperde niet eens met haar ogen. Ondanks zichzelf bewonderde hij haar moed. Daarom wachtte hij geduldig, terwijl zij nadacht en hem opnam met die groene kattenogen van haar.

'Waarom kies je eigenlijk niet voor optie één?'

'Omdat ik het niet kan waarderen als er op me geschoten wordt, en omdat ik niet voor gek gezet wil worden door zo'n iel vrouwtje als jij met een veel te grote mond.' Hij leunde voorover tot hun neuzen elkaar bijna raakten. 'Ik ga dit iemand betaald zetten, schatje, en jij gaat me daarbij helpen.'

Met haar vrije hand rukte ze de zijne van haar kin. 'Met dreigementen bereik je bij mij niets, Dakota.'

'O, nee?' Soepeltjes schakelde hij over op een andere techniek. Weer bracht hij zijn hand naar haar gezicht, maar deze keer om haar zachtjes te strelen. 'Heb je liever een andere benadering?'

Zijn vingers gleden over haar hals naar beneden, tussen haar borsten door naar haar buik en weer terug, voordat hij zijn hand in haar nek legde. Zijn mond zweefde vlak boven de hare.

'Waag het eens,' waarschuwde ze.

'Goed idee.' Zijn lippen krulden in een spottend lachje, en zijn ogen keken recht in de hare. 'Hier fantaseer ik al over sinds je voor me de trap op liep, naar je appartement.'

Dat was niet waar, besefte hij toen. Hij fantaseerde er al over sinds Ralph hem haar foto had laten zien.

Heel lichtjes raakte hij haar lippen aan met de zijne, en trok zich toen weer even terug. Hij had verwacht dat ze ineen zou krimpen, of zich zou verzetten. Wat hij deed was niet bepaald fraai, zo inspelen op al haar vrouwelijke angsten. Het was zelfs uitermate verwerpelijk. Maar hij moest gewoon een manier vinden om haar onder druk te zetten zodat ze met de waarheid op de proppen kwam. Voordat ze alle twee zouden worden neergeknald door die criminelen. En als hij er ondertussen ook nog een beetje van genoot, nou ja, hij was tenslotte ook maar een mens.

M.J. vertrok echter geen spier. Ze bleef hem alleen maar uitdagend aankijken met die priemende groene ogen. Die blik baande zich een weg door zijn hele lichaam, om te eindigen ergens onder zijn riem.

Ach, één zonde kan er nog wel bij, dacht hij toen, en gretig drukte hij zijn mond op de hare.

Wat er volgde was een explosie van hitte, primitief en ontembaar. Geen gedachten, geen argumenten, alleen maar instinct. Die verrassend zachte mond van haar gaf mee, en dus dook hij er nog iets dieper in. Met een puur mannelijke kreet van triomf drukte hij zich dichter tegen haar aan, stak hij zijn tong tussen die volle, uitnodigende lippen, begroef hij zijn hand in die vuurrode haardos.

Zijn hersens werkten niet meer. Hij vergat dat het een trucje was, een manier om haar te intimideren, hij vergat dat hij een beschaafde man was. Het enige dat nog tot hem doordrong was dat hij haar wilde bezitten.

Gretig sloot zijn hand zich om haar borst. Hij nam haar tepel, die tegen de dunne stof van haar T-shirt aan drukte, tussen duim en wijsvinger. Onder hem bewoog ze zich, drukte ze zich verlangend tegen zijn lichaam. Het bloed raasde door zijn aderen.

Het volgende moment beet ze hem zo hard mogelijk in zijn onderlip, om niet meer los te laten.

Het uitschreeuwend van pijn, kneep hij meedogenloos in haar kaken tot ze hem wel los moest laten. Geschokt duwde hij zijn hand tegen zijn gezwollen lip, die hevig begon te bloeden.

'Verd –'

'Zwijn.' Woedend zat ze tegenover hem, klaar om weer naar hem uit te halen, vloekend omdat ze er niet bij kon. 'Smeerlap.'

Na haar een moordlustige blik te hebben toegeworpen, marcheerde hij naar de badkamer. De deur sloeg met een klap achter hem dicht.

Met gesloten ogen leunde ze achterover, nu trillend van top tot teen. Mijn hemel, dacht ze, een hand tegen haar gezicht gedrukt. Ze was gek geworden.

Had ze zich verzet? Nee. Was ze vervuld geweest van walging en afkeer? Nee.

Ze had ervan genoten. Zachtjes wiegde ze heen en weer, zichzelf uitscheldend en Jack Dakota vervloekend.

Hij had haar gekust, en ze had het toegelaten. Daar kon ze niet omheen. Ze had in die gevaarlijke grijze ogen gekeken, de vonk gevoeld toen hij die brutale mond op de hare drukte.

En ze had naar hem verlangd. Haar spieren hadden zich ontspand, haar borsten waren gaan tintelen en haar bloed was gaan koken. Ze had die kus ondergaan zonder een zuchtje van protest. Zonder over de consequenties na te denken, had ze zijn kus beantwoord.

M.J. O'Leary, dacht ze, die taaie meid die beweerde dat ze altijd alles onder controle had, die een kerel van honderd kilo zo op de grond kon leggen… Die zelfverzekerde en spijkerharde M.J. was gesmolten in een poel van grenzeloze lust. En dat terwijl hij haar had vastgebonden, gekneveld, haar met handboeien had vastgeklonken aan een bed. Dat ze hem ook maar één seconde had gewild, maakte haar net zo ziek van geest als híj kennelijk was.

Gelukkig was ze nog net op tijd tot bezinning gekomen. Het deed er niet toe dat een diepe angst voor haar eigen emoties de werkelijke reden was dat ze hem had afgeremd. Ze had hem tenminste tegengehouden, en dat was nog maar net op tijd geweest. Maar als ze twee handen vrij had gehad, moest ze toegeven, had ze hem waarschijnlijk op zijn rug gelegd en hem de kleren van zijn lijf gerukt.

Het was gewoon een shock, maakte ze zichzelf wijs. Zelfs zo'n koele dame als zij kon toch wel eens flink in de war raken? Nu was het zaak om deze dwaling achter zich te laten en zich te beraden op haar volgende stap.

Ten eerste moest ze Bailey zien te bereiken. Kennelijk had haar vriendin niet beseft hoe gevaarlijk het was geweest om haar die diamant te sturen. Ze zou er wel haar redenen voor hebben, maar wat had ze dan gedaan met die twee andere diamanten? Had ze die zelf nog, of… Hemel!

Slapjes viel ze terug in het keiharde kussen. Die had ze natuurlijk naar Grace gestuurd. Dat moest gewoon wel. Het was de enige logische mogelijkheid, en Bailey was altijd erg logisch. Er waren drie stenen. Een daarvan had ze naar M.J. gestuurd. Een had ze zelf gehouden, en de derde had ze opgestuurd naar de enige andere persoon die ze vertrouwde.

Grace Fontaine. Sinds hun studietijd waren ze net een drieling, onlosmakelijk met elkaar verbonden. Bailey de serieuze, ijverige student. Grace de rijke, beeldschone, wilde meid. Vier jaar hadden ze een kamer gedeeld op Radcliffe, en sindsdien waren ze vrienden voor het leven. Bailey was in de zaak van haar stiefvader gaan werken, M.J. had de familietraditie voortgezet en een pub geopend, en Grace deed nog steeds alles waarmee ze haar rijke, conservatieve en afkeurende familieleden het meest kon shockeren.

Als een van hen in de problemen zat, zaten ze dus alle drie in de nesten. Ze moest hen waarschuwen. Ze moest ontsnappen aan Jack Dakota. Of hem gebruiken.

Maar in hoeverre kon ze hem vertrouwen?

In de badkamer bestudeerde Jack zijn gewonde lip in de spiegel. Hij zou er waarschijnlijk een litteken aan overhouden. Dat had hij ook wel verdiend, hij had zich tenslotte ook als een zwijn gedragen.

Niet dat zij geheel onschuldig was, met die uitdagende blik waarmee ze hem had aangekeken. En had ze niet dat lange, strakke lichaam tegen hem aan gedrukt, en hem die volle, sexy lippen geboden?

Zwijn. Hij haalde zijn hand over zijn wang. Had hij haar wel een andere keus gegeven?

Zichzelf diep in de ogen kijkend, bekende hij dat hij haar helemaal geen keus had willen geven. Maar hij was geen beest. Hij kon zichzelf heus wel beheersen, en rationeel denken, en dat was ook precies wat hij nu ging doen.

Met een grimas raakte hij even zijn gezwollen lip aan. Laat dat maar een lesje voor je zijn, Dakota, dacht hij. Als je jezelf niet eens kunt vertrouwen, kun je haar al helemaal niet vertrouwen.

Toen hij weer naar buiten kwam, zat ze fronsend naar de afzichtelijke gordijnen te staren. Boos keek hij haar aan. Even boos keek ze terug. Zwijgend ging hij in de enige, gammele stoel zitten en verdiepte zich in de televisie.

De avonturenfilm was afgelopen. In plaats daarvan was er een of andere belachelijke Japanse sciencefictionfilm, waarin mensen werden aangevallen door een gigantische hagedis.

M.J. pakte de reep die Jack haar had toegeworpen, brak een stuk af en begon bedachtzaam te eten. 'Mag ik mijn fles water even?' vroeg ze ijzig beleefd.

Hij stond op, pakte de fles en gaf hem aan haar.

'Dank je.' Ze nam een flinke slok en wachtte tot hij weer was gaan zitten. 'Wat is je honorarium?'

'Waarvoor?'

'Voor wat je doet.' Ze haalde haar schouders op. 'Stel dat ik er inderdaad vandoor was gegaan, terwijl ik de borg had geleend en niet had terugbetaald. Hoeveel krijg je dan om mij terug te halen?'

'Hangt ervan af. Hoezo?'

Ze sloeg haar ogen ten hemel. 'Waar hangt het van af?'

'Van de hoogte van de borg die voor je was betaald.'

Even dacht ze zwijgend na. 'Wat had ik zogenaamd gedaan?'

'Je minnaar neergeschoten. Een accountant. Hank, heette hij toch?'

'Erg leuk.' Ze brak nog een stuk chocolade af, maar toen hij zijn hand uitstak, gaf ze het aan hem. Met tegenzin. 'Hoeveel zou je voor me krijgen?'

'Meer dan je waard bent.'

Met een diepe zucht zei ze: 'Ik wil je een zakelijk voorstel doen, maar ik wil wel eerst weten wat ik je moet betalen.'

Interessant, dacht hij, met zijn vingers op de armleuning van zijn stoel trommelend. 'Voor jou, liefje, gezien dat ding dat je met je meezeult in die plunjezak die jij een tas noemt, en gezien het bedrag dat Ralph me bood om jou uit te leveren aan die idioten...' Hij dacht even na. 'Honderdduizend.'

Ze knipperde niet eens met haar ogen. 'Ik waardeer het zeer dat je de situatie wat probeert op te vrolijken met galgenhumor. Honderdduizend voor een man die nog niet eens in zijn eentje zo'n ingehuurde gorilla aan kan, dat is een lachertje!'

'Wie zegt dat ik hem niet aan kon? Ik heb hem mooi wel uitgeschakeld, schat, en je hebt niet eens de moeite genomen me te bedanken.'

'O, sorry, dat is me vast ontschoten toen ik geboeid en wel door jou van hot naar her werd gesleept. En jij hebt hem niet uitgeschakeld, dat heb ik gedaan. Maar goed, los daarvan,' vervolgde ze, haar vrije hand opstekend als een verkeersagent. 'We hebben nou wel genoeg gelachen. Even serieus. Ik bied je duizend dollar om met mij samen te werken.'

'Duizend?' Hij lachte schamper. 'Luister, zus, voor geen goud ter wereld zou ik met jou willen samenwerken. Maar voor honderdduizend wil ik je wel uit de nesten halen.'

'Ten eerste ben ik je zuster niet, en ook niet je schatje. Gebruik om te beginnen gewoon mijn naam.'

'Jij hebt geen naam, jij hebt initialen.'

'Ten tweede,' ging ze verder, zijn opmerking negerend, 'als een vent als jij honderdduizend dollar in handen krijgt, gaat hij dat toch maar vergokken in Las Vegas, of opmaken aan een of andere lellebel. Aangezien ik dat zonde vind van mijn geld, bied ik je duizend dollar.' Ze lachte hem vriendelijk toe. 'Daarmee kun je fijn een weekendje aan het strand doorbrengen, met een paar blikjes buitenlands bier.'

'Het is heel aardig van je, dat je zo aan mijn welzijn denkt, maar je bent niet bepaald in een positie om te onderhandelen. Als je hulp wilt, zul je ervoor betalen.'

Ze wist helemaal niet of ze zijn hulp wel wilde. En waarom was ze eigenlijk met hem aan het kissebissen over een honorarium? Gezien de omstandigheden kon ze hem elk bedrag beloven wat ze maar wilde, ze voelde zich toch niet verplicht om te betalen. Maar het ging om het principe.

'Vijfduizend. En je volgt mijn bevelen op.'

'Vijfenzeventig, en ik luister nooit naar bevelen.'

'Vijf.' Ze klemde haar kaken op elkaar. 'Graag of niet.'

'Niet.' Nonchalant pakte hij de diamant weer op. 'En deze neem ik mee.' Hij kwam weer overeind en klopte tevreden op het telefoontje in zijn achterzak. 'En misschien bel ik ook wel even de politie op dat dure speeltje van je, als ik hier eenmaal weg ben.'

Gefrustreerd balde ze haar vuisten. Ze wilde de politie er niet bij halen, niet voordat ze Bailey had gesproken. En straks nam hij die diamant echt mee. 'Vijftigduizend,' beet ze hem toe. 'Meer heb ik niet. Bijna al mijn geld zit in mijn zaak.'

Cynisch keek hij haar aan. 'Ik denk dat het vindersloon voor dit prulletje hier wel wat meer is dan vijftigduizend.'

'Ik heb dat ding niet gestolen, het is helemaal niet van mij, het is –' Ze stokte.

Even maakte hij aanstalten om weer naast haar te gaan zitten. Toen herinnerde hij zich wat er was gebeurd, en koos hij de armleuning van de stoel. Dat was veiliger. 'Van wie is die diamant, M.J.?'

'Ik vertel je toch niets. Voor hetzelfde geld ben je net zo'n schoft als die idioot die mijn deur heeft ingetrapt. Misschien ben je wel een moordenaar.'

Hij wierp haar een ironische blik toe. 'En daarom heb ik je zeker ook beroofd en vermoord.'

'Wat niet is, kan nog komen.'

'Laat ik je even op iets wijzen. Ik ben de enige in de buurt. Je hebt niemand anders.'

'Dat schept niet echt veel vertrouwen.' Even dacht ze na. Hoeveel kon ze hem vertellen?

'Als je mijn hulp wilt,' zei hij, alsof hij haar gedachten kon lezen 'dan heb ik namen nodig, details en feiten.'

'Ik vertel je geen namen.' Langzaam schudde ze haar hoofd. 'Dat kan pas als ik met andere betrokkenen heb gesproken. En wat feiten en details betreft, ik weet gewoon niet zoveel.'

'Vertel me dan maar wat je wel weet.'

Bedachtzaam keek ze hem aan. Nee, ze vertrouwde hem voor geen cent, maar ze moest toch ergens beginnen. 'Maak me los.'

'Nee, nee.' Hij schudde zijn hoofd. 'Laten we alles maar even laten zoals het nu is.' Toen kwam hij overeind en zette de televisie uit. 'Waar heb je die steen vandaan, M.J.?'

Ze aarzelde nog even, maar besloot dat hij in ieder geval dienst kon doen als klankbord. 'Een kennis stuurde me die. Per koerier. Ik kreeg hem gisteren.'

'En waar kwam hij vandaan?'

'Oorspronkelijk uit Klein-Azië, geloof ik.' Ze negeerde zijn geërgerde reactie. 'Ik vertel je niet waarvandaan hij werd gestuurd, maar ik kan je wel vertellen dat er een goede reden voor moet zijn geweest. Mijn kennis is goudeerlijk, en zou nooit iets stelen. Het enige wat ik weet is dat ik die steen kreeg, met een briefje erbij dat ik hem continu bij me moest dragen en er niemand iets over mocht vertellen, totdat die persoon een kans had om het me allemaal uit te leggen.'

Plotseling drukte ze haar hand tegen haar maag. Haar stem verloor de arrogante klank. 'Die kennis zit in de problemen. Ernstige problemen. Ik moet bellen.'

'Geen telefoontjes.'

'Jack, luister nou –'

'Geen telefoontjes,' herhaalde hij. 'Degenen die achter jou aan zitten, zitten misschien ook wel achter je maatje aan. Misschien wordt zijn telefoon ook wel afgeluisterd, en dan vinden ze je zo. En mij ook, dus er wordt niet gebeld. Maar vertel eens, hoe komt die vriend van jou aan die enorme diamant?'

'Op volstrekt legale wijze.' Ze stokte even. Hij dacht dat ze het over een mannelijke vriend had gehad. Waarom zou ze hem niet in die waan laten? 'Luister, daar ga ik nu niet op in. Ik wil je alleen maar vertellen dat hij rechtmatig in het bezit was van die diamanten. Er zijn er namelijk drie. Ooit waren ze onderdeel van een altaar dat was opgericht voor een Romeinse god uit de oudheid. De god Mithra werd toen nog overal in het Romeinse Rijk vereerd –'

'De Drie Sterren van Mithra,' mompelde hij.

Verbijsterd keek ze hem aan. 'Wat weet jij van de Drie Sterren?'

'O, een keer iets over gelezen in de wachtkamer van de tandarts,' mompelde hij. Vol ontzag pakte hij de diamant weer op. 'Men zei altijd dat het een mythe was. De Drie Sterren, gevat in een gouden driehoek in de handen van de god van het licht.'

'Het is geen mythe,' zei M.J. 'Een paar maanden geleden heeft het Smithsonian de Sterren gekocht via een contact in Europa. Mijn vriend vertelde me dat het museum de aankoop stil wil houden, totdat is bevestigd dat de stenen echt zijn.'

'En tot ze getaxeerd zijn,' vulde Jack aan. 'Verzekerd en goed beveiligd. Die diamanten staan voor liefde, kennis en vrijgevigheid.' Met toegeknepen ogen bekeek hij de steen in zijn hand. 'Ik ben benieuwd welke dit is?'

'Geen idee.' Gefascineerd bleef ze hem aanstaren. Nee, maar. Het ene moment een ruige bink, het volgende een wetenschapper. 'Maar kennelijk weet je er meer van dan ik.'

'Ik weet wel iets over de verering van Mithra. Die godsdienst bestond al voor het Christendom. De mens is tenslotte altijd op zoek geweest naar een rechtvaardige en vriendelijke god.' Hij bewoog zijn schouders even. 'Maar de mens krijgt niet altijd wat hij wil. En ik ken de legende van de Drie Sterren. Men zegt dat de god die stenen eeuwenlang in zijn handen hield, en dat in die tijd alles goed ging. En dat ze toen verloren raakten, of gestolen werden, of zelfs ten onder zijn gegaan samen met Atlantis.'

Hij knipte de lamp aan om eens goed te kunnen genieten van die prachtige diamant. 'Waarschijnlijker is dat ze gewoon terecht zijn gekomen in de schatkamer van een corrupte Romeinse veldheer.' Met zijn vingers streelde hij de geslepen vlakken. 'Mensen zouden hier een moord voor doen. Of sterven,' mompelde hij. Toen keek hij haar recht in de ogen. 'Stuk voor stuk zijn ze een fortuin waard. En met zijn drieën: onsterfelijkheid.'

Jazeker, dacht ze, het is ronduit fascinerend zoals deze man opeens op zo'n koele, academische toon aan het praten is. En zoals hij die diamant liefdevol streelt. Hoofdschuddend keek ze hem aan. 'Dat geloof je toch zeker niet, dat van die onsterfelijkheid?'

'Nee, maar het is wel de legende. Hij die de driehoek vasthoudt, met de Sterren op hun plaats, krijgt de macht van de god Mithra, en dus ook zijn onsterfelijkheid. Sommige mensen zouden daar een moord voor doen.' Voorzichtig legde hij de steen weer neer.

Alles was nu veranderd, besefte hij. De inzet was opeens torenhoog geworden. 'Je zit goed in de nesten, M.J. Degene die hier achteraan zit, zal echt niet aarzelen jou een kopje kleiner te maken. En mijn eigen kopje zit daar erg dicht naast.'

Wat een ongelooflijke pech. Het was zijn eigen schuld, vermaande hij zichzelf, terwijl hij probeerde te kalmeren met Mozart en champagne. Hij had alles zelf moeten afhandelen.

Stelletje idioten. En dan te bedenken dat hij het wel een goede grap had gevonden, om die vervelende Ms. O'Leary door een premiejager te laten opsporen. Het had zo'n goed plan geleken, en op die manier kon hij er zelf helemaal buiten blijven.

Die premiejager zou zijn beschuldigd van haar ontvoering en haar dood. Dat soort mannen waren tenslotte van nature onvoorspelbaar en gewelddadig. De politie zou de zaak al snel hebben afgesloten.

Maar nu was ze op de vlucht, hoogstwaarschijnlijk met de diamant in haar bezit.

Ze zou wel weer opduiken, dacht hij, dat moest gewoon. Ze zou snel contact zoeken met haar vrienden. Men had hem verzekerd dat die drie bijzonder trouw waren. Dat kon hij wel waarderen, loyaliteit. En als Ms. O'Leary haar vrienden probeerde te bellen, waarvan er een verdwenen was en de ander onvindbaar, dan zou hij haar hebben. En met haar de diamant.

En zij zou hem automatisch naar de andere twee diamanten leiden. Bailey James scheen tenslotte een zeer goede vriendin te zijn. Een intelligente en meelevende vrouw.

Intelligent genoeg, bedacht hij, om te ontdekken dat haar stiefbroers bezig waren de diamanten na te maken, en om hun snode plannen te verijdelen voordat de uitwisseling had kunnen plaatsvinden.

Hij was er zeker van dat Bailey haar vriendin trouw zou zijn, en zonder omhaal de diamant zou komen inleveren.

In ruil voor het leven van M.J. O'Leary.

Vele jaren was hij nu al op zoek naar de Drie Sterren. Een groot gedeelte van zijn kapitaal was aan die zoektocht opgegaan, en het had al verscheidene mensen het leven gekost. Nu had hij ze bijna. Zijn handen jeukten gewoon.

En als hij ze had, dan zou hij ze in de gouden driehoek zetten, en ze op het altaar plaatsen dat hij speciaal daarvoor had gebouwd. Dan zou hij de ultieme macht hebben. Onsterfelijkheid.

Vervolgens zou hij die vrouwen natuurlijk ombrengen. Een passend offer, dacht hij tevreden. Een offer een god waardig.

Hoofdstuk 4

Dakota had haar alleen gelaten. Nu ging het erom of ze hem kon vertrouwen. Zou hij werkelijk eten gaan halen en dan weer terugkomen? Hij had er niet op vertrouwd dat ze uit zichzelf zou blijven. Ze zat nog steeds vast met de handboeien.

Helaas moest ze toegeven dat hij haar goed had ingeschat. Als ze los was geweest, was ze er vandoor gegaan zodra hij uit het zicht was verdwenen. Toch geloofde ze inmiddels wel dat hij haar geen pijn zou doen. Dan had hij dat allang gedaan. Ze gaf het niet graag toe, maar fysiek kon hij haar natuurlijk makkelijk aan. Ze besefte dat hij zich nog had ingehouden tijdens hun worstelingen.

Niet dat hij daardoor het recht had om haar in dit ranzige hotel aan een bed vast te ketenen. Maar ze moest toegeven dat hij haar een hoop schade had kunnen berokkenen. En het enige wat hij werkelijk had beschadigd was haar trots.

Wat haar ook verbaasde was dat hij hersens in zijn hoofd bleek te hebben. Dat had ze niet verwacht, gezien zijn uiterlijk en zijn overweldigende fysieke aanwezigheid. Maar Jack Dakota was niet alleen een handige jongen, hij was ook nog slim.

Dat hij alleen maar las in de wachtkamer van de tandarts, dat geloofde ze geen moment. Daar zat je echt niet te lezen over antieke beschavingen. Kennelijk had hij toch meer diepgang dan ze aanvankelijk had gedacht. Nu moest ze alleen nog beslissen of dat een voordeel was, of een nadeel.

Nu ze enigszins gekalmeerd was, besefte ze dat hij haar ook niet zou aanranden. Ze durfde er heel wat om te verwedden dat dat erotische intermezzo hem net zo in verwarring had gebracht als haar. Kennelijk had hij gedacht haar op die manier te kunnen intimideren, maar dat was een grote vergissing geweest. Het had hen beiden alleen maar nerveus gemaakt.

Mijn hemel, wat kon die man trouwens kussen.

Niet afdwalen, vermaande ze zichzelf. Nee, bang was ze niet voor hem, maar wel voor deze situatie. Daarom wilde ze ook niet machteloos blijven zitten. Ze hield meer van actie.

Ze ging verzitten en draaide haar polsen alle kanten op om de handboeien goed te kunnen bestuderen. Toen gaf ze een flinke ruk aan de spijlen van het bed, maar die waren helaas veel sterker dan ze eruitzagen. Had ze maar een vijl, of een hamer.

Het enige wat ze aantrof in de plakkerige lade van het nachtkastje was een gescheurd telefoonboek en een stoffig snoepje.

Zou het helpen om te gaan gillen? Het zou wel heel vernederend zijn. En als iemand haar al hoorde, dan zat ze nog steeds vast aan dat bed. Dan moest er een slotenmaker aan te pas komen. Of de politie.

Diep in- en uitademend zon ze op een manier om te ontsnappen. Ze was vreselijk bezorgd om Bailey en Grace, en probeerde uit alle macht zichzelf wijs te maken dat haar vriendinnen in orde waren.

Als ze naar de politie stapte, zou ze Bailey dan in de problemen brengen? Ze liep immers wel met een zeer kostbare diamant rond. Zouden ze haar vriendin in de cel smijten wegens diefstal?

Dat risico wilde M.J. niet lopen. Nog niet. Niet zolang ze hoop had dat ze dit zelf kon oplossen. Maar dan moest ze wel eerst weten wat er nou in 's hemelsnaam aan de hand was. En daarvoor moest ze hier weg zien te komen.

Tegen de tijd dat Jack terugkeerde, was ze al bijna van plan om met haar tanden aan de bedspijlen te gaan knagen. Hij wierp haar een ironische glimlach toe, alsof hij haar gedachten had kunnen lezen.

'Schat! Ik ben thuis!'

'Wat ben je toch geestig, Dakota. Ik kom niet meer bij.'

'Je ziet er heel aantrekkelijk uit, weet je dat? Zo aan dat bed geketend.' Hij zette twee zakken met eten neer. 'Een minder beschaafde man dan ik zou allerlei rare ideeën krijgen.'

Nu was het haar beurt om gemeen te lachen. 'Die heb je al gehad. En je houdt vast een litteken op je lip.'

'Ja.' Voorzichtig wreef hij over de wond. 'Dat heb ik wel verdiend, maar je werkte toch echt eerst zelf mee.'

Wat kon de waarheid toch onaangenaam zijn, dacht ze. 'Tuurlijk, Jack, blijf dat maar denken,' zei ze liefjes. 'Als je zo'n groot ego hebt als jij, moet je wel zulke illusies hebben.'

'Schatje, ik kan echt wel het onderscheid maken tussen een illusie en een paar gewillige lippen. Maar we hebben wel iets belangrijkers te bespreken dan het feit dat je mij zo aantrekkelijk vindt.' Tevreden over die laatste sneer opende hij een van de zakken. 'Hamburger?'

De geur kwam als een stomp aan in haar lege maag. Het water liep haar in de mond. 'Blijven we hier zitten als een stel ontsnapte gevangenen en junkfood eten?'

'Zeker weten.' Hij gaf haar een hamburger en haalde een kingsize portie frietjes tevoorschijn. 'Ik kan beter nadenken als ik eet.' Toen kwam hij gezellig naast haar zitten, met het eten op zijn schoot. 'We hebben een groot probleem.'

'Als wíj een probleem hebben, waarom ben ik dan de enige met handboeien om?'

Die sarcastische toon van haar vond hij prachtig. 'Omdat je iets stoms zou hebben gedaan als ik je had losgemaakt. Ik pas gewoon goed op mijn investering. Hij gebaarde met zijn hamburger. 'En dat ben jij, liefje.'

'Ik kan wel op mezelf passen. En als ik jou inhuur, dan moet je toch echt mijn orders opvolgen. En de eerste is dat je die verdraaide dingen losmaakt.'

'Dat doe ik ook, als we de spelregels hebben vastgesteld. Ik heb eens zitten nadenken.'

'O, wow. Je hebt nagedacht. Waarom zou ik me nog langer zorgen maken?'

'Je hebt een scherpe tong, schat. Maar dat bevalt me wel.' Hij gaf haar een papieren servetje. 'Er zit wat ketchup op je kin. Goed, kennelijk heeft iemand Ralph onder druk gezet. Genoeg om ervoor te zorgen dat hij papieren vervalste en mijn leven op het spel zette. Dat zou hij niet gedaan hebben voor geld. Dus was dat allemaal kennelijk nodig om zijn eigen leven te redden.'

'En wat levert al dat denkwerk op?'

'Dat een zeer machtig persoon Ralph in zijn greep heeft. Iemand die niet bang was dat Ralph mij in vertrouwen zou nemen of naar de politie zou stappen. Iemand die jou uit de weg wilde ruimen. Wie weet dat jij die steen bij je hebt?'

'Niemand, alleen de persoon die hem naar mij gestuurd heeft.' Fronsend kauwde ze op haar hamburger. 'Misschien nog één ander persoon.'

'Als meer dan een persoon een geheim weet, is het geen geheim meer. Hoe kwam je vriend aan die diamant, M.J.? Je zult me toch iets meer moeten vertellen.'

'Dat doe ik als ik met mijn vriend heb gesproken. Ik moet bellen.'

'Er wordt niet gebeld.'

'Jij hebt Ralph ook gebeld,' protesteerde ze.

'Ik nam een risico, dat klopt, maar we waren toen wel onderweg. Jij gaat pas bellen als ik weet wat er aan de hand is. Die diamant is gisteren naar je toe gestuurd,' dacht hij hardop. 'Dan hebben ze je toch snel weten te vinden.'

'Dat betekent dus dat ze mijn vriend ook hebben gevolgd.' Haar maag keerde zich om. 'Jack, alsjeblieft. Ik moet bellen. Ik moet het gewoon weten.'

De emotie in haar stem ontroerde hem, maar ergerde hem ook. Hij keek haar recht aan. 'Hoeveel betekent hij eigenlijk voor je?'

Ze wilde hem verbeteren, vertellen dat het geen man maar een vrouw was, maar bedacht zich weer. 'Alles,' zei ze eenvoudig. 'Niemand op deze hele wereld betekent meer voor me.'

'Wat een geluksvogel.'

Dat was niet het antwoord dat ze verwacht had. Gedreven door frustratie en angst greep ze hem bij zijn overhemd. 'Wat is er toch met jou aan de hand, Dakota? Iemand heeft geprobeerd ons te vermoorden. Dan kunnen we hier toch niet rustig blijven zitten?'

'Juist daarom zitten we hier. Laat ze maar een tijdje achter hun eigen staart aan rennen. Je vriend zal het even zelf moeten uitzoeken. En aangezien ik me niet kan voorstellen dat jij op watjes valt, zal hij zichzelf heus wel kunnen redden.'

'Je begrijpt er niets van.' Ze leunde achterover en haalde haar hand door haar haren. 'Hemel, wat een puinhoop. Eigenlijk zou ik nu naar mijn werk moeten, en in plaats daarvan zit ik hier vast met jou. Ik moet vanavond achter de bar staan.'

'Sta jij achter de bar? Ik dacht dat je de eigenares was.'

'Klopt,' zei ze, niet zonder trots. 'Maar ik vind het leuk om achter de bar te staan. Is daar iets mis mee?'

'Nee.' Aangezien dit onderwerp haar kennelijk afleidde, ging hij erover door. 'Ben je er goed in?'

'Ik hoor niemand klagen.'

'Hoe ben je in de horeca terechtgekomen?' Toen ze hem schaapachtig aankeek, zei hij: 'Kom op, een beetje babbelen onder het eten kan geen kwaad. We hebben tijd zat.'

'Ik ben al de vierde generatie pubeigenaar. Mijn overgrootvader had een pub in Dublin. Mijn grootvader emigreerde naar New York en begon daar een eigen pub. Die heeft mijn vader geërfd. Ik ben zo'n beetje achter de bar opgegroeid.'

'In welk deel van New York was dat?'

'West Side, op de hoek van de Seventy-ninth en Columbia.'

'O'Leary's.' Hij begon dromerig te grijnzen. 'Met veel donker hout en koperwerk. Ierse muziek op zaterdagavond. Live. En de beste Guinness aan deze kant van de Atlantische Oceaan.'

Geïntrigeerd keek ze hem aan. 'Ken je het?'

'Ik heb heel wat biertjes weggewerkt bij O'Leary's. Een jaar of tien geleden.' Dat was toen hij nog studeerde. Hij volgde zowel colleges rechten als literatuur, en probeerde er verwoed achter te komen wie hij nou eigenlijk was. 'Een jaar of drie geleden was ik er nog in de buurt. Toen ben ik even langs gegaan. Er was niets veranderd.'

Ondanks zichzelf werd ze sentimenteel. 'Er verandert nooit iets bij O'Leary's.'

'Ik durf te zweren dat dezelfde twee kerels op dezelfde twee krukken aan het einde van de bar zaten. Met hun sigaartje, de Racing Form en een Guinness voor hun neus.'

'Callahan en O'Neal,' zei ze lachend. 'Die zitten daar tot hun dood.'

'En je vader is dus Pat O'Leary. Jeetje.' Met gesloten ogen liet hij de herinneringen over zich heen komen. 'Met dat brede, Ierse gezicht, die grote bos rode krullen, en een stem als uit een oude gangsterfilm.'

'Ja, dat is pap,' mompelde ze, nog sentimenteler.

'Weet je,' vervolgde hij. 'Toen ik daarbinnen wandelde, na minstens zes jaar, grinnikte je vader naar me. "Hoe staat het leven, studentje"? vroeg hij, en hij pakte een glas en begon mijn favoriete bier te tappen.'

'Heb jij gestudeerd dan?'

De verbijstering in haar stem verstoorde zijn aangename herinneringen. 'Ja, nou en?'

'Gewoon, je lijkt me niet het type om te studeren.' Ze haalde haar schouders op en richtte haar aandacht weer op de hamburger. 'Ik kan zelf anders ook een verdraaid goed glas Guinness tappen. Ik zou er nu trouwens wel een lusten.'

'Anders ik wel. Goed, die vriend van jou, hoelang ken je die al?'

'Sinds mijn studententijd. Er is niemand die ik meer vertrouw, als je dat soms bedoelt.'

'Misschien moet je je mening herzien. Denk eens na,' zei hij snel, toen haar ogen vuur schoten. 'De Drie Sterren vormen wel een erg grote verleiding. Voor iedereen. Misschien kon hij die niet weerstaan.'

'Nee, daar klopt niets van. Maar ik denk wel dat iemand anders iets geprobeerd heeft, en dat mijn vriend daar achter is gekomen en…' Ze drukte haar lippen op elkaar. 'Als jij die stenen zou willen beschermen,' vroeg ze toen. 'Als je zou willen voorkomen dat ze in de verkeerde handen vallen, wat zou je dan doen?'

'Wat zou je vriend doen?'

'Ze verdelen,' zei M.J. 'Ze doorgeven aan mensen die hij volkomen vertrouwt. Mensen die voor hem door het vuur gaan, zonder voorbehoud.'

'Absoluut vertrouwen? Absolute trouw?' Hij mikte zijn verfrommelde servetje in de prullenbak. 'Daar geloof ik niet in.'

'Dat vind ik dan heel spijtig voor je,' mompelde ze. 'Want dat betekent dat je het nooit hebt meegemaakt. Of wel, Jack?'

'Nee. Ik zou voor niemand door het vuur gaan.' Voor het eerst in zijn leven zat hem dat eigenlijk wel dwars. Snel sloot hij zijn ogen. 'Even slapen.'

'Pardon?'

'Slapen. Als je slim bent, doe je dat ook.'

'Hoe kun je nu in vredesnaam slapen?'

'Nou, ik doe gewoon mijn ogen dicht.' Zijn stem klonk scherp. 'En er zal niet veel meer van komen als we eenmaal onderweg zijn. We hebben nog een paar uur tot zonsondergang.'

'O? En wat gebeurt er dan met zonsondergang?'

'Dan wordt het donker,' zei hij, haar verder negerend.

Niet te geloven. Die man kon zichzelf gewoon uitzetten als een televisie. Nou ja, hij snurkte ten minste niet.

Mooie boel, dacht ze kwaad. Prachtig. En wat moest zij dan doen, nu meneer een tukje deed?

Ze knabbelde aan haar laatste frietjes, en fronste naar de televisie waar een derderangs horrorfilm bezig was. Geweldig.

En terwijl ze daar in die donkere kamer nadacht over de hele situatie, viel ze in slaap.

Toen Jack ontwaakte, werd hij bijna bedwelmd door de nabijheid van de vrouw naast hem. Eerst rook hij haar, een frisse, citroenachtige zeepgeur. Toen hoorde hij haar langzame ademhaling. Voelde hij de rustige intimiteit van samen in een bed slapen. Zijn bloed begon al te koken voordat hij zich echt bewust werd van haar lichaam.

Een lang been lag over het zijne heen. Een gespierde arm, met een roomwitte, zachte huid, lag over zijn borstkas. Haar hoofd lag vertrouwelijk op zijn schouder. Met een glimlach realiseerde hij zich dat M.J. van knuffelen hield. Wie had dat nou gedacht? Voor hij zich kon bedenken, aaide hij zachtjes over haar verwarde haren. Net rode zijde, mijmerde hij. Een groot contrast met al die scherpe kantjes van haar.

Ze had wel stijl. Het soort stijl waar hij van hield, besloot hij. Hoe zou het zijn gelopen als hij op een avond gewoon haar pub was binnen gelopen, en met haar was gaan flirten?

Dan had ze hem waarschijnlijk de deur uit gemept, dacht hij grinnikend. Wat een vrouw.

Jammer, echt heel jammer dat er voor geflirt nu geen tijd was. Want hij zou best nog een keer die lippen willen voelen…

Daarom gleed hij snel van het bed af en dook hij de badkamer in om wat koud water in zijn gezicht te plenzen.

In haar droom had ze de steen in haar hand. Ze keek er vol verwondering naar, terwijl het zonlicht tussen de bladeren van de bomen door scheen. De steen schitterde zo fel in het licht dat het pijn deed aan haar ogen. Opeens klonk het gegrom van een beest, laag en dodelijk. Ze keerde zich ernaartoe, de steen beschermend in haar vuist geklemd, de andere hand geheven om zich te verdedigen.

Er bewoog iets in de bosjes, een roofdier jagend op zijn prooi.

Toen stond hij daar plotseling, op een enorme zwarte hengst. In zijn hand hield hij een zilveren zwaard met een angstaanjagend breed lemmet. Zijn grijze ogen waren hard als graniet, en hij was minstens zo gevaarlijk als het beest dat in de bosjes rondsloop. Hij stak haar een hand toe, en zijn trage glimlach was als een uitdaging.

Gevaar achter haar. Gevaar voor haar.

Ze stapte naar voren, greep zijn hand en liet zich op het glanzende paard hijsen. De hengst steigerde en hinnikte luid. Toen ging hij er als de wind vandoor. Dat het bloed zo fel in haar slapen klopte, had niets te maken met angst, maar alles met triomf.

Met wild kloppend hart werd ze wakker. Ze was nog steeds in die bedompte hotelkamer, en Jack schudde haar ruw heen en weer.

'Wat? Wat is er?'

'Tijd om op te staan.' Even overwoog hij haar wakker te kussen en een klap in zijn gezicht te riskeren. Maar dat zou hem te veel afleiden. 'We moeten ervandoor.'

'Waarheen?' Ze probeerde de slaap van zich af te schudden.

'Een vriend opzoeken.' Hij maakte de handboei los van het bed en sloot hem om zijn eigen pols.

'O? Heb jij dan een vriend?'

'Aha, ze is wakker.' Hij trok haar mee naar buiten, de mistige avondlucht in. 'Ga zitten en schuif door,' commandeerde hij, het portier opentrekkend.

Ze was nog zo slaperig dat ze zijn bevel zonder morren opvolgde. Tegen de tijd dat hij de motor startte, was ze echter weer helemaal wakker. 'Luister, Jack, die handboeien gaan af.'

'Ik weet niet, ik vind het eigenlijk wel prettig zo.'

'Ja, kom nou. Als wij een zakelijke overeenkomst aangaan, dan moet je me wel vertrouwen.'

'Liefje, jij vertrouwt mij ook voor geen cent.' Hij reed het parkeerterrein af en hield zich keurig aan de snelheidslimiet. 'Bekijk het eens van de andere kant. We zitten nu in hetzelfde schuitje. En ik had je daar ook gewoon achter kunnen laten.'

Ze trommelde met haar vingers op haar knie. 'Waarom heb je dat dan niet gedaan?'

'Ik heb het wel overwogen,' gaf hij toe. 'Zonder jou kan ik sneller vooruit komen. Maar ik houd je liever in het oog. En als er iets zou misgaan, dan zou ik niet terug kunnen komen. Ik moet er toch niet aan denken dat jij de politie moet gaan uitleggen waarom je aan een bed zit vastgeketend in een goedkoop hotel.'

'Goh, zeg. Wat aardig en attent van je.'

'Dat dacht ik ook. En dat terwijl het jouw schuld is dat ik geen idee heb achter wie ik aan zit. Het zou een stuk makkelijker gaan als jij wat meer informatie gaf.'

'Zie het als een uitdaging.'

'O, dat doe ik ook. Ik zie jou trouwens ook als een uitdaging.' Hij wierp haar een schuine blik toe. 'Wat heeft die vent voor bijzonders, M.J.? Die vriend van je, waar je zoveel voor overhebt.'

Uit het raam starend dacht ze aan Bailey. Toen duwde ze die gedachte weer weg, anders ging ze zich alleen maar weer zorgen maken. 'Van liefde begrijp jij toch niets, Jack. Of wel?' Haar stem klonk kalm, zonder sarcasme, en ze liet haar blik langzaam over zijn gezicht dwalen. 'Onvoorwaardelijke liefde, zonder grenzen, zonder eisen.'

'Nee.' Haar woorden bezorgden hem een heel leeg gevoel. En ook afgunst. 'Als je geen eisen stelt of grenzen stelt, vind ik dat knap stom.'

'En jij bent niet stom.'

'Wees blij. Ik zal je uit de nesten halen, M.J. En dan krijg ik vijftigduizend dollar van je.'

'Je hebt je prioriteiten goed op een rijtje, hoor ik,' snauwde ze.

'Jazeker. Geld maakt het leven een stuk aangenamer. En ik weet trouwens ook zeker dat we nog een keer in bed belanden. Alleen dan niet om een dutje te doen.'

Ze draaide zich helemaal naar hem toe, de golf van opwinding die door haar heen sloeg negerend. 'Dakota, ik beland alleen maar met jou in bed als je me er weer aan vastketent.'

Daar was die lach weer. Traag, uitdagend en onweerstaanbaar. 'Goh, goed idee wel.'

Omdat hij wilde opschieten, nam hij de snelweg naar het noorden. En hij beloofde zichzelf dat hij haar niet alleen in bed zou krijgen, maar dat hij elke gedachte aan een andere man uit haar hoofd zou verdrijven.

'Je rijdt terug naar Washington.'

'Klopt. We moeten even bij iemand langs.' Zijn stem klonk grimmig.

Hij reed eerst een paar keer door de straat, tot hij er zeker van was dat er niemand in de geparkeerde auto's zat. Er waren ook voetgangers, die hij inmiddels goed in zich had opgenomen. Er werden weer allerlei deals gesloten, dacht hij. Het soort deals waarbij mensen niet te lang blijven rondhangen.

'Leuke buurt,' merkte M.J. op, toekijkend hoe een dronken man een drankwinkel uit kwam struikelen met een fles in zijn hand. 'Woon je hier?'

'Nee, Ralph heeft hier zijn kantoor. Het gerechtsgebouw is namelijk een paar blokken verder.'

Ze besefte dat zelfs de dapperste taxichauffeur hier liever niet kwam. Het was een buurt waar je leven niets waard was, waar de bewoners voor zonsondergang hun deuren stevig afsloten en niet tevoorschijn kwamen voor het weer licht was. De graffiti op de grauwe muren was geen kunst, maar een dreigement.

Plotseling hoorde ze iemand hevig vloeken, en daarna het geluid van brekend glas. 'Je vriend Ralph heeft wel een prettige werkplek uitgekozen.'

'Voormalige vriend.' Hij pakte haar hand en dwong haar ook uit te stappen, achter hem aan.

'Ben jij dat, Dakota?' Een man stapte schielijk naar voren uit de schaduw van een portiek. Zijn ogen waren vuurrood en schoten alle kanten op. Hoewel het hartje zomer was, droeg hij een dikke, gescheurde winterjas.

'Ja, Freddie. Hoe gaat het?'

'Kon beter, kon beter.' Zijn ogen gleden even over M.J.

'Ik weet wat je bedoelt.' Jack pakte een paar bankbiljetten uit zijn zak. 'Je kunt vast wel een warme maaltijd gebruiken.'

'Een warme maaltijd.' Freddie staarde naar het geld en likte langs zijn lippen. 'Ja, die zou ik wel lusten.'

'Heb je Ralph gezien?'

'Nee.' Met trillende vingers greep de man de bankbiljetten beet. Hij knipperde met zijn ogen toen Jack niet losliet. 'Echt niet. Ik denk dat hij de zaak vroeg gesloten heeft. Onafhankelijkheidsdag, weet je wel. Die rotkinderen steken steeds rotjes af, klinkt net als schoten. Ettertjes.'

'Wanneer heb je Ralph voor het laatst gezien?'

'Kweenie. Gisteren?' Vragend keek hij Jack aan. 'Gisteren, denk ik. Ik sta hier al een tijdje, maar vandaag heb ik hem niet gezien. En zijn zaak is gesloten.'

'Heb je hier iemand gezien die hier niet hoort?'

'Nee. Niemand.' Zijn stem klonk klaaglijk. 'Het gaat gewoon niet goed met me, Jack. Echt niet.'

'Oké.' Jack liet het geld los. 'Ga maar, Freddie.'

'Dank je.' De man haastte zich de hoek om.

'Hij gaat echt geen eten kopen,' mompelde M.J. 'Je weet best wat hij met dat geld gaat doen.'

'Je kunt de wereld nou eenmaal niet redden. Soms kun je niet eens een klein stukje redden. Maar op deze manier berooft hij vanavond ten minste niemand, en wordt hij ook niet neergeschoten bij een poging daartoe.' Jack haalde zijn schouders op. 'Die kerel is al dood sinds zijn eerste shot heroïne. Daar kan ik toch niets aan veranderen.'

'Waarom voel je je er dan zo beroerd over?' Met opgetrokken wenkbrauwen keek ze hem aan. 'Het staat op je gezicht geschreven, Dakota.'

'Ooit had hij een gezin,' was alles wat hij zei. 'Laten we gaan.' Hij leidde haar een stukje langs de stoep en dook toen een steegje in.

Tot haar grote verbazing maakte hij de handboeien los.

'Je bent vast te slim om er in deze buurt vandoor te gaan.' Hij glimlachte. 'En dat glimmertje van je ligt veilig in de achterbak van mijn auto.'

'In een buurt als deze mag je van geluk spreken als je auto er straks nog staat.'

'Ze kennen mijn auto. Daar komt heus niemand aan.' Hij draaide zich met een ruk om en gaf twee keiharde trappen tegen een grijze deur.

Ze hoorde het geluid van versplinterend hout en keek hem waarderend aan toen de deur bij de derde trap de strijd opgaf. 'Mooi werk.'

'Dank je. En als Ralph het niet in zijn hoofd heeft gehaald om de code te veranderen, zijn we zo binnen.' Hij stapte over de kapotte deur en bekeek het schakelpaneel van de alarminstallatie. Snel toetste hij de code in.

'Hoe weet je zijn code?'

'Dat is nou eenmaal mijn werk, liefje om alles te weten. Ga eens opzij.' Met een bewonderingswaardige kracht tilde hij de deur op en duwde die weer op zijn plaats. 'Ralph had beter staal kunnen nemen. Maar ja, hij doet alles graag op een koopje.'

Hij deed de lichten aan en keek zoekend de kleine ruimte rond die was volgestouwd met dossiermappen, en die vaag naar schimmel rook. M.J. zag een muis wegschieten.

'Gezellig. Tot zo ver ben ik erg onder de indruk van je compagnon, Dakota. Heeft zijn secretaresse een jaartje vrij?'

'Ralph heeft geen secretaresse. Hij gelooft heilig in lage bedrijfskosten. Kom mee, het kantoor is hierachter.'

'Ik kan niet wachten.' Voorzichtig, op haar hoede voor knaagdieren en andere wezens met meer dan twee poten, stapte ze achter hem aan. 'Zeg, is dit trouwens niet gewoon een ordinaire inbraak?'

'Ach ja, zo zal de politie het wel noemen.' Hij stond even stil, zijn hand op de deurknop. 'Als je liever iemand had gehad die beleefd op de voordeur aanklopt, zou je hier nu niet met me zijn.'

Smalend hief ze haar arm en rammelde met de handboei die nog steeds om haar pols zat. 'Herinner je je deze nog?'

Hij schudde slechts zijn hoofd. 'Dan zou je nu niet hier met me zijn,' herhaalde hij koppig, en hij opende de deur.

Haar adem stokte hoorbaar, maar dat was dan ook het enige geluid dat ze maakte. Later zou hij zich dat herinneren, en haar zelfbeheersing en incasseringsvermogen waarderen.

Het licht uit het dossierhok viel naar binnen. Langs de muren stonden grijze, metalen dossierkasten, gekrast en gedeukt. Uit de open laden puilden allerlei papieren, en ook de vloer was ermee bezaaid.

En overal lag bloed.

De geur deed haar bijna overgeven, maar ze klemde haar kaken op elkaar en slikte moeizaam. Met verbazingwekkend vaste stem vroeg ze: 'En dat is zeker Ralph?'

Hoofdstuk 5

Een slordige klus, dacht Jack. Als het professionals waren geweest, hadden ze niet de moeite genomen om het snel te doen, of netjes. Maar ja, waarom zouden ze ook? Ralph zat nog steeds vastgebonden aan zijn stoel.

Of liever, dat wat er van hem over was.

'Wacht jij maar even daarachter,' zei hij tegen M.J.

'Dat dacht ik niet.' Geweld was haar niet vreemd. Als je opgroeide in een bar, zag je van tijd tot tijd echt wel eens bloed vloeien.

Zoiets als dit had ze echter nog nooit gezien. Ze had nooit kunnen geloven dat mensen werkelijk in staat waren om elkaar zoiets aan te doen. Met haar ogen strak op de muur gericht, kwam ze naast hem staan. 'Waar zouden ze naar op zoek zijn geweest?'

'Hetzelfde als ik. Informatie over degene die Ralph onder druk heeft gezet om mij erin te laten lopen.' Plotseling werd zijn stem zachter, en spijtig zei hij: 'Waarom is hij niet gevlucht?'

'Misschien kreeg hij daar de kans niet voor.' Haar maag kwam weer een beetje tot rust, maar ze bleef heel voorzichtig ademhalen. 'We moeten de politie bellen.'

'Tuurlijk, laten we 911 bellen, dan kunnen we straks in een politiecel gaan zitten uitleggen hoe wij hier terecht zijn gekomen.' Hij bukte en begon in de papieren op de grond te rommelen.

'Jack, verdorie, die man is vermoord!'

'Is hij soms minder dood als wij de politie bellen? Ik heb dat archiveringssysteem van Ralph nooit kunnen begrijpen,' mompelde hij.

'Heb je dan helemaal geen gevoel? Je kende hem toch?'

'Ik heb geen tijd voor gevoelens.' En omdat hij ze uit alle macht onderdrukte, klonk zijn stem ruw als schuurpapier. 'Denk even na, liefje. Degene die dit heeft gedaan zou dolgraag hetzelfde spelletje met jou doen. Kijk maar eens goed, en vraag je dan af of je zo wilt eindigen.'

Hij wachtte even en maakte toen uit haar zwijgen op dat ze hem had begrepen.

'Wil je dan nu naar dat dossierhok gaan en jezelf deze ellende verder besparen? Of wil je me soms helpen met deze rotzooi uitzoeken?'

Toen ze zich omdraaide, verwachtte hij dat ze weg zou lopen. En dat ze misschien niet bij de voordeur zou stoppen, ondanks de gevaarlijke buurt. Maar ze liep naar de dossierkast en greep een handvol papieren. 'Wat zoeken we?'

'Weet ik niet.'

'Nou, dat is een hele hulp. En wie zegt dat er nog iets interessants te vinden is, hier? Zij hebben alles toch al doorzocht?'

'Hij heeft vast ergens kopieën bewaard,' gromde Jack. 'Waarom gebruikte hij geen computer, zoals ieder normaal persoon?' Hij kwam overeind, liep naar het bureau en trok er een lade uit. Die onderzocht hij van onder tot boven, en toen hij niets vond, smeet hij hem weg en pakte de volgende. Bij de derde lade vond hij een dubbele achterwand.

Toen M.J. zijn tevreden gegrom hoorde, draaide ze zich snel om. Met een zakmes begon hij in het hout te peuteren. Ze gaf haar eigen zoektocht op en liep naar hem toe. Zwijgend hield ze de lade voor hem vast, zodat hij meer kracht kon zetten met het mes. Het hout versplinterde en begon los te laten.

'Het zit zo'n beetje vastgemetseld,' merkte hij op. 'En het is kort geleden gebeurd.'

'Hoe weet je dat?'

'Omdat het schoon is. Geen stof, geen vuil. Pas op je vingers. Hier, neem jij het mes.' Ze wisselden van taak. Ze peuterde verder, terwijl hij met kracht aan het paneeltje trok. Plotseling vloog het los.

Jack nam het mes weer en sneed het plakband los waarmee een sleutel tegen de achterkant van de lade zat geplakt. 'Die is van een bagagekluis,' mompelde hij. 'Ik vraag me af wat Ralph daar heeft verstopt.'

'Een busstation? Of een treinstation? Vliegveld misschien?' M.J. leunde voorover om de sleutel te bestuderen. 'Er staat alleen maar een nummer op.'

'Ik denk een busstation of een treinstation. Ralph hield niet van vliegen.'

'Dat zijn nog steeds een hele hoop kluisjes.'

'We vinden hem wel.' Hij draaide de sleutel om en om, en lachte dunnetjes. 'We komen er wel achter.' Plotseling pakte hij haar hand, en voor ze doorhad wat hij van plan was, had hij zichzelf weer aan haar vastgeketend.

'O, kom op, Jack.'

'Ik neem gewoon het zekere voor het onzekere. Kom mee, werk aan de winkel.'

Op het eerste busstation verwijderde hij met tegenzin de handboeien, voordat hij M.J. meesleurde een telefooncel in om anoniem aangifte te doen van moord. Vervolgens veegde hij zorgvuldig de telefoon schoon.

'Als ze dit telefoontje natrekken, vinden ze ook mijn vingerafdrukken op de hoorn,' legde hij uit.

'En die hebben ze vast wel in hun archieven zitten.'

Hij grijnsde. 'Ach, ja. Gewoon een klein meningsverschilletje, toen ik nog een jonge losbol was. Vijftig dollar boete en een nachtje in de cel.'

Inmiddels stond zij in een hoekje gedrukt, zijn grote lichaam tegen het hare. 'Het wordt hier een beetje vol,' merkte ze op.

'Ja, dat viel me ook al op.' Zachtjes streek hij de haren bij haar slaap weg. 'Je hield je heel goed, daarnet. Een hoop vrouwen zouden hysterisch zijn geworden.'

'Ik word nooit hysterisch.'

'Nee, dat geloof ik graag. Dus nu ook niet hysterisch worden, oké?' Hij hief haar kin op en bracht zijn hoofd naar beneden. 'Heel eventjes maar.' Toen sloot zijn mond zich over de hare.

Ze had weerstand kunnen bieden. Dat was ze ook van plan. Maar het was een vrijblijvende kus, die bijna vriendschappelijk had kunnen zijn als zijn lichaam niet zo intiem tegen het hare had gedrukt.

En een vriendschappelijke kus zou haar niet zo in vervoering hebben gebracht, haar niet zo hebben verleid hem stevig vast te houden. Heel eventjes ontspanden haar lippen zich onder de zijne. Het betekende niets. Het kon niets betekenen.

'Ik wil je.' Bijna onhoorbaar mompelde hij de woorden met zijn lippen tegen de zachte huid van haar hals gedrukt. 'Dit is helemaal het verkeerde moment, en ook de verkeerde plaats. Maar ik wil je, M.J. Daar kan ik me maar niet overheen zetten.'

'Ik ga niet naar bed met onbekenden.'

'Dat vraag ik je toch ook niet?' Indringend keek hij haar aan. 'We weten toch wat voor vlees we in de kuip hebben? Jij bent niet het soort vrouw dat zit te wachten op mooie woordjes en een eindeloze reeks afspraakjes.'

'Misschien niet.' Het vuur binnen in haar smeulde nog na. 'Misschien weet ik gewoon nog niet zo goed wat ik wil.'

'Denk er dan over na.' Hij stapte naar achteren, pakte haar hand en trok haar mee naar buiten. 'Laten we de kluisjes gaan proberen. Misschien hebben we mazzel.'

Dat was te vroeg gejuicht. Ook in de volgende twee stations vonden ze niets. Het was al bijna een uur 's nachts toen hij eindelijk de sleutel in zijn zak opborg.

'Ik wil wat drinken,' kondigde hij aan.

Ze zuchtte diep en rolde met haar schouders. Na twaalf uur van deze ellende begreep ze precies wat hij bedoelde. 'Ik kan er ook wel een gebruiken. Trakteer jij?'

'Waarom niet?'

Om niet herkend te worden, koos hij een klein, sjofel cafeetje in een kelder vlakbij Union Station.

‘Maar goed dat ik ingeënt ben.’ M.J. trok haar neus op voor het plakkerige tafeltje en keek de stoel eerst na voor ze ging zitten.

‘Luister, drank is drank, hoor. En dan kunnen we zo meteen door naar Union Station, om daar de kluisjes te proberen. Graag twee bier van de tap,’ zei hij tegen de serveerster.

‘Ik snap niet dat dit soort tenten kan draaien.’ Kritisch keek ze om zich heen. Het stond blauw van de rook, het stonk naar verschaald bier en de vloer was bezaaid met pindadoppen, sigarettenpeuken en nog ergere dingen. ‘Een paar liter desinfecteermiddel, wat behoorlijke verlichting, en het zou er al een stuk beter uitzien.’

‘Ik denk niet dat het de stamgasten iets kan schelen.’ Hij wierp een blik op de knorrige man die achter de bar stond. ‘Sommige mensen gaan alleen naar een bar om te zuipen, tot ze dronken genoeg zijn om te vergeten wat ze eigenlijk ook al weer wilden vergeten.’

Met een knikje bevestigde ze zijn bewering. ‘Dat type wil ik dus niet in mijn pub hebben. Soms komen ze binnen, maar ze komen zelden terug. Die willen geen muziek of een gesprekje, of een gezellig drankje met een maat. En dat is wat ik aanbied in mijn pub.’

‘Zo vader, zo dochter.’

‘Dat kun je wel zeggen.’ Afkeurend keek ze toe toen de serveerster hun glazen met een klap op tafel zette. Het bier klotste over de rand. ‘Die zou er bij mij na vijf minuten uit liggen.’

‘Onbeleefde bardames hebben ook een bepaalde charme.’ Jack pakte zijn bier en nam dankbaar een teug. ‘Ik meende wat ik daarnet zei.’ Hij grinnikte toen ze hem boos aankeek. ‘Ja, dat meende ik ook. Maar ik bedoel wat ik zei over hoe je je hield, daarbinnen. Dat was afschuwelijk, M.J., zelfs voor doorgewinterde agenten.’

‘Ik had nog nooit een lijk gezien. Jij wel?’

‘Nee, ik ook niet. En ik hoop dat het ook meteen de laatste was. Ralph was een sukkel, maar dat had hij nou ook weer niet verdiend. Degene die dat heeft gedaan moet wel een enorme sadist zijn. Je hebt echt smerig tuig achter je aan, M.J.’

'Ja, dat ga je wel denken.' En datzelfde tuig zat achter Bailey en Grace aan. 'Hoelang zou het nog duren voordat we dat kluisje vinden?'

'Geen idee. Ralph kennende is hij vast niet al te ver weg gegaan.'

Toch kon het nog wel dagen of weken duren voordat ze het vonden. Zolang kon M.J. niet wachten. Ze nam nog een slok bier. 'Ik moet naar de wc.' Toen hij zijn ogen toekneep, zei ze spottend: 'Wou je soms mee?'

'Oké. Snel dan.'

Kalmpjes liep ze naar achteren, terwijl haar brein overuren maakte. Tien minuten, schatte ze. Meer had ze niet nodig om naar buiten te komen en naar de telefooncel te rennen die ze buiten had gezien om Bailey te bellen.

Ze deed de deur naar de damestoilet achter zich dicht en nam de vrouw in het zwarte nepleren rokje, die daar voor de spiegel stond, taxerend op. Tevreden constateerde ze vervolgens dat er inderdaad een raampje hoog in de muur zat, dat op het trottoir uitkwam.

'Hé, geef me eens een pootje.'

Kalmpjes bracht de vrouw een nieuwe laag knalrode lippenstift aan. 'Een wat?'

'Kom op, doe me een lol.' M.J. legde een hand in het smalle raamkozijn. 'Geef me even een zetje, wil je?'

Gekmakend langzaam schroefde de vrouw haar lippenstift weer dicht. 'Vervelend afspraakje?'

'Geloof me, erger kan het gewoon niet.'

'Ik ken het gevoel.' Op torenhoge naaldhakken kwam de vrouw aanwankelen. 'Denk je echt dat je daar doorheen kunt? Dik ben je niet, maar het wordt wel proppen.'

'Het lukt wel.'

De vrouw haalde haar schouders op en sloeg haar handen in elkaar. 'Ga maar.'

M.J. zette een voet op het geïmproviseerde opstapje en hees zichzelf omhoog. 'Nog een duwtje.'

'Geen probleem.' De vrouw kwam nu ook in de stemming, en gaf M.J. een flinke zet onder haar achterwerk.

'Dank je.' Ze gromde en draaide en wurmde tot haar hoofd en schouders naar buiten staken. Met een laatste krachtsinspanning was ze opeens helemaal buiten.

'Goed gedaan, meid,' prees de vrouw.

M.J. bleef nog even op handen en voeten staan om haar helpster toe te grijnzen. Toen schoot ze ervandoor. Ze groef in haar zak naar het kwartje dat ze altijd bij zich had. Het was alsof ze haar moeder hoorde: 'Ga nooit van huis zonder geld voor de telefoon. Je weet maar nooit wanneer je het nodig hebt.'

'Dank je, ma,' mompelde ze, terwijl ze de telefooncel openrukte. 'Bailey, wees alsjeblieft thuis,' smeekte ze toen, terwijl ze het kwartje inwierp en snel het nummer toetste.

Toen ze Baileys kalme stem op het antwoordapparaat hoorde, vloekte ze luid.

'Waar ben je toch, Bailey?' mompelde ze. Met moeite hield ze haar paniek onder controle. 'Bailey, luister,' begon ze, meteen na de piep. 'Ik weet niet wat er allemaal aan de hand is, maar we zitten goed in de nesten. Blijf niet daar, misschien komt hij nog terug. Ik sta in een telefooncel voor een barretje, op de hoek van –'

'Verdraaide idioot!' Jack reikte naar binnen en greep haar arm.

'Blijf met je poten van me af, rotzak! Bailey –'

Maar hij had de verbinding al verbroken. Hij draaide haar om en pinde haar armen vast op haar rug. Toen tilde hij haar eenvoudigweg op en gooide haar over zijn schouder.

Voordat iemand haar geschreeuw en getier kon opmerken, had hij haar naar de auto gedragen en in de passagiersstoel gedumpt. Snel startte hij de motor en ging er met gierende banden vandoor.

'Had jij het niet over vertrouwen?' merkte hij op. Voorzichtig keerde hij even later om en zocht het gebied af, tot hij een goede schuilplaats vond in een steeg, een paar honderd meter bij de telefooncel vandaan. Hij reed er achteruit in en zette de lichten en de motor uit.

Toen greep hij haar in haar nek en duwde haar gezicht naar voren. 'Wil je zien wat jouw telefoontje ons zou hebben opgeleverd? Blijf zitten.'

'Laat me los.'

'Mond dicht, en wachten.'

Zodra zijn greep verslapte, trok ze haar hoofd weg. 'Wachten waarop?'

'O, het zal niet lang duren.' Somber keek hij naar buiten.

Binnen vijf minuten waren ze er. Ongeveer een kwartier na haar telefoontje. De bestelwagen parkeerde naast de telefooncel, en twee mannen stapten uit.

'Weet je nog wie dat zijn?'

Ja, natuurlijk wist ze dat nog. Ze had ze die morgen nog gezien, en een van hen had haar deur ingetrapt. Geschrokken sloot ze haar ogen. Nu pas besefte ze dat ze Baileys lijn hadden afgetapt, en haar op die manier hadden opgespoord. Angstaanjagend snel.

Als Jack niet zo resoluut had ingegrepen, hadden ze haar waarschijnlijk zo meegenomen.

De kleinste van de twee ging de bar binnen. De ander bleef buiten op wacht staan, met zijn hand onder zijn jasje.

'Hij geeft de barkeeper een paar dollar en vraagt hem of je daar was, of je alleen was, hoelang je al weg bent. Ze blijven vast niet hangen. Ze zijn er zo achter dat je nog bij mij bent, dus gaan ze op zoek naar mijn auto. Die kunnen we nu dus niet meer gebruiken, hier in deze buurt.'

Zwijgend keek ze toe toen de kleinste weer naar buiten kwam. Ze leken even over iets te discussiëren, waarna ze weer in de bestelwagen klommen. Een seconde later spoten ze weg.

'Je had gelijk,' zei ze ten slotte. 'Het spijt me.'

'Sorry? Verstond ik dat goed?'

'Ik zei dat het me speet.' Tot haar verbijstering moest ze vechten tegen de tranen. 'Het spijt me.'

Toen hij de tranen in haar stem hoorde, werd hij alleen maar kwader. 'Geen gejank,' snauwde hij, en hij startte de motor weer. 'Als je weer een keer van plan bent om zelfmoord te plegen, doe het dan een flink eind bij mij uit de buurt.'

'Ik moest het gewoon proberen. Ik dacht dat jij overdreef, me gewoon in het rond wilde commanderen. Goed, ik had het dus mis. Hoe vaak moet ik dat nog zeggen?'

'Dat weet ik nog niet. En als je gaat zitten grienen, word ik pas echt pissig.'

'Ik grien niet.' Maar ze had er wel zin in. De tranen brandden achter haar oogleden, en ze had een brok in haar keel.

Even later reden ze de stad uit. De duisternis was een opluchting, na al die stadslichten.

'Er zit niemand achter ons aan,' merkte M.J. op.

'Dat is omdat ik zo goed ben, niet omdat jij niet stom bent.'

'Houd er toch over op,' beet ze hem toe.

'Als ik daar nog vijf minuten op jou had zitten wachten, dan was ik nu net zo dood geweest als Ralph. Dus wees maar blij dat ik je niet gewoon langs de kant van de weg dump en ervandoor ga naar Mexico.'

'Ja, waarom doe je dat niet?'

'Omdat ik hierin geïnvesteerd heb.' Toen hij opzij keek, ving hij een glimp op van tranen in haar ogen. 'Kijk me niet zo aan. Daar word ik echt woest van.'

Vloekend stuurde hij de auto naar de kant. Hij rukte de sleutel uit zijn zak en maakte haar handen los. Toen stapte hij uit en begon te ijsberen.

Waarom had hij zichzelf ingelaten met deze vrouw? Waarom had hij niet gewoon de benen genomen? Waarom deed hij dat nu niet? Mexico was best een goed idee. Gewoon een lekker plekje zoeken op het strand, in de zon liggen en wachten tot dit alles weer was overgewaaid.

Niets hield hem tegen.

Toen stapte M.J. ook uit. 'Mijn vriend verkeert in gevaar,' zei ze rustig.

'Die vriend van jou kan me gestolen worden.' Met een ruk draaide hij zich naar haar toe. 'Ik geef alleen om mezelf. En misschien een heel klein beetje om jou, al weet ik absoluut niet waarom, aangezien je me tot nu toe alleen maar een enorme hoop ellende hebt bezorgd.'

'Ik zal met je naar bed gaan.'

Dat legde hem het zwijgen op. 'Wat?'

Ze rechtte haar schouders. 'Ik zal met je naar bed gaan. Ik doe alles wat je wilt, als je me helpt.'

Sprakeloos staarde hij naar haar, naar het maanlicht dat over haar rode haren speelde, naar haar vochtige ogen. En zijn verlangen naar haar was groter dan ooit.

Maar op zo'n manier hoefde het niet.

'Nou, dat is heel aardig van je.' Zijn stem klonk bitter. 'Geweldig. Ik hoef je niet eens vast te binden.' Hij stapte op haar af en schudde haar door elkaar. 'Waar zie je me in vredesnaam voor aan?'

'Weet ik niet.'

'Ik gebruik vrouwen niet op die manier,' siste hij. 'En als ik met een vrouw naar bed ga, dat komt het wel van twee kanten. Dus bedankt voor het gulle aanbod, maar ik ben niet geïnteresseerd in je offer.'

Hij liet haar los en liep naar zijn auto. Woedend draaide hij zich weer om. 'Denk je nou echt dat je vriend dat zou waarderen, als hij erachter komt dat je zoiets hebt gedaan om hem te helpen?'

Zijn oprechte verontwaardiging gaf haar meer vertrouwen dan welke dure eed dan ook. 'Nee. Niet dat dat me zou weerhouden, overigens.' Ze stapte naar voren en bleef vlak voor hem staan. 'Hij is trouwens een zij. Ze heet Bailey James. Ze is edelsteenkundige.'

Jack herkende de naam van de valse papieren, maar het persoonlijk voornaamwoord was het meest waardevolle stukje informatie. 'Ze?'

'Ja, ze. We deelden een kamer op de universiteit. Ik heb me ook vanwege Bailey en Grace in Washington gevestigd. Grace was onze andere kamergenote. Ze zijn de beste vrienden die ik heb, en ooit heb gehad. Ik ben bezorgd om hen, en ik heb je hulp nodig.'

'Is Bailey degene die je die steen heeft gestuurd?'

'Ja, en dat zou ze niet gedaan hebben zonder goede reden. Ik denk dat ze de derde naar Grace heeft gestuurd. Zij deed dus die taxatie voor het Smithsonian.'

Moedeloos wreef M.J. in haar ogen. 'Ik heb haar sinds woensdag niet meer gezien. We zouden elkaar vanavond in de pub ontmoeten. Ik werk altijd 's avonds en zij overdag, dus ook al wonen we tegenover elkaar, we zien elkaar niet zo vaak. En sinds ze bezig was met de Drie Sterren heeft ze heel veel overgewerkt. Dus toen ik haar een paar dagen niet zag, vond ik dat niet zo gek.'

'En vrijdag ontving je dat pakje.'

'Ja. Ik belde haar meteen op haar werk, maar ik kreeg een antwoordapparaat. Ze zouden gesloten zijn tot dinsdag. Toen herinnerde ik me dat ze een lang weekend dicht zouden zijn vanwege de feestdagen, maar dat zij had gezegd dat ze door zou werken. Ik ben bij haar werk langsgegaan, maar alles was afgesloten. Daarna heb ik Grace gebeld, maar daar kreeg ik ook een antwoordapparaat. Tegen die tijd was ik me flink aan het ergeren, dus ik nam maar aan dat Bailey wel haar redenen zou hebben, en dat ik het nog wel zou horen. Dus ik ging werken. Ik ging gewoon werken,' herhaalde ze, kwaad op zichzelf.

'Verwijt jezelf nou maar niets. Zoveel keuze had je niet.'

'Ik heb een sleutel van haar flat. Die had ik kunnen gebruiken.' Een bibberige zucht ontsnapte haar. 'En toen ik net belde, nam ze ook niet op, en dat was om twee uur 's nachts. Bailey gaat nooit uit tot laat in de nacht, maar toch nam ze niet op. Ik ben bang... Wat ze die Ralph hebben aangedaan... Ik ben zo bang...'

Vriendelijk legde hij zijn handen op haar schouders. 'We kunnen maar één ding doen.' Troostend drukte hij een zoen op haar voorhoofd. 'We gaan bij haar langs.'

Opgelucht haalde ze adem. 'Dank je.'

'Maar deze keer moet je me echt vertrouwen.'

'Dat zal ik ook doen.'

Hij opende het portier en liet haar instappen. 'En die andere vriend waar je het over had? De hij?'

'Er is geen hij.'

Toen leunde hij voorover en kuste haar vurig op de mond. 'Binnenkort wel.'

Ze besloten een risico te nemen en eerst naar Union Station te gaan. Als ze snel waren, zouden die gekken hen heus niet meteen vinden.

Eenmaal in het station liepen ze snel naar de kluisjes.

'Doorlopen,' zei hij tegen M.J. 'En goed opletten. Ik wil hier niet vast komen te zitten.'

Waarom, vroeg ze zich af, rook dit soort plekken toch altijd naar wanhoop, zo in de kleine uurtjes. Geen gezellige drukte van mensen die kwamen en gingen, maar alleen maar zwervers die nergens anders heen konden.

'Je zei dat we bij Bailey langs zouden gaan.'

'Zodra we hiermee klaar zijn.' Snel zocht hij de nummers op de kluisjes af. 'Soms heb ik toch wel mazzel,' mompelde hij, en hij draaide een kluisdeurtje open.

M.J. keek over zijn schouder mee. 'Wat ligt erin?'

'Sta niet zo in mijn nek te hijgen en kijk zelf. Kopieën van die papieren over jou.' Hij gaf ze aan haar.

'Goh, dank je, wat een leuk souvenir.' Ze propte ze in haar tas. Pas toen Jack een klein notitieboekje tevoorschijn haalde, raakte ze echt geïnteresseerd. 'Dat ziet er beter uit.'

'Waar is zijn vluchtgeld?' vroeg Jack zich af, diep teleurgesteld dat hij geen stapeltjes bankbiljetten aantrof. 'Dat zou hij hier toch klaar hebben liggen, voor als hij snel op de trein moest springen.'

'Misschien had hij het al weggehaald.'

'Mmm, daar zit wat in.' Met gefronste wenkbrauwen bladerde hij door het boekje. 'Namen, nummers. Datums en bedragen. Afbetalingen dus,' besloot hij. 'Het ziet er naar uit dat Ralph er nog een beetje chantage bij deed. Als dit was uitgekomen, dan was hij niet alleen zijn bedrijf kwijtgeraakt, maar was hij ook in de bak beland.'

'Denk je dat iemand hem op zijn beurt heeft gechanteerd?'

'Dat lijkt me logisch, ja. En het gaat niet iedereen om geld.' Hoofdschuddend bekeek hij de notities. Ralph had zeer behoorlijk verdiend met zijn bijbaantje.

'En wat hebben we hieraan?' vroeg ze.

'Niet erg veel.' Hij schoof het boekje in zijn achterzak en speurde het station af. 'Maar kennelijk heeft iemand Ralph op zijn beurt onder druk gezet. Iemand die afwist van zijn chantagepraktijken.'

'En hem vervolgens afgemaakt.' Haar maag kromp weer ineen. 'Degene die dat heeft gedaan, die heeft niet alleen met die chantage te maken, of met Ralph. Het heeft ook met Bailey te maken, en de diamanten. Ik moet haar vinden.'

'Kom op, dan,' zei hij, en hij nam haar hand.

Hoofdstuk 6

M.J. begreep hoe riskant de hele onderneming was en nam zich heilig voor om niet tegen Jack in te gaan en geen vragen te stellen.

Ze hield het precies een halfuur vol.

'Waarom rijd je alleen maar rondjes?' vroeg ze. 'Je moest daar naar links.'

'Ik weet de weg echt nog wel.'

'O ja? Waarom ga je dan de verkeerde kant op?

'Ik rijd niet verkeerd.'

Mannen, dacht ze geërgerd. 'Geloof me nou maar, ik woon daar tenslotte. Het appartement is die kant op.'

Hij had zich voorgenomen om geduld te hebben, omdat ze onder zware spanning stond. Dat goede voornemen vloog zonder pardon het raam uit, net als dat van M.J.

'Ik weet heus wel waar je woont,' snauwde hij. 'Ik heb daar twee uur zitten wachten toen jij aan het winkelen was, weet je nog?'

'Ik was niet aan het winkelen, ik was boodschappen aan het doen. Dat is iets heel anders. En je hebt nog steeds mijn eenvoudige vraag niet beantwoord.'

'Houd jij je mond wel eens?'

'En ben jij altijd zo onbeschoft?'

Jack stopte voor een stoplicht en trommelde met zijn vingers op het stuur. 'Goed. Ik rijd rondjes omdat er twee kerels in een bestelwagen achter ons aan zitten die deze auto kennen, en als ze hier toevallig ook in de buurt zijn, wil ik dat graag even weten. En dat wil ik graag weten, omdat ik geen zin heb om te worden doodgeschoten. Is dat duidelijk genoeg?'

Ze sloeg haar armen over elkaar. 'Waarom zeg je dat dan niet meteen?'

Als antwoord liet hij een geërgerd gegrom horen. Rustig reed hij nog een half blok verder. Toen parkeerde hij de auto.

'Waarom stop je hier? Het is nog een paar blokken verder. Luister, Jack, als je mannelijk hormoon je in de steek laat en je gewoon de weg kwijt bent, zeg dat dan.'

'Ik ben de weg niet kwijt. Ik ben nooit de weg kwijt. Ik weet precies wat ik doe.' Hij opende het dashboardkastje.

'O ja? Waarom stop –'

'We doen dit op mijn manier.'

'Jeetje, wat een verrassing. Ik wil alleen maar –'

'Ik heb echt heel erg genoeg van al die vragen.' Met een diepe zucht keek hij haar aan. 'We gaan achterlangs door de tuinen naar het appartement. We gaan te voet, omdat we dan veel minder opvallen.'

Even overdacht ze wat hij had gezegd. 'Oké, dat is wel slim, ja.'

'Dank je. Dank je zeer.' Hij greep haar tas en negeerde haar gechoqueerde protesten toen hij haar portemonnee leeg schudde.

'Wat denk je wel? Dat is mijn geld.' Snel rukte ze de lege portemonnee uit zijn handen. Vervolgens bleef ze er bijna in toen hij ook de diamant in zijn zak propte. 'Geef hier. Ben je helemaal gek geworden?'

Ze probeerde de diamant te grijpen, maar hij duwde haar terug in haar stoel, hield haar vast en drukte zijn mond verpletterend op de hare. Eerst verzette ze zich hevig en probeerde ze los te komen. Toen besloot ze mee te werken.

En haar medewerking, gepassioneerd en gulzig, was een stuk moeilijker te weerstaan dan haar protest. Even verloor hij zichzelf in haar, niet bij machte op te houden.

Het voelde alsof het zijn allereerste kus was. Overweldigend. De gedachte schoot door zijn hoofd dat hij zijn hele leven op deze lippen had gewacht.

Zo simpel. Zo angstaanjagend.

De vuist waarmee ze hem had geslagen ontspande, en haar hand gleed bezitterig om zijn nek. Van mij, dacht ze. Zo simpel. Zo verpletterend.

Toen hij ten slotte weer naar achteren schoof, bleven ze elkaar aanstaren in het schemerige licht. Twee koppige mensen die net de wereld onder hun voeten hadden voelen schudden. Ze hielden elkaar nog steeds vast.

'Waarom deed je dat?' wist ze uit te brengen.

'Voornamelijk om je de mond te snoeren.' Zijn hand streelde haar haren. 'Maar toen veranderde het.'

Langzaam knikte ze. 'Ja, het veranderde.'

Hij voelde een sterke drang om haar naar de achterbank te sleuren en net te doen of ze weer tieners waren. 'Ik kan hier nu niet over nadenken.'

'Nee, ik ook niet.'

Met een verrassend lief en teder gebaar vlocht hij zijn vingers door de hare. 'Later zullen we meer doen dan er alleen maar over nadenken.'

'Ja.' Ze lachte een beetje. 'Dat denk ik ook.'

'Laten we gaan. Nee, niet die tas meenemen.'

Toen ze haar mond weer opende om te protesteren, pakte hij haar het ding eenvoudigweg af en gooide het achterin. 'M.J., dat ding weegt een ton. Misschien moeten we vluchten. Ik neem het geld mee, en de diamant, omdat ze misschien de auto meenemen, of we hier niet terug kunnen komen.'

'Oké.' Ze stapte uit en wachtte op hem, een schuine blik werpend op het pistool dat hij in zijn holster stopte. 'Ik weet dat dit gevaarlijk is, Jack. Maar ik moet dit gewoon doen.'

Hij nam haar hand. 'Vooruit dan.'

Ze slopen door de tuinen, bijgelicht door een volle maan. Even wenste hij dat hij eraan had gedacht haar een ander T-shirt aan te laten trekken. Haar witte shirt leek wel een lichtboei. Ze bewoog echter goed, met lange, rustige stappen, en dat ze hard kon rennen, wist hij inmiddels ook.

'Je moet doen wat ik zeg,' begon hij met lage stem, ondertussen de achterkant van het appartementencomplex afspeurend. 'Ik weet dat dat tegen al je instincten ingaat, maar het is niet anders. Als ik zeg dat je moet wegrennen, dan ren je weg. Geen vragen, geen protest.'

'Ik ben niet achterlijk. Ik wil alleen graag weten waarom.'

'Doe deze keer gewoon wat je gezegd wordt, en dan vertel ik je later wel waarom.'

Met moeite hield ze hem bij. 'Haar auto staat er,' zei ze zachtjes. 'Die kleine witte.'

'Oké, misschien is ze dus thuis.' Of, dacht hij, ze is niet meer in staat om te rijden. Maar dat hield hij maar voor zich. 'We gaan binnen door de nooduitgang. Geen geluid, M.J., geen woord.'

'Oké.'

Haar ogen waren op Baileys ramen gericht. Er brandde geen licht, en de gordijnen waren dicht. Maar Bailey laat altijd haar gordijnen open, dacht ze ongerust.

Als schaduwen glipten ze naar binnen, en zachtjes liepen ze naar de trap. De gangen waren verlicht, en Jack keek even door de voordeur naar buiten. Als er iemand keek, zouden ze zeker gezien worden. Dat risico moest hij maar nemen.

Terwijl ze naar boven liepen, spitste hij zijn oren, maar er was niets te horen. Het was al diep in de nacht, en het hele gebouw leek te slapen.

Toen ze de tweede verdieping bereikten, liet M.J. voor het eerst een geluidje horen. Haar eigen voordeur was verzegeld door de politie.

'Die buurvrouw van je heeft natuurlijk de politie gebeld,' mompelde Jack. Toen stak hij zijn hand uit. 'Sleutel?'

Ze draaide zich om, groef in haar zak en gaf hem de sleutel. Hij gebaarde dat ze weer bij de trap moest gaan staan zodat ze weg kon rennen, trok zijn wapen en maakte de deur open.

Gebukt ging hij naar binnen, rondschijnend met zijn zaklamp.

Geen beweging. Met opgestoken hand hield hij M.J. tegen. Door wat hij had gezien, had hij al begrepen dat er niemand in de flat was, maar hij wilde eerst de keuken en de slaapkamer nakijken voordat hij haar binnenliet.

Hij was amper op weg toen hij haar onderdrukte kreet van afschuw hoorde. 'Blijf daar,' commandeerde hij. 'En houd je kalm.'

'O, nee. Bailey.' Ze rende naar de slaapkamer, springend over gescheurde kussens en omgevallen stoelen als een volleerde hordenloper.

Toch bereikte hij de slaapkamerdeur net voor haar. Ruw duwde hij haar opzij. 'Houd je in, verdorie,' siste hij. Toen opende hij de deur. 'Ze is niet hier,' zei hij even later. 'Ga de voordeur op slot doen.'

Met trillende benen liep ze terug, slalommend om de puinhopen in de zitkamer. Ze sloot de deur en leunde er slapjes tegenaan.

'Wat hebben ze haar aangedaan, Jack? O, hemel, wat hebben ze met haar gedaan?'

'Ga zitten. Ik ga rondkijken.'

Ze kneep haar ogen dicht en probeerde de paniek te onderdrukken. Allerlei beelden schoten door haar hoofd. Zij en Grace in de schaduw van een grote rots, terwijl Bailey blij als een kind op zoek was naar bijzondere stenen. Met zijn drieën diep in de nacht giechelend als gekken, onder invloed van veel goedkope wijn. Bailey, die met een lok blond haar over haar gezicht ernstig een paar Italiaanse schoenen in een etalage stond te bestuderen.

'Ik help je wel,' zei ze ademloos. 'Ik kan je helpen.'

'Oké, maar je moet wel stil zijn, en snel. We moeten voorzichtig zijn met het licht, en ik weet niet hoeveel tijd we hebben.'

Hij liet de lichtstraal door de kamer spelen. De inhoud van laden en kasten lag overal verspreid. Sommige dingen waren gebroken. De kussens, de matrassen en zelfs de zittingen van stoelen waren opengesneden, zodat de vulling er uitkwam.

'In deze puinhoop kun je toch niet zien of er iets mist. Maar ik kan je wel vertellen dat je vriendin hier waarschijnlijk niet was toen dit gebeurde.'

M.J. drukte een hand tegen haar hart, dat hoopvol begon te bonken. 'Hoezo?'

'Ik zie geen sporen van een worsteling. Ze waren naar iets op zoek. En ik denk dat we wel weten wat ze zochten. Of ze het ook gevonden hebben –'

'Ze heeft hem bij zich,' onderbrak ze hem. 'In haar briefje stond duidelijk dat ik de steen continu bij me moest dragen. En dat zal zij ook hebben gedaan.'

'Ja, dan heeft ze hem waarschijnlijk zelf nog. Nee, ze was niet hier,' herhaalde hij. 'Er is geen bloed.'

Haar knieën knikten. 'Geen bloed.' Ze drukte een hand tegen haar mond om een snik van opluchting te onderdrukken. 'Ze is in orde. Ze is vast ondergedoken, net als wij.'

'Als ze zo slim is als jij beweert, dan zal ze dat wel gedaan hebben.'

'Ze is slim genoeg om te vluchten. En aangezien haar auto nog hier staat, is ze te voet gegaan, of met het openbaar vervoer.' De moed zonk haar in de schoenen. 'Bailey weet helemaal niets van het straatleven, Jack. Ze is briljant, maar ook heel naïef. Ze vertrouwt iedereen en wil alleen het goede zien in mensen. Ze is lief,' voegde ze eraan toe, met een huivering.

'Ze zal toch wel iets van jou geleerd hebben?' Gelukkig moest ze daar een beetje om lachen, zoals zijn bedoeling was. 'Laten we snel even rondkijken hier, en haar kleding checken. Misschien kun je zien of ze veel heeft ingepakt.'

'Ze heeft een speciale reistas, die altijd gepakt en wel klaar staat. Zonder die tas gaat ze nergens heen.' Gesterkt door die gedachte ging M.J. naar de badkamer om in de linnenkast te kijken.

Zelfs daar was de boel overhoop gehaald, maar de reistas stond er nog, de inhoud ernaast op de grond.

'Hij is hier.' Ze stapte de slaapkamer binnen en deed haar best om een inventaris te maken van de kledingkast. 'Ik geloof niet dat ze iets heeft meegenomen. Er mist een mantelpak. Dat herinner ik me, omdat ze dat net nieuw had. Een mooi, blauwzijden pakje. Misschien heeft ze dat aan. En tja, tassen en schoenen, hoe moet ik dat weten. Daar heeft ze een hele verzameling van.'

'Heeft ze ergens een voorraadje?'

Beledigd keek ze hem aan. 'Bailey doet niet aan drugs.'

'Geen drugs,' zei hij, met zijn ogen ten hemel geslagen. 'Wat denk je wel van me, liefje. Ik bedoel geld. Cash.'

'O.' Ze kwam overeind. 'Sorry. Ja, ze heeft wel wat geld in huis.' Het stond haar niet helemaal aan, maar ze ging hem toch voor naar de keuken. 'Goh, wat zal ze de pest in hebben als ze dit ziet. Ze is nogal netjes, zie je. Dat is een beetje een obsessie van haar.' Ze schopte wat blikjes opzij. 'Zelfs in haar broodrooster is geen kruimeltje te vinden.'

'Het lijkt me dat we iets dringender problemen hebben.'

'Klopt.' Ze bukte en pakte een soepblik op. 'Dit is zo'n geheim kluisje,' legde ze uit, en ze draaide de dop eraf. 'Mmm. Ze heeft haar geld ook niet meegenomen.' Eigenlijk was dat wel een opluchting. 'Ze is hier vast niet meer geweest, nadat – Hé!' Ze rukte het blikje weg, maar hij had het geld al gegrepen. 'Stop dat terug.'

'Luister, we kunnen onze creditcards niet gebruiken, dat is veel te riskant, en dus hebben we contant geld nodig.' Hij stopte een aangenaam dik pak bankbiljetten in zijn broekzak. 'Je kunt het haar later terugbetalen.'

'Ik? Jij jat het toch?'

'Ach, dat zijn van die details,' mompelde hij, haar hand grijpend. 'Laten we gaan. Er is hier niets te vinden, en we spelen met vuur.'

'Ik kan een briefje voor haar achterlaten, voor als ze terugkomt. En houd op met zo aan me te trekken.'

'Ze is misschien niet de enige die hier terugkomt.' Hij sleepte haar mee naar buiten, de trap weer af.

'Ik wil ook weten waar Grace is.'

'Eén vriendin tegelijk, M.J. We moeten hier eerst even weg.'

'Ik kan haar toch bellen, op mijn mobiele telefoon. Jack, luister nou, als Bailey en ik hier tot onze nek in zitten, dan is Grace er ook bij betrokken.'

'Jullie werken dus alleen in teamverband?'

'Ja, nou en?' Ze haastte zich achter hem aan naar de nooduitgang. 'Ik moet haar zien te bereiken. Ze heeft een huis in Potomac, maar ik denk niet dat ze daar is. Ik denk dat ze in haar huis in de bossen is, maar –'

'Stil.' Voorzichtig deed hij de deur open en keek de binnenplaats rond. De buurt was rustig. Tot nu toe was alles gladjes verlopen. Te gladjes. 'Mond dicht totdat we veilig zijn, begrepen? Mijn hemel, wat kan jij kletsen.'

'Wat is het probleem? Die gekken die op zoek waren naar Bailey en de diamant, die zijn allang verdwenen.'

'Dat betekent niet dat ze eeuwig wegblijven.' Op dat moment zag hij het maanlicht weerkaatsen in het chroom van de bestelwagen, die de binnenplaats op kwam scheuren. 'Soms krijg ik liever geen gelijk. Wegwezen!' schreeuwde hij, en hij duwde haar naar voren.

Even hoopte hij nog dat ze niet gezien waren, maar een seconde later knalden de deuren van de bestelwagen open. Voor hij kon nadenken, had hij een paar schoten afgevuurd en rende hij achter haar aan.

Hopelijk hadden de schoten hun achtervolgers voldoende afgeschrikt. 'Ik zei wegwezen!' beet hij haar toe, toen hij bijna over haar struikelde.

'Ik hoorde een schot. Ik dacht –'

'Niet nadenken. Rennen.' Hij greep haar hand en was dankbaar dat ze geen moeite had zijn tempo bij te houden. Ze stormden door de tuinen, en nu begonnen een paar honden wild te blaffen. Hoewel hij geen voetstappen achter zich hoorde, vertraagde hij zijn pas niet. Toen ze weer bij de straat waren, nam hij even de tijd om zorgvuldig rond te kijken. Een moment later sleurde hij haar mee naar de auto. 'Stap in,' was alles wat hij zei.

Dat commando was overbodig. M.J. dook al naar binnen. 'Ze zijn niet achter ons aan gekomen,' zei ze hijgend. 'En dat is niet best, dat hadden ze wel moeten doen.'

'Je leert snel.' Hij startte de motor, trapte het gaspedaal in en schoot weg. Net op dat moment kwam de bestelwagen de hoek om scheuren.

'Houd je vast!' Op twee banden maakte hij een bocht van honderdtachtig graden en racete toen verder, de rustige straat uit. Bij de volgende bocht lag de bestelwagen iets achter. 'Weet je hoe je een pistool moet gebruiken?'

Ze pakte het wapen op. 'Ja.'

'Laten we hopen dat het niet nodig is. Probeer je riem om te doen. En richt dat ding niet op mij.'

'Ik kan hier echt wel mee omgaan.' Met opeengeklemde kaken draaide ze zich om. 'Rijd jij nou maar, ze halen ons in.'

Via de achteruitkijkspiegel mat Jack de afstand. 'Mooi niet.'

Als een slang kronkelde hij door de straatjes, het gas diep ingedrukt, af en toe op de rem stampend en rukkend aan het stuur. Een brede grijns verscheen op zijn gezicht. Heerlijk, die uitdaging, de snelheid, de complete waanzin.

'Ik doe dit het liefst met een muziekje erbij,' zei hij, en hij zette de radio keihard aan.

'Je bent niet goed bij je hoofd.' Ondanks haar woorden keek ze hem grijnzend aan. 'Ze willen ons afmaken.'

'Ze kunnen zoveel willen.' Hij ging nog harder rijden. 'Deze tank ziet er misschien niet uit, maar hij rijdt als de beste.'

'Die bestelwagen ook. Je raakt ze niet kwijt.'

'Ik ben nog niet eens begonnen.' Zijn ogen schoten heen en weer. Vervolgens reed hij door een rood stoplicht. Gelukkig was er weinig verkeer. 'Dat is het probleem met Washington,' klaagde hij. 'Geen nachtleven. Alleen maar politici en diplomaten.' Hij gooide de auto een hoek om en begon door kleine achterstraatjes te zigzaggen. Plotseling hoorde hij het geluid van een kogel die het metaal van zijn bumper raakte.

'Nu worden ze toch wel onvriendelijk,' merkte hij op.

M.J. haalde diep adem, ging toen tot haar middel uit het raampje hangen en begon te schieten.

'Ben je gek geworden?' Zijn hart begaf het bijna. 'Trek je kop naar binnen voordat hij eraf geschoten wordt.'

Grimmig, te opgefokt om bang te zijn, schoot ze weer. 'Dat spelletje kan ik ook.' Met het derde schot raakte ze een koplamp. Het geluid van rinkelend glas deed haar adrenalinepeil nog verder omhoog schieten. 'Ik heb ze geraakt!'

Met een woedend gegrom greep hij haar spijkerbroek en sleurde haar naar binnen. Voor het eerst in zijn leven trilden zijn handen op het stuur. 'Voel jij je wel lekker?'

'Ze hebben het opgegeven.'

'Niet waar. Ik ben gewoon sneller. Laat mij dit nou maar doen, oké?' Hij verliet de kleine straatjes, stak met gierende banden een brede boulevard over, bonkte daarbij over een vluchtheuvel en racete toen verder in noordelijke richting.

'Hé, ze proberen het ook.' Ze draaide zich om en stak haar hoofd weer uit het raam, Jacks vloeken negerend. 'Ik geloof niet dat ze het –' Juichend begroette ze het geluid van scheurend metaal. 'Ze kappen ermee!'

'Dat zie ik ook wel. Kom binnen. En doe je riem om.' Hij nam de eerste afslag die hij tegenkwam en reed richting Maryland.

'Je bent ze kwijt.' Ze kroop naar hem toe en gaf hem enthousiast een dikke zoen. 'Je bent goed, Dakota.'

'Zeker weten.' En hij zat ook te trillen. Zodra hij dacht dat het veilig was, parkeerde hij de auto, pakte hij haar ruw bij haar schouders en schudde haar door elkaar. 'Doe nooit, maar dan ook nooit meer zoiets stoms. Je hebt mazzel dat je niet uit het raam bent gedonderd, en dat je je hoofd nog hebt.'

'Houd op, Jack.' Haar hand balde zich alweer. 'Ik meen het.'

Toen hij haar tegen zich aan trok, werd ze helemaal slap in zijn armen. Met wild kloppend hart begroef hij zijn gezicht in haar haren.

'Hé.' Verbijsterd en ontroerd tegelijk klopte ze hem op zijn rug. 'Ik wilde me alleen maar bewijzen.'

'Niet doen.' Zijn mond vond de hare in een wanhopige kus. 'Gewoon niet doen.' Net zo abrupt als hij haar had gegrepen, duwde hij haar weer weg. 'Je hebt me er verdorie onder,' mopperde hij, woedend vanwege die ongekende storm van emoties. 'Mond dicht!' Zijn hoofd schoot omhoog toen ze iets wilde zeggen. 'Ik wil het niet horen. En ik wil er niet over praten.'

'Oké.' Ook zij zat nu van top tot teen te trillen. Met overdreven precisie maakte ze haar riem vast, terwijl hij weer de weg op stuurde. 'Ik zou nu toch echt heel graag Grace willen bellen.'

Zijn handen sloten zich nog vaster om het stuur, maar hij antwoordde met kalme stem. 'Dat risico kunnen we nu niet lopen. Ik weet niet wat voor apparatuur ze in die bestelwagen hebben, en ze zijn nog te dichtbij. Morgen kijken we verder.'

Gelaten besefte ze dat hij gelijk had. 'Jack, ik weet dat het een groot risico was, om bij Bailey langs te gaan voor mijn gemoedsrust. En dat waardeer ik zeer.'

'Dat hoort gewoon bij de service.'

'O ja?'

Hij keek haar aan. 'Nee, natuurlijk niet. Ik wil er niet over praten, oké?'

'Dat doe ik ook niet.' Ze wist zelf ook niet wat ze aan moest met al die onverwachte gevoelens. 'Ik bedank je alleen maar.'

'Graag gedaan. Luister, ik ga terug naar het hotel. Wat wil je liever, eten of slapen?'

Dat was tenminste een makkelijke vraag. 'Eten.'

'Mooi. Ik ook.'

Ze had heel wat om over na te denken, besloot ze. Niet alleen was haar vriendin verdwenen en had ze een kostbare diamant in haar bezit. Erger nog, het zag ernaar uit dat ze als een baksteen was gevallen voor deze stoere premiejager die reed als een gek en die kuste als een god.

En ze wist nauwelijks meer van hem af dan zijn naam. Het sloeg nergens op. Ze nam graag risico's, maar niet waar het haar hart aanging. Dat hield ze altijd streng onder controle, en het was eng om te merken hoe ze die controle kwijtraakte vanwege een man die ze pas één dag kende.

Een romantische vrouw was ze niet, maar wel een eerlijke. Eerlijk genoeg om te beseffen dat er niet alleen gevaar van buitenaf dreigde, maar dat haar eigen hart misschien nog het grootste risico liep.

Hij trilde van woede. Stelletje sukkels. Het was onverdraaglijk dat zijn mensen zulk slecht werk leverden. Oké, hij had ze haastig ingehuurd omdat hij in tijdnood zat, en ze hadden niet al te veel referenties, maar dat ze niet eens die vrouw te pakken konden krijgen, dat was werkelijk onacceptabel.

Ongetwijfeld had hij het klusje zelf zonder moeite kunnen klaren. Maar hij kon niet naar buiten treden.

Nu stond hij in het maanlicht op het terras, starend naar de verblekende sterrenhemel. Hij probeerde zijn woede te temperen met een glas bloedrode wijn.

Het was gedeeltelijk zijn eigen fout, dat gaf hij toe. Hij had die Jack Dakota veel beter moeten natrekken. Maar hij had weinig tijd gehad, en hij had aangenomen dat Ralph, die idioot die de borgsommen betaalde, toch capabel genoeg was om zijn opdrachten uit te voeren. Zo'n eenvoudige opdracht: een premiejager vinden die goed genoeg was om die vrouw in te rekenen, en tegelijk wijs genoeg om haar netjes over te dragen aan zijn mannen.

Kennelijk was Jack Dakota geen wijze man. Wel een erg eigenwijze man. En die vrouw had onvoorstelbaar veel geluk.

M.J. O'Leary.

Nou, misschien had ze tot nu toe het geluk aan haar kant gehad, maar dat zou spoedig veranderen.

Daar zou hij wel voor zorgen.

Net zoals hij voor Bailey James zou zorgen. Die zou vroeg of laat wel weer tevoorschijn komen. Dan zou hij haar opwachten.

Ten slotte was er nog Grace Fontaine... Helaas op dit moment onvindbaar. Jammer.

Maar ach, die derde steen zou hij ook wel vinden.

Dan zou hij ze allemaal hebben. En iedereen die hem in de weg had gestaan, zou daar zwaar voor boeten.

Zijn vingers braken de tere voet van het wijnglas. Glasscherven rinkelden op de tegels. Toen hij omlaag keek, lag er een bloedrode plas aan zijn voeten. Hij lachte grimmig. Er zou nog veel meer bloed vloeien, beloofde hij zichzelf.

Heel binnenkort.

Hoofdstuk 7

Ze vonden een tafeltje in een snackbar die de hele nacht open was, vlakbij het hotel. Een slaperige vrouw in een roze uniform, die volgens haar naambordje Midge heette, serveerde loeisterke koffie.

M.J. schoof onrustig heen en weer op het namaakleren bankje, terwijl ze het slordig getypte menu bestudeerde. Toen zette ze haar elleboog op het vieze formica tafeltje, en liet haar hoofd in haar handen rusten.

De jukebox jengelde een country-and-westernklassieker, en de hele tent rook doordringend naar oud frituurvet. Voor de sfeer hoefde je er niet te komen, maar ze serveerden wel vierentwintig uur per dag ontbijt.

'Alles klopt hier gewoon,' zei M.J., nadat ze een enorm ontbijt had besteld. 'Die vrouw ziet er zelfs uit als een Midge. Hardwerkend, vriendelijk en bekwaam. Ik heb me altijd afgevraagd of mensen zich aan hun naam aanpassen, of andersom. Kijk naar Bailey, die is slim en serieus. En Grace is elegant, vrouwelijk en gul.'

Jack wreef even over zijn stoppelbaardje. 'En waar staat M.J. voor?'

'Nergens voor.'

Hij trok een wenkbrauw op. 'Tuurlijk wel. Mary Jo, Melissa Jane, Margaret Joan. Wat?'

Ze nipte aan haar koffie. 'Het zijn gewoon initialen. En die mag je tegenwoordig wettelijk als je voornaam gebruiken.'

Zijn lippen krulden in een glimlach. 'Ik ga je dronken voeren, en dan biecht je het wel op.'

'Dakota, ik stam uit een familie van Ierse pubeigenaren. Je kunt mij niet dronken voeren.'

'Dat moeten we dan maar eens uitproberen. Misschien wel in jouw eigen pub. En jij mag het eerste rondje geven.'

'Afgesproken.' Ze pakte haar kopje weer op. 'Ik verheug me er nu al op.'

'Hoezo, we hebben nu toch ook dikke pret?'

Toen de serveerster een enorm bord dampend voedsel voor haar neerzette, leunde ze even achterover. 'Dank je.' Ze pakte haar vork en viel aan. 'Ach, ik heb me wel geamuseerd, ja. Mag ik Ralphs notitieboekje even zien?'

'Natuurlijk. Waarom niet?' Hij trok het uit zijn achterzak en gooide het op tafel. Terwijl ze het boekje doorbladerde, begon hij aan zijn uitsmijter. 'En? Ben je al een bekende tegengekomen?'

Wat klonk hij weer arrogant. Heerlijk dat ze hem nu eens op zijn nummer kon zetten. 'Nou, eigenlijk wel ja.'

'Wat?' Bijna rukte hij het boekje uit haar handen. 'Wie?'

'T. Salvini. Dat moet een van Baileys stiefbroers zijn.'

'Dat meen je niet.'

'Dat meen ik wel. Achter zijn naam staan een vijf en drie nullen. Stel je eens voor. Tim of Tom deed zaken met Ralph, en jij ook. En nu doe ik zaken met jou, om het zo maar te noemen.' Haar diepgroene ogen keken hem aan. 'Kleine wereld, hè, Jack?'

'Dat kun je wel zeggen.'

'Hier staat nog een afbetaling, ook vijfduizend. Steeds rond de achttiende van de maand, en dat zo'n vier of vijf maanden lang.' In gedachten verzonken tikte ze met het boekje tegen de tafelrand. 'Ik vraag me af wat die griezel op zijn geweten had, dat hij bereid was om vijfentwintigduizend gulden te betalen om Ralph het zwijgen op te leggen.'

'Mensen doen aan de lopende band dingen die ze liever stil houden. En daar betalen ze voor, op wat voor manier dan ook.'

Ze hield haar hoofd schuin. 'Je bent een echte filosoof, Dakota. En cynisch ook.'

'Het leven is een cynische aangelegenheid. Goed, we hebben dus een connectie met Ralph. Misschien moet we de gluiperige tweelingbroers maar een bezoekje brengen.'

'Maar het zijn zakenmensen. Het zijn wel gluiperds, maar ik zie ze nog niet zo snel een moord plegen.'

'Daar kun je je deerlijk in vergissen.'

Nadenkend keek ze hem aan. 'Ik zie ze wel in staat om te frauderen, en Timothy heeft een gokverslaving.'

'O, ja? Ralph had een hoop connecties in de gokwereld, dus dat is dan alweer een schakeltje in de ketting.'

'Dus Ralph komt erachter dat de gluiperd diep in de schulden zit en misschien wel geld uit de kas steelt om te kunnen gokken, en hij zet hem onder druk.'

'Zoiets, ja. En Salvini klaagt tegen iemand die een hoop macht heeft. Iemand die de Drie Sterren graag wil hebben.' Hij rolde even met zijn schouders. 'Hoe dan ook, liefje, goed werk van je.'

'Uitstekend werk,' corrigeerde ze.

'Ik houd het op goed. En dat zag er heel stoer uit, zoals je tot je heupen uit het raam hing, schietend op die bestelwagen. Je bezorgde me alleen wel een hartaanval, maar goed. Als je ooit van beroep wil veranderen, kun je voor mij komen werken.'

'Echt?' Ze wist niet of dat wel een compliment was, maar ze besloot zich gevleid te voelen. 'Ik denk niet dat ik mijn hele leven zou willen jagen op weggelopen verdachten, laat staan opgejaagd worden.' Ondertussen keerde ze zo'n beetje het hele zoutvaatje leeg boven haar eieren. 'En jij?'

'Zeg, hoe staat het met je bloeddruk?'

'Mmm?'

'Laat maar. Ik denk dat iedereen gewoon doet waar hij goed in is. Ik ben goed in speurwerk, en ik kan me uitstekend verplaatsen in mijn prooi, bedenken wat zijn volgende stap zal zijn. En ja, ik houd van jagen.' Hij grijnsde gemeen. 'Heerlijk vind ik dat. Maakt niet uit wat de prooi is, als je hem maar wel vangt.'

'Misdaad moet bestraft worden?'

'Nee, dat is wat agenten zeggen. Ik pak net zo lief een vader die ervandoor gaat zonder alimentatie te betalen. En op wie ik ook jaag, ze zijn allemaal even stom. Met bepaalde gewoontes breken ze nooit.'

'Zoals?'

'Stel dat iemand steelt uit de kas. Hij wordt gepakt en veroordeeld, betaalt de borg en gaat ervandoor. Waarschijnlijk heeft hij vrienden, familie, een minnares. Binnen de kortste keren zoekt hij hulp. De meeste mensen kunnen niet tegen alleen zijn. Ze denken van wel, maar ze kunnen het niet. Er is altijd wel iets wat ze weer terug lokt. Ze plegen een telefoontje, of gaan bij iemand langs. Ze laten sporen na. Net als jij.'

Verrast keek ze hem aan. 'Ik had niets gedaan.'

'Daar gaat het niet om. Je bent een slimme vrouw, en onafhankelijk, maar je zou wel meteen je vriendinnen hebben gebeld.' Hij schepte een enorm stuk ei op met zijn vork en keek haar glimlachend aan. 'Dat was toch ook precies wat je wilde doen?'

'En jij? Wie zou jij bellen?'

'Niemand.' Zijn glimlach vervaagde.

'Geen familie.'

'Nee. Mijn vader ging ervandoor toen ik twaalf was. Sindsdien haat mijn moeder alles en iedereen. Ik had een oudere broer, en die ging in het leger op de dag dat hij achttien werd. Hij kwam nooit meer terug. Ik heb al meer dan tien jaar niets van hem gehoord. Zodra ik eindexamen had gedaan, vond mijn moeder dat haar taak erop zat, en ging ze ervandoor. Je zou kunnen zeggen dat we niet veel contact hebben.'

'Wat spijt me dat.'

Geïrriteerd haalde hij zijn schouders op. Op medeleven zat hij niet te wachten. Waarom had hij haar dit allemaal verteld? Hij sprak hier nooit over, met niemand.

'Je hebt je familie al die jaren niet gezien,' ging ze verder. Ze kon het gewoon niet helpen. 'Je weet niet eens waar ze zijn. Weten zij wel waar jij bent?'

'We waren nou niet bepaald een hecht gezin, we waren niet eens een problematisch gezin. We waren gewoon geen gezin.'

'Maar toch –'

'Het zal wel aangeboren zijn,' onderbrak hij haar. 'Sommige mensen blijven gewoon niet op één plek.'

Oké, dacht ze, over zijn familie mag dus niet gepraat worden. Het was een teer punt, al had hij dat zelf niet door. 'En jij, Jack. Kun jij wel op één plek blijven?'

'Dat is nou juist zo aantrekkelijk aan dit werk. Je weet nooit waar je terechtkomt.'

'Dat bedoel ik niet.' Onderzoekend keek ze hem aan. 'En dat weet je ook wel.'

'Ik heb nooit reden gehad om ergens te blijven.' Haar hand lag vlakbij de zijne op tafel, en hij had opeens erg veel zin om die vast te pakken. Dat verontrustte hem. 'Ik ken een hoop mensen, maar ik heb geen vrienden. Niet zoals jij, met Grace en Bailey. Een hoop mensen gaan door het leven zonder dat soort dingen, M.J.'

'Dat weet ik. Maar wil je dat ook?'

'Ik heb er nooit echt over nagedacht.' Met beide handen wreef hij over zijn gezicht. 'Mijn hemel, zitten we hier om vijf uur 's ochtends te filosoferen in een ranzige snackbar.'

Ze keek uit het raam, naar de hemel die in het oosten al licht werd, naar de verlaten weg. 'En langs de lange, stille straat, kwam –'

'Met zilveren muiltjes, als een bang meisje de dageraad sluipen,' maakte hij het citaat af. Toen haalde hij zijn schouders op.

Haar ogen rolden bijna uit hun kassen. 'Hoe weet je dat? Wat heb je eigenlijk gestudeerd?'

'Alles wat ik leuk vond.'

Grijnzend plantte ze haar ellebogen op tafel. 'Ik ook. De decaan werd gek van me. Ontelbare keren hebben ze me verteld dat ik me ergens op moest richten.'

'Maar je kunt Oscar Wilde citeren om vijf uur 's ochtends, de gemiddelde man zo tegen de grond trappen, je eet als een trucker, je weet van oude Romeinse goden en ik durf te wedden dat je uitstekende cocktails maakt.'

'De beste in de hele stad,' pochte ze. 'Daar zitten we dan, Jack, twee mensen die volgens de heersende normen veel te hoog zijn opgeleid voor hun werk, met een stel boeven achter ons aan in een bestelwagen die nog maar één koplamp heeft. Het is Onafhankelijkheidsdag, we kennen elkaar nog geen vierentwintig uur en dat onder de meest erbarmelijke omstandigheden, en degene die ons bij elkaar heeft gebracht is zo dood als een pier.' Ze schoof haar bord opzij. 'En wat nu?'

Hij gooide wat bankbiljetten op tafel. 'Nu gaan we naar bed.'

De hotelkamer was nog net zo armoedig als eerst.

Een paar uur later, dacht ze, maar het lijkt een eeuwigheid. Het voelde alsof ze hem al haar hele leven kende, alsof hij altijd al een deel van haar was geweest.

Hoe dan ook, ze verlangde naar hem. En ze moest hem wel vertrouwen, ze had geen keus. Er was niemand anders.

Waarom zou ze nee zeggen? Waarom zou ze een beetje troost en een hoop hartstocht afwijzen?

Waarom zou ze hem de rug toekeren, als haar instinct haar vertelde dat hij haar net zo hard nodig had als zij hem?

Hij draaide zich naar haar toe en wachtte. Dat hij haar zonder moeite zou kunnen verleiden, daar twijfelde hij niet aan. Ze was tenslotte kwetsbaar en ze had behoefte aan warmte, en hij was in de buurt.

Soms was dat genoeg. Als het niet belangrijk was geweest, had hij haar ook verleid. Maar op de een of andere onverklaarbare wijze was ze wel belangrijk. Met haar wilde hij meer dan alleen maar seks als een fysieke ontmoeting, als een manier om de spanning af te reageren. Daarom bleef hij rustig staan. 'Ik wil je iets zeggen,' begon hij.

'Oké.'

'Ik sta je hierin bij totdat het afgelopen is, omdat ik dat wil. Ik maak af waaraan ik begin. Dus ik wil niet dat je iets doet uit dankbaarheid of uit een gevoel van verplichting.'

Haar hart bonkte als een bezetene. 'Aha. Dus als ik zou voorstellen dat jij in de badkuip slaapt, dan zou dat geen probleem zijn?'

Nonchalant leunde hij met een heup tegen het dressoir. 'Dat zou jouw probleem zijn. Als dat is wat je wilt, dan mag je zelf in bad gaan liggen.'

'Ach, ik had kunnen weten dat je je niet als een gentleman zou gedragen.'

'Nee, maar ik blijf heus wel van je af.'

Met een schuin hoofd keek ze hem aan. Hij zag er gevaarlijk uit, dacht ze, terwijl haar hart nog sneller ging kloppen. Met dat donkere stoppelbaardje, die wilde haardos en die harde, grijze ogen in dat getaande, hoekige gezicht.

Alsof er werkelijk sprake was van een keuze, dacht ze. Met een langzame, arrogante glimlach begon ze haar T-shirt uit haar broek te trekken. Ze zag zijn blik even naar beneden glijden, en weer naar boven komen toen ze het shirt uittrok en weggooide.

'Dus jij houdt je handen thuis? Dat wil ik zien,' mompelde ze, en ze maakte de knoop van haar spijkerbroek los.

'Dat wil ik doen,' bracht hij uit, toen ze haar rits naar beneden begon te trekken.

Haar handen, die al tintelden van verlangen, vielen langs haar lichaam. 'Ga je gang.'

Haar schouders vormden prachtige, lange lijnen. Haar borsten waren klein en blank, en pasten gemakkelijk in de palm van een mannenhand. Hij hield zijn ogen echter strak op haar gezicht gericht. Uit alle macht probeerde hij zijn geduld te bewaren. Langzaam liep hij naar haar toe en nam het lipje van de ritssluiting tussen zijn vingers. Tergend traag trok hij het naar beneden. Met zijn blik aan die van haar vastgeklonken, liet hij zijn handen naar binnen glijden om haar billen te omvatten. Hij voelde haar, heet en naakt. Voelde hoe ze trilde, diep vanbinnen. 'Geen slipje. Dat dacht ik al.'

Moeizaam haalde ze adem. 'Ik had geen tijd om de was te doen, deze week.'

'Mooi.' Hij schoof de spijkerstof wat verder omlaag. 'Je bent op snelheid gebouwd, M.J. Dat is maar goed ook, want dit wordt geen rustig ritje. Dat zou ik niet meer kunnen opbrengen, geloof ik.' Toen trok hij haar met een ruk tegen zich aan, zodat ze zijn verlangen kon voelen. 'Je moet me maar zien bij te houden.'

Haar ogen glansden, en uitdagend keek ze hem aan. 'Tot nu toe heb ik daar weinig moeite mee gehad.'

'Tot nu toe,' beaamde hij, waarna hij haar een kreet ontlokte door haar plotseling op te tillen en zijn mond hongerig om haar tepel te sluiten.

Het was een heerlijke, overweldigende schok, een elektrische stroom die door haar bloed schoot en haar hart op hol deed slaan. Ze liet haar hoofd achterover vallen en sloeg haar benen strak om zijn middel. Zijn ruwe huid die tegen haar borst schuurde, de zachte beetjes, het spel van zijn tong, het was allemaal zo onvoorstelbaar opwindend.

Samen vielen ze op het bed neer, alsof ze van een hoge rots af sprongen. Zijn handen grepen de hare, zijn mond omsloot de hare.

Ze trok aan zijn overhemd, en rolde hem heen en weer tot ze het uit had gekregen. Toen pas zag ze de littekens, de spieren, het lichaam van een geboren krijger. De hitte van zijn huid tegen de hare raasde als een bosbrand door haar lichaam. Haar handen en mond waren net zo gulzig als de zijne, haar lust net zo primitief.

Met iets wat het midden hield tussen een verwensing en een gebed draaide hij haar om en trok aan haar broek. Zijn mond trok een spoor van vurige kussen over haar lichaam omlaag, terwijl hij de stugge stof langs haar benen sjorde. Hij was blind van hartstocht. Nog nooit had hij zo'n hevig, scherp verlangen gevoeld. Als hij haar niet snel kon bezitten, zou hij gek worden.

Die lange ledematen, de energie die van haar afstraalde en haar schorre, hijgende ademhaling joegen zijn hart compleet op hol. Wild van verlangen trok hij haar heupen omhoog om haar met zijn mond te liefkozen.

Bijna onmiddellijk bereikte ze haar hoogtepunt, een lange, hete golf die haar deed snikken van genot en verbazing. Haar nagels krasten over zijn rug omhoog, tot ze haar vingers kon vastklampen in zijn dikke haardos. En toen, terwijl haar lichaam zich nog herstelde van die verrukkelijke schok, draaide ze hem op zijn rug en begon ze onbeheerst aan zijn kleren te rukken.

Plotseling liet hij even zijn vingers bij haar naar binnen glijden, waardoor ze bijna tot waanzin werd gedreven. Als ze nog had kunnen praten, had ze hem gesmeekt haar te nemen.

In plaats daarvan nam ze zelf het initiatief. Ze sloeg haar dijen om hem heen en nam hem diep in zich, wild en snel.

Zijn vingers begroeven zich in haar heupen, en ademen was niet meer mogelijk. Even, toen ze daar zo boven op hem zat, haar hoofd achterover, was hij volstrekt hulpeloos. Helemaal de hare.

Toen begon ze te bewegen, strak en snel, alsof ze een paard bereed in een race op leven en dood. Haar adem kwam met horten en stoten, en ergens besefte hij dat ze net zo hulpeloos was als hijzelf.

Helemaal de zijne.

Hij kwam overeind en nam gulzig haar borst in zijn mond, proevend van haar heerlijke smaak, meegesleept in het genadeloze ritme van haar bewegingen.

Toen sloeg hij zijn armen om haar heen, drukte zijn lippen tegen haar hart en schreeuwde haar naam uit.

Trillend en zwetend bleven ze even zo zitten. Tijd had geen betekenis meer. Hij voelde haar greep verslappen, en hij boog zich voorover om haar schouder te kussen. Hij ging achterover liggen en trok haar over zich heen. Zachtjes streelde hij haar rode haren.

'Dat was me het dagje wel.'

Ze liet een zwak lachje horen. 'Zeg dat wel.' Ze waren plakkerig, uitgeput en misschien wel krankzinnig, dacht ze. Het was zeker krankzinnig dat ze zich zo gelukkig voelde, zo heerlijk, terwijl haar hele leven op zijn kop stond.

Moest ze hem vertellen dat ze nooit zo snel met een man naar bed ging? Dat ze nog nooit zo'n sterke band had gevoeld? Waarom zou ze. Wat er gebeurde, dat gebeurde gewoon. Ze opende haar ogen en keek naar de diamant, die hij weer op het dressoir had gelegd. Verbeeldde ze het zich, of gloeide de steen in het schemerduister?

'Je hebt slaap nodig,' zei hij zachtjes.

'Misschien wel, ja.' Ze rolde van hem af en strekte zich uit op haar buik. 'Mijn lichaam is moe, maar mijn geest gaat maar door.' Even grinnikte ze. 'Hoewel ik daarnet echt even nergens meer aan dacht. Met jou de liefde bedrijven is behoorlijk geestdodend.'

'Goh, wat een compliment.' Hij kwam overeind en aaide haar over haar billen. Plotseling stopte hij. Met toegeknepen ogen leunde hij naar haar toe. Toen grinnikte hij. 'Leuke tatoeage, schat.'

'Dank je,' zei ze met een glimlach. Vind ik ook.' Ze knipperde met haar ogen toen hij het nachtlampje aanknipte. 'Hé! Licht uit!'

'Ik wil hem gewoon even goed bekijken.' Geamuseerd wreef hij met zijn duim over het kleurige figuurtje op haar bil. 'Een griffioen.'

'Goed gezien.'

'Symbool van kracht, en van waakzaamheid.'

Verbaasd draaide ze haar hoofd om, zodat ze hem aan kon kijken. 'Je weet de gekste dingen, Jack. Maar inderdaad, daarom heb ik een griffioen gekozen. Grace kreeg ooit het idee om alle drie een tatoeage te nemen om te vieren dat we waren afgestudeerd. We gingen een weekend naar New York en namen alle drie een plaatje op onze bil.'

Haar glimlach verdween toen ze weer aan haar vriendinnen werd herinnerd. 'Wat een weekend. We dwongen Bailey om eerst te gaan, anders zou ze de benen hebben genomen. Ze koos een eenhoorn, zo typerend. O, hemel.'

'Kom op, ga nou niet grienen.' Hij was werkelijk als de dood dat ze zou gaan huilen. 'Misschien is er helemaal niets met haar aan de hand. Geen zorgen voor morgen.' Zachtjes masseerde hij de spieren in haar nek. 'We hebben al genoeg problemen. Over een paar uur gaan we hier weg en een beetje rondrijden, zodat je Grace kunt bellen.'

'Oké.' Ze onderdrukte haar emoties. 'Misschien –'

'Heb jij ooit hardgelopen?'

'Hè?'

Deze onverwachte wending veroorzaakte precies wat hij wilde. Het leidde haar af van haar zorgen.

'Ik vroeg of je ooit hebt hardgelopen. Je hebt er de bouw voor, en de snelheid.'

'Ja, dat klopt. Ik deed de 1500 meter. Van estafettes hield ik niet, ik ben niet zo'n teamspeler.'

'De 1500?' Hij rolde haar om en begon zachtjes haar borst te strelen. 'Dan moet je een prima uithoudingsvermogen hebben.'

Haar wenkbrauwen schoten omhoog. 'Heb ik ook.'

Hij boog zijn hoofd, speelde met haar lippen. 'En je moet weten hoe je je krachten het beste kunt verdelen, zodat je nog wat energie over hebt voor de eindsprint.'

'Zeker weten.'

'Mooi.' Hij beet in haar oorlel. 'Want deze keer ga ik het rustig aan doen. Daarmee schijn je elke race te winnen. Zullen we het uitproberen?'

Deze keer sliep ze meteen in, zoals hij al had gehoopt. Weer met haar gezicht naar beneden, merkte hij op, dwars over het bed. Zachtjes streelde hij haar haren. Hij kon maar niet van haar afblijven, kon zich niet herinneren dat ooit eerder zo te hebben gevoeld. Alleen al haar schouder tegen de zijne, zijn hand in de hare. Het leek wel alsof hij sentimenteel begon te worden. Gelukkig sliep ze al.

Een stoere kerel als hij wilde niet graag betrapt worden wanneer hij vol aanbidding, als een klein hondje, naar een slapende vrouw lag te kijken.

Alweer wilde hij de liefde met haar bedrijven. Dat was tenminste nog logisch, dat hij zichzelf wilde verliezen in woeste, hete seks, of langzame, tedere liefkozingen.

Als hij wilde, kon hij haar zo weer verleiden. Maar ze moest slapen. Er lagen diepe schaduwen onder haar ogen, en haar huid was bleek van vermoeidheid.

Daarom duwde hij haar voorzichtig opzij en strekte zich naast haar uit. Hij zou een uur slapen, besloot hij, en hij zette zijn interne wekker. En na dat uur zou hij terug stappen in de werkelijkheid.

M.J. werd wakker van het geluid van regen. Het deed haar denken aan luie ochtenden met zomerse regenbuien. Ze kroop nog wat dieper in het kussen en droomde weer weg.

Het paard sprong over een smal beekje, waarin het water helblauw stroomde. Haar hart sprong mee, en ze hield de man stevig vast, de geur van leer en zweet diep inademend.

Om hen heen rezen bleke bergen als soldaten omhoog naar de verzengende zon. Het was ondraaglijk heet.

De man was in het zwart gekleed, maar hij was niet haar ridder. Hij had wel hetzelfde gezicht, Jacks gezicht, maar dat ging schuil onder een breedgerande hoed.

Het lege land strekte zich voor hen uit, als een zee van zand met hier en daar een scherpe rotspunt. Een misstap van het paard, en hun bloed zou vloeien over de dorre grond.

Zonder angst reed hij verder, en ze voelde niets anders dan de opwindende snelheid.

Toen hij het paard inhield en zich omdraaide, stortte ze zich in zijn armen en drukte haar mond op zijn harde, veeleisende lippen. Ze bood hem de steen aan die gloeide en glansde met een fel blauw licht.

'Deze hoort bij de andere. Geen kennis zonder liefde, en geen van beiden zonder vrijgevigheid.'

Hij nam de steen en stopte hem weg in een borstzakje. 'De een zal de ander vinden. En samen vinden ze de derde.' Zijn ogen lichtten op. 'En jij bent van mij.'

In de schaduw van een rotsblok rolde de slang zich uit. Hij siste dreigend, en sloeg toen toe.

M.J. schoot overeind, een angstschreeuw nog nagalmend in haar hoofd. Ze drukte beide handen tegen haar wild bonkend hart. Het duizelde haar, en ze was nog steeds gevangen in die beklemmende droom.

Die slang, dacht ze huiverend. Die slang had de ogen van een man gehad.

Hemel. Ze concentreerde zich op haar ademhaling en onderdrukte de rillingen, zich afvragend waarom haar dromen opeens zo helder waren, zo realistisch en zo eigenaardig.

In plaats van zich nogmaals uit te strekken, greep ze een T-shirt, dat van Jack, en trok het aan. Haar hoofd was nog helemaal wazig, en het duurde even voordat tot haar doordrong dat ze geen regen hoorde, maar het geluid van de douche.

Dat besef, dat hij gewoon vlakbij was in de badkamer, was genoeg om de laatste restjes van haar angstaanjagende droom te verdrijven.

Ze was dan wel een vrouw die er trots op was dat ze zich in elke situatie kon handhaven, maar dit was allemaal toch wel helemaal nieuw voor haar. Het was prettig om te weten dat ze er deze keer niet alleen voor stond. Dat er iemand in de buurt was die haar zou helpen.

Want dat zou hij zeker doen. Ze glimlachte en wreef de slaap uit haar ogen. Hij zou zich niet terugtrekken, hij zou het niet laten afweten. Hij zou volhouden. En zonder aarzelen zou hij de monsters uit de bosjes jagen, de slangen op een afstand houden.

Ze kwam overeind en kamde met haar handen door haar haren. Op dat moment ging de badkamerdeur open.

Hij stapte naar buiten, in een wolk van stoom. Een piepklein handdoekje zat om zijn middel geknoopt, en zijn lichaam glom nog van de waterdruppeltjes. Zijn haar zat glad achterover en hing tot op zijn schouders. De gouden lokken glinsteren tussen het diepe bruin.

En kennelijk moest hij zich nog scheren.

M.J. ging staan, met slaperige ogen, verwarde haren, gekleed in niets meer dan zijn gekreukelde T-shirt dat tot aan haar dijen reikte.

Even konden ze elkaar slechts sprakeloos aanstaren.

Het besef was er plotseling, daar in die morsige kamer, net zo echt en levend als zij zelf waren. En het glansde net zo helder, net zo energiek, als de steen die hen bij elkaar had gebracht.

Jack schudde zijn hoofd, alsof hij net uit een droom was ontwaakt, misschien wel net zo'n levendige en angstaanjagende droom als die waaruit M.J. net wakker was geschrokken. Zijn grijze ogen werden donker van ergernis. 'Dit slaat nergens op.'

Als ze zakken had gehad, zou ze haar handen erin hebben gestopt. In plaats daarvan sloeg ze haar armen over elkaar en keek ze hem fronsend aan. 'Vertel mij wat.'

'Ik wilde dit helemaal niet.'

'O, en ik zeker wel?'

Hij had kunnen lachen om haar beledigde toontje, maar hij had het te druk met boos kijken en met zijn wanhopige pogingen om datgene te ontkennen wat hem zojuist vol in zijn hart had geraakt. 'Je was verdorie alleen maar een klusje.'

'Niemand vraagt je om het anders te zien.'

Met toegeknepen ogen stapte hij op haar af, elke beweging een uitdaging. 'O, nee? Het is gewoon anders geworden.'

'Klopt.' Ze liet haar handen naast haar lichaam vallen en tilde haar kin op. 'En wat ga je daaraan doen?'

'Ik verzin wel wat.' Hij stapte naar het dressoir, pakte de diamant op en legde hem toen weer neer. 'Ik dacht dat het kwam door deze hele situatie, maar dat is niet zo.' Nu draaide hij zich weer om, om haar aan te kijken. 'Ik begrijp nu dat dit onvermijdelijk was.'

Haar hart klopte traag en moeizaam. 'Ja, dat gevoel heb ik ook.'

'Oké.' Hij knikte en zette zich schrap. 'Zeg jij het maar eerst.'

'Vergeet het maar.' Voor het eerst sinds hij uit de badkamer tevoorschijn was gekomen, trok er een glimlach aan haar mondhoeken. 'Zeg jij het maar eerst.'

'Verdorie.' Woest haalde hij een hand door zijn druipnatte haar. Nog nooit had hij zich zo'n enorme dwaas gevoeld. 'Oké, oké,' mompelde hij ongeduldig, hoewel ze rustig en zwijgend stond af te wachten. Elke vezel in zijn lichaam spande zich, zijn zenuwen stonden strak gespannen, iedere spier leek in de knoop te zitten. Toch keek hij haar recht in haar mysterieuze groene ogen.

'Ik houd van je,' sprak hij nors.

Als antwoord barstte ze in lachen uit, en meteen klemde hij zijn kaken stijf op elkaar. Een spiertje in zijn wang begon te trillen.

'Als je soms van plan bent me voor gek te zetten, dame, dan zou ik nog maar eens goed nadenken.'

'Sorry.' Met moeite onderdrukte ze nog een lachsalvo. 'Je zag er gewoon zo gepijnigd en geïrriteerd uit. Zo'n enorm romantische liefdesverklaring, echt, mijn hart is niet meer te stuiten.'

'Wat wil je dan? Moet ik het soms voor je zingen?'

'Misschien later.' Weer lachte ze, een heerlijke, klaterende lach die de hele kamer leek te vullen. 'Ik zal je nu even uit je lijden verlossen. Ik houd ook van jou. Zo, voel je je nu beter?'

De klomp ijs in zijn maag ontdooide plotseling, maakte plaats voor een warme gloed. 'Je zou wat serieuzer kunnen zijn. Dit is niet om te lachen.'

'Kijk ons nou.' Ze drukte een hand tegen haar mond en ging op het voeteneinde van het bed zitten. 'Als dit niet komisch is, weet ik niet meer wat het wel is.'

Daar had ze wel een punt. In feite, besefte hij, had ze hem gewoon. Helemaal. Nu krulden zijn lippen zich, vastberaden. 'Oké, liefje. Het wordt tijd dat ik die arrogante lach eens van je gezicht ga vegen.'

'Laten we eens kijken of we dat kunnen overlaten aan zo'n grote, stoere kerel als jij.'

Met een enorme grijns liet ze zich door hem achterover op het bed duwen.

Hoofdstuk 8

Ze moest leren om hem soms te gehoorzamen, vertelde M.J. zichzelf. Geen relatie zonder compromis. Het was nou eenmaal zo dat hij meer ervaring had met dit soort situaties dan zij. En ze was tenslotte een redelijk persoon, besloot ze.

Iemand die best adviezen en bevelen kon opvolgen.

Maar niet heus.

'Kom op, Jack, moet ik nou echt wachten tot we in Alaska zitten voordat ik even mag bellen?'

Even keek hij haar aan. Ze waren pas tien minuten onderweg, en eigenlijk verbaasde het hem dat ze nu pas begon te klagen. Maar goed, ze was bezorgd, en de afgelopen vierentwintig uur waren zwaar voor haar geweest.

Waarom zou hij niet gewoon redelijk blijven?

Daarom niet.

'Als jij die telefoon gebruikt voordat ik het zeg, smijt ik hem uit het raam.'

Ongeduldig trommelde ze met haar vingers op het zaktelefoontje in haar hand. 'Vertel me één ding: hoe kan iemand ons in 's hemelsnaam traceren via deze telefoon? We zitten midden in niemandsland.'

'We zijn op nog geen uur rijden van Washington, stadsmeisje. En je zou nog versteld staan van wat ze allemaal kunnen opsporen.'

Goed, eigenlijk wist hij zelf ook niet of het kon, maar hij dacht van wel. Als de telefoons van haar vriendinnen werden afgetapt, liet M.J. misschien toch een spoor na als ze hen belde.

En hij wilde geen sporen nalaten.

'O ja? Hoe dan?'

'Net als met radio's. Ze kunnen de frequentie opvangen.' Iets beters kon hij niet verzinnen, en gelukkig leek ze erin te tuinen. 'En bovendien wil ik eerst een flink eind weg zijn. Dus wacht nou maar gewoon, M.J. Probeer jezelf niet zo op te fokken.'

Dat probeerde ze ook echt. Ze vertelde zichzelf dat het pas een dag geleden was sinds Bailey was verdwenen. Een dag.

Haar hele leven was echter veranderd in die ene dag.

'Vertel me dan op zijn minst waar we eigenlijk heen gaan.'

'Naar Pennsylvania.'

'Pennsylvania?'

'Daar kun je bellen, Daarna gaan we naar het zuidoosten, richting Baltimore.' Hij wierp haar een schuine blik toe. 'Misschien kunnen we naar een wedstrijd gaan kijken.'

'Je wilt naar een footballwedstrijd? Nu?'

'Hé, het is wel Onafhankelijkheidsdag, hoor. Daar hoort een wedstrijd bij, en bier, parades en vuurwerk. Sommige dingen zijn heilig.'

'Maar ik ben een fan van de Yankees...'

'Dat had ik kunnen weten. Het punt is, zo'n stadion is een goede plek om onszelf een paar uur te verbergen. En ook een goede plek om met iemand af te spreken, voor het geval je Grace kunt bereiken.'

'Grace in een stadion?' Ze snoof ongelovig. 'Ik dacht het niet.'

'Het is een goede dekmantel,' begon hij. Toen fronste hij zijn voorhoofd. 'Heeft jouw vriendin iets tegen onze geliefde volkssport?'

'Sport is nou niet bepaald iets voor Graces milieu. Liever een leuke, wervelende modeshow, of wellicht een opwindende opera.'

Nu was het Jacks beurt om minachtend te snuiven. 'En jullie zijn vriendinnen?'

'Zeg, ik ben echt wel eens naar de opera geweest, hoor.'

'Onder dwang?'

Ze schoot in de lach. 'Zo'n beetje wel, ja. Voor een buitenstaander zijn we inderdaad een vreemde combinatie. De wetenschapper, de gekke Ierse en de prinses. Maar het klikte gewoon.'

'Vertel me eens wat meer. Begin maar met Bailey, want met haar is dit alles begonnen.'

'Oké.' Ze haalde diep adem en keek naar het voorbijrollende landschap. 'Ze is mooi, op een fragiele manier. Blond, bruine ogen en een perzikhuidje. Ze heeft een zwak voor mooie, nutteloze dingetjes, zoals olifantjes. Die verzamelt ze. Vorige maand heb ik haar nog een stenen olifantje gegeven, voor haar verjaardag.'

Bij die herinnering perste ze even haar lippen samen. 'Ze houdt van oude films, vooral *film noir*, en ze is soms wat dromerig. Maar ze is heel ambitieus. Van ons drieën was ze de enige die precies wist wat ze wilde, en die daar ook naartoe werkte.'

Die Bailey stond hem wel aan, bedacht hij. 'En wat wilde ze dan?'

'Edelsteenkunde. Ze is gefascineerd door alle soorten stenen. Niet alleen edelstenen. We hebben al jaren plannen om een keer naar Parijs te gaan, maar vorig jaar belandden we in Arizona, op stenenjacht. Ze was zo blij als een varkentje in de modder. En ze heeft heel wat ellende gekend. Haar vader stierf toen ze nog klein was. Hij was antiekhandelaar, en dat is ook een van haar zwakheden. Mooie oude dingen. Hoe dan ook, ze aanbad haar vader. Haar moeder heeft geprobeerd de zaak draaiende te houden, maar dat lukte niet. Ze woonden toen in Connecticut, en dat kun je nog steeds aan haar stem horen.'

Even viel ze stil, vechtend tegen haar zorgen. 'Haar moeder hertrouwde een paar jaar later, verkocht de zaak en verhuisde naar Washington. Bailey mocht haar stiefvader wel. Hij behandelde haar goed, en wekte haar interesse voor edelstenen, dat was zijn vakgebied. Hij liet haar ook studeren. Toen ze op de universiteit zat, overleed haar moeder bij een auto-ongeluk. Dat was een moeilijke tijd voor Bailey. Haar stiefvader stierf een paar jaar later.'

'Dat is wel zwaar ja, als je zoveel mensen kwijtraakt.'

'Ja.' Ze keek hem even aan en dacht aan het feit dat hij ook zijn ouders en broer had verloren. Misschien had hij ze zelfs wel nooit echt gehad. 'Ik ben nog nooit iemand kwijtgeraakt.'

Meteen begreep hij waar ze op doelde. Hij haalde zijn schouders op. 'Je gaat gewoon door. Je moet wel. Dat heeft Bailey toch ook gedaan?'

'Jawel, maar ze heeft er wel littekens aan overgehouden. Dat kan toch ook niet anders, Jack.'

'Mensen kunnen best leven met littekens.'

In het besef dat hij er niet over wilde praten, ging ze maar weer uit het raam kijken. 'Haar stiefvader liet haar een deel van zijn bedrijf na. En dat vonden die twee griezels niet echt leuk.'

'O, ja. De griezels.'

'Thomas en Timothy Salvini zijn tweelingbroers. Als twee druppels water. Gladde types in dure pakken, die hun haar laten knippen voor honderd dollar.'

'Ja, dat is wel een goede reden om een hekel aan ze te hebben,' merkte Jack op. 'Maar dat is vast niet de voornaamste reden.'

'Nee. Hun houding bevalt me niet, tegenover Bailey en tegenover vrouwen in het algemeen. Bailey heeft ze altijd als familie beschouwd, maar dat was niet wederzijds. Vooral Timothy was rot tegen haar. Volgens mij negeerden ze haar gewoon, voordat hun vader stierf. En later, toen bleek dat ze een deel van Salvini had geërfd, werden ze razend.'

'En wat is Salvini?'

'Dat is ook de bedrijfsnaam. Ze ontwerpen, kopen en verkopen edelstenen en juwelen. Een chique zaak. Ze verkopen prachtige dingen, vooral de sieraden die Bailey ontwerpt. En ze doen ook taxaties voor musea en van erfenissen en zo. Dat is vooral Baileys werk, hoewel ze ook erg van ontwerpen houdt.'

'Maar als Bailey alle taxaties en ontwerpen doet, wat doen de griezels dan eigenlijk?'

'Thomas regelt de zakelijke kant. Timothy werkt in het laboratorium als het hem uitkomt, en mag graag belangrijk lopen doen in de showroom.' Rusteloos begon ze aan de knoppen van de stereo te draaien, waarop hij haar fel op de vingers tikte.

'Afblijven.'

'O, sorry hoor, dat ik aan je speeltje kom,' mopperde ze. 'Maar goed. Het is dus een behoorlijk chic bedrijfje, met een gevestigde reputatie. Door Baileys contacten bij het Smithsonian kregen ze de klus met de Drie Sterren. Ze was dolblij en ze kon niet wachten tot ze die stenen in handen zou krijgen.'

'En zij zou dus onderzoeken of ze echt waren, en ze dan taxeren?'

'Precies. En ze wilde ze zo graag aan Grace en mij laten zien, dat we vorige week zijn gaan kijken. Dat was de eerste keer dat ik ze zag. Ze waren spectaculair, maar het leek alsof ik ze al kende, ik denk omdat Bailey ze helemaal had beschreven.' Ze schudde even haar hoofd. 'Je hebt er een gezien, hem aangeraakt. Hij is schitterend. Maar als je ze alle drie tegelijk ziet, dan slaat je hart op hol.'

'Het klinkt meer alsof iemands hebberigheid op hol is geslagen. Als Bailey inderdaad zo eerlijk is –'

'Dat is ze.'

'Dan moeten we die stiefbroers maar eens natrekken.'

Haar wenkbrauwen schoten omhoog. 'Denk je dat die het lef hebben om de Drie Sterren te stelen? Zou Ralph een van hen daarmee hebben gechanteerd, en niet met gokschulden?'

'Nee.'

'Hoezo niet?' Toen beantwoordde ze haar eigen vraag. 'Nee, natuurlijk niet. Die afbetalingen begonnen maanden geleden al, en ze hebben die opdracht van het Smithsonian pas kort geleden gekregen.'

'Precies.'

Nog even dacht ze na. 'Maar misschien waren ze wel van plan de Sterren te stelen. En als ze gesnapt zouden worden, dan zou hun zaak failliet gaan. De zaak waar hun vader zijn hele leven voor had kromgelegen,' voegde ze er langzaam aan toe. 'En dat zou Baileys hart breken. Alleen al de gedachte. Ze zou dus zo'n beetje alles doen om dat te voorkomen.'

'Zoals die stenen wegsturen naar twee mensen die ze volkomen vertrouwt.'

'Ja. En haar stiefbroers confronteren met wat ze had ontdekt. In haar eentje.' Haar keel zat plotseling weer dichtgesnoerd van angst. 'Jack...'

'Logisch blijven denken,' zei hij streng. 'Als de broers hierbij betrokken zijn, en ik vermoed van wel, dan betekent dat dat ze een koper hebben voor die diamanten. En dat ze alle drie de sterren moeten hebben. Ze is dus veilig zolang ze die niet bij elkaar hebben. Ze is veilig zolang wij onvindbaar zijn.'

'Maar ze zijn vast wanhopig. Misschien houden ze haar ergens gevangen. Misschien hebben ze haar wel verwond.'

'Gewond is nog iets heel anders dan dood. Ze moeten haar wel in leven houden, M.J., tot ze alle drie de stenen hebben. En als ik het zo hoor, is dat maatje van jou misschien wel teer, maar toch ook weer niet van porselein.'

'Nee, dat klopt.' M.J. zuchtte en keek naar het telefoontje in haar hand. Nu pas besefte ze hoeveel risico het inhield om te bellen. 'Als je eerst naar New York wilt rijden, voordat ik bel, vind ik het prima.'

Hij gaf even een kneepje in haar hand. 'We gaan toch echt niet naar de Yankees hoor,' zei hij plagend. 'Al ga je op je knieën.'

'Ik besef nu pas dat ik je niet alleen dankbaar moet zijn omdat je mij gered hebt, maar dat je ook probeert Grace en Bailey te beschermen. Hun lot ligt in jouw handen, Jack.'

Snel trok hij zijn hand terug. 'Ga nou niet sentimenteel doen, liefje. Daar word ik chagrijnig van.'

'Ik houd van je.'

Zijn hart maakte een fikse duikeling. 'Verdorie. Nou moet ik het zeker ook weer zeggen.'

'Liever wel, ja.'

'Ik houd van je. Waar staat M.J. voor?'

Zoals hij al hoopte, moest ze daarom lachen. 'Luister, Jack, wilde seks en liefdesverklaringen, dat is één ding. Maar daarvoor ken ik je echt nog niet goed genoeg.'

'Martha Jane. Volgens mij is het Martha Jane.'

Ze snoof minachtend. 'Fout. En dat betekent dat u niet doorgaat naar de volgende ronde. Volgende keer beter.'

Er was vast wel ergens een geboortebewijs te vinden, bedacht hij.

Speurwerk was tenslotte zijn vak. 'Oké, vertel me dan maar over Grace.'

'Grace is een gecompliceerde vrouw. Ze is onwaarschijnlijk mooi, en ik overdrijf niet. Volwassen mannen veranderen in stotterende dwazen als zij even met haar hemelsblauwe ogen knippert.'

'Ik verheug me erop haar te leren kennen.'

'Dan zul je het zelf wel merken. Maar goed, ik ben niet het jaloerse type. Het is juist wel grappig om te zien hoe mannen smelten als Grace in de buurt is. Je hebt toch de foto's in mijn portemonnee bekeken, toen je mijn spullen doorzocht?'

'Ja, ik heb even gekeken.'

'Er zitten er een paar bij van ons drieën.'

Hij probeerde zich de foto's te herinneren. En besloot haar niet te zeggen dat hij nauwelijks oog had gehad voor de blondine en de brunette. De rooie had eigenlijk al zijn aandacht in beslag genomen. 'Was het de brunette, met die malle grote hoed op?'

'Ja, dat was vorig jaar, toen we op stenenjacht waren. Hoe dan ook, ze is beeldschoon, en ze is zeer bevoorrecht opgegroeid, maar wel als wees. Ze woonde bij een tante. De familie Fontaine is obsceen rijk.'

'Fontaine...' Zijn hersens werkten op volle toeren. 'Fontaine van de Fontaine-warenhuizen?'

'In één keer goed. Het zijn rijke, bekakte snobs. Grace vindt het heerlijk om ze te shockeren. Er werd van haar verwacht dat ze keurig haar school afmaakte en dan een passende, snobistische echtgenoot aan de haak zou slaan. Ze heeft tot nu toe alleen maar tegengewerkt, en aangezien ze zelf ook bergen geld heeft, kan het haar eigenlijk geen zier schelen wat haar familie van haar denkt.'

Ze pauzeerde even. 'Volgens mij zou het haar trouwens ook niets kunnen schelen als ze volkomen platzak was. Geld vindt ze niet belangrijk. Ze geniet ervan en smijt het met plezier over de balk, maar ze heeft er weinig respect voor.'

'Mensen die moeten werken voor hun geld denken daar anders over.'

'Ze is echt geen rijke nietsnut,' zei M.J., meteen defensief. 'Het kan haar gewoon niets schelen hoe mensen tegen haar aankijken. Ze doet een hele hoop liefdadigheidswerk. In stilte. Ze is een van de meest vrijgevige personen die ik ken. En ze is trouw. Ze is ook tegendraads en humeurig. Soms gaat ze er zo maar dagenlang vandoor. Naar Rome, of naar Nepal, het maakt niet uit. Dan moet ze gewoon weg. Ze heeft een huis in het westen van Maryland, midden in de bossen, met heel veel land eromheen, ver weg van alles. Geen telefoon, geen buren. Volgens mij wilde ze er dit weekend heen gaan.'

Ze sloot haar ogen en concentreerde zich. 'Ik weet niet of ik het terug zou kunnen vinden. Ik ben er maar één keer geweest, en toen reed Bailey. Als ik eenmaal de stad uit ben, raak ik onmiddellijk de weg kwijt. Al die landweggetjes zijn hetzelfde. Het ligt ergens in de bergen, bij een grote boswachterij.'

'Misschien moeten we daar toch maar een kijkje gaan nemen. Zou ze naar haar familie gaan, als ze in moeilijkheden verkeerde?'

'Absoluut niet.'

'Een man?'

'Waarom zou je vertrouwen op een wezen dat al aan je voeten ligt als je even glimlacht? Nee, geen man naar wie ze toe zou gaan.'

Even dacht hij na. Toen knipperde hij met zijn ogen en begon te grinniken. 'Grace Fontaine, nou weet ik het! De Elitaire Miss April. Door die hoed op die foto herkende ik haar niet. Ik herinner me nog haarfijn haar... gezicht.'

'O, ja?' Ze keek hem vragend aan over de rand van haar zonnebril. 'Breng jij veel tijd door met het kwijlen boven middenpagina's, Dakota?'

'Wel bij die Miss April,' gaf hij opgewekt toe, en hij legde zijn hand op zijn hart. 'Mijn hemel, dus jij bent dik bevriend met Miss April.'

'Ze heet Grace, en ze heeft jaren geleden voor die foto geposeerd, toen we nog studeerden. Om haar familie te ergeren.'

'Mijn hemel. Volgens mij heb ik dat nummer nog ergens liggen.

Ik moet die foto nog maar eens goed bestuderen. Wat een lichaam,' zo herinnerde hij zich vol genoegen. 'Vrouwen die zo gebouwd zijn, die zijn gewoon een geschenk aan de mensheid.'

'Misschien wil je even stoppen voor een gebed?'

Hij keek haar aan, nog steeds met een vette grijns. 'Goh, M.J., je ogen lijken nog groener. En je zei dat je nooit jaloers was.'

'Ben ik ook niet.' Normaal gesproken, dan. 'Het is een kwestie van waardigheid. Je hebt allerlei smerige, puberale fantasieën over mijn beste vriendin.'

'Ze zijn niet smerig, integendeel. Puberaal misschien wel, maar niet smerig.' Hij incasseerde de stomp op zijn arm zonder protest. 'Maar ik houd van jou, schat.'

'Ach, houd toch je mond.'

'Denk je dat ze die foto voor me zou willen signeren? Misschien dwars over haar –'

'Ik waarschuw je.'

Oké, dacht hij, het moest wel een grapje blijven. Hij nam een afslag naar het oosten.

'Wacht, ik dacht dat we naar New York gingen, om te bellen,' protesteerde ze.

'Je zei net dat Grace een huis heeft in Maryland, dus misschien moeten we toch maar die kant op rijden. Bel nu maar. We zijn nu wel ver genoeg van dat oergezellige hotelletje.' Met een glimlach klopte hij op haar hand. 'Maak je geen zorgen, liefje. We vinden wel weer een andere.'

'Erger kan toch niet,' zei ze. Snel toetste ze het nummer in. 'Hij gaat over.'

'Houd het kort, vertel niet waar je bent. Zeg haar dat ze naar een telefooncel moet gaan om je terug te bellen.'

'Ik –' Ze vloekte. 'Antwoordapparaat. Daar was ik al bang voor.' Ongeduldig trommelde ze op haar knie terwijl ze naar Graces stem luisterde. 'Grace, neem op, verdorie,' begon ze meteen na de piep. 'Het is dringend. Als je deze boodschap vanaf een andere plek afluistert, ga dan niet naar huis. Ga naar een telefooncel en bel mijn mobiele nummer. We zitten in de nesten, en niet zo'n beetje ook.'

'Kappen, M.J.'

'O, hemel. Grace, pas goed op. Bel me.' Ademloos verbrak ze de verbinding. 'Misschien zit ze in de bergen, maar ze kan net zo goed het vliegtuig naar Londen hebben gepakt. Of op het strand liggen op Jamaica. Of misschien... hebben ze haar te pakken.'

'Ze klinkt niet als een dame die je makkelijk opspoort. Ik denk dat ze in de bergen zit.' Hij verliet de snelweg en reed verder in noordelijke richting. 'Ik ga een beetje rondrijden, en dan stoppen om te tanken. En om een kaart te kopen. Laten we maar kijken of we jouw geheugen een beetje kunnen opfrissen en of je Graces berghutje kunt terugvinden. Het lag toch heel geïsoleerd?'

'Ja, midden in de bossen, en die bossen liggen midden in het niets.'

'Mmm. Misschien loopt ze daar wel bloot rond.' Hij grinnikte toen ze hem een klap gaf. 'Het was maar een gedachte.'

Ze vonden een benzinestation, en ook een kaart. Bij een truckersrestaurant stopten ze om te lunchen. Met de kaart opengevouwen op tafel gingen ze aan de slag.

'Kijk, er zijn maar zes boswachterijen in het westen van Maryland,' merkte Jack op, met zijn mond vol gehaktbrood. 'Komt een ervan je bekend voor?'

'Weet ik veel. Het zijn allemaal bomen.'

'Je bent wel een echte stadsrat, hè?'

Ze haalde haar schouders op en nam een flinke hap van haar broodje ham. 'Jij niet dan?'

'Ik denk het wel. Ik heb nooit kunnen begrijpen waarom mensen in het bos willen wonen. Ik bedoel, waar moet je dan eten?'

'Thuis.'

Hoofdschuddend keken ze elkaar aan.

'Iedere avond,' voegde hij eraan toe. 'En waar gaan ze heen als ze iets leuks willen doen? Naar de patio. Dat is toch een angstaanjagende gedachte?'

'Geen mensen, geen verkeer, geen restaurants, geen bioscopen. Geen leven.'

'Ik ben het helemaal met je eens. Onze vriendin Grace kennelijk niet.'

'Mijn vriendin,' zei ze, hem met een opgetrokken wenkbrauw aankijkend. 'Ze houdt van de stilte. En van tuinieren.'

'Wat heeft ze dan in haar tuin? Tomaten?'

'Ja, en bloemen en planten. Ik weet het ook niet, hoor. Ik houd wel van bloemen, maar die kun je toch gewoon kopen? Je hoeft ze toch niet zelf te gaan planten? Er waren trouwens ook herten in dat bos. Dat was wel leuk.' Ineens kwamen er allerlei herinneringen boven. 'Bailey vond het daar te gek. Ik vond het wel oké, voor een paar dagen, maar ze hebben er niet eens televisie.'

'Barbaars.'

'Precies. Ze zit daar naar muziek te luisteren en met de natuur te communiceren, of zo. Er is een klein winkeltje, meer dan vijf kilometer verderop. Daar kun je brood en melk kopen, en spijkers. Volgens mij was er ook een bank, en een postkantoor.'

'Hoe heette dat stadje?'

'Weet ik niet. Nergenshuizen?'

'Ha ha. Erg leuk. Probeer je de weg te herinneren. Jullie reden over de 270...'

'Ja, en toen gingen we verder over de 70 bij Frederick. Volgens mij ben ik in slaap gevallen, het was een eindeloze rit.'

'Jullie zijn vast onderweg gestopt,' drong hij aan. 'Meisjes reizen nooit zonder vaak te stoppen.'

'Is dat beschuldiging?'

'Nee, een feit. Waar ben je gestopt, wat heb je daar gedaan?'

'Ergens langs de 70. Ik had honger. Ik had zin in snacks.' Met gesloten ogen probeerde ze het zich te herinneren. Met een glimlach dacht ze aan Bailey, die haar weer op haar kop had gegeven omdat ze patat en hamburgers wilde. 'Wacht, ik weet het weer. We hebben snel wat gegeten, en toen zag ze een bord staan waarop een antiekveiling stond aangegeven. Dat was in zo'n grote schuur. Ze ging helemaal uit haar dak, en moest er per se heen. We moesten van de snelweg af, het was in een dorpje met zo'n malle naam, eh...' Ze deed haar uiterste best. 'Rabbit Hutch... Chicken Coop. Nee, iets met water. Beaver Creek! Dat was het! En Bailey was niet meer weg te slaan bij al dat antiek.'

'Oké.' Met een knikje vouwde hij de kaart weer op. 'Zodra we klaar zijn met eten gaan we op weg naar Beaver Creek. Daar zien we wel verder.'

Een tijdje later stonden ze op de parkeerplaats van de antiekmarkt. M.J. stond in gedachten verzonken een blikje fris te drinken. 'Ik weet nog dat we teruggingen naar de 70. Bailey was aan het kletsen over glaswerk, en over al het antiek dat ze had gezien, en dat ze nog een keer terug wilde. En ik won het muziekduel.'

'Het wat?'

'Het muziekduel. Bailey houdt van klassiek. Als we samen op weg zijn, dan doen we kop of munt, om te kijken wie de muziek mag uitkiezen. Ik won, en dus draaiden we Aerosmith.'

'Volgens mij zijn we voor elkaar geschapen, schatje. Dit wordt gewoon eng.' Hij kuste haar even op haar mond. 'Wat droeg ze?'

'Waarom ben je opeens zo geïnteresseerd in hoe mijn vriendinnen zich al of niet kleden?'

'Gewoon, om je geheugen op te frissen. Om het plaatje compleet te maken. Hoe meer details, hoe meer je je herinnert.'

'Oké, ik snap het.' Gerustgesteld begon ze zich diep te concentreren. 'Een beige pantalon. Bailey houdt niet van felle kleuren. Daar zit Grace haar altijd over op haar kop. Verder een zijden, getailleerde blouse, zachtroze. Ze droeg prachtige oorbellen, die ze zelf had gemaakt. Met grote roze edelstenen. Ik heb ze ook nog geprobeerd, maar ze stonden me niet.'

'Natuurlijk niet. Roze staat niet bij rood.'

'Dat is een mythe. Mensen met rood haar kunnen best roze dragen. We gingen weer van de snelweg af, naar het westen. Het nummer van die weg weet ik niet meer. Bailey had het allemaal in haar hoofd zitten.'

Jack keek op de kaart. 'De 68 gaat in westelijke richting. Laten we maar eens kijken of die je bekend voorkomt.'

'Ik weet wel dat het nog een paar uur rijden was, van hier,' zei ze, terwijl ze weer in de auto klom. 'Ik kan ook wel een tijdje het stuur overnemen.'

'Nee, dat kun je niet.'

Onderzoekend keek ze de auto rond en merkte op dat een achterportier dicht zat met een stukje ijzerdraad. 'Deze schroothoop is nou niet bepaald iets om bezitterig over te doen, Jack.'

Hij klemde zijn kaken op elkaar. Deze schroothoop was, tot voor kort, zijn enige grote liefde. 'De kans is groter dat je je dingen herinnert als we alles precies herhalen. En jij reed toen ook niet.'

'Best.' Ze strekte haar benen. 'Heb je wel eens overwogen om je auto opnieuw te laten spuiten?'

'Deze auto heeft juist karakter. En trouwens, het gaat om wat er onder de motorkap zit. Uiterlijkheden interesseren me niet.'

'Wat er onder de motorkap zit,' herhaalde ze. En toen, met een blik op het dashboard: 'En wat voor stereo erin zit. Ik durf te wedden dat dat ding je minstens vierduizend dollar heeft gekost.'

'Ik houd van muziek. En jij dan, met dat speelgoedautootje van je?'

'Mijn MG is toevallig een klassieker.'

'Het is een kinderauto. Je moet je vast helemaal opvouwen om achter dat stuur te passen.'

'Ik kan tenminste normaal parkeren. Dat kun jij niet zeggen met die stoomboot van je.'

'Let je wel even op de weg?'

'Jazeker.' Ze bood hem een slokje van haar frisdrank aan. 'Ik weet dat het er wel zo uitziet, maar volgens mij woon je niet in deze auto. Of wel?'

'Als het moet. En verder heb ik nog een flatje op Mass Avenue.'

Met stoffige meubels, bedacht hij. Bergen boeken, maar geen echte sfeer. Geen wortels, niets wat hij niet zonder enige moeite achter zou laten. Net zoals zijn hele leven tot nu toe was geweest. Tot gisteren.

Wat moest hij in vredesnaam met haar? vroeg hij zich plotseling af. Hij had geen enkele basis, geen enkele zekerheid. Hij had haar eigenlijk helemaal niets te bieden. Niets om op te bouwen.

Zij had familie, vrienden, en een bedrijf dat ze zelf had opgebouwd. Wat hadden ze eigenlijk gemeen, behalve de situatie waarin ze nu verkeerden, dezelfde muzieksmaak en een voorkeur voor het leven in de grote stad?

En hun wederzijdse liefde.

Even wierp hij een blik opzij. Ze was zich aan het concentreren, zag hij. Met een frons op haar voorhoofd leunde ze naar voren, ingespannen naar buiten turend om herkenningspunten in het landschap te ontdekken.

Mooi was ze niet, dacht hij. Liefde mocht dan blind maken, maar hij zou haar nooit met zo'n simpele uitdrukking hebben omschreven. Dat merkwaardige, kattige gezicht trok de aandacht. Zeker ook de aandacht van mannen. Het was een uniek, sexy gezicht, met het contrast tussen die hoge jukbeenderen, de strenge hoeken en de boog van die overdadige, volle mond.

Haar lichaam was gebouwd op snelheid en op beweging, en niet zozeer op verleidelijkheid. En toch had hij zichzelf erin verloren, zich in haar verloren.

Maar al te goed besefte hij dat hij een nieuwe weg was ingeslagen op het moment dat hij haar ontmoette. En hij had geen flauw idee waar die weg heen zou leiden.

'Dit is de goede weg.' Ze draaide zich om en keek hem stralend aan. 'Ik weet het zeker.'

Zwijgend drukte hij het gaspedaal wat verder in. Zolang een van hen beiden daar maar zeker van was.

Hoofdstuk 9

De weg voerde dwars door de bergen.

M.J. besefte dat het een knap staaltje wegenbouwkunst was, maar ze werd er wel een beetje onrustig van. Vooral van alle borden die waarschuwden voor vallend gesteente, en van die diepe, rotsachtige afgronden.

Op overvallers kun je je tenminste voorbereiden, dacht ze, maar hoe kun je je nou ooit wapenen tegen Moeder Natuur? Met een schuin oog hield ze de rotswand in de gaten, van harte hopend dat alle stenen even op hun plaats zouden blijven liggen.

Voor hen strekten de bergen zich uit, groen en aanlokkelijk. De warme lucht was vochtig, de banden zoefden over het hete asfalt.

Hier en daar kon ze een huis zien staan, verstopt tussen de bomen. Ze kon ze zo voor zich zien, met keurig onderhouden tuinen, blaffende waakhonden en een terras achter het huis voor de barbecue.

Het was ook een manier van leven, dacht ze, maar die tuin en dat huis moesten wel onderhouden worden.

Zelf had ze nog nooit in een echt huis gewoond. Ze gaf de voorkeur aan een appartement. Voor sommige mensen was een flat een klein doosje, weggestopt tussen andere doosjes. Zij was daar juist tevreden mee, en hield wel van wat mensen om zich heen.

Waar had je nou een grasveldje en een schommel voor nodig, als je geen kinderen had?

Bij dat idee kromp haar maag even ineen. Had ze eigenlijk ooit nagedacht over kinderen krijgen? Een baby wiegen, een kind zien opgroeien, veters strikken en neuzen snuiten.

Grace was degene met een zwak voor kinderen, besefte ze. Niet dat ze zelf een hekel aan ze had. Ze had een heel leger neefjes en nichtjes, en ze had al vele uren doorgebracht met het bewonderen van pasgeboren baby's of honkballend met kniehoge spelertjes.

Goed, het was vast anders als het je eigen kind was. Hoe zou dat voelen, als je eigen baby zijn hoofdje op je schouder liet rusten, of als een peuter op wankele beentjes zijn armpjes naar je omhoog stak?

En waarom zat ze in vredesnaam op dit moment aan kinderen te denken? Zo onopvallend mogelijk veegde ze onder haar zonnebril even over haar ogen. Toen keek ze naar Jack. Hoe zou hij over kinderen denken?

Idioot genoeg voelde ze haar wangen rood worden bij die gedachte, en ze draaide zich snel om naar het raampje. Doe niet zo gek, vermaande ze zichzelf. Je kent die vent net een dag, en je begint nu al te dromen over luiers en kinderschoentjes.

Dat, bedacht ze grimmig, was nou precies wat er gebeurde met een vrouw als ze zich door een man liet inpalmen. Dan werd ze helemaal week, vooral in haar hoofd.

Plotseling schreeuwde ze het uit. 'Daar! Die afslag! Daar zijn we eraf gegaan, ik weet het zeker!'

'Schiet me de volgende keer maar gewoon dood,' suggereerde Jack. 'Dat is vast minder pijnlijk dan een hartaanval.'

'Sorry.'

Rustig nam hij de afslag en bleef langzaam rijden, zodat ze zich kon oriënteren.

'Links,' zei ze na een tijdje. 'Ik weet het bijna zeker.'

'Oké. Ik moet trouwens toch tanken.' Bij het eerste het beste benzinestation stopte hij. 'Waar zat je net over te mijmeren, M.J.?'

'Mijmeren?'

'Je zat met je gedachten helemaal ergens anders.'

Dat hij dat had opgemerkt, vond ze enigszins verontrustend. Ze haalde haar schouders op. 'Ik concentreerde me gewoon. Verder niets.'

'Nee, niet waar.' Hij legde een hand onder haar kin en draaide haar gezicht naar zich toe. 'Dat deed je nou juist niet.' Met zijn duim wreef hij over haar lippen. 'Maak je geen zorgen. We vinden je vriendinnen wel. En er is heus niets met ze aan de hand.'

Ze knikte beschaamd. Eigenlijk had ze aan Bailey en Grace moeten denken, maar in plaats daarvan had ze als een verliefde dwaas zitten dagdromen over baby's. 'Grace is vast in haar huis. We hoeven het alleen maar te vinden.'

'Mooi zo, gezond optimisme.' Even raakten zijn lippen de hare. 'Wil je een reep voor me kopen?'

'Jij hebt alle poen.'

'O, ja.' Hij stapte uit en pakte wat geld uit zijn broekzak. 'Hier,' zei hij. 'En neem er zelf ook een.'

'Goh, bedankt, pap.'

Grijnzend keek hij haar na. Die lange benen, de smalle heupen in de strakke spijkerstof. Het kon hem eigenlijk niet schelen hoe ze in zijn leven, en in zijn hart, terecht was gekomen. Maar hoe zat het met haar? Meestal bleven mensen niet lang bij hem in de buurt. Ze kwamen en ze gingen. Zo was het al zo lang, dat hij eigenlijk geen andere verwachtingen meer had. Toch besefte hij dat hij er nooit overheen zou komen als zij besloot ervandoor te gaan. Dus moest hij ervoor zorgen dat ze er niet vandoor ging.

Terwijl hij de gulzige tank van de Oldsmobile stond te vullen, keek hij goedkeurend toe toen M.J. weer naar buiten kwam lopen. En hij was niet de enige. Een tiener die naast hem stond te tanken kon ook zijn ogen niet van haar afhouden.

Ik kan het je moeilijk verwijten, maatje, dacht Jack. Ze is inderdaad nogal bezienswaardig. Misschien heb je mazzel en vind je ook zo'n vrouw, later als je groot bent.

Zichzelf feliciterend met zijn lot uit de loterij sloot hij de tank weer af. Toen liep hij naar haar toe. Ze had haar handen vol met blikjes en snoep, maar toch trok hij haar in zijn armen om haar vurig op de mond te kussen.

Toen hij haar weer losliet, snakte ze naar adem. 'Waarom deed je dat?'

'Omdat het kan,' zei hij eenvoudig, en met zijn stoerste loopje liep hij naar binnen om te betalen.

Hoofdschuddend merkte M.J. op dat de tiener haar stond aan te gapen, en zijn tank liet overlopen. 'Ik zou maar even geen sigaret opsteken, maatje,' zei ze toen ze hem passeerde op weg naar Jacks auto.

Zodra Jack weer naast haar zat, greep ze hem in zijn haren en trok zijn hoofd naar zich toe om hem vol op zijn lippen te kussen. 'Zo. Wat jij kan, kan ik ook.'

'Inderdaad,' bracht hij moeizaam uit. 'We zijn wel een lekker stel, hè?' Het duurde even voordat hij zijn gevoelens weer onder controle had, en hij weer wist hoe het contactsleuteltje werkte.

Geamuseerd door zijn heftige reactie hield ze een reep onder zijn neus. 'Stukje chocola?'

Hij gromde even en nam een hap. 'Let op de weg,' zei hij. 'Probeer een bekend punt te ontdekken.'

'Ik weet dat we deze weg niet lang hebben gevolgd,' begon ze. 'We namen een afslag en hebben toen eindeloos rondgereden op kleine landweggetjes. Zoals ik al zei, Bailey wist het uit haar hoofd. Bailey!' Ze sloeg met haar hand tegen haar voorhoofd.

'Wat is er?'

'Ik heb me steeds afgevraagd waar ze zou kunnen zijn, waar ze heen zou gaan als ze in moeilijkheden verkeerde.' Met glanzende ogen wendde ze zich naar hem toe. 'En het is zo simpel! Ze weet hoe ze naar Graces huis moet rijden, en ze vond het daar heerlijk. Daar zou ze zich veilig voelen.'

'Het is een mogelijkheid,' beaamde hij.

'Nee, het moet gewoon zo zijn,' hield ze koppig vol. 'Misschien heeft ze een bus of een trein genomen, en verder een auto gehuurd.' Haar hart sprong op. 'Ja, het is zo logisch, en net iets voor Bailey. Ze zijn vast alle twee daar, zich afvragend wat ze nu moeten doen en wat er met mij aan de hand is.'

Nu begon hij zich zorgen te maken om M.J. Plotseling richtte ze al haar hoop op deze ene mogelijkheid, maar hij had het hart niet haar die illusie te ontnemen. 'Als ze er zijn,' begon hij voorzichtig, 'dan moeten we ze toch eerst zien te vinden. Dus concentreer je.'

'Oké.' Met hernieuwd enthousiasme speurde ze de omgeving af. 'Het was lente. Het zag er mooi uit, alles in bloei. Er was zo'n tuincentrum,' herinnerde ze zich opeens. 'Een hoe heet dat ook alweer, een kwekerij. Bailey wilde stoppen om een of ander struikje voor Grace te kopen, maar ik zei dat ze beter eerst kon kijken wat Grace al had.'

'Dus nu zijn we op zoek naar een kwekerij.'

'Het had een of andere flauwe naam.' Ze sloot haar ogen. 'Het lag vlak aan de weg, en het was er heel druk. Daarom wilde ik ook niet stoppen. Buds'N' Blooms.' Ze sloeg haar handen ineen. 'Zo heette het.'

'Prachtig.' Hij nam haar hand en drukte er een kus op. Het gebaar verraste hemzelf net zozeer als haar. Zoiets had hij nog nooit eerder gedaan.

In M.J.'s maag begonnen de vlinders meteen te fladderen. Ze schraapte haar keel en legde haar hand in haar schoot. 'Ik, eh... Nou ja, hoe dan ook. Grace en Bailey zijn later teruggegaan en hebben zo'n beetje die hele winkel leeggekocht. Ze kwamen terug met enorme hoeveelheden bloemen en planten, hele struiken zelfs.'

Op dat moment slaakte hij een triomfantelijke kreet. 'Daar is je tuincentrum, lieverd. De zaken gaan goed, zo te zien.'

Haar hart sprong op toen ze het gebouw herkende.

'Goed, en hoe nu verder?'

'Volgens mij nog anderhalve kilometer langs deze weg.'

'Houd je niet van bloemen?' vroeg hij.

'Hè?' Wazig keek ze hem aan. 'Jawel, ik vind ze wel leuk. Maar ze moeten wel lekker ruiken. En ik houd niet van die bloemen die na een dag hun hoofd al laten hangen.'

'Dat had ik kunnen weten,' zei hij grijnzend. 'De dame houdt van gespierde bloemen. Moeten we hierin?'

'Nee... volgens mij een stukje verder.' Ze leunde naar voren en trommelde met haar vingers op het dashboard. 'Die weg daar, ik weet het bijna zeker.'

Hij schakelde terug en sloeg rechtsaf. De weg slingerde zich tussen weiden vol grazende koeien door.

'Volgens mij klopt dit.' Ze beet op haar lippen. 'Die verdraaide wegen zien er allemaal hetzelfde uit. Weilanden, stenen en bomen. Hoe weten de mensen hier in vredesnaam waar ze naartoe moeten?'

'Bleven jullie deze weg volgen?'

'Nee, ze sloeg weer af.' Links of rechts? vroeg ze zich af. 'We bleven stijgen, dat weet ik nog wel. Misschien was het hier, die afslag.'

Jack minderde vaart, zodat ze even kon nadenken.

'Ik geloof dat we hier naar links moeten. Sorry, Jack, ik weet het gewoon niet meer precies.'

'Luister, we hebben een volle tank en het blijft nog uren licht. Dus maak je niet druk.'

Hij sloeg links af en volgde de kronkelige landweg die beurtelings steeg en daalde. Her en der lagen huizen, en de velden stonden vol met manshoge maïsplanten.

Toen ze boven op een heuvel aankwamen, lag de wereld plotseling aan hun voeten. Een spectaculair uitzicht over de groene bergen.

'Ja, dit weet ik weer! Bailey raakte bijna van de weg af toen we boven op deze heuvel aankwamen. Ik denk tenminste dat het hier was,' voegde ze eraan toe. 'Volgens mij hoort dit al bij de boswachterij, en Bailey was zwaar onder de indruk. Maar we zijn wel nog een keer afgeslagen. Het was een van die kleine weggetjes het bos in.'

'Het gaat prima. Zeg maar welke je wilt proberen.'

'Eerlijk gezegd heb ik geen idee.' Ze voelde zich zo stom. 'Het ziet er allemaal hetzelfde uit.'

'Laten we deze maar proberen,' besloot hij, en hij sloeg rechts af.

Na tien minuten beseften ze dat ze verdwaald waren, en het kostte nog tien minuten om weer op een hoofdweg uit te komen. Ze reden door een klein stadje dat M.J. zich niet kon herinneren. Na nog een uur ronddwalen, begon ze haar geduld te verliezen.

'Hoe kun je nou zo kalm blijven?' vroeg ze hem. 'Volgens mij hebben we alle weggetjes wel gehad. Ik ken alle koeien bij naam, inmiddels. Ik word gek.'

'In mijn vak moet je geduld hebben. Heb ik je wel eens verteld over Big Bill Bristol?'

Ze schoof in haar stoel, ervan overtuigd dat ze nooit meer gevoel in haar billen zou krijgen. 'Nee, je hebt me nooit verteld over Big Bill Bristol. Ga je nu een verhaaltje verzinnen?'

'Dat hoeft niet.' Omdat ze alle twee wel een pauze konden gebruiken, parkeerde hij aan de kant van de weg, naast een klein beekje. Het zonlicht schitterde op het donkere water.

'Big Bill was veroordeeld wegens mishandeling. Hij werd driftig toen iemand hem probeerde te belazeren bij het pokeren. Big Bill is bijna twee meter, met handen als kolenschoppen, en hij kan niet tegen zijn verlies. Dat weet ik uit ervaring, want ik heb wel eens met hem om de kaarttafel gezeten.'

'Goh, Jack, ik sta echt te popelen om je vrienden te leren kennen.'

Hij beantwoordde haar sarcasme met een schuine blik. 'Hoe dan ook, Ralph leende hem het geld voor zijn borg, maar Big Bill hoorde dat er in Jersey zwaar gepokerd zou worden, en dat wilde hij niet missen. Hij ging ervandoor, en ik moest hem weer opsporen.' Even wreef hij over zijn stoppelige kin. 'Het leek zo simpel. Bill opsporen, hem vertellen dat hij nog voor de rechter moest komen, en hem terugbrengen. Maar het bleek dat Bill grote hoeveelheden geld had gewonnen en alweer was doorgereisd naar een andere goktent. Ik moet hieraan toevoegen dat Bill wel sterk is, maar zeker niet slim. Dus Bill bleef maar winnen, en ging van staat naar staat.'

'Met Jack Dakota op zijn hielen.'

'Nou ja, ik was hem op het spoor. Met moeite. Als hij me met opzet had willen afschudden, had hij het niet beter kunnen doen. Ik doorkruiste het hele noordoosten, en bezocht alle speeltafels.'

'En hoeveel heb je verloren?'

'Valt wel mee,' antwoordde hij met een grijns. 'Op een nacht, rond twaalf uur, kwam ik aan in Pittsburgh. Ik wist dat er gespeeld werd, maar ik kwam er niet achter waar precies. Ik was moe en vies, en ik had nog maar honderd dollar. Toen ging ik een bar binnen.'

'Natuurlijk.'

'Stil nou.' Hij trok even aan haar haren. 'Zomaar een bar. En raad eens wie er achterin zat te spelen om grof geld?'

'Eens kijken. Was het soms... Big Bill?'

'In hoogsteigen persoon. Met geduld en beleid was ik in Pittsburgh terechtgekomen, maar dat ik die bar uitkoos, dat was puur instinct.'

'En hoe heb je hem meegekregen?'

'Ik ging meespelen, nam een drankje. Na een paar uur legde ik Bill de situatie uit en deed hem een voorstel. We zouden alle twee een kaart trekken. Als ik hoger had dan hij, zou hij rustig met me meegaan.'

'En jij had een hogere kaart?'

'Tuurlijk.' Hij krabde even aan zijn kin. 'Ik had toevallig wel een aas in mijn mouw zitten, maar ja, zoals ik al zei, Big Bill heeft niet zoveel hersens.'

'Dus je hebt vals gespeeld?'

'Zeker. Het was de makkelijkste uitweg, en iedereen was gelukkig.'

'Behalve Big Bill.'

'Nee, hij ook. Hij had een hele hoop geld gewonnen, en kon daarmee die vent afbetalen die hij de hersens had ingeslagen. De aanklacht werd ingetrokken.'

Ze hield haar hoofd schuin. 'En als hij nou had besloten om toch maar niet mee te gaan?'

'Dan had ik een stoel op zijn kop kapot geslagen en een schietgebedje gedaan.'

'Je leidt wel een opwindend leventje, hè Jack?'

'Het bevalt me prima. De moraal van het verhaal is dat je moet blijven zoeken, en logisch moet blijven denken. En als de logica je in de steek laat, dan moet je op je instinct afgaan.' Ondertussen had hij de diamant uit zijn zak gehaald. 'De tweede steen staat voor kennis.' Hij keek haar aan. 'Wat weet je, M.J.?'

'Ik begrijp je niet.'

'Je kent je vriendinnen. Je kent ze een stuk beter dan ik Big Bill kende. Of wie dan ook, eigenlijk.' Eigenlijk was dat wel iets om jaloers op te zijn, besefte hij. Daar moest hij later nog maar eens goed over nadenken. 'Ze zijn een deel van je verleden, van je leven nu, en, naar ik aanneem, van je toekomst.'

Haar hart kromp ineen. 'Ga nou niet filosofisch zitten doen, Dakota.'

'Soms werkt dat. Luister naar je instinct, M.J.' Hij nam haar hand en legde die over de diamant. 'Vertrouw op wat je weet.'

Plotseling liepen de rillingen haar over de rug. 'Wil je nou echt dat ik dat ding als een soort van kompas gebruik? Of als een wichelroede?'

'Je voelt het ook, hè?' Ook voor hem was het een schok, maar hij hield zijn handen stil en bleef haar rustig aankijken. 'Dat ding ademt bijna. Weet je wat het is, met mythes? Als je er maar diep genoeg in graaft, kom je vanzelf de waarheid tegen. De tweede steen staat voor kennis.' Hij ging weer achterover zitten en legde zijn handen op het stuur. 'Goed, welke kant wil je op?'

Ze had het ijskoud. Toch brandde de steen in haar handpalm. 'Naar het westen,' hoorde ze zichzelf zeggen tot haar eigen verbazing. Waarom zei ze niet gewoon rechts of links, zoals een echt stadsmens? 'Dit is idioot.'

'Sinds gisteren is alles idioot. Het heeft geen zin om op een andere manier de weg terug te vinden. Vertel me maar gewoon welke kant je op wil. Welke richting voelt als de juiste?'

Dus hield ze de diamant in een ijzeren greep en dirigeerde hem langs landweggetjes, langs bossen en rotsformaties, langs een rivier die traag door het landschap kronkelde, en langs een klein bruinen huisje dat pal aan de weg stond.

'Nu naar rechts,' zei ze. Haar keel zat helemaal dichtgeknepen. 'Je moet goed kijken. We zijn er toen ook eerst langsgereden, en moesten weer omkeren. Het is een heel smal oprijlaantje, meer een karrespoor. Je kunt het nauwelijks zien. Ze heeft ook geen brievenbus. Haar post haalt ze op in het stadje, bij het postkantoor. Daar.' Met trillende hand wees ze hem de richting. 'Daar is het.'

Hij sloeg het pad in. Het was inderdaad erg smal. De takken schraapten over het dak van de auto toen hij langzaam over het grindpad verder reed.

Plotseling stond daar, midden op het pad, een hert. Stil als een standbeeld, goudkleurig glanzend in de late middagzon.

Het zou eigenlijk een witte hinde moeten zijn, dacht Jack onwillekeurig. Een witte hinde als symbool van hun zoektocht.

De ree bleef even staan kijken en hief toen haar hoofd, haar ogen wijd opengesperd. En toen, met een elegante sprong en een snelle draai van dat lenige lichaam, verdween ze op haar dunne pootjes tussen de bomen. Alsof ze er nooit was geweest.

Het huis was precies zoals M.J. het zich herinnerde. Het stond boven op een heuvel, boven een smal, kabbelend beekje. De twee verdiepingen smolten als het ware samen met de bossen erachter. Het huis was opgetrokken uit hout en glas, simpel van opzet, met een lange veranda die felblauw was geschilderd. Op de veranda stonden twee schommelstoelen en wat koperen potten met uitbundig bloeiende planten.

'Ze is hier bezig geweest,' mompelde M.J., de tuin aandachtig opnemend. Overal bloeiden bloemen, alles door elkaar. De stroom van kleuren en geuren kwam als een wilde rivier de heuvel af. Brede houten traptreden baanden zich een pad tussen deze oase door naar de veranda.

'Voor haar huis in Potomac heeft ze een landschapsarchitect ingehuurd. Toen wist ze precies wat ze wilde, maar liet ze het door een ander doen. Hier wilde ze alles per se zelf doen.'

'Het ziet er uit als een sprookje.' Hij schoof wat ongemakkelijk in zijn stoel heen en weer. Wat zat hij nou weer te brabbelen? 'Ik bedoel, nou ja, je weet wat ik bedoel.'

'Jazeker.'

Aan het einde van de oprit stond een glimmende blauwe pick-up geparkeerd, maar die stond er altijd. Die gebruikte Grace alleen hier. Er was geen spoor te bekennen van de auto waarmee ze hiernaartoe zou zijn gereden. En er stond helaas ook geen stoffige huurauto, die van Bailey zou kunnen zijn.

Ze zijn vast even naar de winkel, vertelde M.J. zichzelf. Dan zijn ze zo weer terug.

Het kon toch niet waar zijn, dat ze zo'n eind hadden gereden, zo ver waren gekomen, en dat ze er nu alle twee niet waren?

Zodra Jack naast de pick-up stopte, sprong ze uit de auto en rende de houten treden op.

'Wacht even.' Hij greep haar arm, waardoor ze slippend tot stilstand kwam. 'Laten we eerst even de kat uit de boom kijken.' Teder maakte hij de diamant, die ze nog steeds in haar hand gekneld hield, uit haar vingers los. Toen de steen weer veilig in zijn zak zat, nam hij haar hand weer. 'Zei je niet dat ze die pick-up altijd hier laat staan?'

'Ja, dat klopt. Normaal gesproken rijdt ze in een Mercedes, of in een kleine Beemer.'

'Aha. Jouw vriendin heeft dus drie auto's?'

'Grace heeft van de meeste spullen meer dan een exemplaar. Ze beweert dat ze nooit van te voren weet waarvoor ze in de stemming zal zijn.'

'Is er ook een achterdeur?'

'Ja, een bij de keuken, en ook nog een aan de zijkant.' Ze gebaarde naar rechts, en deed haar uiterste best om het brok in haar keel weg te slikken. 'Via die deur kom je op een kleine patio, en in de bossen.'

'Laten we eerst even rondkijken.'

Er was nog een tuinschuurtje, waarin de gereedschappen allemaal keurig waren opgeborgen, inclusief een grasmaaimachine, harken en schoffels. Het gazonnetje werd begrensd door terrastegels, waar zacht verend mos tussen groeide. En overal waren bloemen en planten. Zelfs de rotswand achter het huis was begroeid met klimop.

Een kolibrie zweefde boven een felrood voerbakje. De vleugeltjes bewogen zo snel dat je ze niet eens kon zien. Toen ze aan kwamen lopen, ging hij ervandoor als een kogel uit een geweer.

Tijdens zijn inspectie ontdekte Jack nergens gebroken ramen of andere tekenen van braak aan de achterkant van het huis. Langzaam maakten ze het rondje af, door de kruidentuin die geurde naar rozemarijn en munt. Een koord met koperen belletjes hing onbeweeglijk bij de achterdeur. Het was bladstil.

'Het is gewoon griezelig.' Ze wreef over haar armen. 'Om zo rond te sluipen.'

'Laten we nog maar even doorsluipen.'

Ten slotte kwamen ze op de kleine patio uit. Daar stonden een glazen tafel en een ligstoel, en nog meer bloemen in betonnen bakken en in aardewerken potten. Naast de tafel was een klein vijvertje met allerlei soorten siergras.

'Dat is nieuw.' M.J. bleef even staan. 'Dat was er nog niet, eerst. Ze heeft het er wel over gehad. Het ziet eruit alsof het net is aangelegd.'

'Ik heb zo het idee dat je vriendin deze week druk bezig is geweest. Denk je dat er nog planten bestaan die niet in haar tuin voorkomen?'

'Waarschijnlijk niet,' antwoordde ze met een zwak glimlachje. 'Ik wil naar binnen, Jack. Echt, ik moet gewoon naar binnen.'

'Laten we maar kijken.' Hij liep het trapje van de veranda op. De voordeur bleek op slot te zijn. 'Heeft ze een geheime bergplaats voor haar sleutel?'

'Nee.' Ondanks de hitte bleef ze maar over haar armen wrijven. Ze had kippenvel. Het is te rustig, kon ze alleen maar denken. Veel te rustig. 'Bij haar huis in Potomac had ze wel een reservesleutel, in een bloempot bij de deur. Maar haar nichtje Melissa heeft die een keer gevonden en het zichzelf gemakkelijk gemaakt, toen Grace in Milaan was. Daar was ze behoorlijk nijdig om.'

Hij ging op zijn hurken zitten en bekeek het slot. 'Dat zijn prima sloten. Het is makkelijker om een ruitje in te tikken.'

'Dat gaat mooi niet door.'

Met een zucht kwam hij overeind. 'Ik was al bang dat je dat zou zeggen. Oké, dan doen we het op de moeilijke manier.'

Met een frons keek ze hem na, terwijl hij naar de auto liep en de achterbak opende. Deze bleek vol te liggen met gereedschap, kleren, boeken, waterflessen en paperassen. Hij rommelde wat, tot hij vond wat hij zocht.

'Heeft ze een alarm?'

'Nee. Niet dat ik weet.' Argwanend bekeek ze het leren mapje waarmee hij terugkwam. 'Wat ben je van plan?'

'Het slot openmaken. Het zal wel even duren. Ik ben er een beetje uit.' Vergenoegd wreef hij in zijn handen. Hij hield wel van een uitdaging. 'Misschien kun jij de andere ramen en deuren checken, kijken of ze misschien iets open heeft gelaten.'

'Als deze op slot zit, zitten ze allemaal op slot. Maar goed.'

Ze liep nog een keer om het huis, probeerde elk raam, en tuurde naar binnen. Tegen de tijd dat ze haar ronde had gedaan, was Jack al met het tweede slot bezig.

Gefascineerd keek ze toe. Hoewel het hier minder heet was dan in de stad, was het nog steeds behoorlijk benauwd. Zijn overhemd was vochtig van het zweet, en zijn hals glom.

'Kun je mij dat ook leren?'

'Ssst!' Hij veegde zijn handen af aan zijn spijkerbroek en pakte zijn gereedschap nog wat steviger vast. 'Zo.' Met een mouw het zweet van zijn voorhoofd wissend, kwam hij overeind. 'Nu een koude douche,' mompelde hij. 'En een ijskoud biertje. Ik kus de voeten van je vriendin, als ze dat in huis heeft.'

'Grace drinkt geen bier,' zei M.J. over haar schouder. Ze was al binnen.

De woonkamer was gezellig. Netjes, maar wel duidelijk bewoond, met de gestreepte sofa en de luie stoelen bekleed met diepblauwe stof. In de haard stond een koperen pot met een frisgroene varen.

Snel liep ze door alle kamers, over de planken vloeren en de Oosterse tapijten naar de zonnige keuken met de mosgroene kastjes en witte tegels. Ten slotte kwam ze uit in de zitkamer die door Grace in een bibliotheek was omgetoverd.

Het hele huis scheen te echoën toen ze naar boven rende en in alle slaapkamers en badkamers keek.

Graces glimmende koperen bed was netjes opgemaakt met de handgemaakte kanten sprei die ze ooit in Ierland had gekocht. Het bed was bezaaid met kleurige kussens, en op het nachtkastje lag een boek over tuinieren.

De badkamer was leeg, alles was blinkend schoon. Op de planken van de rieten kast lagen keurig de stapels opgevouwen handdoeken.

Hoewel ze wist dat het volstrekt zinloos was, keek ze toch in de slaapkamerkast. Die zat belachelijk vol met kleren, en was onberispelijk netjes.

'Ze zijn er niet, M.J.'

Jack legde zijn hand op haar schouder, maar ze rukte zich los.

'Dat zie ik toch ook wel?' beet ze hem toe. Haar stem brak. 'Maar Grace is hier geweest. Kort geleden. Ik kan haar nog ruiken.' Met gesloten ogen ademde ze diep in. 'Het is haar parfum, die is nog niet vervlogen. Dat is haar geur. Een of andere parfumkoning die helemaal weg van haar was, heeft het speciaal voor haar laten maken.'

'Oké.' Hij rook de geur zelf ook, stijlvol sensueel met wilde ondertonen. 'Misschien is ze naar het stadje gegaan om inkopen te doen, of is ze een eindje gaan rijden.'

'Nee.' Ze liep van hem weg, naar het raam. 'Dan zou ze het huis niet hebben afgesloten. Bailey is er niet, en Grace ook niet, en ze komt voorlopig niet terug. We zijn haar misgelopen.'

'Denk je dat ze naar Potomac is?'

Ze schudde haar hoofd. Ze kon bijna geen adem meer halen. De angst drukte als een loden gewicht op haar borstkas. 'Nee, dat denk ik niet. Ze vermijdt de stad liever op Onafhankelijkheidsdag. Te veel verkeer, te veel toeristen. Daarom was ik er ook van overtuigd dat ze hier zou blijven tot morgen. Ze kan nu overal zijn.'

'Dat betekent dat ze heus wel weer ergens opduikt.' Hij wilde naar haar toe lopen, maar bleef stokstijf staan toen hij iets op haar wang zag glinsteren. 'Wat doe je nou? Ben je aan het huilen?' Het klonk als een verwijt, en zijn stem was vervuld van afgrijzen.

M.J. sloeg haar armen om zich heen en zweeg. Alle spanning, alle opwinding en alle frustratie maakten plaats voor totale wanhoop.

Het huis was leeg.

'Houd daarmee op. Nu. Ik meen het. Met dat gegrien bereik je echt niets.' En hij zou zich er zeker niet beter van gaan voelen. Hij vond het vreselijk om zich zo stom, overbodig en machteloos te voelen.

'Laat me met rust,' zei ze snikkend. 'Ga weg.'

'Dat is ook precies wat ik van plan was. Als je daarmee doorgaat, dan ben ik weg. Ik meen het. Ik ga hier niet staan toekijken hoe jij staat te janken. Probeer je een beetje te beheersen. Heb je dan helemaal geen trots?'

Trots stond op dat moment erg laag op haar lijstje van prioriteiten. Ze gaf de strijd op, drukte haar voorhoofd tegen het glas en liet de tranen stromen.

'Ik ga, M.J.,' snauwde hij, en hij draaide zich om naar de deur. 'Ik ga wat drinken en een douche nemen. Als jij jezelf weer een beetje in de hand hebt, kijken we wel weer verder.'

'Ga dan. Ga weg.'

Hij kwam tot de drempel. Vloekend draaide hij zich weer om. 'Ik zit hier echt niet op te wachten,' mopperde hij.

Hoe moest hij in vredesnaam reageren op de tranen van een vrouw, vooral van zo'n sterke vrouw die kennelijk helemaal aan het eind van haar Latijn was? Haar nogmaals hartgrondig vervloekend nam hij haar in zijn armen. Toen tilde hij haar op en ging met haar op zijn schoot zitten in een grote fauteuil.

Afwisselend vloekend, troostend en scheldend.

'Kom op, houd er nou mee op.' Zachtjes kuste hij haar slaap. 'Alsjeblieft, ik kan hier niet tegen.'

'Ik ben bang.' Haar adem stokte, en ze begroef haar gezicht tegen zijn sterke, brede schouder. 'Ik ben zo moe, en ik ben zo bang.'

'Ik weet het.' Hij kuste haar haren. 'Ik weet het.'

'Ik zou het gewoon niet overleven als er iets met hen is gebeurd. Dat zou ik niet kunnen verdragen.'

'Niet doen.' Alsof hij die hete, angstaanjagende tranen uit haar kon persen, greep hij haar vast. Zijn mond beroerde de hare, in een tedere kus. 'Het komt goed.' Onhandig wreef hij haar tranen weg. 'Dat beloof ik.'

Intens verdrietig keek ze hem aan. 'Ik wist gewoon zo zeker dat ze hier zouden zijn.'

'Weet ik.' Zachtjes streek hij de haren uit haar gezicht. 'Je mag ook heus wel even instorten. Ik ken niemand anders die het zo lang zou hebben volgehouden zonder los te barsten. Maar huil alsjeblieft niet meer, M.J. Dat breekt mijn hart.'

'Ik haat huilen,' snufte ze met haar knokkels de tranen wegvegend.

'Blij het te horen,' zei hij opgelucht. Hij nam haar handen, en kuste ze alle twee. 'Denk nou even na. Ze was hier vandaag, misschien nog een uur geleden. Ze heeft de boel opgeruimd en afgesloten. Dat betekent dat er niets met haar aan de hand was, toen ze vertrok.'

Ze haalde bibberig adem. 'Je hebt gelijk. Ik denk gewoon niet helder meer.'

'Dat komt omdat je even moet bijkomen. Een behoorlijke maaltijd, een beetje slaap.'

'Ja.' Maar ze legde haar hoofd tegen zijn schouder. 'Kunnen we hier even blijven zitten? Gewoon, zo?'

'Tuurlijk. Tuurlijk.' Stevig sloeg hij zijn armen om haar heen.

Hoofdstuk 10

Hij maakte haar duidelijk dat het weinig zin had om, dwars door de feestdrukte, terug te rijden naar de stad. Ze hadden daar in de bossen tenslotte een prima schuilplaats.

Feit was, dacht hij bij zichzelf, dat ze gewoon niet meer kon. En misschien zou ze zich wat beter gaan voelen na een goede nachtrust en een flinke maaltijd.

Ze hadden die dag al vijf uur in de auto gezeten, en als ze nu meteen teruggingen leek het net alsof de hele tocht naar Graces huis voor niets was geweest.

Verder wilde hij ook even rustig de tijd hebben om het plan dat hij in zijn hoofd had verder uit te werken.

'Neem een douche,' opperde hij. 'Leen een T-shirt of zo van je vriendin. Dan voel je je vast beter.'

'Dat is wel een idee, ja,' zei ze met een bibberig lachje. 'Jij wilde toch ook douchen? En in het kader van zuinig zijn met drinkwater...'

'Nou...' Het was erg verleidelijk. Hij zag zichzelf al samen met haar onder de warme waterstraal, bezig met haar inzepen en andere interessante dingen...

Tegelijkertijd realiseerde hij zich dat ze al die tijd nog geen minuut alleen had gehad. En dat was zo'n beetje het enige wat hij haar op dit moment kon schenken.

'Ik ga wat te drinken zoeken. Kijken of je vriendin wat blikjes in huis heeft.' Teder kuste hij het puntje van haar neus. 'Ga maar alvast douchen.'

'Oké, maar ik kan je nu al vertellen dat je geen bier zult vinden in de koelkast. En ik heb geen idee wat ze wel in huis heeft.'

M.J. ging op weg naar de badkamer, maar draaide zich toen weer om. 'Jack? Bedankt dat ik even mijn hart mocht luchten.'

Hij stopte zijn handen in zijn zakken. Haar ogen, die exotische kattenogen, waren nog steeds gezwollen van het huilen, en haar wangen zagen bleek.

'Dat had je wel even nodig, geloof ik.'

'Zeker. En jij gaf me tenminste niet het gevoel dat ik een sukkel was. Dus nogmaals: bedankt.' Met die woorden verdween ze in de badkamer.

Dankbaar pelde ze haar T-shirt en spijkerbroek van haar bezwete, oververhitte lichaam.

Hoewel de rest van het huis eenvoudig was ingericht, had Grace zich in de badkamer helemaal laten gaan. De tegels waren zachtblauw en lichtgroen, waardoor het net leek alsof je op een koele, open plek langs de branding van de oceaan was. De witte badkuip was enorm, en op de brede rand stonden nog meer varens in terracotta potten.

Langs de hele wand was onder de grote spiegel een tafelblad aangebracht, met een uitsparing voor een stoel. De deuren van de kasten, waarin stapels extra grote badhanddoeken lagen, waren een en al spiegel waardoor het geheel een enorm luxueuze indruk wekte.

Even overwoog ze om in de badkuip te stappen, met die heerlijke massagestralen, maar uiteindelijk koos ze toch voor de douche. De douchekoppen bevonden zich aan drie kanten, op verschillende hoogtes. Omdat ze een grote behoefte voelde zichzelf eens lekker te verwennen, draaide ze alle kranen vol open. Ze slaakte een diepe, diepe zucht van genoegen en nam toen wat van Graces dure zeep en shampoo.

Door de geur begon ze weer bijna te huilen. Het deed haar zo sterk aan haar vriendin denken.

Ze hield zich echter in. Eigenlijk had ze nu al spijt van haar eerdere tranen. Wat schoot ze nou op met dat gehuil? Ze moest gewoon praktisch zijn. Douchen, een goede maaltijd, en even rust. Dan zou haar hoofd vanzelf weer helder worden. En ze had ongetwijfeld een paar uur slaap nodig om weer wat energie te krijgen. Dat ze zich zo slap en wollig voelde, kwam echt niet alleen door die grienpartij.

Er moest iets gedaan worden, en snel. En daarvoor moest ze wel alert zijn.

Ook al was dit alles pas een dag aan de gang, ieder uur waarin ze niet in staat was Grace of Bailey te bereiken, was als een nachtmerrie.

Haar leven moest gewoon weer op orde worden gebracht. Daarna zou ze wel zien wat er nou eigenlijk aan de hand was tussen haar en Jack.

Dat ze verliefd op hem was, daar twijfelde ze niet aan. En de snelheid waarmee die liefde was gekomen, maakte de emotie alleen maar heviger. Nog nooit had ze voor een man dergelijke gevoelens gehad, zo'n liefde die door merg en been ging. Het was een mengeling van passie, absoluut vertrouwen, een merkwaardige, diepgevoelde genegenheid, waardering en respect, en de zekerheid dat ze haar leven met hem zou kunnen delen. Misschien niet in harmonie, maar wel in tevredenheid.

Ze begreep hem, besefte ze, terwijl ze haar gezicht onder de warme stralen hield. Dat wist hij waarschijnlijk niet, maar dat maakte het niet minder waar. Ze begreep zijn eenzaamheid, het eelt op zijn ziel, de pijn daaronder, zijn trots op wat hij had bereikt.

Hij was aardig en cynisch, geduldig en impulsief. Hij had een onderzoekende geest, een poëtische aanleg en hij was heerlijk onaangepast. Hij maakte zijn eigen regels, en overtrad ze wanneer hem dat uitkwam.

Met minder zou ze nooit genoegen nemen, als levenspartner. En dat baarde haar zorgen. Dat ze aan trouwen dacht, aan vastigheid en het stichten van een gezin met een man die zo overduidelijk bang was voor precies die drie dingen. Een man die daar al zijn hele leven voor op de vlucht was.

Die gedachten waren echter nog zo nieuw voor haar, dat ze ze misschien nog wel kon onderdrukken. Ze had tenslotte haar eigen leven, haar eigen bedrijf. Dat Jack daar misschien deel van uit zou maken, dat hoefde daar niets aan te veranderen. Hoopte ze.

Ze draaide de kranen dicht, droogde zich af en smeerde zichzelf royaal in met Graces zijdezachte bodylotion. Toen voelde ze zich weer bijna mens. Met een handdoek over haar haren wrijvend slenterde ze naakt de slaapkamer in, om Graces klerenkast te gaan plunderen.

Gelukkig had haar vriendin op het platteland een vrij eenvoudige kledingsmaak. M.J. trok een blauw-wit geruit overhemd met korte mouwen aan en vond een katoenen short in een lade. Die was iets te groot. Grace had nog steeds hetzelfde figuur als toen ze Miss April was, maar M.J. had nu eenmaal nauwelijks heupen. De broek was ook iets te kort, aangezien haar benen minstens een decimeter langer waren dan die van haar vriendin.

Het maakte haar allemaal niet uit. Toen ze eenmaal was aangekleed voelde ze zich eindelijk weer een beetje beschaafd.

Ze wilde de handdoek al in een hoek gooien, maar bedacht zich hoe Grace daarop zou reageren. Daarom ging ze het ding netjes ophangen in de badkamer. Toen liep ze, nog steeds op blote voeten, haar haren in vochtige krullen rond haar gezicht, naar beneden, op zoek naar Jack.

'Ik ben al klaar,' zei ze, toen ze hem in de keuken had gevonden. 'Je bent een beetje traag, Dakota.'

Fronsend keek hij naar een klein potje dat hij in zijn hand hield. 'Het enige wat ik kan vinden is...' Zijn stem stierf weg.

Hij had eerder bedacht dat ze niet mooi was, en dat klopte. Maar ze was wel oogverblindend. Opnieuw werd hij totaal overdonderd door haar scherpe, sexy gelaatstrekken, die ellenlange benen in dat piepkleine shortje. Ze had haar duimen in haar zakken gehaakt, een brutale grijns op haar gezicht en haar natte haren krulden dwaas om haar oren.

Het water liep hem gewoon in de mond. 'Je bent prachtig uit de was gekomen, lieverd.'

'Niet zo moeilijk, met die luxe douche van Grace. Wacht maar tot je er zelf onder staat.' Ze voelde een rode blos over haar wangen kruipen. 'Ik snap niet waarom je me zo staat aan te gapen, Jack. Je hebt me al bloot gezien.'

'Ja, dat klopt. Misschien heb ik gewoon een zwak voor lange vrouwen in heel korte broekjes.' Een wenkbrauw ging omhoog. 'Heb je ook ondergoed van haar geleend?'

'Nee. Sommige dingen leen je zelfs niet van je beste vriendin. Mannen en ondergoed staan bovenaan het lijstje.'

Met een klap zette hij het potje neer. 'In dat geval...'

Haar hand schoot omhoog tegen zijn borstkas. 'Ik dacht het niet, maatje. Je ruikt nou niet bepaald naar viooltjes, op dit moment. En bovendien, ik heb honger.'

'Wel ja, mevrouw heeft een douche genomen, en ze wordt meteen kieskeurig.' Maar hij haalde een hand over zijn kin en bedacht zich dat hij zijn scheerspullen uit de auto moest halen. 'Er is helaas niet erg veel keus, hier. Ze heeft een of andere dure Franse bubbeltjeswijn in de koelkast liggen, en nog meer chique wijntjes daar in dat rek. Verder wat crackers, en wat pasta in glazen potjes. Ik heb ook tomatenpuree gevonden, en ik neem aan dat je daar wel een spaghettisaus van kunt maken.'

'Bedoel je dat een van ons moet koken?'

'Dat denk ik wel, ja.'

Tien seconden staarden ze elkaar zwijgend aan.

'Oké,' stelde hij toen voor. 'We tossen erom.'

'Goed. Kop, jij kookt.' Ze groef een kwartje op uit haar zak. 'Munt, ik kook. Hoe dan ook, ik heb zo het gevoel dat we de Rennies beter alvast klaar kunnen leggen.'

Ze vloekte binnensmonds toen het munt bleek te zijn. 'Is er echt niets anders? Iets wat we gewoon uit blik kunnen eten?'

'Jij gaat koken,' zei hij, en hij hield een potje onder haar neus. 'Kijk, er is ook kaviaar.'

Verbaasd bestudeerde ze het potje eerste klas kaviaar. 'Houd je hier niet van?'

'Geef mij maar een gegrilde forel, dat vind ik heerlijk. Waarom zou ik in vredesnaam visseneitjes willen eten?' Hij gooide haar het potje toe. 'Ga je gang. Ik ga me even opfrissen, terwijl jij iets creatiefs doet met die tomatenpuree.'

'Ik vrees dat je er niet erg blij mee zult zijn,' kondigde ze dreigend aan.

Een halfuur later kwam hij de keuken weer binnen wandelen. Zijn haar zat achterover, en zijn gezicht was weer glad. De geuren die uit de pannen opstegen vielen reuze mee, dacht hij. De keukendeur stond open, en daar, op de patio, zat M.J. crackers met kaviaar naar binnen te proppen.

'Niet slecht,' zei ze, toen ze hem zag. 'Je doet gewoon net alsof het iets anders is, en dan spoel je het hiermee weg.' Ze nam een slok champagne, en haalde haar schouders op. 'Grace vindt dat spul heerlijk. Altijd al. Zo is ze nou eenmaal opgevoed.'

'Ja, een persoon kan ernstig verknipt raken door het milieu waar hij uit komt,' beaamde hij. Toen opende hij zijn mond, zodat M.J. een cracker naar binnen kon schuiven. Hij trok een gezicht, graaide het glas uit haar hand en nam een grote slok. 'Geef mij maar een hotdog en een lekker bruin biertje.'

Zuchtend keek ze hem aan. Hij nam haar de woorden uit de mond. 'Tja, je moet een gegeven paard niet in de bek kijken. Het is trouwens lekker hier buiten; gelukkig is het wat koeler. Maar weet je wat het is? Je hoort hier niets. Geen verkeer, geen stemmen. Daar word ik een beetje nerveus van.'

'Mensen die op dit soort plekken wonen hebben gewoon niet graag anderen in de buurt.' Zijn honger was zo enorm dat hij nog maar een cracker nam. 'Jij en ik, M.J., wij zijn gezelligheidsdieren. We zijn op ons best in een kamer vol mensen.'

'Ja, daarom werk ik ook bijna elke avond in de pub. Ik houd van die drukke tijden.' In gedachten verzonken keek ze naar de ondergaande zon. 'Vanavond zou het niet druk zijn. Een zondag, een feestdag. Iedereen zal zich afvragen waar ik ben. Ik heb gelukkig een goede vervangster. Die redt zich wel.'

Rusteloos pakte ze haar glas weer. 'De politie is vast langs geweest om met haar en met mijn andere werknemers te praten. En met sommige stamgasten. Ze maken zich vast zorgen.'

'Het zal niet lang meer duren.' Hij had zijn plan ondertussen verder uitgewerkt, de zwakke plekken eruit gehaald. 'Die pub die draait ook zonder jou wel een paar dagen door. Je gaat toch ook wel eens op vakantie?'

'Af en toe, een week of twee.'

'De volgende keer naar Parijs, toch?'

Het verraste haar dat hij dat nog wist. 'Ja, dat was wel de bedoeling. Ben jij er wel eens geweest?'

'Nee. Jij?'

'Nee. Toen ik klein was, gingen we altijd naar Ierland, en dan werd mijn vader helemaal sentimenteel. Hij is opgegroeid op de West Side in Manhattan, maar je zou bijna gaan geloven dat hij geboren en getogen was in Dublin, en ontvoerd was door de zigeuners. Verder ben ik nooit buiten Amerika geweest.'

'Ik ben wel eens in Canada geweest, en naar Mexico, maar ik heb nog nooit over de oceaan gevlogen.' Met een glimlach pakte hij haar glas weer. 'Volgens mij staat je saus aan te branden, liefje.'

Met een vloek schoot ze overeind en rende naar binnen. Ondertussen keek hij hoeveel er nog in de champagnefles zat. Normaal gesproken zou hij geen alcohol uitkiezen als kalmerend middel, maar dit waren nu eenmaal moeilijke tijden. Hij had de verdrietige blik in haar ogen gezien, toen hij de naam Parijs had laten vallen, en ze weer aan haar vriendinnen werd herinnerd.

Een paar uur, alleen deze avond, zou hij haar alles doen vergeten.

'Ik was nog net op tijd,' zei ze opgelucht toen ze weer naar buiten kwam. 'En ik heb alvast water opgezet voor de pasta. Ik heb geen idee hoelang die saus moet koken. Waarschijnlijk drie dagen of zo. Dan eten we het maar rauw.'

Grinnikend gaf hij haar het glas terug, dat hij zojuist had bijgevuld. 'Ik vind het best. Er lag toch nog zo'n fles in de koelkast?'

'Klopt. Ik bestel altijd hele kisten van dit spul voor haar. Mijn leverancier is dolblij met haar klandizie.' Ze nam een slok en lachte even. 'Ik zie al helemaal voor me hoe mijn klanten zouden reageren als ik champagne op de lijst zou zetten.'

'Ik begin er al aardig aan te wennen.' Hij kwam overeind en aaide over haar haren. 'Ik ga een muziekje opzetten. Het is hier verdorie veel te rustig.'

'Goed idee. Ik ga verder met koken.' Een beetje benauwd keek ze over haar schouder. 'Weet je, Grace heeft wel eens gezegd dat er hier beren zitten, en zo.'

Weifelend keek hij de bossen in. 'Mmm. Nou, dan pak ik mijn pistool ook maar.'

Dat was niet het enige wat hij tevoorschijn haalde. Tot haar verbazing kwam hij de keuken weer in met kaarsen, zette hij de stereo zachtjes aan en zocht een radiozender die rustige blues liet horen. Ten slotte stak hij een roze bloem achter haar oor.

'Je hebt gelijk. Roodharigen kunnen best roze dragen,' zei hij met een glimlach. 'Je ziet er schattig uit.'

Ze blies het haar uit haar ogen, terwijl ze de pasta afgoot. 'Wat krijgen we nou? Een aanval van romantiek?'

'Ja, dat wist je nog niet van me, hè?' Zachtjes kuste hij haar nek. 'Vind je dat vervelend?'

'Nee.' Ze genoot van de rilling die over haar rug ging. 'Maar om het echt goed te doen, moet je dit opeten en net doen alsof het lekker is.' Even fronste ze haar wenkbrauwen toen hij nog een fles uit de koelkast pakte. 'Weet je wel wat dat spul kost, grapjas? Zelfs direct van de groothandel?'

'We hebben weinig keus, weet je nog?' Vrolijk liet hij de kurk knallen.

De maaltijd viel nog mee. Het kon erger. Maar ook een stuk beter. De pasta was een beetje te gaar, en de saus was nietszeggend. Omdat ze zo'n honger hadden, namen ze beiden nog een tweede portie.

Jack zorgde ervoor dat de conversatie over luchtige zaken ging.

'Ik had misschien wat van die kruiden uit de tuin moeten gebruiken,' bedacht M.J. 'Maar ik heb geen idee wat wat is.'

'Het is goed zo.' Hij nam haar hand en drukte er een kus op. 'Hoe voel je je?'

'Beter.' Ze pakte haar glas. 'Vol.'

Verbeeldde hij het zich nou, of was ze nerveus? Gek. Ze had geen spier vertrokken toen hij haar vastketende, of toen hij als een maniak door de straten van Washington scheurde met een stel moordenaars op hun hielen. Maar als hij haar hand kuste, werd ze opeens zo zenuwachtig als een maagd voor haar huwelijksnacht. Eens kijken hoeveel nerveuzer hij haar nog kon maken.

'Ik vind het fijn om naar je te kijken,' mompelde hij.

Haastig nam ze een slok, zette haar glas neer, pakte het weer op. 'Dat doe je al twee dagen.'

'Niet bij kaarslicht.' Hij vulde haar glas weer bij. 'Je haar gaat er van gloeien. En je ogen ook. Sterrenvuur.' Met een trage glimlach stak hij haar het glas toe.

'Ja, het zal wel.' Ze klokte de wijn naar binnen.

'Jij bent de enige, M.J.' Hij schoof de borden opzij zodat hij zachtjes aan haar vingers kon knabbelen. 'Je hand trilt.'

'Niet.' Haar hart wel, trouwens. Voor de zekerheid trok ze haar hand los uit de zijne. Ze nam weer een slok, en keek hem toen met toegeknepen ogen aan. 'Probeer jij me soms dronken te krijgen, Dakota?'

Vol zelfvertrouwen keek hij haar aan. 'Nee. Ontspannen. En dat was je ook, voordat ik je begon te verleiden.'

Een golf van lust overspoelde haar. 'Wilde je het zo noemen?'

'Je bent er helemaal klaar voor.' Hij draaide haar hand om en beet zachtjes in haar handpalm. 'Je hoofd is duizelig door de wijn, je hart klopt onregelmatig. Als je zou opstaan, zou je staan te zwaaien op je benen.'

Daar was opstaan helemaal niet voor nodig. Ook zittend voelde haar benen als van rubber. 'Je hoeft me niet te verleiden, en dat weet je ook wel.'

'Ik weet alleen maar dat ik ervan ga genieten. Ik wil dat je trilt van verlangen, hopeloos aan me overgeleverd.'

Helaas was dat al het geval, en zenuwachtig trok ze zich terug. 'Dit slaat nergens op. Als je naar bed wilt gaan –'

'O, daar komen we wel. Uiteindelijk.' Hij stond op, trok haar overeind en liet beide handen bezitterig over haar lichaam glijden. 'Je maakt je zorgen omdat ik zoveel invloed op je heb.'

'Ik maak me nergens zorgen over.'

'Jawel.' Hij vlijde haar lichaam tegen het zijne, liet zijn mond even boven de hare zweven en begon toen zachtjes aan haar kaak te knabbelen. 'Volgens mij zit ik je op dit moment behoorlijk dwars.'

Haar ademhaling kwam met horten en stoten. 'Ja hoor. Je kookt een keer een maaltijd voor zo'n vent, en meteen denkt hij dat hij alles kan maken.' Ze huiverde even toen ze zijn warme adem over haar wangen voelde strijken. 'Kus me, Jack.' Haar mond draaide naar de zijne. 'Kus me nou gewoon.'

'Je bent niet bang voor het vuur.' Hij ontweek haar lippen, en negeerde haar gekreun terwijl hij met zijn mond haar hals liefkoosde. 'Maar je wordt nerveus van de warmte. Waarom zou je ze niet alle twee nemen?' Zijn lippen raakten even de hare. 'Vanavond krijg je alle twee. En daar heb je niets over te zeggen.'

Haar hoofd tolde van de wijn, precies zoals hij had voorspeld. En ze stond te trillen van top tot teen.

Machteloos, totaal aan hem overgeleverd.

Ze strekte haar handen uit naar het vuur, maar de vlam bleef voor haar uit dansen. Er was alleen maar warmte, zoete, bedwelmende warmte. Haar adem stokte toen hij haar plotseling optilde.

'Waarom doe je dit?'

'Omdat je het nodig hebt,' mompelde hij. 'En ik trouwens ook.'

Met kleine kusjes zette hij haar huid in vuur en vlam, haar ondertussen de kamer uit dragend.

Het huis was donker, leeg, en er hing een onbekende geur die het allemaal nog mysterieuzer maakte. Alleen het zilveren schijnsel van de maan verlichtte zijn weg langs de trap omhoog. Daar legde hij haar op bed en bedekte haar met zijn lichaam.

En eindelijk, eindelijk, drukte hij zijn mond op de hare.

Zijn kus eiste haar laatste restje energie op, en willoos dreef ze weg in zijn omhelzing. Even verzette ze zich nog, op zoek naar vaste grond. Maar hij maakte de kus steeds intenser, zo langzaam, zo lief, zo teder, dat ze geen weerstand meer bood tegen zijn fluwelen verleiding.

Ze mompelde zijn naam, hoorde de echo door haar hoofd galmen. En ze gaf zich helemaal over.

Onmiddellijk voelde hij de verandering, voelde hij die totale overgave. Het was een ongelooflijk opwindend geschenk, dat hem van top tot teen deed tintelen van verrukking. Ondanks zijn stijgende opwinding nam hij de tijd om met zijn mond zachtjes haar hals te verkennen.

'Laat je gaan,' zei hij rustig. 'Laat alles gaan, en laat mij je meenemen.'

Teder verkenden zijn handen haar vormen. Dit, dacht hij, doet haar zuchten. En als ik dit doe, gaat ze kreunen. Hij verdiepte zich in haar lichaam, in wat haar plezier gaf, alsof hij eeuwen de tijd had.

Langzaam kleedde hij haar uit. Hij drukte kussen op de handen die ze smekend naar hem uitstrekte, tot ze die weer slap naast zich liet neervallen.

Geen enkel houvast had ze meer, alleen nog maar vertrouwen. En hij schonk haar alleen maar genot. Zijn tederheid vernietigde haar, totdat er niets meer bestond dan de razende storm in haar eigen lichaam.

Daar was het vuur, de bliksem en de uitzinnige hitte, felle windvlagen en gebalde kracht. Maar zijn vaardige handen en geduldige mond hielden de storm op afstand, en leidden haar langs het pad dat hij voor haar had uitgekozen.

Hij draaide haar om en streelde haar schouders tot ze helemaal smolt. Zijn mond trok een spoor van kussen over haar rug naar beneden, en ze begon onbeheersbaar te trillen.

Het enige wat nog tot haar doordrong was het geritsel van de lakens, zijn gefluisterde beloftes.

Geen enkel stukje van haar lichaam werd overgeslagen. Geen enkel aspect van verleiding vergeten. Hulpeloos lag ze onder hem, niet in staat hem iets te weigeren. En toen hij eindelijk respons van haar eiste, kreunde ze het uit, reageerde ze met haar hele lichaam.

Met zijn gezicht tussen haar borsten begraven, probeerde hij zijn verlangen te beheersen, nu hij haar naar zo'n heerlijk hoogtepunt had gebracht.

'Ik wil meer,' mompelde hij. 'Ik wil alles, ik wil je helemaal.'

Hij sloot zijn mond om haar borst tot ze weer onder hem begon te bewegen, tot haar ademhaling niet meer was dan moeizaam gehijg. En toen ze met gebroken stem zijn naam uitsprak, drong hij bij haar naar binnen, vulde hij haar langzaam op.

Op het randje van een nieuwe afgrond duwde ze zich tegen hem aan. Haar ogen boorden zich in de zijne, terwijl ze stevig elkaars handen vastgrepen. Er was alleen nog maar zijn gezicht in het maanlicht, zijn donkere ogen, stevige mond, zijn dikke bruine haren met gouden lokken.

Meegesleurd op het tij van de liefde, glimlachte ze naar hem. 'Neem alles maar.' Ze voelde zijn vingers trillen tegen de hare. 'Neem me helemaal.'

Zijn ogen lichtten op in triomf en verlangen, en samen lieten ze zich verzengen door het vuur.

Terwijl Jack een slapende M.J. dicht tegen zich aan gedrukt hield, werkte hij de laatste punten van zijn plan uit. Het kon goed aflopen, besloot hij, maar het kon ook faliekant misgaan.

Nou ja, *fifty-fifty* was lang niet gek.

Voor haar zou hij veel ergere risico's hebben genomen. Alles om nog zo'n waterval van tranen te voorkomen. Dertig jaar lang had hij gewacht op echte liefde, en daarom, bedacht hij, was hij nu ook met zo'n enorme klap gevallen. Zij was de eerste en enige persoon van wie hij werkelijk hield, en hij zou alles doen om haar te beschermen. Ook als hij daarvoor haar vertrouwen moest beschamen.

Als dit de laatste keer was dat hij ooit naast haar lag, mocht hij niet klagen. In twee dagen had ze hem meer gegeven dan hij in zijn hele leven had gekregen.

Hij zat in een hel verlichte kamer. Zijn dag was druk geweest, en nu was hij moe. Maar zijn geest wilde niet tot rust komen.

Met een glimlachje had hij naar het vuurwerk gekeken, maar innerlijk werd hij verteerd door blinde woede.

Eindelijk was hij alleen, in de kamer die hem rust gaf. Met genoegen keek hij naar de Renoir. Die prachtige kleuren, dacht hij. Die subtiele penseelstreken. En dat alles alleen voor zijn ogen.

Met evenveel genoegen keek hij naar de ring met de robijn die ooit de hand van Lodewijk de Veertiende had gesierd. Hij schoof de ring aan zijn pink, en liet het licht fonkelen in de prachtige edelsteen. Normaal gesproken bracht hem dat diepe tevredenheid. Maar vanavond niet.

Sommigen waren al gestraft. Sommigen konden niet eens meer gestraft worden. Maar het was niet genoeg.

De Drie Sterren, die had hij nodig om werkelijk tevreden te zijn. Al zijn schatten zou hij daarvoor willen opofferen.

Hij kwam overeind, rukte de ring van zijn vinger en smeet hem in de hoek, zoals een klein kind doet met kapot speelgoed. Die Sterren kreeg hij terug, dat wist hij zeker. Maar er moest wel een offer worden gebracht. Een offer aan de god, bedacht hij, met een trage glimlach. Een bloedoffer.

Hoofdstuk 11

Jack overwoog een briefje achter te laten. Als ze wakker werd, zou ze alleen zijn. Eerst zou ze denken dat hij op zoek was gegaan naar de winkel, om wat te eten te kopen.

Ze zou ongeduldig zijn, een beetje geërgerd. Na een uur zou ze misschien gaan denken dat hij verdwaald was. Maar niet lang daarna zou ze beseffen dat hij verdwenen was.

Zachtjes liep hij de trap af, terwijl het buiten al licht werd. Eerst zou ze woedend worden, bedacht hij. Ze zou door het huis razen, hem vervloeken en misschien ergens tegen aan schoppen. Bijna jammer dat hij dat spektakel zou missen.

Misschien zou ze hem zelfs een tijdje haten. Hoe dan ook, hier was ze veilig. En dat was het belangrijkste.

Hij stapte naar buiten. De bomen om het huis waren nog in de ochtendnevel gehuld. Een paar vogels waren hun stembanden al aan het oefenen. Graces bloemen zorgden voor een zoete, bedwelmende lucht, en op het gras glinsteren dauwdruppels.

Plotseling zag hij een hert, waarschijnlijk hetzelfde als ze de dag ervoor hadden gezien. Even bleven mens en dier elkaar bestuderen. Toen sprong het hert geruisloos weg en was binnen een seconde tussen de bomen verdwenen.

Nog even keek hij terug naar het huis waar hij M.J. slapend had achtergelaten. Als alles goed ging, zou hij 's avonds alweer terug zijn. Uiteindelijk zou hij haar er dan van weten te overtuigen dat hij dit zo deed voor haar eigen bestwil. En als ze zich dan gekwetst voelde, nou ja, daar ging je niet dood aan.

Nogmaals overwoog hij om een kort briefje achter te laten, maar hij besloot het niet te doen. Ze zou er zelf wel achter komen, ze was tenslotte een slimme vrouw.

Zijn vrouw, dacht hij trots, toen hij achter het stuur plaatsnam.

Wat er vandaag ook gebeurde, zij zou in ieder geval veilig zijn.

Als een ridder op oorlogspad bereidde hij zich voor om strijd te gaan leveren. Om weg te rijden in de mist, en zijn jonkvrouwe achter te laten. In die stemming draaide hij de contactsleutel om en hoorde hij niets meer dan een doffe klik.

Zijn heldhaftige gevoel verdween als sneeuw voor de zon. Geweldig, prachtig, net wat hij nodig had. Hij sprong de auto uit en liep naar de motorkap. Vloekend deed hij hem open om te kijken wat er schortte.

'Ben je iets kwijt, slimmerik?'

Langzaam kwam hij weer onder de motorkap vandaan. Ze stond op de veranda, haar benen uit elkaar, haar handen tot vuisten gebald op haar heupen, met een giftige blik in haar ogen. In één oogopslag had hij gezien dat hij zijn verdeelkap miste. Hij kon zo wel raden wie hem had.

Het gaf niet. Hij had wel ergere dingen meegemaakt dan een woedende vrouw. 'Daar ziet het wel naar uit, ja. Je bent vroeg op, M.J.'

'Jij anders ook, Jack.'

'Ik had honger.' Hij glimlachte. 'Ik was van plan om wat ontbijt te gaan halen.'

Ze trok een wenkbrauw op. 'Heb je je knots wel bij je?'

'Mijn knots?'

'Zo doen Neanderthalers het toch? Ze pakken hun knots en gaan ermee de bossen in om een beer zijn hersens in te slaan.' Ze kwam naar beneden.

Hij bleef zo nonchalant mogelijk tegen de auto leunen, de glimlach op zijn gezicht geplakt. 'Ik had iets beschaafders in gedachten. Eieren met spek, of zo.'

'O, ja? En waar wou jij om deze tijd eieren en spek kopen?'

Nu had ze hem te pakken. 'Ik dacht, nou ja, je weet wel, dat ik een boer zou kunnen vinden, die –' Het volgende moment snakte hij naar adem toen ze haar vuist in zijn maag plantte.

'Lieg niet tegen me! Zie ik er zo stom uit?'

Hij kuchte en haalde een keer diep adem. 'Nee, luister –'

'Dacht je nou echt dat ik niet begreep wat je gisteravond aan het doen was? Hoe jij de liefde met me bedreef... Dacht je dat ik zo verliefd zou worden dat ik niet door zou hebben dat het allemaal een grote afscheidsscène was? Smeerlap!' Ze wilde weer uithalen, maar deze keer was hij erop voorbereid.

Nu begon hij ook driftig te worden. Nog nooit had hij een vrouw zo teder bemind, en nu maakte ze hem er nota bene verwijten over. 'Wat heb je uitgespookt? Ben je vannacht naar buiten geslopen om mijn auto te saboteren?' Aan haar tevreden lachje kon hij het antwoord al aflezen. 'Nou, leuk is dat. Fijn dat je me zo vertrouwt.'

'Hoe durf jij het over vertrouwen te hebben? Je was van plan om me hier achter te laten.'

'Dat klopt, ja. Waar is die verdeelkap?' Stevig greep hij haar armen beet. 'Kom op, waar is die?'

'En waar denk jij dat je heen gaat? Wat voor idioot plan heb je nou weer uitgedacht met dat garnalenbreintje van je?'

'Ik ga gewoon de zaak regelen,' zei hij grimmig. 'En ik kom je halen als ik klaar ben.'

'Je komt me halen? Ik ben geen hond, verdorie!' Ze probeerde zich los te trekken, maar dat lukte pas toen ze even flink op zijn voet had gestampt. 'Je gaat terug naar de stad, hè? Je gaat jezelf in de nesten werken.'

Hij was nu zo kwaad dat hij zich maar heel even afvroeg hoeveel botjes in zijn voet gebroken waren. 'Ik weet wat ik doe. Dat is mijn vak. En jij gaat me nu die verdeelkap geven, en dan wacht je hier op me.'

'Ik dacht het niet. We zitten hier samen in, en we maken het samen af.'

'Nee.' Hij drukte haar met haar rug tegen de auto. 'Ik wil met jou geen risico's nemen.'

'Sinds wanneer ben jij de baas hier? Ik bepaal zelf wel of ik risico's loop. En blijf met je poten van me af.'

'Nee.' Hij pakte haar polsen stevig beet. 'Voor één keer in je leven ga je eens doen wat je gezegd wordt. Jij blijft hier. Zonder jou kan ik sneller bewegen, en ik wil verdorie niet afgeleid worden omdat ik me zorgen maak om jou.'

'Dat hoef je ook helemaal niet te doen. En wat ben je eigenlijk van plan?'

'Ik heb geen zin meer om achterna gezeten te worden. Ik ga ze tevoorschijn lokken, en ik bepaal de tijd en de plaats.'

'Je gaat achter die twee gekken in de bestelwagen aan?' Haar hart sprong in haar keel. 'Geweldig. Goed idee. Ik ga met je mee.'

'Je blijft hier. Ze hebben dit huis niet gevonden, en dat zal ook wel niet gebeuren. Je bent hier veilig.' Zachtjes schudde hij haar door elkaar. 'M.J., ik wil niet dat je gevaar loopt. Je betekent alles voor me. Ik houd van je.'

'En ik moet hier zeker gaan zitten wachten als een hulpeloos vrouwtje, terwijl jij wel gevaar loopt?'

'Precies.'

'Arrogante kwal. Wat moet ik dan doen als jij het loodje legt? Voor het geval je het was vergeten, dit is mijn probleem. Jij bent alleen mijn helper, en je gaat nergens heen zonder mij.'

'Maar je zou me alleen maar in de weg lopen.'

'Onzin. Ik ga mee, Jack, en als je daar niet mee akkoord gaat, kun je gaan liften naar Washington.'

Met een ruk draaide hij zich om en begon woedend te ijsberen. Even overwoog hij om haar binnen vast te ketenen, maar dat zou een zware strijd worden. Die hij zou winnen. Maar als zijn plan niet goed afliep, en hij niet kon terugkomen, wist hij niet hoelang het zou duren voordat iemand haar vond.

Nee, hij kan haar niet in haar eentje en vastgeboeid achterlaten in een huis in de wildernis.

Hij zou kunnen liegen. Zogenaamd akkoord gaan en haar dan dumpen. Het zou niet makkelijk zijn om haar af te schudden, maar het was een optie. Of hij kon het over een heel andere boeg gooien.

Met een charmante glimlach wendde hij zich weer tot M.J. 'Oké, liefje. Ik zal het maar opbiechten. Ik heb er gewoon genoeg van.'

'O, ja?'

'Het was leuk. En onderhoudend. Maar het wordt een beetje vervelend. Zelfs de vijftigduizend die je me beloofd hebt, vind ik niet de moeite waard. Dus daarom wou ik een paar weekjes naar het noorden, tot alles een beetje is overgewaaid.' Nonchalant haalde hij zijn schouders op. 'Het wordt me een beetje te klef, tussen ons. Dat is niets voor mij. Dus ik dacht, ik smeer hem gewoon, dan vermijd ik die vervelende scène. Als ik jou was, zou ik de politie bellen, die diamant inleveren en dit hele gedoe beschouwen als een spannend weekenduitje.'

'Je dumpt me, dus,' zei ze met een klein stemmetje dat hem door merg en been ging.

'Laten we zeggen dat ik gewoon verderga. Een man moet tenslotte eerst aan zichzelf denken.'

'Maar al die dingen die je tegen me zei...'

'Luister, schatje, we zijn alle twee vrijbuiters. We weten toch hoe die dingen gaan. Weet je wat, ik geef je een lift naar de dichtstbijzijnde stad, en een paar dollar voor een buskaartje.'

In plaats van te antwoorden wankelde ze naar de veranda. Toen ze daar ineen zeeg, haar handen voor haar gezicht geslagen, vervloekte hij zichzelf.

Ze is hier veilig, bracht hij zichzelf in herinnering. Dat was het enige wat ertoe deed, dat ze...

De tranen stroomden over haar wangen. Van het lachen. Met open mond keek hij toe toen ze haar hoofd in haar nek gooide en het uitbrulde.

'O, idioot die je bent!' bracht ze uit. 'Dacht je nou echt dat ik daar in zou trappen?' Ze kon bijna niet praten van het lachen. Hoe bozer hij keek, hoe grappiger ze het vond. 'En nu moet ik je zeker heel verdrietig die verdeelkap geven en hier achterblijven om mijn wonden te likken.' Ze veegde haar tranen weg. 'Jij bent zo verliefd op me, Dakota, dat je niet meer helder kunt denken.'

O nee? Hij kon anders nog heel goed bedenken dat hij enorm veel zin had om haar eens flink door elkaar te rammelen. 'Die verliefdheid kan ook weer overgaan,' sputterde hij.

'Welnee. Je bent reddeloos verloren, en ik weet hoe het voelt. We zitten aan elkaar vast, Jack. En daar komen we alle twee niet meer overheen.' Ze haalde eens diep adem. 'Ik zou je eigenlijk een trap onder je achterste moeten geven vanwege deze streek, maar het was te stompzinnig. En te lief.'

Woedend propte hij zijn handen in zijn zakken. Lief? Het mocht wat. Kennelijk zou het niet lukken om haar te slim af te zijn. Boos worden en dreigen had geen zin, en een leugen, daar prikte ze dwars doorheen.

Dus moest hij het maar met de waarheid proberen, besloot hij. 'Oké, genoeg gelachen.' Hij liep naar haar toe en nam haar hand. 'Ik heb nog nooit iemand de liefde verklaard,' begon hij. 'Ik heb nog nooit van iemand gehouden. Niet van een vrouw, niet van familie, niet van vrienden.'

'Jack.' Overweldigd door allerlei emoties streek ze het haar van zijn voorhoofd. 'Daar heb je gewoon nooit de kans voor gekregen.'

'Het doet er niet toe.' Vol overtuiging sprak hij verder. 'Ik meende wat ik gisteravond zei, M.J. Jij bent voor mij de enige.' Hij drukte de rug van haar hand even tegen zijn lippen. 'Dat kun jij niet begrijpen. Niet echt. Jij hebt andere belangrijke mensen in je leven.'

'Ja.' Geroerd leunde ze naar voren om zijn wang te kussen. 'Er zijn mensen van wie ik houd. Je bent niet de enige in mijn leven, Jack, maar je bent wel heel belangrijk. En wat ik voor jou voel is anders dan wat ik ooit voor anderen heb gevoeld.'

Even staarde hij naar hun handen die in elkaar lagen. Ze pasten precies, viel hem op. Alsof het zo hoorde. 'Ik heb altijd mijn eigen weg gevolgd,' zei hij toen. 'Complicaties waar ik geen zin in had, die vermeed ik gewoon. Op die manier was het ook makkelijk om me niet te binden. Tot ik jou tegenkwam.' Hij keek haar diep in haar ogen en raakte even haar wang aan. 'Gisteren moest je huilen, om die andere mensen van wie je houdt. En dat sneed dwars door mijn ziel. En terwijl ik je in mijn armen hield, besefte ik dat ik alles voor je overheb. Dat ik alles voor je wil doen. Dus laat me dit voor je doen.'

'Je wilde me hier laten, alleen maar omdat ik huilde?'

'Omdat ik toen pas besefte hoeveel je vriendinnen voor je betekenen, en hoe groot je je hebt gehouden. Ik wil je helpen. En hen ook.'

Even keek ze van hem weg. Het was niet zo'n goed idee als ze weer ging zitten huilen. Zijn woorden hadden haar echter diep geraakt. 'Mijn liefde had je al, Jack.' Ze zuchtte diep. 'Nu ga ik je bijna aanbidden.'

'Dus je blijft hier.'

'Nee.' Ze legde haar handen om zijn gezicht, waarop een geïrriteerde trek was verschenen. 'Maar ik ben niet meer boos op je.'

'Fijn.' Hij kwam overeind en begon weer te ijsberen. 'Heb je dan niet naar me geluisterd? Ik wil niet dat je gevaar loopt. Ik zou het niet kunnen verdragen als er iets met jou gebeurde.'

'En hoe moet ik het dan verdragen als jou iets overkomt? Zo werkt het niet, Jack.' Ze kwam ook overeind en ging voor hem staan. 'Niet bij mij. Wat jij voor mij voelt, voel ik ook voor jou. We zijn gelijkwaardig.' Met een handgebaar belette ze hem te spreken. 'En begin nou niet met dat jij een man bent, en ik een vrouw.'

Dat was eigenlijk precies wat hij had willen zeggen. 'Ik kijk wel beter uit.'

'Goed, dan is het dus duidelijk. En laat ik er nog even iets aan toevoegen, voor het geval je nog op het slimme idee komt me ergens onderweg te dumpen: als je dat probeert, ga ik bij de eerste de beste telefoon de politie bellen. Dan vertel ik ze dat je me ontvoerd hebt en mishandeld. Ik geef ze een omschrijving van jou, van je auto en ook je nummerbord. Dan ben je binnen de kortste keren aan Bromsnor en consorten aan het uitleggen hoe het allemaal zit.'

Zijn ogen schoten vuur. 'Je zou het nog doen ook, hè?'

'Zeker weten. En ik zal het zo overtuigend doen, dat ze misschien ook nog even je mooie koppie verbouwen voordat ze je in de cel smijten. Goed, zijn we het nu eens?'

'Ja.' Machteloos moest hij toegeven. 'We zijn het eens. Je weet je wel in te dekken, liefje.'

'Reken maar.' Ze liep naar hem toe en legde haar handen op zijn gespannen schouders. 'En je kunt ook op mij rekenen, Jack. Ik blijf bij je.' Even drukte ze haar lippen op de zijne, maar er kwam geen respons, zoals ze al had verwacht. 'Ik loop niet bij je weg,' zei ze, en ze zag in zijn ogen dat hij haar begon te begrijpen. 'En ik laat je niet in de steek.' Nogmaals streek ze met haar lippen over de zijne. 'Ik laat je echt niet alleen.'

Ze zag verdorie veel te veel, besefte hij. Misschien meer dan hij zelf. 'Dit gaat niet om mij.'

'Jawel. Niemand is ooit bij je gebleven, maar ik wel. Niemand heeft ooit genoeg van je gehouden, maar ik wel.' Zachtjes omlijstte ze zijn gezicht met haar handen. 'Het gaat over ons. Ik zal er voor je zijn, zelfs als je de held wilt uithangen en me probeert af te schudden.'

Dit was een verloren strijd, besefte hij. 'Misschien kun je morgen beginnen met er voor me te zijn.'

'Ik ben er al. Ga je me nou nog kussen of hoe zit dat?'

'Ongeduld.' Hij drukte zijn mond op de hare.

Haar lippen verzachtten, openden zich om zijn tong toe te laten. Binnen enkele seconden stonden ze weer in vuur en vlam, zelfs voordat haar handen onder zijn overhemd verdwenen.

'Ik wil je,' mompelde ze, zich verleidelijk tegen hem aan drukkend. 'Nu, voordat we gaan.' Zachtjes beet ze in zijn hals. 'Op de goede afloop.'

Zijn hoofd explodeerde bijna toen ze met haar hand naar beneden tastte om hem te omvatten. 'Dat is wel een idee, ja,' bracht hij uit.

Lachend trok ze hem bij de auto vandaan. Ze vielen samen op de grond en rolden over het nog vochtige gras.

Het ging haastig, en een beetje wanhopig. Terwijl de zon hoger klom en de ochtendmist verdreef, rukten ze aan elkaars kleren.

'Laat me...' hijgde hij, en hij trok aan haar spijkerbroek. 'Ik kan niet –'

'Hier.' Haar handen worstelden met de stugge stof. 'Schiet op. O, hemel, kom snel.' Wild trok ze een spoor van kussen over zijn inmiddels naakte borstkas. Ze wilde zich aan hem laven, zijn smaak proeven.

De grond leek te schudden toen hij haar omdraaide, haar in haar nek beet, met een hand haar borst pakte en met de andere...

'Wat doe je... Hoe kun je...' Haar hoofd viel achterover toen hij haar triomfantelijk tot haar hoogtepunt bracht. Bijna snikkend liet ze het over zich heen komen, liet ze zich helemaal gaan.

Haar sterke, jonge lichaam trilde in zijn armen. Haar lust was net zo wild en primitief als de zijne. Misschien waren zijn gepassioneerde handen wat ruw, maar de hare niet minder. Ze draaide zich naar hem toe en drukte haar mond vurig op de zijne. Krachtig trok ze hem boven op zich.

'Nu,' commandeerde ze, haar groene ogen glinsterend als een kat die zijn prooi ziet. 'Ik wil je nu.' Ze sloeg haar benen om zijn middel en liet hem komen.

Wild van verlangen begroef hij zich diep in haar. Zonder met haar ogen te knipperen beantwoordde ze zijn harde stoten. Haar hitte dreef zijn passie nog verder op, en zijn hart was in de greep van een ongekende emotie.

'Ik houd van je,' bracht hij moeizaam uit. 'O, hemel, ik houd van je.'

'Ik weet het.'

Toen hij zijn gezicht in haar nek drukte en zich helemaal in haar liet gaan, besefte ze dat dat ook het enige was wat ze hoefde te weten.

'Jack.' Ze aaide zijn haar. De zon scheen in haar ogen, hij lag zwaar bovenop haar en het gras was nat tegen haar rug. Het was een van de mooiste momenten in haar leven. 'Jack,' zei ze nogmaals, en ze zuchtte.

Hij was weer bijna op adem gekomen. 'Misschien is het plattelandsleven zo gek nog niet.' Met een zacht gekreun kwam hij een beetje omhoog. 'Waarom huil je? Wil je me soms dood hebben?'

'Ik huil niet. De zon schijnt in mijn ogen. Wees niet bang, ik ga heus niet weer zitten grienen.'

'Heb ik je soms pijn gedaan? Het spijt me, ik –'

'Jack.' Ze zuchtte weer. 'Er is niets, echt niet.'

Wantrouwig bekeek hij haar vochtige ogen. 'Zeker weten?'

'Ja.' Ze glimlachte. 'Lafaard.'

'Klopt.' Daar schaamde hij zich niet voor. Teder kuste hij haar neus. 'We moesten maar eens gaan.'

'Je gaat toch niet proberen me om de tuin te leiden, hè?'

Hij dacht terug aan het moment waarop ze met haar handen zijn gezicht had omvat en hem had verteld dat ze hem niet in de steek zou laten. Nog nooit had iemand hem die simpele belofte gedaan.

'Nee. Ik denk dat we een team zijn.'

'Goed gedacht.'

Pas toen ze al op de snelweg reden, vroeg M.J.: 'Oké, Jack, wat zijn de plannen?'

'Niets bijzonders. Ik wil het zo simpel mogelijk houden. Volgens mij moeten we erachter zien te komen wie hier eigenlijk aan de touwtjes trekt. Onze enige verbinding met die persoon zijn die jongens in de bestelwagen, of misschien de broertjes Salvini.'

'Tot zover kan ik je volgen.'

'Ik wou maar eens met ze gaan babbelen. Daarvoor moet ik ze uit de tent lokken, ze in bedwang houden en ze ervan overtuigen dat ze maar beter kunnen meewerken.'

'Goed. Je hebt het dus over twee knapen die gewapend zijn, waarvan de een ongeveer het postuur van King Kong heeft. En daar ga jij gezellig mee babbelen.' Ze wierp hem een stralende lach toe. 'Ik bewonder je optimisme.'

'Ach, het is een kwestie van de juiste technieken,' zei hij, waarna hij haar uitlegde wat hij in gedachten had.

Toen ze parkeerden bij Salvini trok de lucht helemaal dicht. In de verte begon het al te rommelen. Tegenover het statige gebouw waarin Salvini was gehuisvest, aan de andere kant van de parkeerplaats, lag een winkelcentrum. Het bedrijf zelf zag er gesloten uit. Voor de deur stond alleen een grote Mercedes.

'Weet je van wie die is?'

'Van een van de griezels. Ik denk Thomas. Bailey zei dat ze een lang weekend dicht zouden zijn, dus als hij er is, begrijp ik niet waarom.'

'Laten we eens gaan rondneuzen.' Jack stapte uit en slenterde naar de andere auto. Die zat stevig op slot. Vervolgens speurde hij de voorgevel van het gebouw af. Geen teken van leven.

'Zijn de kantoren boven?' vroeg hij.

'Ja. Die van Bailey, Thomas en Timothy.' Haar hart begon wild te kloppen. 'Misschien is ze wel hier, Jack. Ze gaat bijna nooit met de auto hierheen. We wonen zo dichtbij.'

'Mmm.' Hoewel het geen onderdeel van zijn plan was, besloot hij impulsief om binnen een kijkje te gaan nemen. Hij drukte op de bel. 'Laten we de achterkant checken,' zei hij even later.

'Misschien houden ze haar binnen wel vast. Misschien is ze wel gewond, ik had er eerder aan moeten denken.' Op dat moment doorkliefde een bliksemflits de lucht. 'Misschien ligt ze daar wel, en –'

Hij draaide zich om. 'Luister. Als je hiermee door wilt gaan, moet je je wel beheersen. We hebben geen tijd voor gejammer en speculaties.'

Met een ruk rechtte ze haar schouders. 'Oké. Sorry.'

Even nam hij haar aandachtig op. Toen knikte hij en liep verder naar de achterkant. Daar onderzocht hij nauwkeurig de zware, stalen deur. 'Er heeft iemand aan de sloten gezeten.'

'Wat bedoel je? Heeft iemand geprobeerd ze te forceren?'

'Kort geleden, zo te zien. Benieuwd of hij binnengekomen is.' Hij kwam weer overeind en bekeek de scharnieren. 'Hij heeft niet geprobeerd om de deur in te trappen. Kennelijk een professional. Onder andere omstandigheden zou ik denken dat het gewoon inbraak was, maar nu niet.'

'Kun je naar binnen komen?'

Ook dat behoorde niet tot de plannen, maar hij overwoog het. 'Waarschijnlijk. Weet je wat voor alarmsysteem ze hebben?'

'Binnen naast de deur zit zo'n kastje. Iets met codes.' Met moeite onderdrukte ze de angst in haar stem. 'Jack. Misschien is ze binnen. Gewond. Als we het niet uitzoeken, en er gaat iets mis...'

'Oké. Maar als ik dat alarm niet snel kan uitzetten, dan worden we gearresteerd.' Toch pakte hij zijn gereedschap uit de kofferbak en ging aan de slag.

'Ga jij op de uitkijkt staan? Let goed op dat die mensen die hiernaast aan het winkelen zijn geen belangstelling krijgen.'

Ze draaide zich om en speurde de parkeerplaats af. Mensen liepen af en aan, maar ze gingen helemaal op in hun aankopen en letten niet op de man die gehurkt bij de zij-ingang van een kantoorgebouw zat.

De donder kwam dichterbij en de regen begon plotseling met bakken uit de hemel te vallen. Dat ze nat werd kon haar niets schelen, maar ze rilde wel van opluchting toen Jack haar een seintje gaf dat alles in orde was.

'Als ik deze deur opendoe, heb ik misschien een minuut voordat het alarm afgaat. Als ik het niet uit kan zetten, moeten we ervandoor, en snel.'

'Maar –'

'Geen gemaar. Als Bailey daarbinnen zit, dan vindt de politie haar wel. Begrepen?'

'Begrepen.' Ze had weinig keus.

'Mooi.' Hij veegde zijn druipnatte haren uit zijn ogen. 'Jij blijft hier. Als ik "wegwezen" roep, ga je naar de auto.' Omdat ze bleef zwijgen, nam hij aan dat ze zijn bevelen zou opvolgen. Hij zwaaide de deur open en zag het kastje van het alarmsysteem meteen hangen. 'Gek,' mompelde hij met opgetrokken wenkbrauwen. Toen gebaarde hij naar M.J. dat ze binnen moest komen. 'Het alarm staat uit.'

'Hoe kan dat nou? Het staat altijd aan.'

'We hebben gewoon geluk.' Met een knipoog nam hij haar hand, en met zijn andere hand deed hij zijn zaklamp aan. 'Laten we eerst maar boven gaan kijken.'

'Baileys kantoor is helemaal aan het einde van de gang,' zei ze.

'Niet slecht,' merkte hij even later op, met een blik op de dure vloerbedekking en de smaakvolle inrichting. Hij hield M.J. tegen toen hij de deur van Baileys kantoor opengooide.

De kamer was netjes, elegant en leeg. Hij hoorde dat M.J. haar ingehouden adem liet ontsnappen.

'Geen sporen van een worsteling,' zei hij. 'We kijken ook nog even de andere kantoren na.' Snel liep hij terug de gang in, naar de volgende deur. 'Ga terug in Baileys kantoor, en wacht op me.'

'Hoezo? Wat is er?' Toen ving ze plotseling een lucht op die haar inmiddels bekend voorkwam. 'Bailey! O, nee!'

Jack duwde haar tegen de muur tot ze niet meer worstelde om los te komen. 'Jij doet wat ik je zeg,' siste hij. 'Je blijft hier.'

Met gesloten ogen besefte ze dat er toch echt dingen waren waar ze niet tegen bestand was. Ze knikte.

Pas toen liet hij haar los. Hij liep terug naar de deur en opende die.

De dood was nooit mooi, maar dit was wel een van de ergste taferelen die hij ooit had gezien. Totale waanzin.

Hij keerde het schouwspel de rug toe en liep terug naar M.J., die lijkbleek tegen de muur stond geleund. 'Het is Bailey niet,' zei hij meteen. 'Het is een man.'

'Niet Bailey?'

'Nee.' Hij legde een hand tegen haar wang, die ijskoud aanvoelde.

'Ik ga de andere kamers ook nakijken. Ga daar niet naar binnen, M.J.'

Met moeite haalde ze adem. 'Was het net als bij Ralph?'

'Nee.' Zijn stem klonk hard en toonloos. 'Veel erger. Blijf hier.'

Hij doorzocht alle kamers, ook in kasten en achter gordijnen, en lette goed op dat hij geen vingerafdrukken achterliet. Zwijgend leidde hij M.J. naar beneden en doorzocht daar ook alles.

'Er heeft hier iemand gezeten,' mompelde hij, gehurkt voor een kleine ruimte onder de trap. 'Het stof is op sommige plekken weggeveegd.' Nadenkend wreef hij over zijn kin. 'Ik denk dat als een slim persoon een schuilplek nodig had, dit lang geen gek idee zou zijn.'

'Bailey is slim,' zei M.J.

Hij knikte, kwam weer overeind. 'Denk daar maar goed aan. Laten we verder gaan met ons plan.'

'Oké.' Ze keek nog even naar de ruimte onder de trap, stelde zich voor dat haar vriendin daar had gezeten. Voor wie had ze zich verborgen? Waar was ze nu?

Eenmaal buiten veegde hij de deurknop zorgvuldig schoon. 'Ik denk dat jij, als het moet, binnen dertig seconden in het winkelcentrum bent, op die lange stelten van je.'

'Ik ga niet wegrennen.'

'Wel als ik het je opdraag.' Hij stopte de lantaarn in zijn zak. 'Je gaat precies doen wat ik zeg. Geen vragen, geen protesten, geen aarzeling.' Dwingend keek hij haar aan. 'Degene die die puinhoop daarboven heeft aangericht, is een beest. Onthoud dat.'

'Zal ik doen.' Met geweld onderdrukte ze de rillingen die over haar rug liepen. 'Als jij onthoud dat we hier samen aan begonnen zijn.'

'Het plan is dat ik die jongens tegen de grond werk, een voor een. Als jij niet bij de bestelwagen kunt komen om die te saboteren, terwijl ik ze afleid, ook goed. Neem geen risico's. Als ik ze eenmaal in de boeien heb,' vervolgde hij, 'kunnen we hun wagen gebruiken. Daar kunnen we dan eens rustig met ze praten. Ik krijg vast wel een naam los.' Met een valse grijns bekeek hij zijn gebalde vuist. 'En andere vitale informatie.'

'Ooo...' Ze knipperde koket met haar wimpers. 'Wat heerlijk macho.'

'Mond dicht. Afhankelijk van de informatie die we krijgen, gaan we daarna naar de politie, of we gaan zelf verder op onderzoek.'

'Akkoord.'

Hij opende de deur van de auto en liet M.J. instappen. Snel pakte ze haar mobiele telefoon.

'Ga maar bellen. Rek het maar een beetje, een minuut minstens.'

Ze toetste de nummers in en begon toen tegen Graces antwoordapparaat in Potomac te kletsen. Ondertussen bleef ze Jack strak aankijken. Zodra hij knikte, verbrak ze de verbinding.

'En nu?'

'Nu wachten we.'

Binnen een kwartier kwam de bestelwagen de parkeerplaats bij Salvini oprijden. Het regende nog steeds gestaag. Jack zat gehurkt achter een geparkeerde auto en keek toe.

De twee mannen stapten uit, gingen ieder een andere kant uit en begonnen om het gebouw heen te lopen.

Hij zou zich op de grote storten. Onder dekking van de geparkeerde auto's begon hij de man te besluipen. Die bukte zich en pakte M.J.'s telefoon op.

Zo, dacht Jack, daar kon hij eens even goed op gaan puzzelen. Terwijl de grote man het telefoontje van alle kanten bekeek, trok Jack een sprint en ramde de ander op volle kracht, recht in zijn nieren.

Het lukte hem om zijn prooi op de knieën te krijgen en een enorme pols in de handboei vast te klikken, voordat hij als een lastige vlieg werd weggemept.

Een vlammende pijn schoot door hem heen toen hij met zijn blote armen over het ruwe asfalt schuurde. Snel rolde hij om voordat een schoen maat drieënvijftig zijn gezicht tot puree stampte. Hij greep de enorme voet en gaf er een ruk aan.

Vanuit haar schuilplaats stond M.J. toe te kijken. Ze vertrok haar gezicht toen Jack op de grond werd gesmeten, en deed een schietgebedje toen hij snel wegrolde. Toen begon ze rustig naar de bestelwagen te lopen, af en toe omkijkend om te zien hoe de strijd verliep.

Hij redt het niet, dacht ze wanhopig. Straks brak die gorilla nog zijn nek. Klaar om hem te hulp te schieten, zag ze de andere man om de hoek van het gebouw aan komen lopen.

Over een paar seconden ziet hij ze, dacht ze paniekerig. Dan zou Jacks plan, om de twee mannen apart van elkaar te grazen te nemen, mislukken. Ze haalde al adem om een waarschuwing te schreeuwen toen ze opeens een idee kreeg. Misschien kon ze ervoor zorgen dat het allemaal nog goed kwam.

Ze verliet haar schuilplaats en sprintte naar het Salvini-gebouw toe, weg van Jack. Slippend kwam ze tot stilstand toen ze de andere man zag, en deed net alsof haar ogen groot werden van schrik en verbazing. Zijn hand verdween in zijn binnenzak, maar ze hield stand en wachtte tot hij dichterbij kwam.

Toen rende ze weg, door het gordijn van regen, steeds verder bij Jack vandaan.

Zowel Jack als zijn tegenstander hoorde de schreeuw. Beiden keken instinctief op en zagen een vrouw met felrode haren keihard wegrennen, en de andere man erachteraan racen.

Ze luistert ook nooit, dacht Jack, verstijfd van angst. Toen keek hij weer terug en zag dat de grote man hem grijnzend aankeek.

Jack grijnsde kwaadaardig terug. 'Ik moet je nu echt plat hebben, en snel een beetje,' zei hij op vriendelijke conversatietoon, terwijl hij de man vol op zijn mond ramde. 'Je maat zit achter mijn vrouw aan.'

De reus veegde het bloed van zijn gezicht. 'Jij bent dood.'

'O, ja?' Er was geen tijd meer. Biddend dat M.J.'s benen en zijn nek het zouden volhouden, boog hij zijn hoofd en viel aan als een dolgeworden stier. De man viel achterover door de klap en knalde met zijn hoofd tegen de stalen deur. Besmeurd met bloed, bont en blauw en totaal uitgeput bracht Jack zijn knie zo hard mogelijk omhoog. Gelukkig bleek hij doel te hebben getroffen. De reus snakte naar adem.

Knipperend tegen de regen en het bloed draaide Jack de armen van de ander op diens rug en klikte de tweede boei dicht.

'Ik kom zo terug,' beloofde hij. Toen greep hij de telefoon en rende ervandoor, op zoek naar M.J.

Hoofdstuk 12

Jack had haar gezegd dat ze naar de winkels moest rennen als er iets mis ging, en zich moest verbergen tussen het publiek. Desnoods moest ze moord en brand gillen.

Met dat advies in gedachten begon M.J. in de richting van de winkels te rennen. Maar toen ze dichterbij kwam en al die families met kleine kinderen zag, besefte ze opeens wat voor ravage die man kon aanrichten als hij hier begon te schieten.

Daarom draaide ze zich weer om en begon ze als een gek naar de andere kant van de parkeerplaats te rennen.

Snakkend naar adem keek ze snel over haar schouder. Ze had de afstand al een stuk groter gemaakt. De man achtervolgde haar nog wel, maar langzamer, duidelijk oververhit en buiten adem. Hoelang zou hij haar nog achterna zitten, voordat hij het opgaf en terugging om zijn vriend op te halen?

Waarbij hij over Jack zou struikelen.

Moedwillig vertraagde ze haar pas, zodat hij wat dichterbij kon komen en geïnteresseerd bleef in zijn prooi. Ergens was ze doodsbang dat hij dat pistool zou gebruiken. Het beeld van een kogel in haar rug spookte door haar hoofd. Snel dook ze tussen een rij geparkeerde auto's.

Ze hoorde haar eigen gierende ademhaling. Niet zo gek, als je bedacht dat ze net zo'n beetje de 1500 meter had gelopen in een tropische regenbui. Zich verstoppend achter een kleine bestelbus veegde ze het zweet uit haar ogen en probeerde ze haar gedachten te ordenen.

Zou ze terug kunnen sluipen, om Jack te gaan helpen? Of had King Kong hem al tot moes geslagen en was hij nu onderweg om zijn maatje te helpen bij de achtervolging? Hoelang zou het nog duren voordat een nietsvermoedend gezinnetje het parkeerterrein op liep met tassen vol aankopen, en midden in de vuurlinie terechtkwam?

Ze moest even op adem komen. En ze moest weten wat er daar achter het gebouw van Salvini gebeurde.

Nadat ze al haar moed had verzameld, keek ze even over de motorkap van de auto waar ze achter zat. Hij was dichterbij dan ze had verwacht. Vier auto's naar links, om precies te zijn. Snel dook ze weer naar beneden. Als ze daar bleef zitten, zou hij haar dan over het hoofd zien?

Het was beter om op de vlucht te sterven, besloot ze, of in een gevecht op leven en dood, dan om te worden afgeschoten als je je verschuilde achter een Japanse middenklasser.

Ze haalde diep adem, deed nog een schietgebedje voor Jack, en ging er weer vandoor. Haar hart sloeg over toen ze een iets tegen het asfalt hoorde ketsen, vlak naast haar.

Hij schoot op haar! Haar hart klopte in haar keel, en ze dook weer achter een geparkeerde auto. Een paar centimeter verder en die kogel had doel getroffen.

Kennelijk had hij haar in de smiezen, en nu was hij haar aan het opjagen alsof ze een konijn was. Dat zullen we nog wel eens zien, dacht ze grimmig.

Met opeengeklemde kaken kroop ze plat op haar buik onder de auto. Ze negeerde het grint en de doordringende stank van benzine en olie. Met ingehouden adem schoof ze door naar de volgende auto.

Nu kon ze hem horen. Zijn ademhaling ging piepend en gierend, en ze zag zijn schoenen. Kleine voetjes, dacht ze onwillekeurig.

Een moment sloot ze haar ogen, trachtend zich de man voor de geest te halen. Niet langer dan een meter tachtig, misschien tachtig kilo. Midden dertig. Priemende ogen en een scherpe neus. Pezig, maar niet mager. En buiten adem.

Ach, dacht ze, waarom niet? Ik kan hem wel aan.

Ze kroop nog een paar centimeter verder en wilde net toeslaan, toen ze de voeten opeens in de lucht zag verdwijnen.

In plaats daarvan stond er opeens een paar afgetrapte laarzen. Jacks laarzen. En Jacks stem liet een hele stroom vloeken horen.

Even werd ze overspoeld door opluchting, maar toen ze een gedempt pistoolschot hoorde vloog de angst haar weer naar de keel.

Haar ellebogen en knieën werden kapot geschaafd terwijl ze in een oogwenk onder de auto vandaan kwam, net op tijd om de schutter te zien wegrennen, met Jack erachteraan.

'Jack.'

Hij kwam slippend tot stilstand en draaide zich met een ruk om. De opluchting deed zijn gehavende gezicht helemaal oplichten. Toen pas zag ze het bloed op zijn overhemd.

'O, nee. O, nee, je bent geraakt.' Haar benen begaven het bijna toen ze struikelend naar hem toe liep.

Wazig keek hij naar beneden en drukte een hand tegen zijn zij.

'Verdorie.' Nu pas voelde hij de pijn, maar niet erg scherp. Opeens lag ze in zijn armen. 'De auto,' wist hij uit te brengen. 'Ga naar de auto. Hij gaat ervandoor.'

Later zou ze zich herinneren dat ze was gaan rennen. Maar op het moment zelf leek alles onwerkelijk. Haar voeten die over het asfalt roffelden, haar idioot snelle hartslag, de wijd opengesperde ogen van een vrouw met boodschappentassen die bijna omver werd gelopen.

En Jack die haar onafgebroken aan het uitschelden was, omdat ze weer eens niet naar hem had geluisterd.

De bestelwagen ging er met gierende banden vandoor.

'Verdorie, dit is niet waar!' Zijn longen brandden, en de vlammen sloegen uit zijn zij. Wanhopig haalde hij de sleutels uit zijn broekzak. 'In de auto. Nu!'

Ze dook zo'n beetje door het open raampje naar binnen en kon bijna niet overeind blijven toen hij de auto in zijn achteruit ramde. 'Je bent gewond, laat me –'

Ongeduldig sloeg hij haar handen weg en rukte aan het stuur. 'Hij heeft zijn enorme vriend ook meegenomen. Na al die moeite laat ik ze verdorie niet ontsnappen.' De auto slingerde van links naar rechts. 'Pak het pistool uit het handschoenenkastje. Geef hier.'

'Jack, je bloedt. In vredesnaam...'

'Had ik je niet gezegd dat je moest vluchten?' Hij drukte het gaspedaal in en plakte zijn auto aan de bumper van de bestelwagen. 'Ik had je gezegd dat je naar de mensen toe moest rennen, dat je je moest verstoppen. Hij had je wel kunnen vermoorden. Geef me verdorie dat pistool.'

'Oké, oké.' Ze sloeg met haar vuist op het kastje totdat het klepje opensprong. 'Hij gaat naar de snelweg.'

'Dat zie ik ook wel.'

'Je gaat niet op hem schieten. Misschien raak je wel een onschuldige voorbijganger.'

Jack rukte haar het pistool uit handen en schoot ondertussen de oprit van de snelweg op. 'Ik raak waar ik op mik. Doe je riemen om en houd je mond. Met jou reken ik later wel af.'

Ze was zo bezorgd om hem dat ze wijselijk haar mond hield. Hij scheurde als een bezetene door het drukke verkeer, nog altijd vastgekleefd aan de bumper van de bestelwagen. Toen de snelheidsmeter honderddertig aangaf, daalde er een ijzige kou over haar heen. Haar hele lichaam leek verdoofd, alsof ze net onder narcose was gebracht.

'Je gaat iemand om zeep helpen,' zei ze kalm. 'En misschien zijn we het niet eens zelf.'

'Ik kan deze auto echt wel aan.' Dat was tenminste echt waar. Hij manoeuvreerde door het verkeer achter de bestelwagen aan als een doelzoekende raket. Ze waren zo dichtbij dat ze de grote man konden zien zitten op de passagiersstoel. Hij draaide zich om en keek hen woedend aan.

'Ja, ik kom eraan, enorme rotzak die je bent,' mompelde Jack. 'Je hebt verdorie mijn handboeien nog.'

'Je zit op de stoel te bloeden,' hoorde M.J. zichzelf opmerken, maar het leek net alsof een ander had gesproken.

'Kan me niet schelen.' Met het pistool op zijn schoot draaide hij aan het stuur. Hij zou ze de pas afsnijden, dacht hij, hij zou ze de vluchtstrook op dwingen. De grote was nog steeds geboeid, die kleine kon hij wel aan.

En dan zouden ze nog wat meemaken.

Met toegeknepen ogen zag hij de bestelwagen slingeren en schudden, en toen met een wilde bocht in de richting van een afslag scheuren.

'Dat haalt hij niet.' Jack stond op zijn remmen en bereidde zich voor op een snelle, scherpe draai. 'Die bocht haalt hij niet.'

Een serie vloeken ontsnapte hem toen de bestelwagen slipte en de vangrail raakte met honderdtwintig kilometer per uur. Het was een enorme klap, en de wagen vloog de lucht in als een dronken acrobaat. Hij ging eenmaal over de kop en landde vier meter lager, op het talud.

Jack had net de auto aan de kant gezet en een voet buiten de deur, toen een gloeiendhete schokgolf hem weer terugduwde. De vlammen schoten omhoog, en de lucht stonk doordringend naar benzine.

'Geen schijn van kans,' mompelde hij. 'We zijn ze kwijt.'

'Kom in de auto, Jack.' Ze was zelf verbaasd dat haar stem zo kalm en beheerst klonk. Overal om hen heen waren auto's gestopt, en de mensen stroomden toe. 'Hier, op mijn stoel. Ik ga rijden.'

'Na al die moeite,' zei hij, verdoofd door de rook en de pijn, 'zijn we ze kwijt.'

'Stap in.' Ze leidde hem om de auto heen, de opgewonden stemmen om haar heen negerend. Ongetwijfeld had iemand al 911 gebeld met een autotelefoon. Ze konden niets meer doen. 'We moeten hier weg.'

Instinctief reed ze naar haar appartement. Veilig of niet, het was wel haar thuis, en ze moest Jacks wonden verzorgen. Die auto van hem was net een stoomboot, dacht ze, zich concentrerend op haar snelheid en op de weg. Een hele oude, grote boot. Met een vaag gevoel van verbazing parkeerde ze naast haar eigen MG.

Er was niets veranderd, besefte ze. Haar auto stond er nog, en het gebouw ook. Een paar kinderen, die zich niets van de regen aantrokken, waren met een frisbee aan het spelen. Een dag als alle andere.

'Wacht tot ik terugkom.' Ze pakte haar tas van de vloer en zocht haar sleutels. Natuurlijk luisterde hij weer niet en stond hij al op de stoep voordat ze er erg in had. 'Leun maar op mij,' mompelde ze, waarna ze een arm om zijn middel liet glijden.

'Het zal hier wel in orde zijn,' besloot hij. 'In ieder geval voor even. Misschien moeten we snel weer een andere plek zoeken.' Hij besefte dat hij hinkte, en dat zijn rechterbeen flink pijn deed.

'We zullen jou wel eens even opknappen.'

'Ja. En ik lust ook wel een biertje.'

'Die krijg je van me,' beloofde ze, terwijl ze hem naar binnen leidde. Deze keer nam ze, tegen haar gewoonte in, de lift. 'Kom, je moet snel naar binnen.' En naar een ziekenhuis, dacht ze erachteraan. Eerst maar eens kijken hoe erg het was. Zodra ze dat had gedaan, zou ze de officiële instanties waarschuwen. De politie, een arts, de FBI, wat er maar nodig was.

Ze dankte de hemel toen ze zag dat de gang boven leeg was. Geen nieuwsgierige buren, dacht ze, ondertussen haar deur openend. Geen lastige vragen.

Snel schopte ze een kapotte lamp uit de weg en leidde hem langs de omgevallen bank naar de badkamer. 'Zitten,' commandeerde ze. Ze knipte het licht aan. 'Laten we eens kijken.' Met trillende handen tilde ze voorzichtig het bebloede overhemd over zijn hoofd.

'Hemel, Jack, King Kong heeft je wel goed te grazen genomen.'

'Ik liet hem anders mooi wel achter met zijn kop in de modder en zijn armen geboeid op zijn rug.'

'Oké.' Met moeite rukte ze haar ogen los van de vele blauwe plekken. Toen maakte ze een washandje nat met koud water. 'Ben je wel eens eerder geraakt?'

'Eén keer, in Abilene. In mijn been. Kon ik een tijdje niet zo goed meer lopen.'

Hoe idioot het ook was, het stelde haar gerust dat het niet de eerste keer was. Ze drukte de natte washand tegen zijn zij. Achter haar ogen brandden tranen die ze niet wilde laten gaan. 'Ik weet dat het pijn doet.'

'Ik dacht dat ik een biertje zou krijgen.' Zag ze er niet schattig uit, dacht hij, als een verpleegstertje, met die bleke wangen en ogen die donker waren van bezorgdheid.

'Zo meteen. Zit nou even stil.' Ze knielde naast hem neer, op het ergste voorbereid. Het volgende moment keek ze hem verontwaardigd aan. 'Verdorie, Jack. Het is maar een schrammetje.'

Hij grinnikte naar haar, ondanks het feit dat zijn hele lichaam beurs voelde. 'Hé, dat is mijn tekst.'

'Ik was voorbereid op een enorm gat. Het was maar een schampschot.'

Nadenkend keek hij omlaag. 'Het heeft anders wel flink gebloed.' Hij nam het washandje van haar over en hield het tegen de wond gedrukt. 'Wat dat biertje betreft...'

'Ik pak het wel. Ik zou je er eigenlijk mee op je kop moeten slaan.'

'We praten zo wel verder over wie wie de hersens gaat inslaan. Ik wil eerst een aspirine.' Met een grimas van pijn kwam hij overeind en begon in het badkamerkastje te graaien. 'Misschien kun je uit de auto een overhemd voor me pakken, liefje. Ik denk niet dat ik die andere nog aan kan.'

'Je hebt me bang gemaakt.' Een mengeling van woede, verdriet en opluchting zorgde voor een vreemd gevoel in haar maag. 'Heb je enig idee hoe bang ik was?'

Hij vond een aspirine, deed het kastje weer dicht en keek haar via de spiegel aan. 'Ja, ik heb wel enig idee, ja. Zo voelde ik me ook ongeveer toen ik zag dat jij jezelf als schietschijf aanbood. Je had me beloofd om naar de winkels te vluchten.'

'Nou, dat heb ik dus niet gedaan. Sleep me maar voor de rechter.' Ongeduldig duwde ze hem weer neer, zijn kreet van pijn negerend. 'O, houd toch je mond, en laat mij dit even afmaken. Ik heb nog wel ergens jodium.'

'En misschien een stok om op te bijten, terwijl jij zout in mijn wonden wrijft.'

'Breng me niet op ideeën.' Ze maakte nog een doekje vochtig en knielde neer om zijn gezicht schoon te maken. 'Je hebt een blauw oog, je lip is dik en hier heb je een prachtige bult.'

Hij schreeuwde het uit toen ze het doekje tegen de bult op zijn slaap drukte.

'Baby.'

'Als je Florence Nightingale gaat spelen, geef me dan tenminste eerst een verdoving.' Aangezien ze niet van plan leek hem wat te drinken te geven, slikte hij de aspirine maar zo door.

Zijn stroom van klachten negerend, maakte ze de wonden schoon en plakte er pleisters op. Toen ze genoeg had van zijn gezeur drukte ze haar lippen op zijn mond, hetgeen hem een mengeling van pijn en plezier bezorgde.

'Ga je me overal kussen waar het pijn doet?'

'Dat zou je wel willen.' Toen legde ze haar hoofd in zijn schoot en zuchtte diep. 'Het kan me niet schelen hoe kwaad je bent. Ik wist gewoon niets beters. Hij kwam eraan. Hij zou je hebben neergeschoten. Ik wist alleen maar dat ik hem moest weglokken.'

Zijn hart smolt, en zachtjes aaide hij haar haren. 'Oké, daar hebben we het later nog wel over.' Voor het eerst merkte hij de schaafwonden op haar ellebogen op. 'Hé, je bent zelf ook beschadigd!'

'Het doet niet echt pijn,' mompelde ze.

'Ah, laat mij nou even dokter spelen.' Grijnzend ging hij aan de slag. 'Dit prikt misschien een beetje.'

'Je geniet hiervan, hè? Au! Verdorie, Jack.'

'Baby.' Maar hij kuste de geschaafde huid zachtjes en deed er toen voorzichtig een pleister op. 'Als je me ooit nog eens zoveel angst aanjaagt, dan keten ik je een maand aan je bed vast, voor straf.'

'Ja, ja, mooie woorden...' Ze leunde naar voren en sloeg haar armen om hem heen. 'Ze zijn toch dood? Die explosie kunnen ze niet overleefd hebben.'

'Die kans is bijzonder klein. Het spijt me, M.J. Ik heb geen informatie los kunnen krijgen. Geen woord.'

'Wíj hebben geen informatie kunnen krijgen,' corrigeerde ze hem.

'En we hebben ons best gedaan. Maar de griezels zijn er nog,' zei ze, plotseling bleek wordend bij de herinnering. De kans was groot dat minstens een van de stiefbroers dood was.

Gelukkig was het niet Bailey geweest, daar in dat kantoor. Ze haalde diep adem. 'Goed, nu kan ik in ieder geval iets schoons aantrekken en naar de pub bellen.' Dat laatste was een uitdaging aan Jacks adres. 'Ik wacht wel tot we hier weer weg zijn, maar ik bel ze wel. Ik moet ze laten weten dat ik in orde ben, en ze het rooster voor de rest van de week geven.'

'Goed, hang jij maar de zakenvrouw uit.' Hij kwam overeind. 'We vinden je vriendinnen wel, M.J. Dat beloof ik je. En hoezeer het me ook tegen de borst stuit, het is tijd om de politie in te schakelen.'

Ze slaakte een beverige zucht van opluchting. 'Ja. Drie dagen van deze ellende vind ik wel genoeg.'

'Ze zullen een hoop vragen stellen.'

'Dan beantwoorden we die toch?'

'Ik moet je waarschuwen dat mensen met mijn beroep niet bepaald populair zijn bij de politie. Ik heb wel een paar contacten, maar hoe hoger je komt, hoe onverdraagzamer ze zijn.'

'Dat kunnen we wel aan. Bellen we, of gaan we naar het bureau?'

'Laat ze maar hier komen. Ik word kriegel van politiebureaus.'

'Ik ga ze niet die diamant geven,' zei ze toen, zich bij voorbaat schrap zettend. 'Die is van Bailey, en zij moet beslissen. Ik geef hem alleen aan haar.'

'Oké,' zei hij kalm. 'Daar praten we dus omheen. Bailey en Grace staan op de eerste plaats. Voor ons alle twee.'

Er brak een brede lach door op haar gezicht. Beiden schrokken op toen er plotseling een bel begon te rinkelen.

'Wat is dat?' Ze staarde naar haar tas alsof het ding haar had gebeten. 'Het is mijn telefoon. Hij gaat over.'

'Neem dan op.'

Ademloos greep ze de telefoon en drukte de knop in. 'O'Leary.' Het volgende moment stroomden de tranen over haar wangen.

'Bailey. O, mijn hemel, Bailey. Ben je in orde? Waar ben je? Ben je gewond? Wat? Ja, ja. Ik ben ook in orde. Ik ben thuis, maar waar –'

Haar hand greep die van Jack vast. 'Bailey, houd op met vragen stellen en vertel me verdorie waar je bent. Ja, ja... oké. Ik ben er over tien minuten. Blijf daar.'

Ze hing op. 'Sorry, ik moet wel.' Toen barstte ze in tranen uit. 'Ze is in orde,' bracht ze uit, lachend door haar tranen heen.

Het was een rustige, oude buurt met prachtige bomen. M.J. speurde de huisnummers af. 'Daar! Nummer zesentwintig.' Nog voordat Jack had kunnen parkeren voor het statige huis, had ze de deur al open.

Hij haakte een hand in haar riem en trok haar terug. 'Wacht even tot ik gestopt ben.'

Op dat moment kwam een knappe, blonde vrouw de voordeur uit rennen, het natte gazon over. M.J. sprong uit de auto en gooide zichzelf in haar armen.

Het zag er leuk uit, dacht Jack, terwijl hij moeizaam uitstapte. Die twee in het waterige zonnetje, elkaar omarmend alsof hun leven ervan afhing. Ze huilden alle twee, en praatten dwars door elkaar heen.

Hoe ontroerend het ook was, twee huilende vrouwen tegelijk was wel het laatste waar hij zin in had. Toen zag hij een man bij de voordeur staan, zag de lach in zijn ogen. En het verband om zijn arm. Zonder aarzeling liep hij met een grote boog om de twee vrouwen heen naar de man toe.

'Cade Parris.'

Jack schudde de uitgestoken hand en nam de ander eens goed op. Bijna een meter negentig, slank, bruin haar, ogen in een dromerige kleur groen. Een krachtige handdruk die zijn filmsterachtige uiterlijk aardig compenseerde.

'Jack Dakota.'

Hoofdschuddend bekeek Cade de blauwe plekken. 'Je ziet eruit alsof je wel een borrel kunt gebruiken.'

Ondanks zijn pijnlijke lip begon Jack breed te grijnzen. 'Kerel, je hebt er een beste vriend bij.'

'Kom binnen,' zei Cade met een blik op M.J. en Bailey. 'Laat die twee maar even. Dan kunnen wij elkaar ook op de hoogte brengen.'

Na een tijdje voelde Jack zich aanzienlijk beter, met zijn voeten op het koffietafeltje en een biertje in zijn hand.

'Geheugenverlies,' mompelde hij. 'Dat moet zwaar zijn geweest voor haar.'

'Ze heeft een paar moeilijke dagen achter de rug. Ze heeft met haar eigen ogen gezien hoe haar ene afschuwelijke stiefbroer de andere afmaakte. En vervolgens kwam hij achter haar aan.'

'We zijn langs geweest bij Salvini. Ik heb het resultaat gezien.'

Cade knikte. 'Dan weet je hoe erg het was. Als ze niet was gevlucht... Maar goed. Ze herinnert zich nog steeds niet alles, maar wel dat ze een diamant naar M.J. heeft gestuurd, en een naar Grace. Ik werk al sinds vrijdag aan deze zaak, toen ze naar mijn kantoor kwam. En jij?'

'Zaterdagmiddag.'

'Het is allemaal nogal snel gegaan.' Fronsend keek Cade naar het raam. 'Bailey was bang en in de war, maar ze wilde antwoorden en ze dacht dat een privédetective die voor haar kon vinden. Gisteren hadden we een echte doorbraak.'

Vragend trok Jack een wenkbrauw op. Hij gebaarde naar de verbonden arm. 'Heeft dat er mee te maken?'

'Dat was de overgebleven Salvini,' zei Cade met een koude blik in zijn ogen. 'Die is dood.'

Dat betekende dus weer een doodlopend spoor, bedacht Jack. 'Weet je al wie hier achter zit?'

'Nee. Ze hadden een koper voor die diamanten. Die heb ik nog niet opgespoord.' Cade kwam overeind en liep naar het raam. De vrouwen stonden nog steeds te praten. 'De politie houdt zich er nu ook mee bezig. Ik heb daar een vriend, Mick Marshall.'

'Ja, die ken ik. Een zeldzaam verschijnsel: een agent met hersens en een goed hart.'

'Precies. En ik denk dat hij wel met jou en M.J. wil praten.'

Het vooruitzicht deed hem zuchten. 'Geef me dan nog maar een biertje.'

Lachend keek Cade hem weer aan. 'Ik neem er zelf ook nog maar een. En dan kun jij me vertellen hoe je weekend was.' Aandachtig keek hij naar Jacks gezicht. 'En hoe die andere vent eruitziet.'

'Timothy,' zei M.J. verrast. 'Ik heb hem nooit gemogen, maar tot moord had ik hem niet in staat geacht.'

'Het leek wel alsof hij gek was geworden,' zei Bailey. 'Ik heb het allemaal verdrongen. Alles. Af en toe kwam er iets terug, maar ik snapte er niets meer van. Zonder Cade had ik het niet gered.'

'Ik wil hem erg graag ontmoeten.' Ze keek Bailey onderzoekend aan. 'Zo te zien heeft hij er vaart achter gezet.'

'Is het zo duidelijk?' Ze bloosde diep.

'Ongeveer zo duidelijk als een lichtkrant.'

'Nog maar een paar dagen geleden,' zei Bailey, in gedachten verzonken. 'Het ging allemaal zo snel. Het lijkt wel alsof ik hem mijn hele leven al ken.' Haar lippen krulden in een glimlach, haar honingkleurige ogen straalden. 'Hij houdt van me, M.J. Zomaar. Ik weet dat het idioot klinkt, maar het is gewoon zo.'

'Tegenwoordig ben ik nergens meer verbaasd over. Maakt hij je gelukkig?' Ze duwde een blonde haarlok achter Baileys oor. 'Dat is het enige wat telt.'

'Ik kon me jou niet herinneren. En Grace ook niet.' Een traan biggelde over haar wang. 'Ik weet dat het maar een paar dagen was, maar ik was zo eenzaam zonder jullie. Toen begon ik me iets te herinneren. Niets specifieks, alleen maar een gevoel. Het gevoel dat ik een heel belangrijk persoon had verloren. En toen, toen ik het me eindelijk herinnerde en we naar jouw appartement gingen, was je verdwenen. Er was ingebroken, en ik kon je niet vinden. Alles ging toen zo snel. En toen herinnerde ik me die telefoon die jij altijd meezeult, en heb ik je opgebeld.'

'Het beste telefoontje dat ik ooit heb gehad.'

'Het beste telefoontje dat ik ooit heb gepleegd.' Haar lippen trilden. 'M.J., ik kan Grace nergens vinden.'

'Weet ik.' M.J. sloeg een arm om haar schouders. 'Laten we er maar van uitgaan dat ze in orde is. Jack en ik zijn in haar huis in de bossen geweest. Ze was daar net geweest, Bailey, ik kon haar parfum nog ruiken. We hebben elkaar weer gevonden, we vinden haar ook wel.'

'Ja, dat is zo.' Samen liepen ze naar het huis. 'En die Jack, maakt die jou gelukkig?'

'Ja. Als hij me niet woedend maakt.'

Met een grijns opende Bailey de deur. 'Ik kan niet wachten om hem te ontmoeten.'

'Ik mag je vriendin wel.' Jack stond op Cades patio.

'Dat is wederzijds.'

'Ze heeft stijl. En ze heeft het heel zwaar gehad. Parris lijkt me een goeie kerel.'

'Hij heeft haar geholpen, dus bij mij kan hij niet meer stuk.'

'We hebben elkaar zo'n beetje alles verteld. Hij is onverstoorbaar, en slim ook. En hij is gek op je vriendin.'

'Dat had ik ook in de gaten, ja.'

Jack nam haar hand en bestudeerde die. M.J.'s hand was niet klein en fijn, zoals die van Bailey, maar sterk en vaardig. 'Hij heeft een hoop te bieden. Klasse, geld, een mooi huis. Vastigheid, zullen we maar zeggen.'

Geïntrigeerd keek ze hem aan. 'Ja, dat zal wel.'

Eigenlijk wilde hij hier helemaal niet over beginnen, maar hoe snel de zaken ook konden gaan, het leven was te kort om tijd te verspillen. 'Mijn vader was een nietsnut,' zei hij abrupt. 'Mijn moeder werkte als serveerster in een verlopen kroeg, als ze daar zin in had. Ik heb mijn studie bij elkaar verdiend door in de bouw te werken. Het resultaat is een nutteloze graad in Engelse literatuur, met antropologie als bijvak. Vraag me niet waarom, toen leek dat gewoon de juiste keuze. Ik heb een paar duizend dollar in een oude sok voor de magere tijden. In mijn vak heb je wel eens magere tijden. Ik huur een klein flatje.' Even wachtte hij, maar ze zei niets. 'Niet wat je vastigheid zou noemen.'

'Nee.'

'Is dat wat je wilt? Vastigheid, veiligheid?'

Ze dacht even na. 'Nee.'

Hij haalde een hand door zijn haren. 'Weet je hoe die twee diamanten eruitzagen, toen jij en Bailey ze bij elkaar hielden? Spectaculair, dat zeker. Maar het zag er vooral uit alsof het zo hoorde.' Nu keek hij haar recht aan. 'Soms horen dingen gewoon bij elkaar.'

'En als dat zo is, vraag je je niet af waarom.'

'Misschien niet. Ik weet niet wat ik hier doe. Ik weet niet waarom het zo is gegaan. Ik heb mijn leven alleen geleefd, en dat beviel me. Begrijp je dat?'

Ze moest lachen om de geërgerde toon in zijn stem. 'Ja, dat begrijp ik. De eenzame wolf. Wil je vanavond naar de maan huilen?'

'Ga nou niet lollig doen. Ik probeer je iets uit te leggen.'

Jack begon over de patio te ijsberen. Er hing een hangmat tussen twee grote bomen, en ergens tussen de natte bladeren zong een vogel uit volle borst. Zijn leven, dacht hij, was nooit zo simpel geweest, zo kalm, of zo prettig. Het enige wat hij te bieden had, dat was hij zelf. En zij moest beslissen of dat genoeg was.

'Het punt is, ik wil niet langer alleen leven.' Met een ruk kwam zijn hoofd omhoog, en hij keek haar boos aan met zijn gezwollen oog. 'Begrijp je dat?'

'Waarom zou ik dat niet begrijpen?' Grijnzend keek ze hem aan. 'Je bent tot over je oren verliefd op me, maatje.'

'Ga vooral zo door,' siste hij. 'Het gaat niet om mijn gevoelens, en ook niet om de jouwe. In noodsituaties gebeuren er gekke dingen met emoties.'

'Aha, nu gaan we een potje filosoferen. Komt zeker door dat bijvak van je. Antropologie was het toch?'

Met gesloten ogen bad hij even om geduld. 'Ik probeer mijn kaarten op tafel te leggen. Jij hebt een heel andere achtergrond, en misschien wil je wel helemaal niet mijn kant op. Misschien wil je het rustiger aan doen vanaf nu, misschien wil je het traditioneler.'

Nu was het haar beurt om op te stuiven. 'Waar zie je me voor aan? Voor zo'n ouderwets type?'

Zijn frons werd nog dieper. 'Misschien niet. Maar dat verandert niets aan het feit dat je een week geleden nog lekker je eigen leventje leidde. Je hebt het recht om vragen te stellen, een reden te zoeken. Een paar dagen met mij, en –'

'Ik heb geen vragen, en ik zoek geen reden, Jack,' onderbrak ze hem. 'Mijn oude leventje stopte op het moment dat ik jou ontmoette, en daar ben ik blij om.' Ze haalde diep adem. Daar gaat hij dan, dacht ze, en ze zette zich schrap. 'Oké. Het staat voor Magdalena Juliette.'

Hij proestte het uit. Dit had hij echt niet verwacht. 'Je maakt een grapje.'

'Het staat voor Magdalena Juliette,' herhaalde ze met opeengeklemde kaken. 'En de enige mensen die dat weten zijn mijn familie, Bailey en Grace. Met andere woorden, alleen de mensen waar ik van houd en die ik vertrouw. En daar ben jij er nu een van.'

'Magdalena Juliette. Dat is niet niks, liefje.'

'Het is M.J. Ik heb het officieel in M.J. laten veranderen. En als je me ooit Magdalena Juliette durft te noemen, dan zal ik je met het allergrootste plezier hoogstpersoonlijk levend villen.'

Ze zou het nog doen ook, dacht hij vrolijk. 'Als ik je niet zo mag noemen, waarom vertel je het me dan?'

'Ik heb je dat verteld omdat mijn naam M.J. O'Leary is, en ik weet wat ik wil.'

Zijn ogen schoten vuur. 'Weet je dat zeker?'

'De tweede diamant staat voor kennis, weet je nog? En jij, weet jij het zeker?'

'Ja.' Zijn adem stokte. 'Het is een grote stap.'

'De grootste.'

'Oké. Plotseling stond het zweet in zijn handpalmen. 'Jij eerst.'

Een grijns vloog over haar gezicht. 'Nee, jij.'

'Geen sprake van. Ik moest laatst ook al als eerste. Eerlijk is eerlijk.'

Dat was ook wel zo, dacht ze. Ze hield haar hoofd schuin en keek hem lange tijd onderzoekend aan. Ja, dacht ze toen. Ik weet het. 'Oké. Laten we trouwen.'

Genietend van het glorieuze gevoel dat door hem heen schoot, haakte hij zijn duimen nonchalant in zijn zakken. 'Zou je dat niet eerst netjes vragen? Je weet wel, een aanzoek doen. Een man mag toch wel een beetje romantiek verwachten op zo'n belangrijk moment?'

'Drijf me niet te ver, maatje.' Toen lachte ze en sloeg haar armen om zijn nek. 'Maar oké dan. Wil je met me trouwen, Jack?'

'Tuurlijk. Waarom niet?'

Samen schaterden ze het uit.

Ga voor een heerlijk winters gevoel met *Liefde in de sneeuw* van Nora Roberts

Een eerste indruk
Shane Abbott gaat doen wat ze écht wil: een antiekzaak beginnen. Alles gaat prima, op de kennismaking met haar nieuwe buurman na. Hij doet ronduit onaardig tegen haar, en dat terwijl ze hem een klus voor het verbouwen van haar zaak wil aanbieden! Jammer, want behalve handig is hij ook nog eens heel aantrekkelijk...

Nachtschaduw
De duisternis brengt altijd gevaar met zich mee, weet rechercheur Althea Grayson. Maar nu ze de nacht met haar nieuwe partner moet doorbrengen, vindt ze die helemáál riskant. Colt is behoorlijk rebels en houdt zich aan geen enkele regel. Het liefst zou ze zich niets van hem aantrekken, maar hoe negeer je een man die als een schaduw aan je zijde blijft?

WORLD *of* ROMANCE

worldofromancenl worldofromancenl